Regine Kölpin

Das Haus am Deich – Sicherer Hafen

PIPER

Zu diesem Buch

»Wie … Wie bist du aus Berlin rausgekommen?«, stammelte Frida. »Warum hast du nicht angerufen und weshalb bist du hier? Was ist mit Sanne?«, sprudelte es jetzt aus ihr heraus. Erna sagte gar nichts, sondern fiel Frida einfach nur in die Arme. »Es ist so schrecklich«, schluchzte sie. Frida strich ihrer Freundin beruhigend über den Rücken. Erna bebte regelrecht. »Ich erzähl dir gleich alles. Ich musste nur erst einmal hierher. An den Ruhepol. Zum Haus am Deich. Ich brauchte eine Konstante, etwas, was sich nicht verändert hat und geblieben ist. Die Welt schwankt da draußen, weißt du?«
»Ganz ruhig«, sagte Frida. »Egal, was ist, wir bekommen das hin.«

Regine Kölpin lebt seit ihrer Kindheit in Friesland an der Nordsee. Sie hat zahlreiche Krimis, historische und heitere Romane sowie Kurzgeschichten publiziert und ist auch als Herausgeberin tätig. Sie hat fünf erwachsene Kinder und zahlreiche Enkel.

Regine Kölpin

Das Haus am Deich

Sicherer Hafen

Roman

PIPER

Mehr über unsere Autorinnen, Autoren und Bücher:
www.piper.de

Wenn Ihnen dieser Roman gefallen hat, schreiben Sie uns unter Nennung des Titels »Das Haus am Deich – Sicherer Hafen« an *empfehlungen@piper.de*, und wir empfehlen Ihnen gerne vergleichbare Bücher.

Von Regine Kölpin liegen im Piper Verlag vor:
Der Nordseehof (3 Bände)
Das Haus am Deich (3 Bände)
Die Töchter der Kornmühle
Der Milchhof (3 Bände)
Hebamme einer neuen Zeit (2 Bände)

MIX
Papier | Fördert gute Waldnutzung
FSC® C083411

VERANTWORTUNG • PRODUZIERT MIT VERANTWORTUNG

Originalausgabe
ISBN 978-3-492-31735-1
1. Auflage März 2022
5. Auflage Dezember 2025

Für direkten Kontakt und Fragen zum Produkt
wenden Sie sich an: *info@piper.de*
Redaktion: Christine Neumann
Umschlaggestaltung und -abbildung:
Johannes Wiebel | punchdesign unter Verwendung von Motiven von shutterstock.com und Rekha Arcangel/arcangel.com
Satz: Uhl + Massopust, Aalen
Gesetzt aus der Stempel Garamond
Druck und Bindung: CPI books GmbH, Leck
Printed in the EU

Personenverzeichnis

Die wichtigsten Personen:

Margret Köhle – Fridas Mutter
Stine von Geest – Ernas Mutter
Frida Köhle – Tochter der Köhles
Erna von Geest – Tochter der von Geests
Herold von Geest – Ernas Bruder
Horst Hinrichs – Lebensmittelhändler
Focko Ewert – Fischer
Meike Hinrichs – Fridas Tochter
Peter Hinrichs – Fridas Sohn
Sanne von Geest – Ernas Tochter
Dr. Wilfried Hansen – Kinderarzt

Weitere wichtige Personen:

Hanne – Fockos Mutter
Wiebke von Geest – Herolds Frau
Dr. Heiko Mansfeld – Kollege von Wilfried
Annemarie Meißner – Freundin von Erna
Hauke – Bootsmann von Focko

1960

Kapitel 1

Das Meer zeigte sich genauso aufgewühlt, wie Frida sich fühlte. Obwohl die Sonne vom klarblauen Himmel schien, warfen sich die Wellen an den Strand, und die Wasseroberfläche wurde von Schaumkronen geschmückt. Es herrschte eine steife Brise, die den sonnigen Maitag mit ihren Böen herunterkühlte und Frida frösteln ließ.

Sie schaute in den Spiegel, ordnete ihr Haar und konnte sich einfach nicht entscheiden, ob sie es gleich unter dem Schleier hochstecken oder lieber offen tragen wollte.

Es war der letzte Tag, an dem sie Frau Hinrichs genannt werden würde. In etwa einer Stunde hieß sie Frau Dr. Hansen und wurde nach jahrelangem Hin und Her endlich Wilfrieds Ehegattin. Drei Jahre waren sie jetzt schon verlobt, aber es hatte gedauert, ehe sie sich zu einer Hochzeit hatten durchringen können. Zu viel war passiert, zu viel hatte dagegengesprochen.

Der Hauptgrund hieß Focko Ewert. Er war der Vater ihres Sohnes Peter und Fridas heimliche Liebe. Sie hatte lange auf seine Heimkehr gewartet, doch er fuhr nach wie vor übers Meer, nachdem er, klammheimlich und ohne einen Grund zu nennen, verschwunden war.

Peters Vater schickte seinem Sohn oft bunte Karten aus fernen Ländern, die den Jungen immer wieder übers ganze Gesicht strahlen ließen, doch das nützte Frida überhaupt nichts.

Frida freute sich aber für Peter, der jedes Mal mit Wonne durch die Küche hüpfte und rief: »Mein Papa hat geschrieben! Mir, nur mir!«

Es tat ihr weh, dass es so war, andererseits half es ihrem Sohn, dass sein Vater ihn nicht vergessen hatte, und darüber war Frida dankbar.

Ihr Herz war seinetwegen in große Scherben zersprungen, doch sie zersplitterten in immer kleinere Stücke und waren inzwischen so winzig, dass sie vor zwei Monaten beschlossen hatte, sie endgültig zusammenzufegen und wegzuwerfen. Focko liebte die See offenbar mehr als sie, und das musste sie akzeptieren. Ihr Herz sollte für Wilfried frei sein. Frida reckte das Kinn. Sie würde ein gutes Leben an seiner Seite haben.

»Mama, darf ich mich schon umziehen?«, rief Meike, Fridas zehnjährige Tochter, von unten und riss sie aus ihren Überlegungen.

»Nun sei nicht so ungeduldig, aber meinetwegen«, antwortete Frida schmunzelnd, denn Meike konnte die Hochzeit kaum erwarten. Sie liebte Wilfried fast abgöttisch. »Pass nur auf, dass du dich nicht schon vor der Trauung schmutzig machst.«

»Bestimmt nicht. Ich will doch hübsch aussehen«, rief sie.

»Ist Peter denn schon fertig?«, fragte Frida und kämmte sich das Haar erst nach vorn und dann wieder nach hinten. Teilte es mit einem Scheitel und band es dann doch wieder fest.

»Keine Ahnung, der schmollt wieder. Bestimmt hat er sich vom Acker gemacht und ist zu Oma Hanne geradelt. So wie immer, wenn ihm was nicht passt.«

Frida seufzte. Peter wehrte sich nach wie vor mit Händen und Füßen gegen die Heirat mit Wilfried, weil er nur Focko als Vater akzeptierte. Deshalb verschwand er nach der Schule ziemlich oft zu seiner anderen Großmutter, die allerdings keinen guten Einfluss auf ihn hatte. Sie lebte in Fedderwardersiel in einem kleinen Fischerhaus und hielt sich seit dem Tod ihres Mannes und Fockos Verschwinden mehr schlecht als recht über Wasser. Mal pulte sie Krabben, dann wieder flickte sie Netze oder verkaufte selbst gestrickte Sachen, wofür sie auch die Wolle spann.

»Bitte schau, ob du Peter nicht doch auf dem Hof finden kannst«, rief Frida jetzt. »Ich möchte, dass wir alle fertig sind, wenn die Kutsche kommt. Und er soll sich vorher waschen und umkleiden.«

Er muss sich fügen, dachte Frida. Ich habe ein Anrecht auf ein kleines bisschen Glück.

»Mach ich!«

Frida hörte, wie die Tür zuschlug und Meike nach ihrem Bruder rief.

Frida freute sich auf ihre Zukunft. Sie brauchte eine starke Schulter, an die sie sich lehnen konnte, einen Mann an ihrer Seite, auf den sie sich verlassen konnte. Außerdem redeten die Leute schon. Eine geschiedene Frau mit zwei Kindern und einem Dauerverlobten – das war auf einem Dorf Zündstoff, zumal allen bekannt war, dass Meike und Peter zwei Väter hatten. Ihr Sohn sah Focko einfach zu ähnlich.

»Peter!«, hörte sie Meike rufen. »Ach, da bist du ja. O nein, wie siehst du denn aus? Mama wird schimpfen. Jetzt komm rein, wasch dich und zieh dich um! Ich sag das sonst Oma!«

»Oma hat das schon gesehen«, ertönte Margrets strenge Stimme. »Antraben, mien Jung!«

»Ich komm ja schon!«

Wieder ging unten die Tür. Kurz darauf hörte Frida die Toilettenspülung, und ihr Sohn musste sich weitere Schimpftiraden seiner Großmutter anhören.

Es wird Zeit, dass mein Leben in geordnete Bahnen kommt, dachte Frida. Ein Vater, der bei ihnen lebte, wird dem Jungen guttun. Wilfried war ein Macher, und er kümmerte sich um alles mit großer Beharrlichkeit. Für Frida war es eine immense Erleichterung, dass sie nicht ständig für alles allein sorgen musste, sondern jemanden hatte, der auch ihr einmal etwas abnahm.

Sie hatten in Eckwarden ein Haus gebaut und wollten dort heute ihre Hochzeitsnacht verbringen. Es war im Augenblick leicht, günstige Kredite zu bekommen, und so hatten sie beschlossen, sich ein eigenes Nest zu schaffen. Das Schönste daran war, dass Frida in unmittelbarer Nähe zu ihrer besten Freundin Erna wohnen würde. Sie lebte zwei Straßen weiter mit ihrer Mutter, Tochter und ihrem Bruder samt Frau in einem anderen Neubau.

Frida zog den Lidstrich nach und war mit dem Ergebnis zufrieden. Jetzt die Haare etwas strähnig nach vorn, dann müsste es gut aussehen, wenn der Schleier gesteckt wurde.

Sie wollte eine schöne Braut sein und sich den Tag durch nichts vermiesen lassen. Weder von Peters schlechter Laune noch von ihren eigenen nagenden Gedanken.

»Es ist jetzt, wie es ist«, sagte sie mit Nachdruck, weil es ihr schwerfiel, das kleine Haus am Deich zu verlassen. Sie schaute sich ein bisschen wehmütig um, denn die Kate war immer ihr Zufluchtsort gewesen. Auch wenn ihr Traum, Pianistin zu werden, in Butjadingen gescheitert war, hatte ihr dieses Häuschen immer Halt und ein Zuhause gegeben.

Aus alter Gewohnheit guckte Frida noch einmal aus dem Fenster, von wo aus sie bis zum Deich blicken konnte. Er zog sich wie ein grüner Wall die Nordseeküste entlang, und für sie gab es nichts Schöneres, als von dort aus über den Jadebusen zu schauen. Den Blick in die Weite gerichtet, umweht vom ewigen norddeutschen Wind und dem Kreischen der Möwen.

Das würde sie zukünftig nicht mehr so ohne Weiteres tun können. Zwar war auch Eckwarden nicht weit entfernt, aber wollte sie mal eben am Abend ans Wasser, musste das fortan geplant werden.

»Frida?« Von unten ertönte jetzt die Stimme ihrer Mutter.

»Ja?«

»Bist du so weit, dass ich dir ins Kleid helfen kann?« Ihre Mutter rief nicht, sie trällerte, denn Margret Köhle war überglücklich, dass Frida endlich in die Ehe mit Wilfried eingewilligt hatte. Es war ihr eigener persönlicher Glückstag!

»Ja, du kannst gleich kommen!« Ein letzter prüfender Blick in den Spiegel. Frida nickte ihrem Konterfei aufmunternd zu und stand auf. Alles war gut und richtig, was sie tat.

Ihr Hochzeitskleid hing auf einem Bügel an der Tür. Ein Traum aus weißer Spitze, mit engem Oberteil und einem weit ausgestellten Rock, der ihr bis zu den Waden reichte. Ihre Mutter kam ins Zimmer, und Frida fragte: »Ist Peter auch gewaschen und umgezogen?«

»Jo, dem hab ich eben Beine gemacht«, antwortete Margret. »An einem Tag wie heute hat er zu gehorchen. Wo kommen wir denn sonst hin? Du heiratest!«

Kaum hatte sie das gesagt, schaute Peters roter Schopf um die Ecke. »Ich bin fertig«, verkündete er und klebte eine lose Haarsträhne mit etwas Spucke an der Kopfseite fest. Er sah niedlich aus in seinem grauen Anzug mit Weste, selbst wenn die Hose ein bisschen zu kurz war und über dem Knöchel endete. Dafür war das Sakko zu weit und dessen Ärmel zu lang. Unten ragten gerade so seine Fingerspitzen heraus. Frida unterdrückte ein Grinsen. Da war ihre Mutter mal wieder gewohnt geizig gewesen und hatte an allen Ecken und Enden gespart. Wahrscheinlich hatte sie sich die Teile des Anzugs irgendwo in der Nachbarschaft ausgeliehen, würde sie nach dem Fest ausbürsten, glätten und stiekum zurückbringen.

»Das ist schön, Peter. Ich freue mich«, lobte Frida ihn, aber sein Gesichtsausdruck blieb stur.

»Vater wäre überglücklich«, sagte ihre Mutter und griff nach dem Kleid. »Er tanzt sicher vor Freude in seinem Grab, weil du eine so gute Partie mit diesem wunderbaren Mann machst.«

Bis auf Peter waren sich alle einig, dass diese Ehe unter einem guten Stern stand. Frida wollte das gern glauben und hoffte, dass es wirklich so war und diese Ehe nicht in demselben Desaster endete wie ihre erste mit Horst Hinrichs. Der Mann war allerdings ein echter Filou gewesen, was man von Wilfried wirklich nicht behaupten konnte. Er liebte sie tief und aufrichtig. Sonst hätte er niemals so lange auf sie gewartet. Frida hoffte, ihn nicht zu enttäuschen.

Peter schob gerade bockig die Unterlippe vor und erklärte mit fester Stimme: »Ich komm nicht mit zur Kirche.« Er saß blass und in sich gekehrt am Küchentisch und pulte an seinen Fingernägeln.

Margret war sichtlich drauf und dran, eine Schimpftirade loszulassen, doch der warnende Blick ihrer Tochter ließ sie verstummen.

»Peter, du würdest mir aber eine große Freude machen«, wandte sich Frida an ihn, doch ihr Sohn schüttelte vehement den Kopf. »Ich mag Wilfried nicht und will ihn auch nicht zum Stiefvater haben. Deshalb werde ich auch nicht mitfeiern.«

»Peter«, wies ihn seine Großmutter nun doch zurecht. »Es steht dir keineswegs zu, so mit deiner Mutter zu sprechen! Und es steht dir erst recht nicht zu, ihre Feier zu torpedieren.«

»Also, ich freue mich auf die Hochzeit.« Meike war ebenfalls hinzugetreten und fixierte ihren Bruder mit verächtlichem Blick. Sie hatte schon ihr Festkleid an. Es bestand aus beigefarbener Spitze mit hellblauem Saum. Darüber trug sie ein kurzes Jäckchen – farblich abgestimmt. Erna hatte beides genäht und sich dabei selbst übertroffen. »Wir können froh sein, dass Wilfried unser Papa wird«, fuhr Meike belehrend fort und sonnte sich sichtlich darin, wie sehr sie ihrer Mutter zur Seite stand. Wenn sie so dozierte, wirkte sie oft etwas altklug, und sie erreichte bei ihrem Bruder meist das Gegenteil von dem, was sie wollte.

Am liebsten hätte Frida sie jetzt unterbrochen, aber Meike hatte sich in Fahrt geredet und war nicht mehr zu stoppen. Wie ein Wasserfall sprudelte es aus ihr heraus: »Mein richtiger Vater gratuliert mir nicht einmal zum Geburtstag, und deiner hat sich aus dem Staub gemacht. Er meldet sich ebenfalls nicht bei dir. Also: Warum bitte sollten wir Wilfried doof finden?« Sie verschränkte ihre Arme, genau wie ihre Oma, vor der Brust und nahm dieselbe herausfordernde Haltung ein.

»Kommt, lasst das Thema«, sagte Frida versöhnlich. »Wir wissen, dass wir unterschiedlicher Meinung sind, aber wir haben auch gelernt, damit umzugehen.«

Peter hielt sich die Ohren zu und krauste zornig die Stirn. »Ich habe einen richtigen Vater«, schnaubte er – wie jedes Mal. »Und er wird zurückkommen, mich mitnehmen und mit mir die Welt erkunden.« Er stampfte trotzig auf.

Nun wurde es Margret offenbar doch zu viel. »Schluss jetzt!«, unterbrach sie die Diskussion. »Das führt zu nichts. Heute ist die Hochzeit eurer Mutter, und ihr reißt euch zusammen. Ich will jetzt nichts mehr hören – und schon gar keinen Streit!«

Frida schwieg, denn ihre Mutter hatte ja recht. Es stimmte sie jedes Mal traurig, wenn sich ihre Kinder Wilfrieds wegen so angifteten.

»Und jetzt raus, ich will eurer Mama ins Kleid helfen!« Mit einem Händeklatschen scheuchte sie die Kinder hinaus.

*

An der Reling des Frachtschiffes *Orkania* stand Focko Ewert und starrte auf die offene See. Die letzte Nacht war furchtbar gewesen, weil er von Frida geträumt und ihn das nicht wieder hatte einschlafen lassen. Das war so lange nicht mehr passiert. Inzwischen waren ihm Mittel und Wege geläufig, seine große Liebe aus den Gedanken zu verbannen und sie woandershin zu lenken.

Am besten halfen ihm Arbeit und Zerstreuung am nächsten Hafen, wobei er Bier und Gin den Frauen vorzog, denn ließ er sich mit einer ein, quälte ihn die Sehnsucht nach Frida anschließend noch viel stärker. Die Begegnungen mit anderen Frauen verursachten meist eine große Leere. Erst schmeckte alles aufregend, dann süß und am Ende so bitter, als hätte er Galle im Mund.

Focko rieb sich die Wange, weil der Traum noch so entsetzlich präsent war: Frida hatte mit einem weißen Spitzenkleid auf einem Felsen gesessen und mit ihrer vollen dunklen Stimme in einem auf- und abschwellenden Singsang nach ihm gerufen. Wie eine Seejungfrau, die ihr sehnsüchtiges Lied über das Meer schickte. »Focko! Focko! Focko, was soll ich tun?«

War sie etwa in Gefahr?

Er lachte bitter auf und flüsterte: »Sie wird diesen Doktor heiraten oder hat es längst getan. Ganz so, wie es ihre Mutter gewünscht hatte. Sie braucht dich armen Seemann nicht mehr.«

Focko hatte noch das wütende und entschlossene Gesicht von Margret Köhle vor Augen, als sie ihn an dem Novemberabend abgefangen und zum Teufel gejagt hatte.

»Geschichte«, beschwichtigte er sich leise. »Aus und vorbei.«

Er schaute zum Himmel, der sich in strahlendem Blau präsentierte und Leichtigkeit suggerierte. Ein Gefühl, das Focko schon lange nicht mehr hatte. Wann war ihm zuletzt unbeschwert zumute gewesen? Seit er Butjadingen verlassen hatte, kein einziges Mal. Und war auch nur ein Anflug gekommen, drängte sich Fridas Bild sofort wieder vor sein inneres Auge, und jegliche Fröhlichkeit wurde mit dem Seewind davongeblasen.

Manchmal hasste sich Focko dafür, dass er diese Frau so sehr liebte und er es zuließ, nicht ohne sie glücklich werden zu können.

»Moin, Focko, bist ja wieder ganz in dich gekehrt.« Sein Kumpel Hein klopfte ihm auf die Schulter. Ihm hatte Focko mal kurz von Frida erzählt.

»Heute Abend laufen wir den Hafen von Nyborg an. Fünen soll eine fantastische Insel sein. Und nachher kommst du mit, wenn wir die Stadt unsicher machen und uns richtig volllaufen lassen. Bestimmt finden wir eine Spelunke, wo das auch in Dänemark möglich ist.« Hein stieß ihn in die Seite. »Heute Abend erwarten uns mit Sicherheit wunnerbaare Däninnen. Ich kann es kaum erwarten.«

Focko stieß es ab, wenn Hein so redete.

»Kein Interesse, das weißt du.«

»Deine Frida kommt auch nicht zurück, wenn du hier den Mönch spielst«, sagte Hein. »Du musst endlich wieder leben, Focko. Was nützt es denn, wenn du dich immer zurückziehst? Eines Tages ist alles vorbei, und das Einzige, auf das du verweisen kannst, ist: Du warst einer Ollen treu, die dich gar nicht wollte, sondern lieber 'nen Doktor genommen hat.«

Zack, das hatte gesessen, aber niemals wollte Focko zugeben, dass Hein recht hatte.

Frida verschwendete an ihn vermutlich nur halb so viele Gedanken wie er an sie. Wenn sie überhaupt noch an ihn dachte.

»Es ist schön hier«, brummte Focko und versuchte Hein damit abzulenken. Sie durchquerten gerade den Großen Belt. Der Frachter schob sich steuerbord an Fünen vorbei. Focko musste sich jetzt losreißen, denn er wurde beim Anlegemanöver gebraucht. Er würde gleich Ärger bekommen, wenn er sich nicht sputete. Und schon tickte ihn Hein an.

»Du solltest hier nicht allzu lange rumstehen. Das gibt unnötigen Krach mit den anderen, die sowieso meinen, du träumst zu viel und vergisst deine Arbeit und sie müssten für dich mitschuften.«

Hein fingerte nach einer seiner Zigaretten, die er stets lose in der weiten Hose aufbewahrte. Sie war schon etwas zerknickt, aber mit einem geschickten Griff brachte er sie wieder in Form und suchte nun das Feuerzeug.

»Dafür reicht es aber noch. Auch eine?«

Focko schüttelte den Kopf. Er rauchte nicht, auch wenn es fast alle taten.

Hein zündete sich die Fluppe an und nahm den ersten Zug. »Du musst wirklich aufpassen, Focko. Ich krieg so einige Dinge mit. Über dich wird viel geredet. Weil du dich selbst zum Außenseiter machst.«

»Ich arbeite genauso hart wie der Rest«, entgegnete Focko mit gepresster Stimme. »Und was ich sonst mache, geht wohl keinen was an. Ich bin eben nicht so gesellig und brauch ab und zu meine Ruhe.«

»Ich versteh das ja.« Hein schmauchte einen Kringel. »Aber ich finde, du solltest wissen, was so erzählt wird.«

»Nun weiß ich das«, sagte Focko. »Ich komm gleich.« Er warf einen Blick nach steuerbord. »Wir legen auch bald an.«

Hein klopfte ihm noch einmal freundschaftlich auf die Schulter. »Komm schon und hör auf, von deiner Deern zu träumen. Wir finden sicher was Hübsches für dich. Die Frauen warten schon! Die freuen sich auf uns, das kannst du mir glauben.«

Focko sog die Luft tief ein. Es war wirklich unklug, sich immer zu verkriechen. Hein hatte im Grunde recht. Er machte sich zum Außenseiter und bekam Frida trotzdem nicht zurück. So langsam sollte er sich an den Gedanken gewöhnen und mit dem Leben beginnen.

»Na gut, Hein! Ich bin heute dabei, und wir machen später die Kneipen von Nyborg unsicher.«

»So gefällst du mir schon besser!« Hein nahm noch einmal einen kräftigen Zug, schnippte die Zigarette dann auf den Boden und trat sie mit dem Ballen aus.

»Wir sehen uns!« Hein hob die Hand zum Gruß, und Focko winkte ihm nach.

»Bis später!«

Er schaute noch einmal über den Belt. Es war, wie es war. Er würde heute Abend in einer Bar zu viel trinken, danach in den Armen einer fremden Frau liegen und Frida für ein paar Stunden vergessen können. Bis die Erinnerung ihn erneut heimsuchte.

Kapitel 2

Frida genoss die letzten Augenblicke vor der Hochzeit mit sich allein, nachdem ihre Mutter das Zimmer verlassen hatte. Sie sah an sich hinunter und fand sich in ihrem Brautkleid wunderschön. Es betonte ihre Figur, und unter dem knielangen Rock ragten ihre schlanken, wohlgeformten Beine heraus.

Das Dekolleté war ebenfalls vorteilhaft. Gekonnt umspielte es ihre nicht ganz so üppige Oberweite. Gemeinsam mit Erna hatte sie in Bremerhaven bei Karstadt passende Pumps erstanden, in denen sie sogar bequem laufen und später auch tanzen konnte. Schließlich würde sie als Braut häufig auf die Tanzfläche müssen. Ihr Schleier reichte bis knapp über die Schultern, so wie es Mode war. Das Aufstecken hatte ihr dann doch etwas Mühe bereitet, aber schließlich saß er so, wie es ihren Vorstellungen entsprach. Vorn lugte eine Haarsträhne heraus, die sie in Form gezupft und mit etwas Festiger fixiert hatte. Noch ein letzter Griff zum Lippenstift – und fertig war sie.

Frida wurde vom Hufgetrappel aus ihren Gedanken gerissen. Das musste die weiße Hochzeitskutsche sein, auf die Wilfried bestanden hatte.

»Ich möchte eine Traumhochzeit, mit allem, was dazugehört«, hatte er gesagt, und Frida wollte ihn gewähren lassen, weil es ihn froh stimmte, ihr eine Freude zu machen.

Sie atmete einmal tief durch, straffte den Rücken, ging mit klopfendem Herzen zur Tür und blieb am Treppenabsatz stehen. Wie viele Jahre war sie nun diese alte Treppe hinuntergelaufen? Wie oft hatte sie in diesem Haus gelacht und geweint? Sie würde es jetzt verlassen und nur noch wiederkommen, wenn sie ihre Mutter besuchte. Es war ein eigenartiges Gefühl. Frida gab sich einen Ruck.

Unten wartete schon ihre Mutter mit den beiden Kindern. Rechts hatte sie Peter an der Hand, links Meike.

Beide sahen in der festlichen Kleidung ungewohnt aus. Obwohl sie Peter schon im Anzug gesehen hatte, wirkte er jetzt fremd auf sie, eigentlich kannte Frida ihn nur mit seinen geflickten Hosen und der Joppe, weil er sich weigerte, etwas anderes anzuziehen.

Er schaute betreten zu Boden, aber seiner Mutter war sein störrischer Blick nicht entgangen.

Ihr Herz begann zu rasen, denn nun wurde es ernst.

Langsam schritt Frida die Stufen hinunter. Ihre Mutter blickte ihr mit Tränen in den Augen entgegen.

Sie sah sich um, ob Wilfried womöglich schon ins Haus gekommen war. Frida wusste, dass ihre Mutter einen genau ausgeklügelten Plan hatte, wie das erste Aufeinandertreffen stattfinden sollte.

»Bitte warte hier! Dein Zukünftiger soll dich draußen als seine Braut im Empfang nehmen, und da erhältst du den Brautstrauß.«

Frida war froh, dass die erste Begegnung mit Wilfried im intimen Kreis stattfand, alle anderen Gäste würden an der Eckwarder Kirche warten.

Ernas Bruder Herold stand schon an seinem Wagen, um Fridas Mutter und die Kinder einzuladen.

Ihre Mutter zupfte noch ein bisschen an Schleier und Kleid herum, ehe sie ihrer Tochter gestattete, dem Bräutigam gegenüberzutreten.

Wilfried war bereits von der Kutsche gestiegen und stand neben den beiden Schimmeln, die wie ergeben den Kopf senkten, als Frida auf das Gefährt zutrat.

Er wischte sich tatsächlich vor Rührung mit dem Ärmel über die Augen, als er seine Zukünftige sah.

»Du bist die schönste Braut der Welt«, sagte er mit belegter Stimme, während er ihr den üppigen Brautstrauß reichte.

Frida wurde warm ums Herz. »Was für schöne Blumen«, sagte sie, als ihr der zart-süße Rosenduft in die Nase kroch. Sie strich mit dem Zeigefinger sacht über die roten Blüten, die zusammen mit den Pfingstrosen und den etwas dunkler gehaltenen Callas ein prächtiges Bild abgaben. Der Strauß war kurz gebunden und würde zu ihrem Kleid einen großartigen Kontrast bilden.

»Ach, Frida«, flüsterte Wilfried. »Frida, du machst mich zum glücklichsten Mann der Welt.«

Sie lächelte ihrem Zukünftigen zu. »Der Brautstrauß ist um so vieles schöner, als ich erwartet habe. Allein der zauberhafte Duft! Ich freue mich auch.«

Schon als die Worte aus ihr heraussprudelten, wusste sie, dass sie etwas anderes hätte sagen sollen. Wilfried sprach über Liebe, sie über Blumen.

Frida spürte, dass sie rot anlief, und versuchte, ihren Fauxpas wiedergutzumachen. »Es ist alles so aufregend, da fehlen mir die richtigen Worte. Verzeih mir.«

Wilfried reichte ihr die Hand. »Die werden wir auch noch finden.«

»Ja, es wird alles gut«, bestätigte sie schnell. »Nun komm, lass uns zur Kirche fahren!«

Um einzusteigen, benötigte Frida die Hilfe ihrer Mutter, denn sie wollte weder das Kleid beschmutzen noch zerknittern. Margret hatte der kurzen Unterhaltung gelauscht und zupfte mit griesgrämigem Gesichtsausdruck am Stoff herum. »So, jetzt könnt ihr fahren.« Sie wandte sich an Herold. »Wollen wir auch?«

»Da ich die Trauung nur ungern verpassen würde, halte ich das für eine großartige Idee. – Viel Glück euch beiden«, sagte Herold zum Brautpaar. »Das wird sicher eine wunderbare Feier nachher.«

Frida fürchtete sich allerdings ein bisschen davor. Wilfried hatte eine Tanzkapelle mit vier Musikern engagiert. Die Gruppe würde im Eckwarder Hof mit Gitarre, Akkordeon, Schlagzeug und Bass für Stimmung sorgen.

Auch zu essen würde reichlich aufgetischt werden, so wie es bei einer Hochzeit auf dem Land üblich war.

Genau wie das halbe Dorf nebst nahen Verwandten und Freunden eingeladen war und auch etliche Kollegen aus Wilfrieds Klinik. Inzwischen war er Chefarzt, und deshalb kamen zahlreiche Gäste mit Rang und Namen. Ihre Hochzeit war das Ereignis in der Region!

Die Kirchenglocken läuteten, und Frida fuhr ein Schauer über den Rücken, als sie von der Kutsche stieg und schon von draußen sah, dass die Kirche bis zum letzten Platz gefüllt war. Wilfried reichte ihr die Hand, damit sie das Gefährt unbeschadet verlassen konnte.

Als Trauzeugin fungierte Fridas beste Freundin Erna, und Wilfried stand sein Freund und Kollege Doktor Heiko Mansfeld bei. Sie warteten schon auf das Brautpaar. Erna hatte sich ein wunderschönes Kleid aus hellblauem Chiffon genäht. Ihr Haar trug sie neuerdings gelockt und kinnlang. Wie immer strahlte sie wie die aufgehende Sonne.

Pastor Wilfers wartete neben dem Kirchenportal auf sie. »Dann wollen wir mal den Schritt in die richtige Richtung machen«, sagte er. »Sind Sie so weit?«

Frida war erstaunt gewesen, dass der Pfarrer keine Schwierigkeiten gemacht hatte, denn sie war schließlich eine geschiedene Frau. Allerdings hatte sie Horst damals nicht kirchlich geheiratet.

Wilfried und Frida nickten synchron und mussten sich das Lachen verkneifen, weil es wirkte wie das Nicken der Hühner ihrer Mutter beim Körnerpicken.

Pastor Wilfers in seinem schwarzen Talar schritt würdevoll voran.

Frida streckte den Rücken und schloss kurz die Augen. Sie hatte sich zum Einzug eines ihrer Lieblingsstücke, den Kanon in D-Dur von Pachelbel, gewünscht. Ihr Herz klopfte in freudiger Erwartung, als der Organist die ersten Töne anspielte, während sie das Kirchenschiff betraten und sich alle Gäste erhoben.

In Gedanken glitten bei jedem Ton ihre Finger mit über die Tasten und schlugen die Töne an. Sie passte ihren Schritt dem Rhythmus an, und Wilfried drückte kurz ihren Arm, weil sie beinahe tanzte. Sie konnte es einfach nicht lassen, in Gedanken bei ihrem Klavierspiel zu sein, wenn sie Musik hörte.

Frida riss sich zusammen, schließlich wollte sie nicht unangenehm auffallen und zum Gespött der Hochzeitsgesellschaft werden.

Vor dem Altar standen für das Brautpaar zwei hochlehnige Stühle, daneben je einer für die Trauzeugen.

Frida setzte sich mit zitternden Knien und bemerkte, dass auch der Brautstrauß vor Aufregung vibrierte.

Ihr kroch der typische Kirchenduft in die Nase. Dieser leicht süßliche Geruch vermischte sich mit dem von Kerzen. Frida wollte jede Sekunde in ihre Gedanken brennen, jedes Wort konservieren, und doch bekam sie von der Zeremonie nicht viel mit. Ständig schweiften ihre Gedanken ab und beschäftigten sich mit der anstehenden Obsternte und ob ihre Mutter das überhaupt allein schaffte.

Kam sie in die Realität zurück, schlug ihr Herz so heftig, dass sie befürchtete, die anderen müssten es laut pochen hören.

Frida zuckte zusammen, als sie gewahr wurde, dass sich die Zeremonie dem Ende zuneigte und sie gleich die alles entscheidende Frage beantworten musste.

Wilfried nahm ihre Hand, als er aufstand, und drückte sie fest. Frida erkannte die Sorge darin, dass sie es sich vielleicht doch in allerletzter Sekunde anders überlegen könnte. Deshalb erwiderte sie seinen Druck. Sofort entspannten sich seine Gesichtszüge.

Sie sah dem Pastor fest in die Augen, als er sie fragte: »Möchten Sie, Frida Hinrichs geborene Köhle, diesen Mann, Doktor Wilfried Hansen, zu Ihrem angetrauten Ehemann nehmen? Ihn lieben und ehren in guten und in schlechten Tagen, so antworten Sie mit ›Ja, mit Gottes Hilfe‹.«

»Ja, mit Gottes Hilfe«, sagte Frida mit glasklarer Stimme, die keine Zweifel daran ließ, dass es ihr sehr ernst war.

Auch Wilfrieds Stimme war kräftig, aber sie zitterte vor Aufregung.

Heiko Mansfeld reichte ihnen die Ringe.

Frida war froh, dass es ihr mit den zitternden Fingern gelang, Wilfried den Ring überzustülpen, ohne dass er hinunterfiel.

Ihr traten Tränen in die Augen, als die Gemeinde das Lied *Lobet den Herren*, anstimmte. Frida war so gerührt, dass sie selbst kaum mitsingen konnte. Wenn eine Liebe so viele Dinge überdauerte, so vielen Stürmen standhielt und der Mann weiter um sie warb, obwohl sie zauderte und zauderte, so konnte es nur bedeuten, dass sie es gemeinsam schaffen würden. Es wurde für Frida Zeit, dass sie in einen sicheren Hafen einlief.

Vor der Kirche standen etliche Menschen, die drinnen keinen Platz mehr gefunden hatten, ihnen jetzt aber freudig zuwinkten.

»Gleich tanzen wir uns ins Glück«, verkündete Wilfried.

Sie wurden von allen Seiten mit Gratulationen überhäuft, und Frida war froh, dass ihr die Mutter die vielen Blumen und Päckchen abnahm.

»So sieht ein gesegneter Anfang aus«, flüsterte Wilfried seiner Frau ins Ohr.

Plötzlich ertönte eine keifende Stimme, die sich mit jedem Wort in noch schrillere Höhen schraubte. »Verflucht sei sie! Verflucht! Und wie dieses Weibsstück verflucht sein soll! Zur Hölle soll sie fahren, dem Satan soll sie die Füße schrubben und sich dabei verbrennen!«

Die Menge der Gäste fuhr verschreckt auseinander, und Hanne Ewert bahnte sich energisch ihren Weg. Schon im Laufen ballte Fockos Mutter und Peters Oma die Faust, hörte aber zumindest mit dem Geschrei auf. Doch ihr Schweigen war fast noch bedrohlicher, denn ihr Blick wirkte vollkommen irre. Das war sicher auch ihrem Aussehen geschuldet. Das Haar lugte wirr unter dem grauen Kopftuch hervor. Ihr schwarzer Rock bauschte sich beim Laufen und gab die dünnen Beine frei, die in einer schwarzen, durchlöcherten Wollstrumpfhose steckten. Ihre Lederschuhe waren schlammverkrustet.

Alle waren wie gelähmt, und keiner hielt sie auf, als

sie sich vor Frida aufbaute und mit ihrem ausgestreckten knöchernen Zeigefinger auf das frisch getraute Paar zeigte. Sie holte einmal tief Luft, bevor sie erneut mit schriller Stimme kreischte: »Frida, ich verfluche dich und deine Ehe. Ich verfluche jedes Kind bis ins übernächste Glied, das du noch bekommen solltest. Du hast mir zweimal meinen Sohn genommen, weil du ihn verhext und an dich gebunden hast.« Ihre Worte klangen messerscharf und akzentuiert. »Auch dein Peter wird dich verlassen, damit du denselben Schmerz verspürst wie ich. Du sollst wissen, wie es sich anfühlt, wenn eine Mutter ihren Sohn verliert.« Jetzt schraubte sich die Stimme in schwindelerregende Höhen, und den letzten Satz spie sie regelrecht heraus: »Du sollst dafür bluten, was du angerichtet hast, denn du bist und bleibst eine Hure …«

Genau wie Wilfried und die Gäste ließ Frida diese Tirade völlig erstarrt über sich ergehen. Sie bekam nur am Rande mit, dass endlich jemand die alte Frau Ewert fortzog und ihr den Mund zuhielt.

Es war Pastor Wilfers.

»Wir leben doch nicht mehr im Mittelalter, dass man einer alten Hexe Glauben schenkt«, hörte Frida.

»Na ja, immerhin ist es die zweite Ehe, und die Kinder haben auch verschiedene Väter …«, erhob sich eine Stimme. Und schon tropfte der böse Tratsch zwischen den Gästen umher und war nicht mehr aufzuhalten.

»Ein bisschen was ist dran«, raunte eine Frau. »Immerhin hat sie Focko gleich zweimal auf See geschickt und Horst Hinrichs verlassen. So ganz unrecht hat Hanne nicht.«

Frida wollte sich wehren, losschreien, wie ungerecht das alles war. Schließlich hatte Horst sie ständig betrogen. Focko aber war für sie da gewesen. Sie war keine Hure, und hätte Hannes Sohn sich nicht einfach aus dem Staub gemacht, stünde sie jetzt wohl mit ihm hier. Sie wollte doch nur ein kleines bisschen Glück – und Wilfried versprach es ihr. Aber nicht einmal das war ihr vergönnt.

Frida kam sich vor wie in einem Pulk von Hyänen, die sie gleich zerfleischen würden.

Wilfried versuchte, Frida fortzuziehen. »Komm, lass die Leute reden. Wir gehen jetzt feiern.«

Frida nickte und schaffte es weiterzugehen.

»Alles in Ordnung?«, fragte ihr Mann.

»Ja, geht schon. Ich habe mich nur sehr erschrocken«, sagte sie tapfer, obwohl nichts in Ordnung war. »Wer rechnet schon mit so etwas?« Sie bemühte sich um ein Lächeln, doch da blieb diese dunkle Wolke, die einen mächtigen Schatten auf ihr vorsichtiges Glück geworfen hatte.

Dann zuckte sie zusammen. Mit zitterndem Kinn sah sie Peter, der sich die graue Anzugjacke auszog und seiner Großmutter folgte, die mit gebeugter Haltung den Friedhof verließ. Frida öffnete den Mund, doch ihr kam kein Ton über die Lippen.

*

Margret stand erschrocken neben dem Glockenturm und schaute Hanne Ewert nach. Ihre Worte hingen noch immer unheilschwanger in der Luft. Was, wenn solche Verwünschungen doch eintraten und Fridas Glück nun gefährdet war?

Margret stützte sich am Backstein der Kirchenmauer ab, weil ihr kurzzeitig übel wurde. Ein paarmal musste sie tief durchatmen, bevor sie in der Verfassung war, ihre Gedanken zu sortieren.

Eine Amsel flog keckernd an ihr vorbei, aber Margret bedachte sie nicht einmal mit einem Blick.

Du darfst an solche Verwünschungen nicht glauben, ermahnte sie sich. Alles würde gut werden, und es war richtig gewesen, sich einzumischen und Focko Ewert in die Flucht zu schlagen. Es hatte Zeiten gegeben, in denen sie ihn durchaus als Traumschwiegersohn gesehen hatte, aber da waren die Bedingungen noch vollkommen anders gewesen. Nach dem Desaster ihrer Ehe mit Horst hätte Frida nichts Besseres als Wilfried passieren können. Er liebte sie, trug ihre Tochter auf Händen und konnte ihr eine gesicherte Zukunft bieten. Auch wenn für ihn das Feuer in Frida nicht ganz so hoch loderte, wie es für Focko gebrannt hatte, so war ihre Tochter dem Kinderarzt doch von ganzem Herzen zugetan und würde langfristig zufrieden mit ihm leben können. Manchmal musste man den jungen Menschen eben zu ihrem Glück verhelfen. Hanne Ewert sollte sich mal nicht so haben, schließlich hätte Focko ja auch Katrine heiraten können. Immerhin waren sie verlobt gewesen, und die Entscheidung, zur See zu fahren und sein Leben in Butjadingen hinter sich zu lassen, hatte er ganz allein getroffen. Daran trug Frida keine Schuld.

Margret atmete einmal tief durch und schaute sich um. Doch sie war allein, die Gäste waren weitergegangen. Sie hoffte, Frida würde sich rasch beruhigen und diesen dummen Zwischenfall schnell vergessen.

Wichtig war einzig, dass ihre Tochter niemals von ihrem Gespräch mit Focko erfuhr, denn diese Einmischung würde Frida ihr sicher nie verzeihen.

»Margret?«

Sie fuhr zusammen. »Ach, Herold. Hast du mich erschreckt«, antwortete sie lächelnd.

»Das hat dich eben getroffen, stimmt's?«, fragte er.

»Und wie! Wie konnte Hanne so etwas tun?«

Herold zuckte mit den Schultern und strich sich das blonde Haar zurück, weil sich die gegelte Tolle etwas gelöst hatte. »Sie ist nach dem Tod ihres Mannes allein und hat alle Hoffnungen auf Focko gesetzt. Ich kann durchaus verstehen, dass sie sehr einsam ist und nach jemandem sucht, den sie verantwortlich machen kann. In Frida hat sie eine Schuldige gefunden.« Er umfasste Margrets Handgelenk und drehte sie sacht zu sich. »Was ich aber auf keinen Fall toleriere und akzeptiere, ist die Art und Weise, wie sie ihrer Wut Luft gemacht hat. Wie kann sie nur Fridas Hochzeit verderben?«

Dankbar sah Margret Ernas Bruder an. Er war zu einem gut aussehenden Mann geworden, nachdem er sich von der jahrelangen Kriegsgefangenschaft in Sibirien, aus der er erst vor sieben Jahren als Spätheimkehrer zurückgekommen war, erholt hatte und sich bei der Bank sicher in Lohn und Brot wusste.

»Das frag ich mich auch«, gab Margret zurück. »Du glaubst gar nicht, wie ich mich das frage.«

»Aber nun komm. Wir können es am besten wiedergutmachen, wenn wir einfach so tun, als wäre nichts gewesen, und jetzt mit Frida und Wilfried feiern.«

Margret zögerte, und Herold nahm ihren Arm. »Sind denn schon alle los?«

»Der Saal wird bereits voll sein. Komm, lassen wir den Kaffee nicht kalt und den Kuchen nicht trocken werden.«

Seine Worte entlockten Margret ein leichtes Lächeln. Er hatte recht. Je mehr sie auf diesen Zwischenfall gaben, desto schlimmer würde es werden.

Sie verließen das Kirchenareal, überquerten die Straße und steuerten auf die Gaststätte zu.

»Dann lass uns die Hochzeit gebührlich feiern«, sagte Margret.

»Egal, was alte Hexen so von sich geben, das werden wir tun.« Herold feixte. »Es ist ein Glückstag für Frida und Wilfried, und den sollten wir uns von nichts und niemanden kaputt machen lassen.«

Margret gab sich einen Ruck. Ja, heute war ein Glückstag. Ein wunderbarer Glückstag. Und sie würde ihn genießen. »Kein Mensch wird je erfahren, was ich getan habe«, murmelte sie vor sich hin, biss sich aber sogleich auf die Zunge, als sie merkte, dass sie den Satz nicht nur gedacht hatte.

»Hast du was gesagt?«, fragte Herold.

Margret schüttelte energisch den Kopf. »Nein, da hast du dich verhört.« Sie reckte das Kinn und rang sich ein Lächeln ab. »Horch, wie alle schnacken und sich freuen.«

Kapitel 3

Wilfried schaute besorgt zu Frida. Sie wirkte noch immer sehr erschrocken, auch wenn sie sich bemühte, alles mit einem Lächeln zu überspielen. Ihre Mimik entspannte sich ein wenig, als sie ihre Mutter zusammen mit Herold in den Saal treten sah und beide keineswegs beunruhigt wirkten.

Wilfried drückte Fridas Hand und flüsterte: »Liebes, bitte gräm dich nicht. Frau Ewert ist eine alte und verbitterte Frau. Sie sollte keine Macht über uns haben.«

Frida lächelte unsicher. Ihre Handinnenflächen waren schweißnass. »Aber ich mache mir Sorgen wegen Peter. Er ist der alten Schachtel gefolgt, und sie hat keinen guten Einfluss auf ihn. Wer weiß, welche Dinge sie ihm nun einredet. Ständig ist er bei ihr, und wenn er zurückkommt, spuckt er Gift. Es ist manchmal beinahe so, als ob sie ihn regelrecht mit bösen Dingen infiziert.«

»Ich weiß«, bestätigte Wilfried mit so lautem Seufzen, dass er die Aufmerksamkeit der Umstehenden auf sich zog und beruhigend in die Runde lächelte, bevor er weitersprach. »Aber ich glaube, Peter kommt gleich von allein zurück. Er wird es dir nicht antun und unserer Hochzeit länger fernbleiben.«

Frida hob die Brauen und drückte auf diese Weise ihre

Skepsis aus. »Wir werden sehen. Aber nun komm. Wir müssen uns um unsere Gäste kümmern.«

Zusammen näherten sie sich dem festlich gedeckten Tisch, der unter den köstlichen Torten fast zusammenbrach. Käsekuchen wechselte sich mit kleinen Sahnetörtchen ab, dazwischen prangten Obstböden mit Erdbeeren und der übliche Kaffeekuchen mit Füllung. Das Hotel hatte sich selbst übertroffen.

»Das sieht alles so fantastisch aus«, sagte Frida. »Ich weiß gar nicht, was ich zuerst wählen soll.«

»Ich weiß es aber.« Wilfried wies mit dem Kopf ein bisschen seitlich. Vor lauter Aufregung hatte Frida die Hauptattraktion übersehen. Denn dort thronte eine mehrstöckige Hochzeitstorte auf dem Tisch.

»Wahnsinn!« Frida schlug die Hand vor den Mund.

»Ist meine Überraschung gelungen?«, schmunzelte Wilfried.

»Und wie! Damit habe ich gar nicht gerechnet. Was für eine wunderbare Torte!«

»Ja, nicht? Ich habe sie extra vom Konditor mit deinen Lieblingssorten anrichten lassen«, erklärte Wilfried stolz.

»Hoch lebe das Brautpaar!«, rief Wilfrieds Freund, und Kollege Heiko Mansfeld sprang auf und klatschte in die Hände. »Jetzt wird die Torte angeschnitten!«

Der Akkordeonspieler der Band betätigte ein paar Tasten, und schon ertönte das Lied *Hoch soll'n sie leben …*

Frida und Wilfried lauschten dem Chor ihrer Gäste. Sie sangen nicht sauber, und so manches Mal verrutschte jemand im Text – und doch war es der herrlichste Gesang, den Wilfried je gehört hatte. Weil er von Herzen kam. Weil er den Tag schöner machte und das Unheil wegzuspülen schien. Er drückte seiner Frau einen Kuss auf die Stirn.

Ehrfürchtig stand Frida vor der Torte, auf deren oberstem Plateau ein Brautpaar in zwei miteinander verschlungenen Ringen tanzte.

»Wir danken allen«, rief Wilfried in den Saal, als der Gesang verstummt war.

Er griff nach dem großen Kuchenmesser, das auf einem Teller neben der Torte platziert war.

Frida zuckte unvermittelt zurück, als wäre sie eben erwacht. »Peter ist noch gar nicht da. Ich habe mir so sehr gewünscht, dass er dabei ist.«

Wilfried sah seine Angetraute arg verunsichert an. Es stimmte zwar, aber wer konnte bei dem Bengel schon sagen, wann er zurückkam? Und wenn er jetzt nicht da war und sich lieber bei seiner Oma aufhielt, war er schließlich selbst schuld.

»Wir können doch unmöglich auf ihn warten!«, sagte er. »Die Gäste möchten Kaffee trinken.«

»Aber er ist mein Sohn«, widersprach Frida und schaute hoffnungsvoll zur Tür, ob dort nicht Peters roter Schopf auftauchte.

Wilfried war ihrem Blick gefolgt. Er flüsterte Frida ins Ohr: »Sollte er wirklich mit Hanne im Bus nach Fedderwardersiel gefahren sein, wird er dort stundenlang bleiben und erst den letzten wieder zurück nehmen. Es ist nicht das erste Mal.«

»Aber heute ist unsere Hochzeit«, wandte Frida verzweifelt ein. »Das kann er mir doch nicht antun!«

In Wilfried wuchs echter Unmut gegen Peter. Er hatte in den Jahren, seitdem er um Frida warb, alles getan, um das Vertrauen ihres Sohnes zu gewinnen. Was ihm bei Meike auf Anhieb gelungen war, gestaltete sich bei Peter zu einer regelrechten Katastrophe. Je mehr er es versuchte, desto schlimmer schien es zu werden. Er biss bei Peter auf Granit, und es zermürbte ihn ungemein. Dass es der Junge aber sogar wagte, ihnen die Hochzeit zu verderben, war eine Schippe zu viel.

In Frida arbeitete es sichtlich. Schließlich reckte sie das Kinn. »Du hast recht«, stimmte sie ihm zu, und in ihrem Gesicht flammte Zorn auf. »Peter kann was erleben. Er darf sich nicht alles erlauben. Wir schneiden jetzt die Torte an.«

»Immerhin weißt du, wo er steckt, und musst dir keine Sorgen machen«, raunte Wilfried und lächelte dabei in die Runde.

Sie griffen nach dem Messer, nahmen das erste Stück heraus, und unter der Sahne bot sich ihnen ein Traum aus fluffigem Karamell auf einem leichten braunen Biskuit. Die lockere Creme war durchsetzt von winzigen Schokosplittern. Frida legte ihrem Bräutigam das erste Stück auf den Teller.

»Auf unser süßes Leben«, sagte er. »Und nun zur zweiten Etage«, forderte Wilfried seine Frau auf, und so arbeiteten sie sich durch die nächste und übernächste Schicht.

Wilfried wandte sich mit einer ausladenden Bewegung an die Gäste und eröffnete somit das Kuchenbuffet.

Wilfried entschied sich für die schokoladige Sorte.

Frida griff zur Ostfriesentorte, die ganz oben zu finden war.

»Möge unser Leben wirklich so süß und leicht werden, wie es die Creme verspricht«, sagte sie.

»Es wäre der Himmel auf Erden«, bestätigte Wilfried auf dem Weg zu ihrem Platz. Dort stellte er fest, dass die dunklen Schokosplitter entgegen seiner Anweisung aus Zartbitterschokolade bestanden.

Die Bedienung flitzte mit gefüllten Kaffee- und Teekannen von Tisch zu Tisch. Durch den Saal zogen feine Kaffeeschwaden, die sich mit dem Duft der Torten und

Obstböden zu einer unvergleichlich leichten Melange vermischten.

So duftet Glück, dachte Wilfried und legte einen Schokosplitter an den Tellerrand.

»Magst du das nicht?«, fragte Frida.

»Zu bitter«, antwortete er knapp. »Zartbitter mag ich nicht.«

In dem Augenblick trat Peter in den Saal. Vollkommen verdreckt und die Haare wirr im Gesicht.

Frida stand sofort auf und lief ihm entgegen. »Wo warst du?«, zischte sie.

»Ich war bei meiner Familie«, sagte er so laut, dass es viele der Gäste mitbekamen.

»*Wir* sind deine Familie«, sagte Wilfried, der Frida gefolgt war, aber schon, als er es sagte, wusste er, welchen Fehler er begangen hatte.

Peter schaute ihn so hasserfüllt an wie noch nie. »Du kannst anstellen, was du willst, Wilfried Hansen«, fauchte er. »Du wirst niemals mein Vater sein, denn den habe ich schon. Er fährt zur See, aber meine Oma hat gesagt, dass er eines Tages zurückkommen wird, um mich zu holen. Und ganz sicher nimmt er dann auch meine Mama mit!«

Dass Peter ihm nicht vor die Füße spuckte, erschien beinahe als Wunder. Frida zog ihn zu ihrem Tisch. »Wir essen jetzt Torte, dann gehst du dich waschen. Und nun will ich kein einziges Wort mehr hören. Kein einziges Wort!«

Sie setzten sich wieder an ihren Tisch, und Frida schob Peter ein Stück Kuchen mit Schokosplittern rüber. Er versenkte die Gabel in der Sahne und lutschte sie ab. Dann verzog er das Gesicht. »Die Torte passt zu dieser doofen Hochzeit«, sagte er. »Die Schokolade ist bitter. Saubitter. Und so soll es bei euch auch sein – saubitter!« Das letzte Wort spuckte er regelrecht aus.

Frida sprang auf und gab ihrem Sohn eine kräftige Ohrfeige. Erschrocken fuhr sie zurück. Wilfried starrte sie mit offenem Mund an.

Peter rieb sich theatralisch die Wange. »Das hast du noch nie gemacht«, jammerte er. »Noch nie!«

Die gesamte Hochzeitsgesellschaft war erstarrt. Etliche Stimmen wurden laut, die Frida beipflichteten. »Gut gemacht.« »Das wurde auch mal Zeit, dass der Jung ein paar zwischen die Hörner kriegt!«

Doch Frida schämte sich trotz aller Zustimmung, dass sie sich dazu hatte hinreißen lassen, Peter zu ohrfeigen.

Sie nahm ihren Sohn in den Arm, aber er schob sie weg.

»Ich danke dir, dass du noch gekommen bist.« Mit diesen Worten versuchte sie eine Brücke zu bauen, doch Peter schüttelte nur den Kopf.

Sie rang mit sich. »Lass uns vor die Tür gehen!«

Widerstrebend folgte Peter ihr. Jetzt, da nicht mehr alle Blicke auf sie gerichtet waren, konnte er ein wenig nachgeben.

Draußen wagte Frida einen weiteren Vorstoß, nachdem sie eine ganze Weile geschwiegen hatten. »Entschuldige. Das hätte mir nicht passieren dürfen.« Sie strich ihm über die gerötete Wange und drückte dann ihre Nase in sein rotes Haar. Es roch ein bisschen nach Schweiß und Sand, aber auch nach der frischen Nordseeluft. »Ich war ziemlich wütend«, sagte sie. »Ach was, nicht nur wütend. Ich war traurig und enttäuscht. Ein bisschen ängstlich, weil ich in Sorge war, wenn du einfach verschwindest – wie immer.« Sie seufzte. Peter stahl sich allzu oft heimlich zu seiner Großmutter nach Fedderwardersiel. Meist hinterließ er nur einen Zettel auf dem Küchentisch.

Bin bei Oma Hanne.

»Es tut mir weh, wenn du einfach so verschwindest«,

sagte Frida. »Und mir nur diese Zettel hinterlässt.« Sie atmete tief durch und fügte müde hinzu: »Trotzdem verstehe ich dich. Du glaubst gar nicht, wie sehr.«

Peter schluchzte auf, dann begann er zu weinen. »Ich hätte mir das alles so anders gewünscht«, flüsterte er, und plötzlich war es, als breche ein Damm. Endlich spülte aus ihm heraus, was er schon so lange in sich reingefressen und geschluckt hatte. »Erst war ich traurig, weil Horst nicht mein Vater war, auch wenn ich alles gemacht hab, dass er mich mag. Dann kam mein Papa Focko, und wir haben uns so gut verstanden.« Er wischte sich mit dem Ärmel durchs Gesicht und zog einen Faden. Frida reichte ihm ein Taschentuch. Er schnäuzte sich heftig und atmete schwer. »Mami, ich habe so gehofft, dass Papa zurückkommt, bevor du Wilfried heiratest. Und das hat er nicht getan. Er ist einfach weggeblieben.«

Frida biss sich auf die Unterlippe. So ging es nicht weiter. Es mochte zwar nach landläufiger Meinung so sein, dass man mit Kindern nicht über Beziehungen sprach, nur half es ja niemandem, wenn Peter sich sein Leben lang Hoffnungen auf etwas machte, was niemals eintreten würde.

Sie überlegte eine Weile, wie sie ihrem Sohn alles erklären sollte. Dann sagte sie zögerlich: »Weißt du, dein Vater und ich: Das passte nicht. Wir hatten nie eine Zukunft, auch wenn wir es uns eine Weile sehr gewünscht haben. Wir kommen aus verschiedenen Welten …«

Peter rückte ein Stück ab und trocknete erneut mit dem Ärmel die Tränen. »Mama, das stimmt nicht«, widersprach er. »Mein Papa ist genauso Fischer, wie deiner es mal war. Du hast doch gar keine Ärzte als Eltern. Warum passt du dann besser zu Wilfried?«

Darauf wusste Frida auch keine Antwort. Peter hatte

das Grundproblem auf den Punkt gebracht und die Situation messerscharf reflektiert.

Ihr Vater war vor dem Zweiten Weltkrieg in Stettin Fischer gewesen und hatte sich nach der Flucht in Butjadingen nicht nur als Tagelöhner, sondern auch wieder als Fischer verdingt. Sie kam nicht aus gehobenen Verhältnissen wie Wilfried, auch wenn sie damals vorhatte, Pianistin zu werden. Damals, als sie als einfache Fischerstochter in Stettin das Konservatorium besucht hatte.

Peter schaute sie fragend an. Sie war ihrem Sohn eine Antwort schuldig.

»Ich möchte für dich und Meike ein gutes Leben«, wich sie aus. »Dass ihr eine vernünftige Ausbildung bekommt. Und mein Wunsch ist, Klavier zu spielen und mich der Musik widmen zu können.«

»Das ist dir wirklich so wichtig?«, fragte Peter.

»So wichtig wie dir das Bootfahren und Kicken«, bestätigte Frida. »Weißt du, früher hatte ich ganz andere Träume als das Leben, was ich heute führe. Ich wollte auf die Bühne. Als Pianistin die Zuschauer im Konzertsaal begeistern.« Frida hielt inne. »Aber das waren Flausen. Das Leben ist, wie es ist, und ich versuche, das Beste draus zu machen. Wilfried ist ein Teil davon.« Sie schluckte, denn es klang berechnend, was sie sagte, aber so war es nicht. »Außerdem liebe ich deinen Stiefvater von ganzem Herzen. Er ist ein guter Mann, und er wird euch ein guter Papa sein, da sei dir ganz sicher. Er würde niemals einfach weglaufen.«

Peter hatte Frida mit großen Augen zugehört und wischte sich die letzten Tränen aus dem Gesicht. »Bist du dir da sicher?«

»Ganz sicher!«, bestätigte sie.

Peter nickte tapfer. »Dann will ich es versuchen!«

Kapitel 4

Es war so weit: Frida und Wilfried sollten den Tanz eröffnen.

Als die ersten Töne des Kaiserwalzers von Johann Strauß erklangen, umfasste Wilfried seine Braut, und sie schwebten gemeinsam übers Parkett.

Frida sah, wie Peter auf ihre Mutter zusteuerte, die am Nebentisch saß und mit den Nachbarn klönte. Er verbeugte sich kurz vor seiner Oma und forderte sie tatsächlich zum Tanzen auf.

»Schau mal«, sagte sie zu Wilfried. »Jetzt wird doch noch alles gut!«

Die Gäste amüsierten sich prächtig. Wer nicht tanzte, saß am Platz und unterhielt sich, andere tranken Schnaps an der Bar.

Sanne und Meike tobten miteinander durch den Saal, und dann entdeckte Frida, dass Peter jetzt mit ihrer besten Freundin Erna tanzte. Sie erschien Frida in der letzten Zeit einsam, auch wenn sie endlich mit ihrer Tochter Sanne zusammenleben konnte. Nur die Liebe blieb ihr verwehrt, obwohl Frida sicher war, dass Erna sich nach einem Mann und einer starken Schulter sehnte, um nicht selbst dauernd die Starke sein zu müssen. Das Zusammenleben mit Sanne war sicher nicht immer leicht. Die

Jahre in der Pflegefamilie und im Heim waren an Ernas Tochter nicht spurlos vorübergegangen, und sie reagierte oft unwirsch oder überheblich.

Als Erna damals von Stefan Müller schwanger geworden und ihr Vater mit der Beziehung alles andere als einverstanden gewesen war, hatte er seine eigene Tochter verstoßen und dafür gesorgt, dass Sanne zunächst in eine Pflegefamilie und dann in ein Heim gekommen war. Es hatte Jahre gedauert, ehe Erna endlich das Sorgerecht zugesprochen wurde – und es hatte an den Kräften ihrer Freundin gezehrt und ihre Seele verwundet. Frida beschlich des Öfteren die Ahnung, dass Erna auch den Tod ihres Verlobten nie wirklich verkraftet hatte. Erst war sie von ihm nach Strich und Faden belogen und betrogen worden, und dann hatte ihr eigener Vater ihn umgebracht. Dafür war Heinz von Geest nie zur Rechenschaft gezogen worden. Am Ende hatte er sich, wenn auch ohne Geständnis, selbst gerichtet und einen anderen Mann mit in den Tod gerissen.

Aber Erna lächelte alles weg – bloß keine Schwäche zeigen. Sie war eine von Geest. Diesen Dünkel konnte sie wohl doch nie ganz ablegen.

In dem großen Haus, das ihr Bruder Herold in Eckwarden gebaut hatte, lebte auch noch ihre Mutter Stine, die allerdings nach einem Unfall im Rollstuhl saß. Und Herold war derweil mit Wiebke verheiratet. Mit dieser Beziehung hatte Erna allerdings ein paar Probleme. Wiebke hatte zwar ein freundliches Wesen, aber sie vereinnahmte Herold, und so blieb für Erna kaum Platz, was ihr Alleinsein sicher noch verstärkte. Ein Bruder war eben kein Ersatz für einen Ehemann.

Frida wusste von kleineren Liebschaften, die Erna immer mal einging, aber sie ließ sich nie auf eine tiefere

Beziehung ein. Fast so, als wüsste sie gleich, dass derjenige auf keinen Fall der Richtige war.

Heute flirtete sie mit Wilfrieds Kollegen Heiko Mansfeld, der ihr tüchtig den Hof machte und schon die ganze Zeit um ihre Freundin herumscharwenzelte. Doch jetzt tanzte er mit Frida.

Ihr taten inzwischen die Füße weh. Sie lächelte Heiko Mansfeld freundlich zu. Er war ein begnadeter Tänzer, und es machte wirklich Spaß, mit ihm übers Parkett zu fegen.

Auch er hatte Erna und Peter entdeckt, und über sein Gesicht glitt ein breites Lächeln. »Ich mag Erna sehr. Sie ist blitzgescheit und dazu ausnehmend hübsch!«

Was Frida besonders freute, war die Tatsache, dass er zuerst erwähnt hatte, wie schlau ihre Freundin war.

Wie schön wäre es, wenn sie sich wieder verlieben könnte.

»Ich geh dann mal zu ihr«, sagte er am Ende des Tanzes.

Frida zuckte zusammen, als plötzlich ein Tusch ertönte und sie den Brautstrauß werfen sollte. Sie drehte sich mit dem Rücken zum Pulk der wartenden Frauen, warf den Strauß – und er flog Erna direkt in die Hände.

»Ich habe ihn!«, jubelte sie. »Nur ist gar kein Bräutigam in Sicht«, verkündete sie lauthals.

»Der kommt schon noch«, versuchte Frida ihre Freundin zu trösten.

»Ich vertrau keinem mehr«, erregte sich Erna weiter. »Bis auf deinen Kerl sind es alles Schweine. Wenn sie haben, was sie wollen, machen sie sich auf und davon. Denk daran, was Focko gemacht hat. Focko. Stefan. Es ist die Pest!«

»Sind ja nicht alle so.« Frida rollte mit den Augen.

Warum machte Erna nun ausgerechnet auf ihrer Hochzeit eine solch lautstarke Szene? Sie wollte an diesem Tag doch nicht über Focko diskutieren.

Aber Erna ließ sich kein bisschen beirren. »Alle. Bis auf deinen Doktor Hansen. Den hätte ich mir an deiner Stelle auch gegriffen.« Sie reckte das Kinn. »Da muss man mir jetzt wohl mal einen Kerl backen, damit ich nicht aus der Reihe tanze und dummes Zeug mache«, sagte Erna spöttisch.

Sie machte zwei Schritte auf Fridas Mann zu und ergriff seine Hand. Dann zerrte sie ihn Richtung Tanzfläche.

»Jetzt muss der Bräutigam ganz dringend noch einmal mit der Trauzeugin tanzen«, rief sie euphorisch. Frida war kurz versucht, zu ihr zu laufen und sie vom Parkett zu ziehen, aber wie hätte das ausgesehen? Sie war froh, dass Wilfried sich selbst aus der Umklammerung löste. »Wir haben heute schon viel getanzt, Erna.«

Erna zog schon wieder einen Schmollmund. »Das akzeptiere ich nicht!« Sie legte einfach ihre Arme um Wilfrieds Hals und versuchte, ihn in die Mitte des Saals zu ziehen. Er wehrte sich, aber zugleich war er bemüht, nicht zu viel Aufmerksamkeit auf sich zu ziehen.

»Frida hat den Vogel abgeschossen und den besten Mann gekriegt«, rief Erna nun quer durch den Saal – leider unüberhörbar. Die meisten Gäste taten so, als würden sie nichts bemerken, doch es musste ein Ende haben, denn das ging entschieden zu weit, auch wenn sie zu viel getrunken hatte.

Bevor Frida jedoch selbst reagieren konnte, trat ihre Mutter aus der Menge und zog Erna rabiat von Wilfried fort.

»Schluss jetzt!«, befahl sie. »Schäm dich!«

»Frida bekommt immer, was sie will«, brach es aus

Erna heraus. »Immer.« Dann wurde sie plötzlich kleinlaut. Marschierte auf einen Tisch zu, setzte sich und winkte der Bedienung. Das Glas Sekt stürzte sie in einem Zug hinunter. Danach legte sie die Hände vors Gesicht und saß wie eine Statue da. So als begreife sie erst jetzt, was sie angestellt hatte.

Kapitel 5

Focko war übel. Er hatte zu viel Bier oder, wie die Dänen sagten, Oel getrunken, dazu eine Menge Aquavit. Und das, obwohl Alkohol hier weiß Gott nicht billig war und man sich den Rausch durchaus leisten können musste.

Focko war es gleichgültig. Er hatte niemanden zu versorgen, kein Haus, das abzuzahlen war, und so stand es ihm frei, die Heuer zu versaufen und zu verhuren.

Trotzig nahm er dieses Privileg jetzt in Anspruch, denn der Rausch lenkte wunderbar von seiner Sehnsucht nach Frida und dem furchtbaren Gefühl des Versagens ab, weil er sich gegen seine Schwiegermutter nicht durchgesetzt hatte und er gegangen war, weil sie es wünschte.

Damals war es ihm so vorgekommen, als hätte sie einfach die besseren Argumente. Als wäre es absolut richtig, was sie sagte, und dass es vernünftig war, Frida Wilfried zu überlassen.

»Endlich benimmst du dich wie einer von uns«, lallte Hein und schlug Focko auf die Schulter. »So gefällt uns das.«

»Lasst ihr mich dann von jetzt an in Ruhe?«, fragte Focko. Er hickste und schluckte den sauren Mageninhalt, der sich durch die Speiseröhre nach oben schob, hinunter.

»Wenn du dabeibleibst«, sagte Hein. »Warst schließlich schon ein paarmal mit – und dann hast du dich wieder gedrückt und den braven Knaben gespielt.« Er plusterte sich wichtigtuerisch auf. »Wär schon gut, wenn das keine Eintagsfliege war.« Er kicherte. »Einnachtsfliege müsste es heißen. Schließlich schwärmen wir im Dunklen.«

»Jo, ich verkriech mich nicht mehr«, stimmte Focko zu. Er war in diesem Moment fest davon überzeugt, dass er zukünftig mit den anderen Seeleuten bannig viel Spaß in den Hafenstädten haben würde.

Zukünftig würde er nicht mehr schief angesehen oder gar angegriffen werden, weil er sich endlich so benahm, wie es erwartet wurde. Und dazu gehörte nun mal, dass sie sich bei den Landgängen einen hinter die Binde kippten und dass sie hin und wieder verschiedene Etablissements aufsuchten und sich schöne Frauen gönnten.

Focko torkelte weiter mit Hein durch Nyborgs Straßen auf der Suche nach den schönen Frauen, die mit ihrem Alkoholpegel ohnehin noch aufreizender wirkten, als sie es waren, und dadurch die Einsamkeit auf See mit dem oft stupiden Leben inmitten des Ozeans vergessen ließen.

Eine junge, nur leicht bekleidete Frau winkte ihnen lächelnd zu, und gleich darauf wurde sie von einer weiteren Dame mit hochhackigen schwarzen Stiefeln flankiert, die den beiden Männern verführerisch zublinzelte.

»Hej«, begrüßte die Grellblonde sie. Dann sagte sie etwas auf Dänisch, was keiner der beiden verstand.

Doch sie waren auch bruchstückhaft der deutschen Sprache mächtig und konnten sich schnell verständigen. Schließlich war es nicht schwer, weil alle wussten, worauf es hinauslief.

Hein schien unschlüssig, mit welcher Frau er die nächste halbe Stunde verbringen wollte. Focko ließ ihm die Wahl, weil ihm egal war, wem er folgte. Schließlich entschied sich Hein für die Blonde, und Focko folgte der Dunkelhaarigen.

»Ich bin Matilde«, sagte sie. Sie roch gut. Ein bisschen nach Flieder, und so vermittelte sie Focko das Gefühl von Sommer und Unbeschwertheit. »Komm.«

Er nickte und stolperte ihr hinterher in ein schäbiges Treppenhaus mit abbröckelnder Wandfarbe.

»Hast du Kronen?«, fragte Mathilde. »Genug Kronen?«

Focko nickte. Er würde heute Nacht zum Abschluss ihres Besäufnisses einen Teil seiner Heuer in diesem muffigen Etablissement ausgeben, bevor sie morgen wieder in See stachen und sich an den langen Abenden nur mit ihren Heldentaten zwischen Schnaps und Bier in heruntergekommenen Spelunken brüsten konnten. Die Frauen wurden von Erzählung zu Erzählung hübscher und wilder, der Sex exorbitant. Und doch wussten alle, welcher Illusion sie sich hingaben und dass bei ihnen hinterher nichts als ein schales Gefühl zurückblieb, das im nächsten Hafen mit neuen Erlebnissen übertüncht werden würde.

Focko schaute sich in dem kleinen Zimmer um. Es war einfach eingerichtet. Ein breites Bett, eine Waschschüssel und ein Spiegel, der das Geschehen auf dem Laken wiedergab und alles verrucht wirken ließ. Mathilde zog den Vorhang zu und lächelte Focko auffordernd an. »Kronen?«, fragte sie.

Er warf ihr die abgesprochene Summe aufs Laken. Auch wenn das Licht gedämmt war, erkannte er doch, dass sein Vorgänger Spuren hinterlassen hatte.

Plötzlich stieß Focko ab, was er hier vorhatte.

Matilde ließ ihn aber nicht weiter nachdenken, sondern kam gleich zur Sache. Wie eine Marionette ließ Focko all das über sich ergehen, nahm das freundlich gespielte Gurren, das genauso zum Geschäft gehörte wie ihre Begeisterung für seinen männlichen Körper und die Illusion, sie würde genießen, was sie mit ihm tat, zur Kenntnis.

Nach wenigen Minuten war alles vorbei.

Focko rollte sich schnaufend von Mathilde und erwachte so brutal aus seiner Illusion, als wäre er ins kalte Wasser geworfen worden. Er begann zu würgen und schaffte es gerade noch, seinen Mageninhalt in der Waschschüssel zu verteilen. Ihm kam es so vor, als ob er seine Seele gleich mit hineinspie.

»Zu viel Bier«, kommentierte Mathilde und zog sich wieder an.

»Zu viel Hure«, murmelte Focko und rieb sich den schmerzenden Schädel.

»Du musst gehen. Es kommen gleich neuer Kunde und ich noch sauber machen muss«, sagte Mathilde radebrechend.

»Hast du ein Glas Wasser?«

Mathilde zog kurz die Brauen hoch, nahm dann aber einen Krug, den sie auf der Kommode platziert hatte, und goss etwas Wasser in ein Glas. Sie reichte es ihm. »Weil du es bist, Seemann.«

Focko bedankte sich. »Bist ein gutes Mädchen«, sagte er. »Und Entschuldigung für die Sauerei da.«

»Bist ja nicht der Erste.« Mathilda komplimentierte ihn aus dem Zimmer. Doch bevor er in den dunklen, muffigen Gang stolpern konnte, sah sie ihn noch einmal mit ihren großen dunklen Augen an. »Ich kenne die Männer. Glaub mir. Du nicht bist wie andere. Du liebst Frau.« Sie legte den Kopf schief. »Wenn ich dir Tipp geben darf, Focko –« Sie hielt kurz inne, weil sie ihre Worte sortieren musste. »Hör auf mit See. Hör auf mit Hure, und heirate endlich Frau, die du liebst!« Sie hauchte ihm einen Kuss auf die Wange. Hej, hej«, sagte sie winkend. »Ich will dich nicht wiedersehen.«

Dann schloss sie die Tür hinter ihm.

Focko musste sich erst sammeln. Er hatte eben mit der Hure Mathilda geschlafen und seinen Mann gestanden. Und trotzdem wusste sie, wo sein Herz zu Hause war.

»Beachtlich«, murmelte Focko. »Wirklich beachtlich.«

Er ging die Treppen hinunter und war froh, dass es einen eigenen Eingang gab, weil er deshalb die angeschlossene Spelunke nicht durchqueren musste. Dort saßen wahrscheinlich noch andere Matrosen herum und feierten sich und ihre Heldentaten. Dazu verspürte Focko heute keine Lust mehr. Er wollte allein sein.

Als er auf der Straße stand, sog er die Luft ein paarmal tief ein. Für ihn roch sie süßlich nach Sommer und Glück. Ein lauer schöner Frühlingsabend. An solchen Tagen wurde in Butjadingen geheiratet und gefeiert. Das schmale Fenster des Sommers genutzt, um Lebensfreude zu tanken und die langen hellen Abende zu genießen.

Focko steuerte den Hafen an. Er lief an den kleinen roten Häuschen vorbei, vor denen sich die Stockrosen im Schein der Straßenlaternen in der Maienluft dieser fünischen Hafenstadt wiegten.

Kaum hatte er den Kai erreicht, sah er die mächtigen Schiffe dort liegen. Er schüttelte den Kopf. »Warum muss mir erst eine Hure sagen, was ich tun soll?«, flüsterte er. »Und sie hat so recht. Ich muss nach Hause! Zu Frida, Meike und Peter.« Er hätte Margret keine Macht geben sollen.

Sein Herz sprach doch schon immer die deutlichere Sprache.

*

Es dauerte lange, bis sich Frida und Wilfried in ihr neues Haus zurückziehen konnten. Eine Hochzeit auf dem Land war eben nicht kurz nach Mitternacht vorbei, und das Brautpaar wollte die Gäste nicht brüskieren, obwohl nach und nach immer mehr Stimmen laut wurden, die die beiden aufforderten, ihre Hochzeitsnacht zu genießen. Vor allem die angetrunkenen Männer wurden gern anzüglich.

»Schade, dass ihr keine Flitterwochen habt«, hörte Frida. »Da kann es richtig zur Sache gehen, im Alltag sind die Weiber ja eher spröde.«

Frida war froh, dass Wilfried nicht darauf reagierte, und noch glücklicher war sie darüber, dass ihre Mutter schon gegen ein Uhr mit Meike und Peter nach Eckwardersiel gefahren war, weil sie meinte, dass das Brautpaar in der Hochzeitsnacht allein sein sollte. Zumal sie heute zum ersten Mal in ihrem neuen Haus schlafen würden. Sie hatten noch keine Nacht darin verbracht, obwohl es schon ein paar Wochen lang bezugsfertig war. Da war man auf dem Dorf doch sehr eigenwillig, und weder Wilfried noch Frida wollten Unmut auf sich ziehen.

Sie waren froh, als sie sich endlich aus dem Saal stehlen konnten. Ihr Mann half Frida in den Mantel. Seine Hände zitterten leicht. »Ich bin ein wenig aufgeregt«, entschuldigte er sich.

»Ich auch«, gab Frida zurück.

Sie waren sich zwar schon heimlich so nah gekommen wie ein Ehepaar, aber eine ganze Nacht hatten sie noch nie miteinander verbracht. Es würde das erste Mal sein, dass sie nebeneinander erwachten.

»Was ist das für eine wundervolle Nacht!«, schwärmte Frida, als sie aus dem verräucherten Saal traten. Über ihnen zeigte sich der Himmel sternenklar, und der Mond wachte in voller Größe über das Geschehen.

Auf einem der großen Bäume am Kirchhof hockte ein Kauz und gab seine unheimlichen Schauertöne von sich. Doch Frida gruselte es nicht, denn sie liebte die Geräusche der Natur, die zum Leben auf dem Land ganz selbstverständlich dazugehörten. Über den Gräbern flockten dünne Nebelschlieren, in denen sich das Mondlicht brach und die Kristalle zum Leuchten brachte. Und von den Wiesen und Feldern her zog sich der süße Geruch von frisch gemähtem Gras.

Frida zuckte zusammen, als Wilfried sie sacht berührte.

»Jetzt lass uns schnell nach Hause laufen«, meinte er. »In einer Stunde geht die Sonne auf.«

Frida lachte leise, als von der Wiese her das Brüllen einer Kuh zu hören war und sich gleich darauf ein Reiher krächzend beschwerte. »Die Ersten sind schon wach, wie du hören kannst.«

Es war nicht weit vom Gasthaus zum Haus. Kaum hatten sie die Straße erreicht, schlüpfte Frida aus ihren Schuhen und lief auf Strümpfen weiter. »Ich habe überall Blasen an den Füßen«, stöhnte sie. »Kaum noch auszuhalten.«

Sie überquerten die Straße und bogen in die Lütje Hörn ein. Schon an der grün gestrichenen Gartenpforte zückte Wilfried den Haustürschlüssel.

»Es ist so wunderbar, dass der Mond scheint und uns auch in der Nacht zeigt, was wir jetzt für ein schönes Zuhause haben«, sagte Frida beeindruckt. Das mit roten Backsteinen geklinkerte Häuschen wirkte heimelig. Sie hatten sich für ein in der Region typisches Krüppelwalmdach entschieden. Es war mit roten Ziegeln gedeckt, ein Schornstein reckte sich am hinteren Teil in die Höhe. Weiße Fenster mit hellen Stores verliehen dem Haus ein gemütliches Aussehen.

Frida hatte schon vor einer Woche sämtlichen Hausrat in ihr neues Heim gebracht und das Häuschen nach ihren Vorstellungen eingerichtet. Im Erdgeschoss, rechts neben dem Eingang, befand sich sogar ihr eigenes Musikzimmer.

Darin stand ihr neues Klavier. Den Bechstein aus Eckwardersiel hatte sie nicht mitgenommen, weil Wilfried keine Geschenke von ihrem Ex-Mann im Haus haben wollte. Doch sie besaß nun auch eine lackierte Kommode, worin sie die Notenhefte aufbewahren konnte.

Es war ihr Raum, ihre Rückzugsmöglichkeit, und Frida war Wilfried sehr dankbar, dass er ihr das zugestand.

Jetzt öffnete er die Tür und trug Frida über die Schwelle. Erleichtert, endlich allein zu sein, ließ sie die Schuhe einfach auf den Dielenboden fallen.

Gestern hatte sie schon das Bett im Schlafzimmer bezogen, und Frida freute sich, gleich in die Daunenkissen sinken zu können. Aber sie war auch sicher, dass Wilfried nicht auf sein Recht als Bräutigam verzichten würde. Seine Liebeskünste waren nach wie vor ungelenk und so anders, als sie es von Focko oder Horst kannte, aber Frida hoffte, dass es mit der Zeit besser und auch für sie zufriedenstellender sein würde.

Doch Wilfried zog sie nicht gleich ins Schlafzimmer, sondern in die Stube. Er machte Licht an, und Frida sah, dass er den Esstisch hübsch hergerichtet hatte. Dort standen eine Flasche Chianti und zwei Weingläser neben einem Rosenbukett. Ihr Mann entzündete rasch eine Kerze und löschte die elektrische Lampe wieder.

»Was ist das?«, fragte Frida überrascht. Mit einem Mal war sie hellwach.

»Lass dich überraschen.« Wilfried nahm den Umschlag vom Tisch, der zuvor an der Vase mit den Rosen gelehnt hatte.

»Als ich dir den ersten Antrag gemacht habe, wollte ich dich mit einer Reise an den Gardasee überraschen.« Er schluckte. Diese Verlobung war furchtbar gewesen, weil Peter in derselben Nacht weggelaufen und Focko von der See zurückgekehrt war. Die Reise hatten sie nie angetreten, denn ihre so vielversprechende Liebe hatte einen gewaltigen Knacks bekommen, der nicht richtig hatte gekittet werden können.

»Das war eine wunderschöne Geste«, flüsterte Frida, die ahnte, was kommen würde.

Plötzlich wirkte Wilfried unsicher. Seine Hände und das Kinn zitterten, als er sagte: »Aber jetzt, jetzt steht es uns frei zu fahren, wohin wir wollen. Ich weiß, wie gern du einmal in deinem Leben nach Italien möchtest. Wie sehr du dich nach Ruhe und Wärme sehnst. Nach glasklarem blauem Wasser und einer Kulisse, die dir den Atem rauben wird. Nach gehaltvollem Rotwein, dessen Trauben direkt vor Ort gekeltert werden. Nach Oliven und Zitronen, die dort zu Hause sind.«

Wilfried sah sie erwartungsvoll, fast bittend an. »Möchtest du mich begleiten und mit mir die Hochzeitsreise an den Gardasee machen?«

Es schwang so viel Sehnsucht in diesen Sätzen. Frida konnte gar nicht anders, als sprachlos zu nicken. Erst dann fiel sie ihm um den Hals. »Das ist großartig! Ich habe nicht mehr gehofft, je dorthin zu kommen! – Und ja, es ist ein Traum von mir.«

»Ich habe immer daran geglaubt. Genau wie ich an uns geglaubt habe«, sagte Wilfried. »Du freust dich?«

»Ob ich mich freue?« Frida tanzte quer durch die kleine Stube. »Ich könnte kreischen vor Glück!« Sie kicherte. »Aber dann würde ich die neuen Nachbarn aufwecken, und das will ich nicht. Sonst machen wir uns gleich zu Beginn Feinde.« Sie umarmte Wilfried und grub ihr Gesicht in seine linke Schulter. »Danke, danke, danke.«

Frida spürte sein Herz schlagen und seinen Atem fließen. Sie fühlte sich wohl mit ihm. Geborgen. Wilfried würde ihr nie wehtun.

Nach einigen Sekunden schob sie ihn von sich. »Aber was ist mit den Kindern?«

Wilfried legte seinen Zeigefinger unter ihr Kinn und zog es sacht zu sich hoch. »Deine Mutter ist eingeweiht.«

Frida sah ihn mit großen Augen an. »Soll das etwa heißen, dass wir schon bald fahren?«

»Nicht nur bald«, bestätigte Wilfried. »Übermorgen. Übermorgen fahren wir mit dem Bus nach Bardolino an den Gardasee. Um sechs Uhr geht es los. Wir übernachten in Würzburg.«

Ermattet ließ sich Frida auf den Sessel fallen. »Ich weiß gar nicht, was ich sagen soll.« Schon immer hatte sie von einer weiten Reise und am liebsten nach Italien geträumt. Sie hatte Bilder vom Gardasee gesehen und sich sofort in diese Landschaft verliebt. »Ich werde also den tiefblauen See vor der Nase haben. Die hübschen Häuser, wo jeder nur darauf wartet, dass ein Romeo auf der Straße unter einem der Balkone steht und seiner Julia ein Lied singt. Den Monte Baldo mit seiner reizvollen Kulisse im Norden des Sees und die anderen Berge im Hintergrund?«

»Fast«, sagte Wilfried. »Den Monte Baldo kannst du von Bardolino aus nicht direkt sehen, aber ich verspreche dir, dass wir eine Schifffahrt über den See machen werden, und dann kannst du ihn bestaunen.«

»Du machst Träume wahr, mein Liebster«, sagte Frida. Wilfried zog sie hoch, und ihre Lippen fanden sich wie von selbst. Frida spürte Wilfrieds weiche Zunge, ihr wurde es heiß im Schoß, und plötzlich ging alles wie von selbst. Ihre Körper fanden sich, wie sie es zuvor nicht gekonnt hatten. Sie verschmolzen miteinander, wurden zu einem, der nur ein Ziel hatte, nämlich die Erfüllung ihrer Liebe.

Frida genoss in dieser halben Stunde, was mit ihr und Wilfried, ihren Körpern und Seelen geschah, und die Welt da draußen war mit einem Mal ganz weit weg.

»Es war wunderschön«, sagte Frida hinterher und knabberte an Wilfrieds Schulter.

»Ja, wir beide sind jetzt Mann und Frau.«

Doch dann zuckte Frida erschrocken zusammen. »Du hast zwar die Unterbringung der Kinder geklärt, aber was ist mit meiner Arbeit? Ich muss doch in drei Tagen wieder im Gemüseladen stehen.«

»Ach, Liebes. Daran habe ich doch auch gedacht«, beruhigte Wilfried sie. Aber etwas in seiner Stimme machte Frida hellhörig.

»Du hast dort für mich Urlaub eingereicht?«

Er schüttelte den Kopf. »Nein, keinen Urlaub.«

»Was dann?«, hakte sie mit gefährlich ruhiger Stimme nach, denn sie wusste plötzlich, was unweigerlich folgte.

»Liebes, in den Gemüseladen wirst du jetzt nicht mehr gehen. Meine Frau muss nicht arbeiten, und schon gar nicht als Verkäuferin. Selbstverständlich habe ich für dich gekündigt. Du sollst mir den Rücken freihalten, Haus und Hof versorgen und Klavier spielen. Wie es sich für die Gattin eines Arztes gehört. Das war doch sonnenklar, deshalb wundere ich mich über deine Frage.«

Frida setzte sich auf. Ihr Gesicht versteinerte. »Du hast was getan?«, insistierte sie und versuchte, ihre Sinne zu ordnen. Es war doch ausgeschlossen, dass Wilfried einfach über ihr Leben bestimmte, ohne solche wichtigen

Dinge mit ihr abzusprechen! Für sie war das beileibe nicht sonnenklar!

»Gekündigt«, sagte er ganz ruhig und als wäre es das Selbstverständlichste auf der Welt. »Zukünftig wirst du dich ausschließlich auf die Rolle als meine Frau konzentrieren. Und natürlich auf dein Klavierspiel.«

»Aber…«, hob Frida entrüstet an. »Das geht doch nicht! Ich möchte eigenständig sein. Die Kinder fühlen sich im Haus am Deich wohl und…«

»Frida«, unterbrach Wilfried sie unwirsch und in der Stimmlage, mit der er stets vorgab, wo es langging. »Du bist jetzt die Frau eines Chefarztes, und die steht nicht hinter einer Gemüsetheke. Du wirst mich oft begleiten müssen, schließlich wird es genug gesellschaftliche Anlässe geben. Da geht es nun mal nicht, dass einer der anderen Ärzte oder der Krankenhausdirektor bei dir einen Kohlkopf kauft.«

»Und warum nicht?«, empörte sie sich.

»Weil es nicht geht.«

Wilfried schien müde zu sein und der Diskussion überdrüssig. »Akzeptiere es einfach. Außerdem sollte Margret nicht mehr so oft auf Peter und Meike achtgeben. Es ist besser, du machst das zukünftig selbst.«

»Was ist mit meiner Mutter?« Frida war im Gegensatz zu Wilfried hellwach.

»Ich finde, dass sie manchmal etwas durcheinander wirkt. Vielleicht ist ihr alles zu viel.« Er gähnte, drehte sich um und zog das Deckbett über die Schultern.

»Wann ist sie durcheinander?«, hakte Frida nach.

»Sie verlegt Sachen. Erzählt Dinge mehrfach.« Er gähnte ausgiebig. »So, und nun lass mich bitte schlafen. Es war ein wunderbarer Tag und das hinterher…« Er grunzte wohlig.

Frida saß noch lange aufrecht im Bett und lauschte dem Schnarchen ihres Mannes. Für ihn war also alles klar. Eindeutig, wie ihr Leben zukünftig verlaufen sollte. Nur hatte er es nicht mit ihr abgestimmt. Frida sollte sich fügen. Und es war für ihn absolut selbstverständlich, dass es sich so verhielt. Er war der Bestimmer. Er war der Mann im Haus. So war es nun mal.

Über Fridas Frust konnte auch kein neues Klavier im eigenen Musikzimmer hinweghelfen. Es dauerte, ehe sie dazu in der Lage war, sich hinzulegen und nicht weiter zu grübeln.

Kapitel 6

Erna sortierte in ihrer Boutique in Nordenham gerade die Damenröcke. Sie ärgerte sich über die schreckliche Unordnung. Eine Kundin hatte gleich zehn Stück anprobiert, wahllos zurückgehängt und nicht ordentlich auf die Bügel gezogen. Erna aber legte großen Wert darauf, dass alles korrekt auf dem Ständer hing, denn Unordnung vergraulte ihre Käuferinnen. Sie waren doch kein Plünnenladen!

Erna war froh, dass heute im Geschäft eine Menge los war, denn es ging ihr nicht gut. Sie hatte sich vor einer Woche auf der Hochzeit ihrer besten Freundin danebenbenommen, und das steckte ihr noch heftig in den Knochen. Kleinlaut hatte sie am nächsten Nachmittag bei Frida angerufen und sich entschuldigt, aber so ganz hatte sie ihr den Ausbruch offenbar nicht verziehen, auch wenn Erna versucht hatte, ihr zu erklären, was nicht zu erklären war. So etwas durfte keiner tun und die beste Freundin schon gar nicht.

Aber Fridas zur Schau gestelltes Glück hatte Erna so wehgetan. Der lange unterschwellige Groll war wie von selbst nach oben gespült worden und hatte sich wie eine stinkende Kloake aus ihr ergossen. Sie selbst strampelte sich ihr ganzes Leben lang ab – und doch war sie ständig auf die Nase gefallen und hatte immer nur nach langem

Kampf etwas Glück gefunden. Zu allem Überfluss hatte Frida auch noch den Mann bekommen, den Erna selbst gern gehabt hätte.

Es gehörte sich aber nicht, den Mann ihrer besten Freundin zu begehren. Und doch war es damals auf der Fähre nach Bremerhaven, wo sie sich das erste Mal begegnet waren, Liebe auf den ersten Blick gewesen.

Nur ging es eben nicht. Doktor Wilfried Hansen hatte tabu für sie zu sein.

Leider hatte sogar Sanne am Tag nach der Hochzeit gefragt, ob sie auch in Wilfried verliebt sei, so wie Frida, weil sie so komische Sachen von sich gegeben hätte. Was war das peinlich! Erna war arg in Erklärungsnot geraten, aber am Ende hatte es Sanne zum Glück nicht mehr sonderlich interessiert.

Frida war jetzt mit Wilfried in Italien, und sie genossen hoffentlich die Flitterwochen. Erna betete, dass ihre Freundschaft keinen unwiderruflichen Schaden genommen hatte.

Es war das erste Mal, seit sie sich kannten, dass Frida wirklich missgestimmt war. Obwohl Erna doch nur die Wahrheit ausgesprochen hatte. Oder täuschte sie sich so sehr? In Fridas Herzen schlummerte doch noch immer Focko, auch wenn sie das nicht wahrhaben wollte. Erna hoffte, er würde dieses Mal wirklich auf See bleiben, nicht so schnell wieder auftauchen und ihre Freundin erneut durcheinanderbringen. Denn dass ihm das noch mal gelingen würde, daran zweifelte sie keinen Moment. Die Magie zwischen den beiden war unzerstörbar. Erna atmete tief durch.

Immerhin gab es auch in ihrem Leben seit der Hochzeit einen Bewerber. Ob sie das gut fand, wusste Erna nicht, aber es schmeichelte ihr, dass Doktor Heiko Mansfeld seit einer Woche jeden Abend vor dem Laden auf sie wartete und mit ihr klönen wollte.

Erna hatte den Ständer aufgeräumt und wandte sich nun dem Verkaufstisch mit den Pullovern zu. Es war schon die leichte Sommerware, die sich in recht bunten Farben dort stapelte, aber auch hier hatte die Kundin zugeschlagen und alles durcheinandergebracht. Erna faltete alles Kante auf Kante, trat dann einen Schritt zurück und betrachtete ihr Werk. Hier im Laden war sie zu Hause, hier fühlte sie sich wohl. Was sie von ihrem Privatleben nicht gerade sagen konnte. Wenn es nur halb so geordnet wie der Laden wäre, hätte sie schon eine Menge gewonnen.

Zwar durfte sie endlich mit ihrer Tochter zusammenleben, sie hatte eine hübsche Wohnung, und es war ihr gelungen, sich nach all den Diskrepanzen auch wieder mit ihrer Mutter zu versöhnen, aber ihr fehlte ein Partner.

Neben Heiko hatte es tatsächlich nur wenige Bewerber gegeben, und bei allen war Erna davon überzeugt, dass es niemand wirklich ernst meinte. Sie konnte nach dem Desaster mit Stefan keinem Mann mehr vorbehaltlos vertrauen. Sobald es enger wurde, stieß sie sie weg, verhielt sich wie die Axt im Walde und zerschlug alles um sich herum. Die furchtbaren Jahre, als ihr Sanne weggenommen worden war, weil ihr eigener Vater das veranlasst hatte, waren zu prägend gewesen!

Nein, sie konnte sich einfach nicht verlieben. Nicht richtig und mit Haut und Haar. Was beneidete sie Frida, die sich trotz des Ehe-Desasters mit Horst und des Dilemmas mit Focko doch wieder einem Mann geöffnet hatte. Ja, es war Neid, der sie angetrieben hatte, sich auf der Hochzeit derart danebenzubenehmen. Neid auf die allerbeste Freundin, die sich nie zu schade gewesen war, sie aus dem Dreck zu ziehen.

Trotzdem glaubte Erna bei ihrem letzten Gespräch vor der Abreise eine gewisse Missstimmung wahrgenommen zu haben. Als sie nämlich gefragt hatte: »Wann gehst du denn wieder in den Laden?«, hatte Frida die Lippen zusammengepresst und erst nach einer Weile geantwortet: »Gar nicht mehr. Ich bin jetzt Chefarztfrau.«

Erna hatte nicht gewagt nachzufragen.

Die Ladenglocke läutete und riss sie aus ihren Gedanken. Erna fuhr herum und setzte das Verkäuferinnenlächeln auf, mit dem sie ihre Kundinnen stets freundlich empfing. Doch ihrem Lächeln folgte Erstaunen, als sie sah, wer da zur Tür hineinkam.

Heiko Mansfeld! Dieses Mal wartete er also nicht draußen, sondern betrat ihr Territorium. Etwas war anders als die letzten Tage, an denen er sie immer nur zu ihrer Vespa begleitet hatte.

Er trug eine graue Anzughose mit einem grau karierten Hemd. Die Hose hatte eine akkurat gebügelte Falte, seine schwarzen Schuhe waren auf Hochglanz poliert. Doktor Mansfelds braunes Haar war leicht gelockt, und er trug es der Mode entsprechend mit einem Seitenscheitel nach hinten gekämmt.

Der Arzt hielt außerdem einen dicken Rosenstrauß in der Hand und lief bis zu den Ohrenspitzen rot an, als er ihn überreichte. »Moin, Fräulein von Geest«, druckste er herum. »Ich wollte Sie nicht überrumpeln, aber mir ist nichts Besseres in den Sinn gekommen, als mit der Tür ins Haus zu fallen und Ihnen mit ein paar Rosen meine Aufwartung zu machen.«

»Danke, das sind wundervolle Blumen«, stammelte sie und war unsicher, wie sie reagieren sollte. Erna setzte erneut ein freundliches Lächeln auf, denn nichts war schlimmer, als wenn sie jemanden vor den Kopf stieß, der ihr etwas Gutes tun wollte. Noch waren es schließlich nur Rosen, und wenn sie ehrlich war, rührte sie diese Geste.

Das hatte noch kein Mann getan!

Sie tauchte ihre Nase in das Bukett und sog den süßlichen Duft der roten Blüten ein.

»Sie riechen wunderbar«, sagte sie, denn das Schweigen zwischen ihnen war ihr peinlich. »Ich muss auch gleich wieder arbeiten«, setzte sie hinzu.

»Ich weiß, sobald Kundschaft kommt, bin ich weg«, sagte Doktor Mansfeld. »Aber es freut mich, dass Sie sich über die Rosen freuen.«

»Das tue ich. Wirklich«, bekräftigte Erna. »Warten Sie doch bitte kurz, ich hole rasch hinten aus dem Lager eine Vase, damit sie nicht gleich welk werden. Es ist recht heiß heute.«

Erna rumorte im Lager länger herum als nötig, denn sie wollte Zeit gewinnen. Sie wusste nicht, ob sie sich wirklich freuen sollte. Schließlich förderte sie aus dem Eckschrank eine graue Vase zutage, die ein wenig zu klein für die langstieligen Rosen war, aber ihren Zweck erfüllte, wenn sie sie gegen die Wand lehnte, damit sie nicht umfiel.

Erna beschloss, die Blumen im Büro zu lassen, wo sollten sie auch im Laden stehen? Mit leicht zitternden Knien kehrte sie zu Doktor Mansfeld zurück, der noch immer etwas verunsichert wirkte und nervös mit seinen Händen spielte.

»Ich habe die Blumen ins Büro gestellt und werde sie heute Abend mit nach Eckwarden in meine Wohnung nehmen.«

»Ja, Sie sagten, dass Sie dort mit Ihrer Tochter und auch mit der Mutter und Ihrem Bruder samt Frau in einem großen Haus leben.«

»Ich habe aber eine eigene Wohnung mit meinem

Kind«, warf Erna ein und war selbst erstaunt, warum sie es wichtig fand, das klarzustellen.

Erna musterte ihn. War ihr Doktor Mansfeld auf der Hochzeit noch sehr selbstbewusst vorgekommen, wirkte er jetzt richtig jungenhaft und arg unsicher. Das reizte Erna, ihn herauszufordern.

»Sind Sie eigentlich nur meinetwegen hier, oder hatten Sie in der Gegend zu tun? Weil Sie heute früher dran sind?«

Doktor Mansfeld biss sich verlegen auf die Lippen. Mit dieser Frage hatte er definitiv nicht gerechnet. »Ich könnte jetzt behaupten, ich hätte einen Hausbesuch gemacht, aber ich bin ein miserabler Lügner.« Er lächelte Erna so offenherzig an, dass ihr Herz einen Augenblick schneller schlug.

Sie konnte nicht anders, als kokett zu antworten: »Dann fühle ich mich mal geschmeichelt.«

Heiko Mansfeld nickte. »Vom Krankenhaus aus ist es schließlich nicht weit, da lag es nahe, einmal etwas eher vorbeizuschauen.«

»Ach, Sie möchten sicher auch ein neues Oberhemd oder eine Jacke erstehen?«, fragte Erna, um den jungen Mann aus der Reserve zu locken. »Sehen Sie sich gern um, ob Ihnen etwas gefällt.« Sie krauste spitzbübisch die Nase. »Allerdings habe ich es noch nie erlebt, dass mir ein Kunde schon im Vorfeld mit Rosen die Aufwartung macht, weil er sich so einzigartig von mir bedient fühlt.«

Heiko räusperte sich. »Ich möchte nichts kaufen. Nicht jetzt.«

»Sondern?« Erna nahm den Duft seines Rasierwassers wahr. Ihr gefiel es immer mehr, Doktor Mansfeld ein wenig anzustacheln.

Er strich sich übers Kinn und wirkte mächtig verlegen. Dann holte er tief Luft.

»Mir fällt es schwer, um den heißen Brei herumzureden, also sag ich einfach, wie es ist: Sie sind mir im Gedächtnis geblieben. Unsere Tänze. Die vielen Gespräche, die letzten Abende, an denen ich Sie zu Ihrer Vespa begleiten durfte. Ich denke ständig an Sie. Es hört nicht auf, und da dachte ich, es könnte Ihnen vielleicht ähnlich ergehen, weil Sie mich auch nicht fortgeschickt haben, sondern überaus freundlich waren.« Doktor Mansfeld stockte.

Erna zögerte, aber dann sagte sie geradeheraus: »Ich habe mich auf der Hochzeit danebenbenommen. Dafür schäme ich mich. Wie könnte ich Ihnen da als angenehme Person im Gedächtnis geblieben sein? Das frage ich mich schon seit Tagen.«

»Wir machen doch alle Fehler«, wehrte Heiko ab.

Erna war erleichtert, wie locker der junge Arzt ihr schlechtes Benehmen auffasste. »Es ist mir trotzdem unangenehm. Na gut, legen wir ein Tuch darüber. Ich hoffe nur, Frida ist mir nach ihrer Reise nicht mehr gram.«

»Das wird sie nicht«, sagte Doktor Mansfeld. »Aber deswegen bin ich auch nicht hergekommen. Also nicht, um mit Ihnen darüber zu plaudern, was schiefgelaufen ist.«

Erna strich über einen Pulli, weil sie plötzlich nicht wusste, wohin mit ihren Händen. Auch wenn sie ahnte, worum es ging, fragte sie: »Warum denn dann?«

Heiko Mansfeld nahm offenbar seinen ganzen Mut zusammen und sagte: »Ich wollte Sie fragen, ob ich Sie nach Feierabend abholen und auf ein Glas Bier einladen darf. Ich würde Sie danach auch gern nach Hause bringen – und nicht nur zu Ihrer Vespa.« Er wirkte erleichtert, dass es heraus war.

Erna überlegte kurz. Sie könnte zu Hause Bescheid geben. Sanne hatte heute zusammen mit Meike Klavierunterricht in Varel. Darum kümmerte sich Herold immer und fuhr sie hin und her, weil er einen Wagen hatte. Sie würde nicht vor halb acht zu Hause sein.

»Warum nicht?«, hörte sie sich sagen und war selbst verwundert, dass sie sich auf das Treffen freute.

»Gut, wann soll ich Sie abholen?«, fragte Doktor Mansfeld. »Ich habe mir den neuen Borgward gekauft, ein Traum von Auto.« Er lief wieder rot an. »Entschuldigen Sie, ich wollte jetzt nicht protzen.«

Erna überging das. Obwohl es schon reizvoll war, in einem solchen Wagen mitzufahren.

»Um achtzehn Uhr schließen wir. Um die Ecke gibt es ein kleines Café, das wir aufsuchen können«, schlug Erna vor. »Ich werde aber selbst fahren.«

»Warum? Mögen Sie den Borgward nicht?«

Erna lachte auf. »Doch, aber ich bin wie immer mit der Vespa hier und muss morgen zur Arbeit kommen. Es ist ja lange hell, und die paar Kilometer schaffe ich locker allein.«

Heiko Mansfeld nickte. »Prima, dann bin ich pünktlich um achtzehn Uhr bei Ihnen.« Er lief aus dem Laden und stolperte über die Schwelle.

*

Die Sonne kitzelte Fridas Gesicht, als sie auf dem Balkon ihres Hotels in Bardolino saß. Italienische Laute drangen an ihr Ohr und erfreuten ihre Seele, denn sie hatte sich von Beginn an in diese Sprache verliebt. Dieses weiche Ciao, das Bene und Arrivederci liebte sie so sehr. Es suggerierte eine Leichtigkeit, die sie nur zu gern in ihr Leben ließ und die sie glücklich machte. Allein die Düfte rings um sie herum verzauberten sie in einem Maße, dass sie ständig mit einem seligen Lächeln umherschritt.

Sie schaute zum blauen Himmel, an dem nicht nur Möwen, sondern auch Schwarzmilane ihre Kreise zogen. Gestern hatte sie mit Wilfried eine Dampferfahrt über den See gemacht. In Limone mit den wunderbaren weißen Häusern war es sogar möglich gewesen, die großen Vögel bei der Jagd beobachten zu können.

Arm in Arm waren Frida und Wilfried durch die malerischen Gassen dieser italienischen Stadt flaniert. Es gab so herrliche kleine Geschäfte! Und dann das Eis, leckeres Gelato, das sie mit Wonne geschleckt hatten.

Es war nicht nur die cremige Konsistenz, die ihren Gaumen weich ummantelte. Es war nicht allein die Süße, die ihre Geschmacksknospen zum Blühen brachte. Es war auch das Ambiente, was jedes Essen, jeden Schritt und jeden Ton zu einem Genuss machte und sie lange fröhlich stimmte.

»Wollen wir an den Strand?«, fragte Wilfried mit zärtlicher Stimme und strich ihr sacht über den Oberarm.

Frida hatte beschlossen, ihre Flitterwochen zu genießen und das Thema Gemüseladen und ihre Eigenständigkeit bis nach dem Urlaub zu verschieben. Es wäre zu schade gewesen, jetzt zu diskutieren oder womöglich zu streiten.

Doch unter den Tisch fallen lassen würde sie ihr Anliegen nicht.

Frida packte ihre Badetasche, und sie machten sich auf den Weg zum Ufer des Sees, wo sie sich am Grasstrand auf eine Decke setzten und über die Wasseroberfläche blickten.

»Es ist himmlisch hier.« Frida schloss die Augen und genoss das Kitzeln der Sonnenstrahlen auf ihrem Gesicht. »Am liebsten würde ich noch länger bleiben, aber ich vermisse Peter und Meike doch sehr.«

Keine fünf Minuten später wurde es ihr doch zu warm, eine solche Hitze waren sie von Butjadingen nicht gewohnt. »Wollen wir dort hinten in den Schatten rutschen?«, fragte sie.

Gemeinsam zerrten sie die Decke zu dem letzten freien Schattenplatz unter einer Pinie. »Ich glaube, meine Kinder hätten hier auch richtig Spaß«, sagte sie.

Wilfrieds Mimik verdunkelte sich. »Unsere Kinder«, korrigierte er. »Seit gestern sind es unsere Kinder, auch wenn ich sie nicht adoptieren kann.«

Frida nickte. Obwohl Horst sich kein bisschen um Meike und Peter kümmerte, war er der offizielle Vater, und er würde einer Adoption bestimmt nicht zustimmen.

Plötzlich klang Wilfried verzagt. »Meinst du, ich werde es schaffen, Peter je ein guter Papa zu sein?«

Frida leckte sich nachdenklich die Oberlippe. »Ich wünschte, ich könnte dir diese Frage beantworten«, begann sie vorsichtig und war froh, dass sie kurz abgelenkt wurden, weil sich ein großes weißes Motorschiff am Ufer vorbeischob und die Besatzung zu ihnen herüberwinkte.

»Du zweifelst also auch daran«, nahm Wilfried den Faden wieder auf.

»Ich bin mir unsicher, da will ich ehrlich sein«, gab Frida zu. »Er ist nicht verstockt. Er ist zwischen den Welten hin- und hergerissen. Uns muss es gelingen, ihm Sicherheit zu bieten.«

Wilfried pflückte einen Grashalm und steckte ihn in den Mund. »Das haben wir die letzten Jahre doch versucht, aber für ihn gibt es nur Focko.« Er warf den Halm verärgert ins Gras zurück. »Seine lächerlichen bunten Ansichtskarten aus Übersee sind für ihn wichtiger als alle Zuwendung, die ich ihm geben möchte. Er hat sich in den Kopf gesetzt, mich nicht zu mögen.«

Frida wusste, dass ihr Mann recht hatte.

»Ich hoffe nur, dass dein Focko nicht doch eines Tages wieder vor der Tür steht«, meinte Wilfried jetzt.

Frida zuckte zusammen. »Wie kommst du denn darauf? Außerdem ist es nicht mein Focko!«

»Auf jeden Fall hat er das unnachahmliche Talent, stets im unpassenden Moment aufzukreuzen.«

»Nun zerbrich dir bitte über Focko nicht den Kopf«, wiegelte Frida ab. »Er ist seit Jahren auf See. Es war seine Entscheidung zu gehen. Ich habe es akzeptiert und mich für dich entschieden, weil ich dich liebe!« Frida mochte nicht, wenn Wilfried ständig in ihrer Vergangenheit wühlte. Aber Fockos Existenz nagte an ihm wie eine Raupe am Blatt.

Sie griff nach seiner Hand. »Komm, lass uns doch lieber unsere Flitterwochen genießen und diese Unbeschwertheit Italiens später mit in den Alltag nehmen. Ich mag jetzt keine Probleme wälzen.«

Aber Wilfried schaute nur stur übers Wasser.

Frida versuchte, ihn hochzuziehen. »Wollen wir baden? Mir ist warm.«

Erst schüttelte ihr Mann den Kopf, bequemte sich dann aber doch, aufzustehen und ihr zum Wasser zu folgen. Schließlich spritzten sie sich gegenseitig nass und schwammen weit hinaus.

Als sie aus dem See kamen, wehte plötzlich ein kühler Wind, und hinter den Bergkuppen bauten sich bedrohliche Wolkengebilde auf. Jetzt würde das Wetter schnell umschlagen. Sie packen hastig ihre Sachen zusammen, als der erste Donner über den Gardasee schallte.

Kapitel 7

Erna ertappte sich dabei, dass sie öfter zur Uhr schaute und überrascht war, wie langsam heute die Zeit verstrich. Wie lange war sie nicht mehr mit einem Mann ausgegangen?

Sie rechnete nach und kam auf zwei Jahre.

Der Arzt war genau zum richtigen Moment in ihr Leben getreten, denn sie konnte etwas Abwechslung und Veränderung gerade gut brauchen. Außerdem gefiel ihr, dass Heiko Mansfeld ein Kollege Wilfrieds war, auch wenn er an Fridas Mann nicht herankam. Wilfried Hansen hatte mehr Klasse, aber Heiko war auch jünger, und sicher würde er sich in dieselbe Richtung wie sein Chef entwickeln.

Erna zuckte ein wenig zusammen, als ihr gewahr wurde, was sie da eben gedacht hatte.

»Hast du etwa nur Interesse an ihm, weil er Arzt ist und so etwas mit Wilfried gemein hat?«, flüsterte sie erschrocken.

»Ach was!«, beruhigte sie sich selbst. »Heiko Mansfeld ist ein attraktiver Mann, der dir den Hof macht, und du gibst ihm eben jetzt eine Chance. An Wilfried kommst du doch nicht ran, und du solltest auch besser keinen Gedanken an ihn verschwenden. Das wäre das Ende eurer Freundschaft.«

Wilfried war unerreichbar, aber vielleicht gab es mit Heiko Mansfeld ja jemanden, der ihm das Wasser reichen konnte.

Kurz vor Feierabend huschte Erna nach hinten ins Büro, holte ihr Schminketui aus der Handtasche und klappte den kleinen Spiegel auf. Sie zog sich die Lippen nach, tupfte dezent ihr Parfüm hinter die Ohren und ordnete das Haar.

Danach stellte sie sich im Laden vor den großen Standspiegel und prüfte den Sitz von Rock und Blazer. Sie trug heute eine lindgrüne Kombination, die perfekt zu ihrem blonden Haar passte. Der Rock schwang leicht um ihre Waden und war genau das Richtige an diesem Frühsommertag.

»Du bist ja nervös«, schalt sie sich selbst. Selten war es ihr so wichtig gewesen, einen guten Eindruck zu machen.

Gerade als sie ihre letzte Haarsträhne zurechtzupfte, ging die Ladenglocke, und Heiko Mansfeld trat ein. Er war sechs Minuten zu früh, und es freute Erna, dass er sie wohl auf keinen Fall warten lassen wollte.

»Ich bin schon da, Fräulein von Geest«, sagte er. »Ich warte dann draußen, damit Sie alles in Ruhe fertig machen können.« Doktor Mansfeld lupfte seinen Hut und verließ das Geschäft wieder.

Erna war froh, dass keine weitere Kundschaft kam, denn wer auf den letzten Drücker einkaufen wollte, blieb meist über die Öffnungszeiten hinweg, und ihr Verehrer hätte noch länger warten müssen. Rasch holte Erna die Kleidungsständer von draußen rein und prüfte die Kasse.

Heiko Mansfeld übernahm den Rosenstrauß und wartete geduldig, bis Erna den Laden abgeschlossen und das Gitter vorgezogen hatte.

»Ich habe die Stielenden mit feuchtem Zeitungspapier

umwickelt und darüber eine Tüte mit einem Gummiband befestigt«, erklärte Erna. »So halten sie frisch und gehen vom Fahrtwind auf der Vespa nachher nicht kaputt.«

»Wir können die Rosen vorerst in meinem Wagen lassen.« Doktor Mansfeld deutete zum Borgward, der ein Stück entfernt am Straßenrand stand. »Denn wir könnten doch noch ein wenig zu Fuß gehen, was meinen Sie, Fräulein von Geest?«

»Das ist eine wunderbare Idee«, gab Erna zurück. »Bei dem schönen Wetter sollte jede Stunde, die man draußen sein kann, ausgenutzt werden.«

Heiko reichte ihr den Arm, und nachdem sie die Rosen in den Kofferraum gelegt hatten, flanierten sie durch Nordenham. Dieser Maitag war ungewöhnlich lau. Es wehte ein leichter Wind, der Ernas Rock anhob und sie zum Kichern brachte, als sie ihn herunterdrückte. »Nicht dass man mich gleich wegen Unschicklichkeit verhaftet«, sagte sie.

»Ich bin ja dabei, und für den rauen Nordseewind können Sie schließlich nichts.« Heiko Mansfeld drückte ihren Arm.

Sie steuerten das Café und dort den letzten freien Tisch unter dem Sonnenschirm an. Galant schob Heiko Ernas Stuhl zurück, damit sie sich setzen konnte.

»Danke«, sagte sie mit einem Lächeln.

»Was möchten Sie trinken?«

»Ich nehme eine Sinalco.«

»Und ich ein Bier«, sagte er augenzwinkernd.

Er winkte der Bedienung, und sie warteten schweigend, bis ihre Bestellung gebracht wurde. Dann griff Heiko plötzlich nach Ernas Hand.

Kurz überlegte sie, ob es ratsam wäre, sie fortzuziehen, immerhin waren sie noch beim Sie. Aber die Hand war warm und hatte etwas Vertrautes. Deshalb ließ sie ihn gewähren.

Doktor Mansfeld hatte schöne Finger. Schlank und gerade, seine Nägel waren akkurat gefeilt. Unter dem Gelenk zeigten sich vereinzelte Härchen, was den Händen etwas Männliches verlieh und Erna gefiel.

»Damit heilen Sie Kinder, Doktor Mansfeld?«, rutschte es ihr heraus.

Ihr Gegenüber lächelte. »Wenn ich es kann, ja. Leider gelingt es mir nicht immer.«

»Ich weiß, das sagt Wilfried auch.«

Der Druck auf ihrer Hand verstärkte sich. Heiko biss sich erst auf die Lippen, dann holte er tief Luft, ehe er sagte: »Mögen Sie Heiko und Du zu mir sagen? Bitte, Erna!«

Seine Stimme legte sich wie warmes Wachs über ihre Seele, und Erna wollte sich gern davon ummanteln lassen. Warum nicht einfach den Sprung wagen? Heiko Mansfeld war ein attraktiver Mann, und er schien sie zu mögen.

»Gerne. Ich bin Erna«, hörte sie sich sagen und deutete mit dem Kinn noch einmal zu seinen Händen. »Ich kann erkennen, dass du damit Wunder vollbringst.«

Heiko war sichtlich geschmeichelt. »Danke, aber auch ich komme so manches Mal an meine Grenzen. Es ist trotzdem ein wunderbarer Beruf.«

»Wilfried liebt ihn auch«, sagte Erna, und sogleich ärgerte sie sich, dass sie wieder Fridas Mann ins Spiel gebracht hatte.

Zum Glück irritierte es Heiko nicht. »Er ist ein sehr guter Kinderarzt und ein wunderbarer Chef.«

Etwas an Heikos Tonfall ließ Erna aufhorchen. »Warum sagst du das so komisch?«

Er spitzte die Lippen und fuhr sich mit der freien Hand durchs Haar.

»Hab ich was Falsches gesagt?«, fragte Erna, denn Heiko sah mit einem Mal aus, als wäre ihm die Situation unangenehm.

»Nein, hast du nicht«, versicherte er. »Aber ich muss dir was sagen.«

Erna beschlich plötzlich ein komisches Gefühl.

»Ich ... ich plane wegzugehen.« Heiko schaute ihr tief in die Augen, ließ die Hand aber nicht los. Im Gegenteil. Erna hatte das Gefühl, als würde er sie noch fester umschließen.

»Du willst fort aus Nordenham?«, fragte sie entgeistert.

Er nickte betreten. »Ja. – Ich habe ein wunderbares Angebot in Berlin.«

»Aber ...« Erna war drauf und dran, aufzuspringen und ihn mit seinem Bier und der blöden Orangenlimonade sitzen zu lassen. Warum machte er ihr denn erst den Hof, wenn er doch gar nicht plante, bei ihr zu bleiben? Es gelang ihr wenigstens, die Hand aus der Umklammerung zu ziehen und ein Stück wegzurutschen.

»Es ist dann wohl besser, wenn ich jetzt gehe«, sagte sie. »Für solche Spielchen bin ich nicht geschaffen, dafür habe ich schon zu viel mitgemacht, Doktor Mansfeld. Egal, was Sie sich da jetzt ausgedacht haben, es wird mit mir nicht funktionieren. Ich wünsche Ihnen noch einen schönen Abend.«

»Moment!«, rief er aus. »Das hast du missverstanden, Erna.« Er senkte die Stimme. »Bitte bleib!«

Erna runzelte die Stirn und blitzte ihn zornig an. »Was gibt es da misszuverstehen?«

»Das Angebot passt zeitlich eigentlich gar nicht, und

jetzt ist die Situation für mich äußerst vertrackt, weil es meine beruflichen Ziele mit den privaten konfrontiert«, erklärte er zerknirscht.

Erna verstand nicht recht und musste ihre Gedanken und Gefühle erst einmal ordnen. Sie ertappte sich dabei, dass es ihr etwas ausmachen würde, wenn Heiko weg wäre.

»Es wäre schade, wenn du gehst«, rutschte es ihr heraus. Sie wollte das nicht. Es fing doch gerade erst an.

Reiß dich zusammen!, schalt sie sich innerlich. Sie sollte sich ihre Bestürzung nicht so deutlich anmerken lassen. Schließlich kannten sie sich kaum und waren jetzt auch nur auf ein Getränk ausgegangen. Dass er ihr das Du angeboten hatte, bedeutete rein gar nichts.

Heiko musterte sie noch immer mit diesem warmen Blick. »Macht es dir wirklich etwas aus?«

Erna wand sich, es war nicht gut, sich einem Mann sofort zu öffnen. Damit hatte sie genug schlechte Erfahrungen gemacht.

»Es würde mich freuen, wenn es so wäre.« Heiko griff erneut nach ihrer Hand und schaute Erna treuherzig an.

Sie konnte nicht anders, als zu nicken. »Ja, es würde mir etwas ausmachen«, flüsterte sie. »Aber warum ist das wichtig für dich, wenn du doch gehen möchtest?«

»Weil es mich hoffen ließe, Erna. Du bist mir auf der Hochzeit gleich ins Auge gefallen, dann die kurzen Treffen nach Feierabend. Ich konnte mein Glück kaum fassen, als du vorhin eingewilligt hast, heute mit mir auszugehen. Und jetzt wirkst du tatsächlich bestürzt, weil ich ein Stellenangebot an einer anderen Klinik habe.«

Erna wurde abwechselnd heiß und kalt. Sie wusste einfach nicht, wie sie reagieren sollte, und versuchte abzuwiegeln. »Na ja, es mutet eben merkwürdig an, wenn du dich mit mir verabredest, um mir mitzuteilen, dass du fortgehst.« Sie räusperte sich, um ihrer vorgetäuschten Gelassenheit Nachdruck zu verleihen. »Ich habe mich zudem gefragt, wohin es dich in Berlin verschlägt. Also, warum die Verlockung woanders so groß ist, wenn du hier doch einen so wunderbaren Chef hast und dich angeblich für mich interessierst.« Erna druckste herum. Sie wusste, dass sie gerade etwas zickig klang, aber zu leicht wollte sie es Heiko nicht machen.

Er trank einen Schluck Bier und betrachtete den Schaum, der immer weniger wurde. »Das Angebot aus Berlin ist wahnsinnig interessant, und es würde meinen Stand immens verbessern.«

»Eine Oberarztstelle?«, fragte Erna und probierte ebenfalls ihr Getränk.

»Ja, und das nicht an irgendeinem Krankenhaus.« Heiko wirkte plötzlich mächtig stolz.

Erna sah ihn fragend an. Krankenhaus war für sie Krankenhaus.

»An der Charité«, sagte Heiko feierlich. »Ich könnte Oberarzt an der Charité werden.«

Erna spitzte die Lippen, denn diese Klinik kannte selbst sie. »Das ist ja der Wahnsinn!«, entfuhr es ihr. »Das musst du natürlich annehmen. Es wäre vermessen von mir, dich daran zu hindern. Dann trinken wir jetzt aus und bleiben einfach gute Bekannte.«

Heikos Mundwinkel sanken nach unten, er schien nachzudenken, was er auf ihre Abfuhr antworten sollte. »Ich müsste die Stelle noch in diesem Jahr antreten«, begann er vorsichtig. »Berlin ist natürlich verdammt weit weg. Das ist gerade jetzt …«

Er vollendete den Satz nicht, aber Erna wusste auch so, was er meinte. Sie überlegte einen Augenblick, was sie sagen sollte. Es war verzwickt, und es stand ihr keinesfalls zu, dem Arzt Steine in den Weg zu legen. »Wenn sich solch eine Möglichkeit bietet …«, sagte sie vage und verabschiedete sich innerlich von der Idee, dass aus ihr und Heiko etwas hätte werden können. Aber ihr lag das Herz auf der Zunge, und so konnte sie nicht verhindern, dass ihr Wunsch aus ihr heraussprudelte.

»Wir bleiben Freunde, auch wenn du mir Rosen mitgebracht hast«, sagte sie. »Es war nur eine Limo.« Erna brach ab. Sie wollte nicht wie eine Bittstellerin wirken, nur fand sie die ganze Situation abstrus.

Heikos Blick wurde traurig. »Hier bietet sich für mich gerade eine wunderbare Möglichkeit.« Er schaute Erna tief in die Augen, und ihr Herz begann zu rasen. »Ich möchte dich nicht bedrängen, aber …« Er schüttelte den Kopf. »Ich rede die ganze Zeit so geschwollen«, sagte er. »Das klingt alles blöd. Machen wir es kurz: Erna, ich möchte dich bis zu meiner Abreise gern näher kennenlernen.«

In ihr sträubte sich alles, und sie sprang nun doch auf. »Vergiss es, Heiko! Eine kleine Liebelei und – zack ist der werte Oberarzt in Berlin? Lass es uns beenden. Jetzt.«

Heiko packte sie am Handgelenk, um sie am Fortlaufen zu hindern. »So meinte ich das gar nicht!«

»Und wie dann? Wir verlieben uns kurz, und dann gehst du fort? Das wäre ja noch schlimmer, es würde mir das Herz brechen! Wozu soll das gut sein? Wir tun uns nur unnötig weh.« Sie riss sich los. »So eine bin ich nicht. Selbst wenn ich mich auf der Hochzeit meiner besten Freundin wie eine Idiotin aufgeführt habe, bin ich eine ehrbare Frau. Ich bin alleinerziehende Mutter – und ganz sicher nicht leicht zu haben.« Sie griff nach der Handtasche. »Ich möchte gehen. Und die Rosen kannst du dann gern einer anderen Frau schenken, die dir bis zu deiner Abreise die Zeit versüßt.« Erna reckte entschlossen das Kinn.

Heiko war bei ihren Sätzen ebenfalls aufgesprungen. »Erna, das hast du missverstanden!«, rief er. »So warte doch!«

Erna drehte sich noch einmal um. »Worauf? Dass du mir etwas vormachst und mir dann den Todesstoß versetzt? So wie Stefan, der mich sogar mit einem Kind hat sitzen lassen?« Erna war es vollkommen gleichgültig, dass sich sämtliche Köpfe der Cafébesucher zu ihnen umdrehten und den Streit interessiert verfolgten.

Heiko lief zu ihr und schnitt ihr den Weg ab. »Nein, das hatte ich nie vor. Bitte hör mir zu. Bitte!«

Dabei schaute er sie so eindringlich an, dass sie einen Schritt zurückwich. »Gut, ich gebe dir fünf Minuten, mir dieses Desaster zu erklären. Aber glaube mir, ich gebe mich nicht mit billigen Ausreden ab. Ich bin oft genug reingelegt worden und habe nicht vor, dass es mir ein weiteres Mal passiert. Denn jetzt habe ich mein Leben wunderbar im Griff.«

»Setzen wir uns wieder?«, fragte Heiko. Ihm war es sichtlich unangenehm, dass sie die Aufmerksamkeit der anderen Gäste auf sich gezogen hatten.

»Na gut. Aber wirklich nur fünf Minuten!«

Er führte sie zurück zum Tisch.

»Dann möchte ich lieber gleich kassieren!«, eilte die Bedienung zu ihnen und reichte Heiko die Rechnung.

Er zückte betreten sein Portemonnaie. Erna sah im Augenwinkel, dass er das Trinkgeld großzügig bemaß.

Währenddessen nahm sie widerstrebend Platz. Ihr Glas war noch halb gefüllt, worüber sie sehr froh war, weil sie sich an etwas festklammern konnte.

»Bitte, ich höre«, sagte sie, als die Bedienung ins Café

zurückging. Erna schaute so betont auf die Uhr, dass es für Heiko unübersehbar war.

Er schluckte und legte dann los. Er sprach zu schnell und schien ziemlich nervös zu sein.

»Ich habe dich nicht mit Rosen aufgesucht und eingeladen, weil ich ein kurzweiliges Vergnügen suche«, begann er. »Im Gegenteil: Ich bin auf der Suche nach einer Gefährtin. Einer Frau, die das Leben mit mir teilt. Dass ich tatsächlich Gefühle für dich hege, ist mir auf Fridas und Wilfrieds Hochzeit deutlich geworden. Nur fand ich es da schon zu spät, dir das zu sagen, weil ich die Stelle bereits angenommen hatte.«

Erna verstand noch immer nicht, was Heiko ihr sagen wollte. »Nun komm auf den Punkt«, forderte sie ihn missmutig auf. »Deine Zeit ist bald um, ich wollte keine Ausflüchte hören.« Erna wusste selbst, dass sie sehr hart war, aber sie hatte mit Stefan genug Unheil erlebt und war nicht willens, so etwas ein zweites Mal zu erleben.

»Bitte, Erna, höre dir bis zum Ende an, was ich dir sagen möchte!«, flehte Heiko.

Erna stimmte mit einem gnädigen Kopfnicken zu.

»Ich habe lange darüber nachgedacht, ob ich den ersten Schritt wirklich wagen soll, eben weil ich genau diese Gedanken hatte wie du. Was soll dabei herauskommen, wenn ich doch fortgehe? Aber was haben wir zu verlieren?«

»Ich auf jeden Fall meine Ehre und mein Herz«, beantwortete Erna ihm die Frage und war im Begriff, ein zweites Mal aufzustehen. »Ob du etwas zu verlieren hast, weiß ich nicht. Deine Fallhöhe als Kerl ist allerdings erheblich geringer.«

»Ich habe weiter gedacht«, fuhr Heiko unbeirrt fort, und Erna ruckelte sich wieder auf dem Stuhl zurecht.

»Sollten wir in den Wochen feststellen, dass wir tiefere Gefühle hegen, können wir überlegen, ob es nicht doch eine Möglichkeit für uns beide gibt. Eine Entfernung kann schließlich kein Hinderungsgrund für eine Liebe sein. Es gibt doch Lösungen für so etwas. Ich wäre ein kompletter Idiot, wenn ich dich einfach gehen lasse und nicht wenigstens versucht habe, dir näherzukommen – und an eine gemeinsame Zukunft zu denken. Stellen wir aber fest, dass es nicht passt, haben wir es wenigstens versucht.«

Erna war unschlüssig, wie viel Glauben sie Heiko schenken wollte. Sie trank einen Schluck und fand die Sinalco jetzt zu süß und zu warm. Schweigend schaute sie den jungen Arzt an und versuchte, in seinen Augen zu lesen, wie ernst er es meinte.

Der rang nach Worten. »Entschuldige, ich wollte dich nicht erschrecken. Aber bis ich nach Berlin gehe, sind es noch drei Monate. – Eine lange Zeit. Und wenn sich Liebe entwickeln sollte … Berlin ist wunderschön. Lebendig und spannend. Auch für junge Frauen.«

»Ich bin unmöglich. Ich vergraule alle Männer. Ich werfe mich sogar dem Mann meiner besten Freundin an den Hals, und ich weiß nicht einmal, ob sie es mir verzeihen wird«, sagte Erna kleinlaut, weil sie sich plötzlich überfordert fühlte von Heikos Worten, in denen so viel Zuversicht und Hoffnung mitschwang.

Wieder ergriff er ihre Hand. »Das weiß ich, Erna von Geest. Für mich bist du einfach die schönste und faszinierendste Frau, die mir je begegnet ist. Ich möchte es wagen. Bitte, gib uns eine Chance!«

Erna runzelte die Stirn. Eigentlich redete Heiko ihr viel zu geschwollen. Eigentlich mochte sie es überhaupt nicht, wenn ihr ein Mann Komplimente machte, und eigentlich fand sie es fast unverschämt, dass Heiko wie selbstverständlich davon ausging, dass sie ihre Stelle in Nordenham einfach so aufgeben könnte, um ihm nach Berlin zu folgen. Aber sie fühlte sich geschmeichelt wie noch nie, und ihr Herz hüpfte allein bei der Vorstellung, dass er sie mit diesen vollen weichen Lippen küssen würde. Dass seine schmalen Hände sie dort berühren könnten, wo es bislang nur wenigen Männern gestattet war.

Die ganze Situation war absurd, und sie erinnerte sie an das erste Zusammentreffen mit Stefan in einem Café in Varel. Auch er hatte ihr Komplimente gemacht. Auch ihm war sie binnen kürzester Zeit hoffnungslos verfallen gewesen.

Aber Heiko hatte recht. Sie konnten es auf sich zukommen lassen. Er forderte nichts und wollte sie lediglich kennenlernen.

Einfach schauen, was passierte, und sie musste nichts tun oder zulassen, was ihr widerstrebte.

Sei mutig, Erna. Das ist deine Chance, eine wunderbare Wende in dein Leben zu bekommen. Was, wenn sich ihre Gefühle zu Heiko vertieften? Sie sich ernsthaft ineinander verliebten?

Es war immerhin nicht ausgeschlossen.

Berlin.

Erna sah die Stadt vor ihrem geistigen Auge.

Sie könnte mit Heiko und Sanne dorthin gehen! Welche wunderbaren Möglichkeiten taten sich da auf! Wilfried wäre weit weg, und Sanne würde ein aufregendes Leben kennenlernen. Sicher gab es auch für ihr musikalisches Fortkommen ganz andere Möglichkeiten als in Eckwarden.

»Gut, ich würde dich gern wiedersehen«, sagte sie schließlich.

Heiko hauchte einen Kuss auf ihre Fingerspitzen. »Du machst mich zum glücklichsten Menschen der Welt.«

Sie sahen sich lange und tief in die Augen, bis sie sich losließen und wieder an den Getränken nippten.

»Möchtest du etwas essen?«, fragte Heiko.

Erna schüttelte den Kopf.

»Hast du denn schon eine Bleibe in der Stadt?«, fragte sie so beiläufig wie möglich.

»Das wird kein Problem sein. Ich bekomme als Oberarzt eine Wohnung zugewiesen.«

Jetzt stutzte Erna doch. »Liegt die Charité nicht im Ostteil Berlins? Dann würdest du also drüben wohnen?«

Heiko schien das normal zu finden und nickte. »Das ist richtig. Aber es stellt kein Problem dar. Jeder kann vom Osten in den Westen gehen. Berlin ist eine offene Stadt.«

»Aber... ich habe gehört, die Sektorengrenzen sind zu...«

Heiko lächelte milde. »Ich sagte doch schon: Selbst wenn man im Osten wohnt, könnte man jederzeit in den Westteil der Stadt gehen. Aber wahrscheinlich wollen wir das gar nicht, weil wir gut versorgt werden.«

»Es ist...« Erna brach ab. So viel verstand sie nicht von der Politik. Und Berlin war bislang weit weg gewesen. Aber sie hatte gehört, dass es dort ganz schön brodelte und immer mehr Menschen über Ostberlin das Land verließen und lieber in der Bundesrepublik leben wollten. Die grüne Grenze war zu, und Berlin galt als Schlupfloch. Was war, wenn es geschlossen würde?

Heiko schien ihre Gedanken zu erahnen, er versuchte Frida zu beruhigen. »Du müsstest dich nicht fürchten. Es besteht keine Gefahr. Immerhin bin ich Oberarzt. Wer sollte mir schon etwas antun wollen? Man braucht mich doch.«

Erna trank die Limonade aus. Sie hatte einen bitteren Beigeschmack bekommen.

Aber ich muss ihm ja nicht dorthin folgen, dachte sie. Ich kann alles selbst entscheiden.

»Gut, lassen wir es auf uns zukommen«, lenkte sie schließlich ein. »Ob ich wirklich mit nach Berlin gehen würde, weiß ich nicht, aber wenn sich zwei Herzen suchen, sollten wir ihnen die Möglichkeit geben, sich zu finden.«

»Das sehe ich auch so«, sagte Heiko. »Ich freue mich, wenn wir uns wiedersehen. Noch eine Orangenlimonade?«

Erna schaute auf die Armbanduhr und erschrak, sie musste jetzt dringend nach Hause, sonst wäre sie nicht da, wenn Sanne kam. »Ich muss los, es tut mir leid. Aber meine Tochter kommt gleich vom Klavierunterricht, und es ist mir sehr wichtig, dass wir zusammen Abendbrot essen und ich da bin, wenn sie zu Bett geht.«

»Das ist doch vollkommen klar. Darf ich dich einmal zu Hause besuchen?«, fragte Heiko.

Erna zögerte, aber dann nickte sie. Wenn es mit ihnen etwas werden sollte, musste Heiko sich mit ihrer Tochter gut verstehen, sonst würde es sowieso nicht funktionieren.

»Ich komme morgen Abend nach der Arbeit, wäre das in Ordnung?«

»Wir können zusammen essen«, schlug Erna vor. »Nichts Großes, aber ein paar Frikadellen.«

»Ich kann mir nichts Delikateres vorstellen.«

»Dann gibt es auch noch einen Kartoffelsalat dazu«, sagte sie mit einem versonnenen Lächeln.

Heiko stand auf und bot Erna den Arm. »Zahlen müssen wir ja nicht mehr«, gab er lautstark kund.

Aber es interessierte keinen mehr.

Sie holten den Blumenstrauß aus Heikos Borgward, und er brachte Erna zu ihrer Vespa, die sie auf dem Hinterhof des Ladens geparkt hatte. Bevor sie den Helm aufsetzte, hauchte er ihr einen Kuss auf die Wange, und allein diese Berührung war wie ein Versprechen.

Kapitel 8

»Das ist jetzt nicht dein Ernst«, empörte Frida sich und schaute Erna entsetzt an. Sie stellte die Kaffeetasse so schwungvoll zurück auf den Tisch, dass sie überschwappte. »Das wirst du doch nicht tun, oder?«

Frida und Wilfried waren Anfang Juni wohlbehalten vom Gardasee zurückgekommen. Der Urlaub hatte ihr gutgetan, und zunächst glaubte sie sich, trotz der Diskrepanzen, wunderbar erholt. Bis der Alltag im Hause Hansen Einzug gehalten hatte. Und ihr jeden Tag deutlicher machte, welch große Freiheit ihr verloren gegangen war.

Dass sich in ihrer Abwesenheit eine Liaison zwischen Erna und Doktor Mansfeld angebahnt hatte, war ihr natürlich nicht verborgen geblieben. Sie hatte das sofort mit Skepsis betrachtet, weil klar war, dass er Butjadingen schon bald verlassen und Wilfried seinen besten Mann verlieren würde. Andererseits war es ihnen nur deshalb möglich gewesen, sich wieder anzunähern, weil Frida ihre Freundin nun nicht mehr als potenzielle Gefahr für ihre Ehe sah.

Aber dass Erna so weit gehen wollte und nach Berlin ziehen würde – darauf wäre Frida in ihren kühnsten Träumen nicht gekommen.

»Ihr trefft euch gerade ein paar Monate«, gab sie zu bedenken. »Aber das ist doch nicht genug, um das ganze Leben über den Haufen zu werfen. Guck mich an! Ich dachte, ich kenne Wilfried so viele Jahre, und was ist jetzt? Ich sitze hier rum, kümmere mich um Nichtigkeiten und darf nicht einmal arbeiten gehen! Was ist, wenn Heiko dir auch eine Menge verschweigt, bloß damit du mitgehst?« Sie schnaubte. »Das Schlimme ist, dass die Männer all diese Dinge für selbstverständlich halten. Sie kommen gar nicht auf die Idee, Absprachen mit uns zu treffen.«

Ihre Freundin senkte betreten den Kopf. »Es gibt nichts mehr daran zu rütteln, denn wir werden heiraten und nach Berlin gehen. Da hat Sanne einfach mehr Möglichkeiten.«

Es ging Frida alles zu überstürzt, aber so war Erna nun mal. Es half nichts, sie musste sie ziehen lassen.

Der Sommer war inzwischen über Butjadingen mit allen Höhen und Tiefen hinwegspaziert, hatte sowohl Trockenheit als auch Regen und Sturm mitgebracht. Die Ernte war gut verlaufen, das Vieh aufgestallt und die Schafe geschoren. Die Tage waren kurz, oft verschwand der dichte Nebel tagelang nicht. Die Menschen in der Marsch machten es sich am Feuer des Kamins gemütlich oder drehten die modernen Zentralheizkörper auf volle Stärke. Das Leben war, wie immer zu dieser Jahreszeit, einer gewissen Gemächlichkeit gewichen.

»Du hast doch gesagt, ich soll mich wieder verlieben«, beschwerte Erna sich nun. »Mach ich das, ist es auch wieder nicht in Ordnung.«

»Es geht doch gar nicht ums Verlieben, Erna! Es geht darum, dass du ausgerechnet nach Ostberlin ziehen willst. Das ist DDR, und Wilfried sagt, die machen da bestimmt bald dicht, weil alle abhauen. Stell dir vor, du kommst da nicht mehr weg!«

Erna winkte ab. »Heiko sagt, es wäre grundsätzlich sehr gut, in diesem Land zu leben. Er hat zudem eine Neubauwohnung bekommen. Solche Möglichkeiten! Hör mal, wir blicken sogar auf den Landwehrkanal!«

Frida seufzte. »Egal, besser wäre es, wenn ihr im Westen in einer einfachen Wohnung leben würdet.«

Erna lachte auf. »Da wären wir ja schön dumm, weil wir auch noch das Doppelte an Miete zahlen müssten. Ach, was sag ich, viel mehr. Noch einmal: Die Wohnung, die uns der Osten gibt, ist nagelneu, viel hübscher und preiswerter. Und ich freue mich auf den Wasserblick.«

»Trotzdem«, beharrte Frida. »Mir ist dabei nicht wohl. Wie kann man ein freies Land einfach so verlassen? Was sagt denn Herold dazu?«

»Dasselbe wie du, aber das schert mich nicht«, erwiderte Erna. »Berlin ist eine freie Stadt, und sie wird es immer bleiben. Du musst dich nicht verrückt machen.« Ihre Augen leuchteten. »Stell dir vor, wenn ich Lust habe, gehe ich einfach über die Sektorengrenze. Dort sind Kinos, Läden mit allen Dingen, die ich brauche und die es im Osten nicht gibt. Heiko sagt, die sind eigens auf die Ostberliner eingerichtet.« Sie krauste die Nase. »Er findet es zwar nicht so gut, wenn wir drüben einkaufen, aber er würde es mir gestatten.«

»Er würde es dir gestatten!«, wiederholte Frida höhnisch. »Da geht es doch schon los!«

Sie war von alldem noch immer nicht überzeugt. »Und wie findet deine Mutter diese Pläne?«

Erna zuckte mit den Schultern. »Na, wie wohl? Wie Mütter es finden, wenn ihre Kinder erwachsen werden und ein eigenes Leben führen möchten.«

Frida gab es auf. Erna wollte in die große weite Welt und ihrer Liebe folgen. Vielleicht war es auch gut so, denn noch immer beobachtete Frida ihre Freundin mit Argusaugen. Sie nahm durchaus wahr, dass sie Wilfried stets lange mit einem schmachtenden Blick folgte, obwohl sie mit Heiko liiert war.

Wilfried lachte Frida wegen ihrer Befürchtungen aus, aber es schmeichelte ihm trotzdem, dass Erna ihn mochte.

»Gut, Erna, dann geh in Gottes Namen. Meike wird es zwar das Herz brechen, wenn Sanne so weit fort ist, aber sie ist zum Glück sehr mit ihrem Klavierspiel beschäftigt.«

»Sanne wird in Berlin bessere Lehrer bekommen«, sinnierte Erna. »Es wäre doch toll, wenn Meike auch diese Möglichkeit hätte. Aber das wird in Eckwarden schwierig werden.« Es klang ein bisschen triumphierend.

Frida sah ihre Freundin befremdet an. Seit ihrer Hochzeit war Erna bissiger geworden, fast so, als neide sie Frida ihr Eheglück und war nun ständig auf der Suche nach etwas, mit dem sie punkten konnte.

»Meike bekommt die Förderung, die für sie richtig ist«, sagte Frida. »Mach dir darüber bloß keine Gedanken.«

Erna stand auf. »Gut, nun weißt du, wie ich mich entschieden habe. Ich muss jetzt auch nach Hause, Heiko kommt gleich, wir wollen in Eckwardersiel kurz am Deich spazieren und bei deiner Mutter vorbeischauen.«

Frida nickte. Wilfried würde auch gleich kommen.

Meike hatte die Lehrerin gewechselt und war seit Neuestem jeden Dienstag beim Klavierunterricht in Nordenham, während Peter mit seinen Freunden Fußball spielte. In der letzten Zeit trieb er sich weniger in Fedderwardersiel herum, was Frida sehr begrüßte. Denn Hanne Ewert erschien ihr zunehmend verwirrter, und sie hatte sowieso keinen guten Einfluss auf den Jungen.

Erna verabschiedete sich hastig und ließ sich nicht einmal von ihrer Freundin zur Tür bringen. Frida räumte den Tisch ab und war froh, ein wenig allein zu sein, denn bald würde Meike mit dem Bus zurückkommen.

Sie beneidete Erna plötzlich ein wenig um das neue Leben. Hatte sie deswegen so unwirsch reagiert?

Seitdem sie nicht mehr arbeiten gehen durfte, fiel ihr oft die Decke auf den Kopf, und sie kam sich unnütz vor. Zwar war die Arbeit im Gemüseladen nicht die Erfüllung gewesen, aber sie hatte ihr ein Taschengeld verschafft und das Gefühl, etwas zum Leben beizutragen. Jegliche Diskussion mit ihrem Mann darüber war jedoch zwecklos. Er lehnte es ab, dass sie als Arztgattin arbeiten ging, und er hatte das Recht, es ihr zu verbieten. Neben Fridas Eifersucht auf Erna war das ein weiterer unangenehmer Streitpunkt in ihrer Ehe, die sich längst nicht so harmonisch fügte, wie sie es gedacht hatte.

Oft war Frida in Eckwardersiel, weil sie dort ihrer Mutter zur Hand gehen musste. Sie vergaß tatsächlich immer häufiger etwas, und Frida ging es besser, wenn sie ab und an nach dem Rechten sah.

Immerhin hatte sie jetzt ohne ihre Anstellung viel Zeit zum Klavierspielen. Nur nutzte sie das gar nicht. Sie konnte sich meist nicht aufraffen und wand sich, das Musikzimmer zu betreten. Schlug sie dann doch ein paar Töne an, klangen sie gewollt und nicht flüssig. Sie beherrschte zwar die Technik, aber ihr Herz ging nicht mit.

Wilfried arbeitete viel und kam nur selten pünktlich nach Hause. Dann aß er etwas, zweimal in der Woche forderte er sein Recht als Ehemann.

Frida war in der Regel froh, wenn es vorbei war. Sie seufzte und ließ das Spülwasser ein, um die Teller und Tassen abzuwaschen.

Sie ließ Wilfrieds Liebesbeweise über sich ergehen, weil es sein musste und sie ihn nicht verletzen wollte. Denn er bemühte sich, ihr und den Kindern ein wunderbares Leben zu ermöglichen, und sie sollte und durfte nicht klagen.

»Du bist ungerecht«, ermahnte sich Frida. »Was willst du denn mehr? Du hast ein schönes Haus. Gesunde Kinder und einen liebevollen Mann. Was also jammerst du rum? Was willst du, Frida Hansen?«

Den letzten Satz hatte sie geschrien. Weil sie wusste, was ihr fehlte. Sie war nicht mehr sie selbst. Sie war zu einer Marionette geworden, die nicht einmal mehr richtig Klavier spielen konnte.

Die Tür klackte, und herein kam Peter. Von oben bis unten verdreckt. Und leichenblass.

»Warum schreist du?«

»Entschuldigung«, versuchte Frida sich herauszureden. »War dumm. Ich hab mich nur geärgert.«

»Über mich?«

Frida strich Peter über das verklebte Haar. »Nein. Du hast aber tüchtig Fußball gespielt.«

Peter nickte.

»Dann wasch dich und zieh dich um. Vater kommt in einer Stunde und bringt Meike mit. Wir wollen dann essen.«

Peter aber rührte sich nicht von der Stelle.

»Was ist, Peter?«, fragte Frida.

»Ich hab da was gehört.«

Frida sah ihren Sohn fragend mit schief gelegtem Kopf an. »Und was?«

»Papa ist zurück. Papa ist wieder in Fedderwardersiel. Und sie sagen, er wird bleiben.«

Vor Schreck fiel Frida die Spülbürste aus der Hand.

*

Es war extrem nebelig heute. Margret Köhle sah, dass der Koks nicht ausreichen würde und sie noch einmal in den Schuppen gehen musste, um neuen zu holen. Dabei war sie doch davon überzeugt gewesen, welchen geholt zu haben.

Manchmal war sie sich selbst ein bisschen unheimlich, weil sie oft dachte, etwas erledigt zu haben, und es sich dann im Nachhinein als falsch herausgestellt hatte.

Aber nun half es nichts. Sie musste neues Heizmaterial reinholen.

»Dann kann ich auch gleich die Hühner füttern«, beschloss sie. Es machte nichts, wenn sie eine Stunde eher ihre Körner bekamen. Später, wenn es dunkel war, ging sie nur ungern vor die Tür. Seit dem Herbstanfang hatte sie sich sogar angewöhnt, die Haustür abzuschließen, weil sie sich allein im Haus fürchtete. Das war besonders schlimm, wenn der Sturm ums Haus pfiff und sein scharfes, lautes Lied sang, dessen Melodie ihr zunehmend Angst machte.

Auch das war etwas Neues. Solche Gefühle hatte sie früher nicht gekannt. Etwas stimmte nicht mit ihr.

Eben waren Erna, Sanne und Heiko noch bei ihr gewesen, und sie hatte sie mit Brombeermarmelade eingedeckt. Sie wusste doch, wie gern Sanne sie aß. Marmelade zu kochen war kein Problem, das Rezept hatte sie im Kopf.

Seit sie aber fort waren und sie erfahren musste, dass die drei in Berlin ihr neues Lager aufschlagen wollten, erschien Margret die Einsamkeit in der Kate noch schlimmer.

Berlin war für sie genauso weit weg wie Amerika, und es erschien ihr als großer Sündenpfuhl. Sie hatte mal Bilder gesehen, wo leicht bekleidete Damen in Bars tanzten. So etwas war in Eckwarden undenkbar. Und dorthin wollte Erna wirklich ziehen?

»Im Osten ist es nicht so schlimm«, hatte Heiko gesagt.

Aber da regierten die Kommunisten, und das war auch nicht besser. Das wusste Margret noch von Ulrichs Erzählungen.

Sie griff nach der Kohleschütte und trat vor die Haustür. Der Himmel über ihr zeigte sich dunkel und von eigenartigem Licht. Der Mond erhellte ihn nur spärlich, weil er kaum gegen die Nebelschwaden ankam.

Sie zuckte zusammen, als es laut knackte.

Sicher war es nur ein Kaninchen, das sie aufgeschreckt hatte. Margret umklammerte den Griff der Kohleschütte und lief zum Schuppen. Dort machte sie Licht an und war froh, dass Wilfried so umsichtig gewesen war, eine Stromleitung hierherverlegen zu lassen. Sie gruselte sich vor den Ratten, die am Abend ständig über den Hof huschten.

»Wilfried ist ein Guter«, flüsterte sie und war sicher, genau das Richtige getan zu haben, auch wenn Frida jammerte, dass sie nicht mehr arbeiten gehen durfte. In Margrets Augen waren das unerhebliche Flausen. Für die Kinder war auch alles in Ordnung. Selbst Peter hatte sich ins Unvermeidliche gefügt. Sie hatte mit ihrem Eingriff in Fridas Leben genau das Richtige getan. Nur komisch, wie häufig sie sich das selbst bestätigen musste.

Margret schaufelte den Koks in die Schütte. Dann ging sie die paar Schritte zum Hühnerstall und fütterte die Hennen und die beiden Hähne.

Als sie zurück zur Kate gehen wollte, sah Margret einen kräftigen Mann auf dem Gartenweg vor ihrem Haus. Wie erstarrt blieb sie stehen. Sie bückte sich und griff zur Kohleschütte. Wer auch immer das war: Würde er ihr zu nahe treten, hätte er den eisernen Kohleeimer im Gesicht.

Der Mann war ebenfalls stehen geblieben, aber Margret war nicht sicher, ob er sie im Schatten des Schuppens erkannt hatte. Womöglich spionierte er gerade das Haus aus.

Ich muss schnell rein und die Tür zumachen, dachte sie. Irgendwie vor diesem Menschen die Haustür erreichen, damit ich mich verschanzen kann. Dann kann ich Frida anrufen. Oder die Polizei. Oder beide.

In Margret ratterten die Gedanken, und ihr klopfte das Herz bis zum Hals. Aber sie wollte ihre Kate nicht kampflos an den Fremden abgeben und sich überwältigen lassen. Vorsichtig näherte sie sich im Schutz der Mauer der Tür. Dabei duckte sie sich unter dem weit heruntergezogenen Dachüberstand entlang.

Noch hatte der Mann sich nicht gerührt. Er schien das Grundstück in Ruhe zu inspizieren und auszuloten, wie er vorgehen wollte. Das war ihre Chance!

Margret rannte los. Sie war wegen der Schütte nicht so schnell wie erhofft, aber sie wollte den Koks auf keinen Fall draußen lassen und womöglich die ganze Nacht frieren.

Schwungvoll riss sie die Haustür auf, knallte sie hinter sich zu und drehte den Schlüssel im Schloss. Dann hockte sie sich hinter die Tür und atmete schwer. Es dauerte, bis sie wieder richtig Luft bekam und ihr Herz nicht mehr raste.

Trotzdem bin ich nicht in Sicherheit, dachte sie. Der Mann konnte die Scheiben einschlagen und auf diese

Weise versuchen, in die Kate zu gelangen, und ihr etwas antun.

Sie musste, so schnell es ging, zum Telefon kommen. Auf allen vieren robbte Margret durch den Flur. Sie war so verängstigt, dass sie nicht wagte, sich auf die Beine zu stellen. Sie angelte nach dem Hörer und wollte eben die 110 wählen, als es an die Tür klopfte.

»Margret? Margret, warum läufst du vor mir weg? Wir müssen reden!«

Sie ließ den Hörer auf die Gabel zurücksinken und begann erneut zu zittern.

Das war Focko!

Margret rührte sich noch immer nicht, weil sie es nicht wahrhaben wollte. Das konnte und durfte nicht sein, aber er war es! Das würde alles durcheinanderbringen. Gerade jetzt, da Fridas und Wilfrieds feines Gefüge schon wieder etwas bröckelte. Sie musste Focko aufhalten. Irgendwie aufhalten – und wieder fortschicken.

Schwerfällig schleppte Margret sich zurück zur Haustür und öffnete sie langsam.

*

Focko war unschlüssig, was er zu Margret sagen sollte. So viele Jahre waren vergangen, seitdem sie ihn zum Teufel gejagt und über sein und Fridas Schicksal bestimmt hatte.

»Komm rein!«, forderte Margret ihn unwirsch auf.

Sie wirkte anders als bei der letzten Begegnung. Etwas durcheinander und ziemlich verängstigt.

Fridas Mutter bat ihn in die Küche, wo sie sich an den alten vertrauten Küchentisch setzten. Sie bot ihm aber keinen Tee an, so wie früher, als er noch als willkommener

Gast angesehen war. Stattdessen kam sie gleich zum Punkt. »Warum bist du zurück?« Ihre Stimme zitterte, und Focko spürte, dass ihr seine Anwesenheit Angst machte.

»Ich habe es auf See nicht mehr ausgehalten«, sagte er. »Ich will bei meinem Sohn sein. Frida sehen. Es war ein Fehler zu gehen, Margret. Ich hätte mich nicht breitschlagen lassen sollen.«

»Tünkram«, gab sie zurück. »Es war genau das Richtige. Frida ist eine glückliche Frau. Sie hat sogar ein eigenes Musikzimmer.«

Das schmerzte Focko. Natürlich hätte er Frida so etwas nicht bieten können. In seiner kleinen Fischerkate mit der verwirrten Mutter wäre für ein Klavier nicht einmal Platz gewesen.

Als er Margret Köhle jetzt betrachtete, erinnerte sie ihn an seine eigene Mutter. Der Blick war ähnlich. Mal wirkte er analytisch und klar, dann aber wieder wechselte er zu einer großen Leere, wo die Augen ins Nichts zu starren schienen. Margret tat die Einsamkeit in dem kleinen Haus definitiv nicht gut.

»Ich habe geträumt, Frida braucht meine Hilfe«, versuchte Focko es weiter, erntete aber nur ein spöttisches Lachen.

»Dann war das wohl ein Traumbild. Sie braucht deine Hilfe ganz sicher nicht. Sie ist jetzt Frau Doktor«, trumpfte Margret auf. »Frau Doktor«, wiederholte sie und ließ die beiden Worte auf der Zunge zergehen.

Focko schluckte, es war klar, was Margret ihm damit sagen wollte. »Sie hat es getan? Den Arzt geheiratet?«

Margret nickte und reckte ihre Nase in die Höhe. Ihr Blick wirkte dabei überaus triumphierend. »Ja, das hat sie, und sie hat ihr Glück auch ohne dich gefunden. So, wie ich es vorausgesagt habe.« Aus ihren Augen schossen scharfe Blitze. »Es wäre besser, du gehst wieder zurück auf See und lässt sie und die Kinder in Frieden, damit alles weiter seinen Gang nehmen kann.«

Focko atmete einmal tief durch. Er war also zu spät gekommen. Jedenfalls für Frida. Trotzdem war da noch sein Sohn. »Ich möchte aber wenigstens für Peter da sein.«

»Untersteh dich!«, fauchte Margret ihn an. »Der Junge hat sich gerade mit Wilfried arrangiert. Jetzt wirst du ihn nicht aus dem Konzept bringen! Du hast genug Unheil angerichtet, indem du dich Frida ungebührlich genähert und mit der Schwangerschaft in Schwierigkeiten gebracht hast.«

In Focko wuchs der Unmut. Wer war Margret denn, dass sie über sein Kind und über seine große Liebe entscheiden durfte. »Ich will aber für Peter da sein, und du wirst mich nicht daran hindern.«

»Lass es, Focko! Bitte lass es.« Margret verlegte sich aufs Betteln und wirkte plötzlich wie ein kleines Mädchen. Sie stand auf und wuselte durch die Küche, als würde sie etwas suchen. »Wo hab ich denn die Kohle hingestellt?«, fragte sie. »Es wird kalt. Ich muss noch einmal raus und Koks holen.«

Focko warf einen Blick auf die Schütte und sah sie befremdet an. Mit Fridas Mutter stimmte wirklich etwas nicht.

»Der Koks steht neben der Tür«, sagte er.

Margrets Gesicht leuchtete auf. »Ach ja, dann hab ich die Schütte doch reingeholt. Es ist kalt hier, oder?«

Focko stand auf und befeuerte den Ofen, sodass es schnell muckelig warm in der kleinen Küche wurde.

Margret setzte sich ebenfalls, und ihre Gesichtszüge verschärften sich. »Wann gehst du wieder? Wenn du es geschickt anstellst, dann bekommt kein Mensch mit, dass du in Fedderwardersiel gewesen bist.«

Focko blieb stehen und lehnte sich gegen das Küchenbüfett. »Margret, du weißt selbst, dass es nicht funktionieren wird. Natürlich hat es sich bereits herumgesprochen, dass ich da bin. Und ich werde bleiben.« Er sprach sehr ernst und langsam, das half bei seiner Mutter auch immer, wenn sie sich in ihrer anderen Welt bewegte. Margrets Gemütszustand erschien ihm ähnlich. »Ich gehe auf keinen Fall zurück auf See. Bitte sag mir, wo ich Peter finde, und ich verspreche dir, dass ich Frida in Ruhe lassen werde.«

Margret brauchte offenbar einen Moment, ehe sie das Gesagte begriffen hatte. Dann schlug sie mit Wucht auf den Tisch.

»Ich möchte, dass du verschwindest, aber das tust du einfach nicht«, schnaubte sie bockig wie ein Kind.

»Nein, weil ich Vater bin«, erklärte Focko mit Nachdruck. »Also bitte: Wo wohnt Frida jetzt?«

»Sag ich nicht!« Margret schob die Unterlippe vor.

Focko schaute sie weiterhin fest an, bis sie einknickte und antwortete:

»Sie lebt in Eckwarden in der Lütje Hörn.« Margret zögerte, bevor sie weitersprach. »Und nur Peter! Nur Peter. Lass meine Tochter in Ruhe.« Ihre Finger trommelten nervös auf der Tischplatte herum. Auch etwas, was Focko von ihr nicht kannte.

Margret Köhle machte normalerweise einen distanzierten und kühlen Eindruck, aber jetzt wirkte sie arg aufgewühlt.

Plötzlich war es, als ginge ein Ruck durch ihren Körper, und sie erinnerte wieder an die alte Margret Köhle. Ruhig und mit klaren Vorstellungen. »Es gibt nur einen

Weg: Ich sorge dafür, dass du den Jungen hier bei mir sehen kannst. Es ist ausgeschlossen, dass du bei Frida in Eckwarden auftauchst. Wilfried würde das keineswegs gutheißen. Ich regle das mit dem Jung.«

Focko stimmte, wenn auch widerwillig, zu.

»Es ist die beste Lösung«, fuhr Margret fort. »Weil ich nicht möchte, dass er ständig nach Fedderwardersiel fährt. Hanne hat keinen guten Einfluss auf das Kind, und der Weg ist zu weit. Vor allem im Winter.«

»Meine Mutter liebt den Jungen!«, warf Focko ein, aber Margret winkte unwirsch ab. »Deine Mutter liebt es, Peter gegen Frida aufzuhetzen. Unterbinde das!«

Focko zog zwar unwillig die Brauen hoch, aber ihm blieb ja keine Wahl. »Dann machen wir das so. Ich werde jeden Samstag herkommen, um Zeit mit Peter zu verbringen.« Er fügte hinzu: »Aber Frida wird doch erfahren, wenn ich Peter hier treffe.«

»Natürlich wird sie das, aber von mir. Das lass mal alles meine Sorge sein. Hauptsache, ihr lauft euch nicht über den Weg.«

Focko verabschiedete sich. Zufrieden war er nicht, aber es war ein Anfang.

1961

Kapitel 9

Der Winter war über die Marsch und das Meer gezogen und war nun dabei, dem Frühling nach und nach Platz zu machen. Die ersten Krokusse sprossen bereits aus der Erde, und die Forsythien-Büsche öffneten ihre Knospen.

Manchmal hatte auch die Sonne schon genug Kraft und wärmte Seelen und Gesichter, Gemüter und kalte Nasen.

Frida mochte den März, auch wenn der Monat ihr so manches Mal leidtat, weil er sich meist noch nicht vollends gegen den Winter behaupten konnte und den Kampf häufig gegen den wieder einsetzenden Frost verlor.

»Ich muss heute zu Mutter«, sagte Frida, als Wilfried in seinen Mantel schlüpfte und den Schal hektisch um den Hals wickelte. Der nächste gezielte Griff ging zum Hut, der immer am selben Haken im Flur hing. Die Kinder waren eben zur Schule losgegangen.

Frida und ihr Mann hatten zusammen zu Ende gefrühstückt, aber kaum ein Wort miteinander gesprochen, nachdem die Kinder den Tisch verlassen hatten. Die Sprachlosigkeit zwischen ihnen wurde von Tag zu Tag schlimmer, und wenn sie sich unterhielten, dann artete ihr Gespräch öfter in einen Streit aus.

»Schon wieder? Was machst du denn ständig in Eckwardersiel?«, gab ihr Mann zurück und fuhr sich vor dem

Spiegel durchs Haar, bevor er den Hut vorsichtig auf dem Kopf platzierte.

Frida reagierte gewohnt unwirsch, wenn ihr Mann solche Fragen stellte. »Ich muss ihr helfen, das weißt du doch. Das Gitter vom Hühnerstall ist defekt, und ich möchte es mit ihr reparieren.«

»Sie findet ja immer was, womit sie dich in ihr Haus lockt.« Wilfried gab ihr einen Kuss auf die Wange und streifte sie dabei mit der Hutkrempe. »So, nun muss ich mich auf den Weg machen. Im Augenblick ist bei mir im Krankenhaus der Teufel los.« Etwas versöhnlicher fügte er hinzu: »Ich hoffe, es wird bald besser, damit auch wir wieder etwas mehr Zeit miteinander verbringen können.«

»Das wird schon«, meinte Frida lapidar. Inzwischen war es ihr beinahe egal. Wilfried machte, was er für richtig hielt, und war der Ansicht, dass es bei seiner Frau schon passte und es ihr nichts ausmachte, tagtäglich auf ihn zu warten, damit er einen gemütlichen Feierabend bekam. Schließlich bot er ihr ein geordnetes und luxuriöses Leben. Dass Frida die Selbstbestätigung fehlte, kam ihm gar nicht erst in den Sinn.

»Heute Abend könnte es wieder spät werden«, meinte ihr Mann bedauernd. »Die vielen Verpflichtungen fressen mich regelrecht auf. Das Los eines leitenden Arztes.«

Frida zuckte mit den Schultern. Es waren nicht nur die Verpflichtungen, manchmal glaubte sie, Wilfried ging ihr aus dem Weg, um sich ihren Problemen nicht stellen zu müssen. War er vor der Hochzeit ein aufmerksamer Mann gewesen und stets darum bemüht, ihr entgegenzukommen und auch an ihrem Leben teilzuhaben, so wandelte es sich seither immer stärker ins Gegenteil.

Erst das Verbot ihrer Arbeit. Dann die ständigen Sticheleien, weil sie ihrer Mutter zur Hand ging. Frida seufzte. Die Kette war unendlich lang.

Aber Frida wollte jetzt nicht mit Wilfried debattieren. Denn seit Focko wieder da war und Peter einmal die Woche traf, taten sie es ohnehin oft genug, und Frida wusste in der Tiefe ihres Herzens, dass er der eigentliche Grund für Wilfrieds ständige schlechte Laune war. Focko war ein Stachel in seiner Seele, den sie nicht zu ziehen vermochte. Frida gab ihrem Mann einen Kuss auf die Wange und lächelte ihn an. »Ich freue mich auf heute Abend, auch wenn es spät wird«, sagte sie. »Sehr.«

Wilfried glaubte es ihr nicht, nickte aber unverbindlich. »Na dann.« Er blieb jedoch unschlüssig im Flur stehen, obwohl Frida ihm ansah, dass er es wirklich eilig hatte, denn Wilfried hatte bereits dreimal auf die Uhr geschaut. »Soll ich dich später in Eckwardersiel abholen?«

Frida sah ihn überrascht an. Mit diesem Angebot hatte sie nicht gerechnet.

»Ja, gern. Dann muss ich nicht im Dunkeln zurücklaufen.«

Ihr Mann griff nach der schwarzen Aktentasche und rückte seinen Hut zurecht, dann hielt er erneut inne. »Es regnet und stürmt. Was für ein furchtbarer Märztag.«

Frida schaute ihn mit gerunzelter Stirn an. Seit wann plauderte Wilfried über das Wetter? Sie hatte das Gefühl, als wollte er etwas ganz anderes sagen, und sie ahnte auch, um was es ging. Wilfried fürchtete, sie könnte bei ihrer Mutter auf Focko treffen, weil er sich nicht an die Absprache hielt, nur samstags zu kommen. Um das zu überprüfen, wollte er sie auch abholen. Frida durchschaute das Spiel schnell.

Wilfried räusperte sich. »Egal. Das kann ich auch nicht ändern, sondern muss es hinnehmen«, sagte er doppeldeutig und drückte den Hut jetzt fest auf den Kopf. »Nicht dass er wegfliegt, so wie draußen alles wegfliegt.«

Dann verließ er das Haus.

Frida mochte es nicht, wenn er sich in diesen Andeutungen verlor. Sie hatte ihm versprochen, nur dann zu ihrer Mutter zu fahren, wenn Focko nicht da war, und sie wollte sich auch daran halten, um ihrem Mann nicht unnötig wehzutun. Was sollten diese haltlosen Kommentare?

Sie stellte sich ans Küchenfenster, das nach vorn zur Straße rausging. Wilfried stieg gerade in den dunkelblauen Opel Rekord, den er sich im letzten Monat geleistet hatte. Er fuhr rasant davon – für Frida ein Zeichen, wie aufgewühlt ihr Mann war, denn normalerweise war er ein umsichtiger Fahrer.

Sie ging zurück in die Küche und begann, den Frühstückstisch abzuräumen. Doch sie fröstelte und drehte den Heizkörper höher. Wilfried hatte recht gehabt: Draußen war es wirklich kalt und ungemütlich. Heute war vom Frühling mit seinen Farben, den ersten warmen Sonnenstrahlen und der Farbenpracht nichts zu erkennen.

Was für ein Luxus, dass sie keinen Ofen mehr befeuern mussten wie im Haus am Deich, wo ihre Mutter nach wie vor Kohlen schleppen oder Holz hacken musste, um es warm und gemütlich zu haben. Sie hingegen besaß sogar einen Kochherd von Küppersbusch und brauchte nur den Schalter zu betätigen.

Frida gähnte. Sie prüfte, ob noch Tee in der Kanne war, aber Wilfried hatte alles leer getrunken. Sie überlegte, dass ihr eine Tasse Kaffee guttun würde. Obwohl sich das Leben für sie sehr vereinfacht hatte, war sie ständig müde und antriebslos. Sie trank Kaffee oft in größeren Mengen, um überhaupt etwas Schwung zu bekommen.

»Es ist so ruhig«, flüsterte sie. »Ich sollte mich jetzt um

Haus und Garten kümmern. Aber ich habe einfach keine Lust, weil diese Stille und diese Gleichförmigkeit mir die Kraft nehmen.« Sie unterhielt sich jetzt immer öfter mit sich selbst.

Frida setzte sich wieder und starrte aus dem Fenster. Die Äste des kleinen Bäumchens, das sie im letzten Herbst gepflanzt hatte, wiegten sich im Wind. Ein Radfahrer fuhr mit gesenktem Kopf am Haus vorbei. Sie hatte es warm und trocken. Musste sich den Rücken nicht mehr krumm schuften, und es gab Zeiten, da hatte sie sich genau ein solches Leben gewünscht. Aber – etwas fehlte. Etwas, das nur ihr gehörte. Etwas, was sie lebendig machte.

»Geh doch in dein Musikzimmer, und mach ein paar Fingerübungen«, forderte sie sich selbst auf, aber auch dazu konnte Frida sich nicht aufraffen. Selbst die Musik fühlte sich fremd an, und sie war der festen Überzeugung, das Klavier nicht mehr beherrschen zu können. Mit ihrer Hochzeit hatte sie ihr Talent abgegeben.

Trotzdem erhob sie sich nun schwerfällig und tappte in ihr Musikzimmer. Sie setzte sich auf den Schemel und klappte den Klavierdeckel auf.

»Hör nie auf, zu spielen!«, hatte Focko sie einst gebeten. Frida schluckte. Das hatte sie ihm zugesagt – aber als ihre Finger die Klaviatur berührten, gab das Instrument nur ein paar zaghafte Töne von sich, die ein wenig klagend wirkten. Mir ist die Musik im Leben abhandengekommen, dachte Frida. Sie bekam keine Melodie mehr in den Kopf, keiner Taste konnte und wollte sie einen Ton entlocken, und wenn sie es ein weiteres Mal versuchte, klang es disharmonisch und schräg. Frida stand auf, ging zurück in die Küche und beschloss, sich doch noch einen Kaffee zu machen.

Während das heiße Wasser durch den Filter tropfte,

nahm sie die Tageszeitung in die Hand und blätterte sie lustlos durch. Ihre Augen blieben an einem Artikel hängen, der besagte, dass inzwischen jeder zweite Bundesbürger sein Leben als besser empfand als vor dem Zweiten Weltkrieg. Nur 15 Prozent sagten, dass es ihnen vor dem Krieg besser gegangen war.

Frida faltete die Zeitung wieder zusammen. Ja, es ging ihnen besser als vor dem Krieg, denn sie hatten alles, was das Leben einfacher und bequemer machte. Den Menschen haftete immer mehr Leichtigkeit an, warum nur war sie in so düsterer Stimmung?

Ich müsste tanzen und mein Leben feiern, dachte Frida betrübt. Aber ich vermag es nicht.

Der Kaffee war durchgelaufen, zog mit seinen aromatischen Schwaden in ihre Nase und weckte ihre Lebensgeister ein wenig.

»Das wird mir guttun«, murmelte sie und versuchte sich, wie so oft, Mut zu machen. Es war gut, wenn sie ihre Arbeit vorausplante und etwas strukturierte.

Nach der Kaffeepause wollte sie das Geschirr abwaschen, Betten machen, staubsaugen und wischen. Das Haus in Ordnung bringen. Alles so, wie es von ihr erwartet wurde. Am Nachmittag würde sie mit den Kindern zu ihrer Mutter nach Eckwardersiel laufen und dort warten, bis Wilfried sie abholte.

Frida goss sich den Kaffee ein und nahm einen Schluck. Dabei verbrannte sie sich die Zunge. »Dammich!«, entfuhr es ihr. Und dann flossen die Tränen. Weil sie sich die Zunge verbrannt hatte. Weil sie kein Klavier mehr spielen konnte. Weil sie in diesem perfekten Haus mit dem perfekten Mann saß und sich nach nichts mehr sehnte als Imperfektion. Und weil es schrecklich undankbar war, so zu denken.

Sie weinte ihre täglichen Tränen, die keiner sehen durfte, weil es doch niemand verstehen konnte. Sie, Frau Doktor Hansen, die in einem schmucken Häuschen mit zwei gesunden Kindern und ihrem erfolgreichen Ehemann lebte, war unglücklich – und durfte mit keinem darüber reden.

Die Einzige, die sie vielleicht verstanden hätte, war Erna. Doch die lebte weit weg in Berlin und offenbar glücklich in der großen Stadt. In ihren seltenen Briefen schwärmte sie davon, wie das Leben um sie herum pulsierte, vor allem, wenn sie drüben im Westen war, wo sie im KaDeWe eine Anstellung gefunden hatte. Von Heiko war nur selten die Rede, aber Erna war in ihrem neuen Leben angekommen, während Frida noch immer der Vergangenheit nachtrauerte. Ihrem Vater, der trauten Zeit im Haus am Deich … und Focko.

Es schmerzte sie, dass er Peter besuchte, aber sie sich nicht sehen durften. Obwohl sie ihrer Mutter und Wilfried recht gab, dass es die beste Lösung war. Ihr Aufeinandertreffen war nie gut ausgegangen, und sie sollten nichts provozieren, was das Gefüge in ihrer beider Leben durcheinanderbringen würde.

Frida schreckte zusammen, als es klingelte. Schwerfällig ging sie zur Tür. Sie öffnete – und schrak zurück.

Vor ihr stand Focko.

Sie griff nach dem Türrahmen, um sich daran festzuhalten, weil ihr die Beine wegsackten.

»Focko?«, fragte sie dann erstaunt.

Er hatte sich verändert und trug das Haar etwas kürzer als früher, den Bart gestutzt. Aber sein Lächeln war noch immer dasselbe. Als er sie mit seinen warmen Augen ansah, schmolz Frida dahin wie Schokolade in der Sonne.

Sie war unfähig, sich zu rühren, und ihm schien es ebenso

zu gehen. Sie standen sich gegenüber, und ihre Blicke versanken ineinander. Es war ein vorsichtiges Abtasten, was in dem anderen vorging. Was er womöglich erlebt hatte und was er noch für den anderen empfand.

Endlich hatte Frida sich wieder gefangen. »Was möchtest du?«, fragte sie mit zitternder Stimme.

»Erst einmal reinkommen«, sagte er.

Frida trat einen Schritt beiseite.

»Natürlich, wie dumm von mir. Auf dem Hof wollen wir uns wohl besser nicht unterhalten. Dann hätten die Nachbarn wieder was zu reden.«

Focko lächelte nur und schaute sich anerkennend in ihrem Haus um. Er schien beeindruckt von der Helligkeit und dem modernen Stil, den er offenbar nicht erwartet hatte.

»Ganz schöner Aufstieg zum Haus am Deich«, sagte er und schien bei diesen Worten ein wenig zu schrumpfen.

»Ja, alles neu«, antwortete Frida, weil sie nicht wusste, was sie sonst erwidern sollte. »Ich habe Kaffee fertig.« Fridas Herz klopfte bis zum Hals. »Und Peter ist noch in der Schule, falls du zu ihm willst.«

»Ich wollte zu dir«, sagte Focko und folgte ihr in die Küche, wo er sichtlich zurückzuckte, als er auf die hellblauen Hochglanzfronten ihrer Siematic-Einbauten blickte.

»Du hast es aber auch schön hier«, sagte er.

»Lässt sich gut sauber halten«, wiegelte Frida ab, der es unangenehm war, dass Focko ihrem feudalen Wohnen so viel Aufmerksamkeit widmete. »Und es macht viele Dinge leichter.«

Focko nickte. »Darf ich mich setzen?«

»Bitte!« Frida wies mit der Hand zum Tisch, um den vier Stühle mit Edelstahlrahmen und hellblauen Polyesterbezügen, passend zur Küche, gruppiert waren.

»Möchtest du denn eine Tasse Kaffee?«

»Gern.«

Frida holte eine zweite Tasse aus dem Schrank, schob Focko Zucker und Milch hin und setzte sich auf die andere Seite vom Tisch. »Ich habe noch nicht abgewaschen, entschuldige bitte die Unordnung«, sagte sie.

»Das stört mich nicht. Ich bin doch nicht hier, um zu sehen, wie sauber es ist. Ich bin deinetwegen gekommen.«

Fridas Herz begann zu rasen. »Warum? Du weißt, was meine Mutter und mein Mann gesagt haben?«

»Ja, wir sollen keinen Umgang miteinander pflegen. Wie zwei kleine Kinder wollen sie uns voneinander fernhalten. Aber das geht eben nicht.« Focko gab etwas Zucker in den Kaffee.

»Hast du auch einen Löffel?«, fragte er.

Frida sprang auf und holte einen. Doch als sie ihn Focko geben wollte, umschloss er ihr Handgelenk und zog sie sacht zu sich. »Frida. Ich will dich gar nicht verwirren. Ich will auch deine Ehe nicht zerstören, weil ich weiß, wie wichtig es für Peter und Meike ist, dass sie ein Zuhause haben. Peter hat sich wirklich mit Wilfried angefreundet. Er ist allerdings glücklich, dass wir uns nun regelmäßig sehen können. Aber ich habe es nicht ertragen, dich gar nicht mehr zu treffen und mich nicht wenigstens davon zu überzeugen, dass es dir gut geht.«

Frida löste sich aus der Berührung, weil sie viel zu viele Gefühle in ihr auslöste, die sie besser nicht haben sollte.

»Ich verstehe, was du meinst«, begann sie vorsichtig und setzte sich rasch wieder, weil sie ihre Beine nicht unter Kontrolle und Angst hatte, dass sie ihr einfach wegknickten. »Aber mein Mann fürchtet dich. Immerhin musste er lange genug auf mein Einverständnis warten. Also ist es besser, du gehst jetzt.« Sie holte tief Luft. »Wenn das alles war, was du von mir wolltest.«

Focko schaute sie entgeistert an, machte aber keine Anstalten aufzustehen. »Frida! Ich akzeptiere deine Ehe. Ich werde nichts tun, was sie ins Wanken bringen könnte. Aber wir müssen doch wie zwei erwachsene Menschen, die ein Kind gemeinsam haben, miteinander reden können!«

Frida trank ihren Kaffee in einem Zug aus und verbrannte sich ein zweites Mal den Mund. Allerdings war ihr das ziemlich egal. Wie sollte sie Focko klarmachen, dass es ausgeschlossen war, ihn auf eine unbekümmerte Art und Weise zu sehen?

»Es geht nicht, Focko. Du bringst mich aus dem Konzept. Obwohl du einfach so aus meinem Leben verschwunden bist. Ohne Abschied, ohne Erklärung. Das hat mir so wehgetan, und dennoch fällt es mir schwer, dir böse zu sein.«

Focko öffnete kurz den Mund, als wollte er sagen, was damals passiert war, aber dann entschied er sich anders.

»Es gab Gründe«, antwortete er ausweichend. »Aber ich kann nicht darüber reden.«

Frida sah ihn lange an und las die Antwort in seinen Augen, in seiner Seele. »Du hattest keine Schuld«, schloss sie. »Und eines Tages wirst du es mir erzählen können.«

Mit einem Mal waren sie sich wieder so nah. Ihr Atem floss gleichmäßig im selben Strom, ihr Herz schlug im selben Takt. Frida ließ den magischen Augenblick geschehen und genoss die Schwingungen, die sie beide fühlten.

Doch dann wurde ihr bewusst, was schon wieder mit ihnen passierte. Sie versteifte sich, und ihre Stimme klang härter als beabsichtigt.

»Ich liebe Wilfried, aber es ist anders als mit dir, dem

Unerreichbaren. Lass uns Frieden damit schließen, dass wir einander nicht haben können. Ich halte das nicht aus!« Ihre letzten Worte waren ein einziges heiseres Flüstern.

Focko wirkte bestürzt. »Es ist in den Jahren kein einziger Tag vergangen, an dem ich nicht an dich gedacht habe«, sagte er. »Ich dachte, es würde den Schmerz mildern, wenn wir uns wenigstens sehen dürfen. Reden. Und aussprechen …«

Frida schüttelte vehement den Kopf. »O nein, das würde nicht funktionieren. Das weißt du so gut wie ich. Vielleicht klappt es beim ersten oder zweiten Mal. Aber je näher wir uns kommen …« Sie schlug die Hände vors Gesicht.

»Du hast recht, es war aber eine so schöne Vorstellung«, sagte Focko.

»Eine Utopie. Bitte geh jetzt. Nächste Woche kannst du Peter wieder sehen. Er freut sich schon sehr darauf.«

Focko stand langsam auf, blieb jedoch stehen und umklammerte die Stuhllehne mit beiden Händen so heftig, dass das Weiße seiner Knöchel sichtbar war. »Kannst du mir einen Gefallen tun?«

Frida sah ihn fragend an und erhob sich ebenfalls. »Welchen?«

»Spiel für mich Klavier. Bitte! Eine einzige Melodie, die ich mitnehmen kann. Von der ich träumen und die ich singen kann, wenn du nicht bei mir bist.«

Frida starrte auf ihre Hände. »Ich musiziere nicht mehr. Es ist vorbei. Ich habe es … verlernt.«

Jetzt wirkte Focko wirklich erschüttert. »Das ist unmöglich, Frida. Wenn du nicht Klavier spielst, dann bist du … wie tot!«

Wieder schossen ihr Tränen in die Augen, denn genauso fühlte sie sich. Tot.

Vorsichtig bewegte sie die Finger. »Sie sind wie eingerostet. Oder gelähmt.«

Focko machte erst einen Schritt auf sie zu, dann aber verhielt er in der Bewegung. »Frida, warum? Du musst doch spielen. Du hast es mir versprochen! Du hast versprochen, dass du niemals aufhörst, egal, was geschieht.« Er wartete, aber Frida rührte sich nicht von der Stelle. »Wo steht das Klavier?«

Frida deutete mit dem Kopf zum Flur. »Dritte Tür«, flüsterte sie.

Focko nahm sie bei der Hand. »Komm.«

Sie ließ sich von ihm durch den Flur ziehen, öffnete dort die Tür zum Musikzimmer.

»Hier spielt nur noch Meike«, sagte sie und sammelte ein paar Notenblätter ein, die vorhin wohl heruntergefallen waren.

Stumm standen sie nebeneinander, sie hatten die Hände noch nicht losgelassen. Frida mochte das Zimmer, hatte sie es doch nach ihren Vorstellungen eingerichtet. Es war ein heller Raum mit weißen Möbeln und beigefarbenen Stores. Das schwarze Klavier bildete den einzigen Kontrast.

Auf den Regalen, die an der linken Seite angebracht waren, befanden sich Hefte mit Noten, an der rechten Seite hing ein großes Bild mit einem Flügel auf der Bühne eines Konzertsaals.

»Das war dein Traum«, sagte Focko, und Frida spürte den festen Druck seiner Hand. »Das war das, was du immer wolltest. Und jetzt verstaubt dieses wunderbare Instrument, obwohl es nur darauf wartet, dass du ihm die schönsten Töne entlockst.«

»Meike spielt doch«, wiederholte Frida.

»Das ist nicht dasselbe«, sagte Focko. »Du brauchst die

Musik.« Focko hob den Deckel an und legte die Tasten frei. Dann drückte er Frida auf den Schemel.

»Und jetzt machst du einfach«, sagte er. »Schließe die Augen. Denk an das Meer und die Wellen. An die süße Luft des Sommers. An den scharfen Wind, der im Winter über die Marsch pfeift. Oder an das Erwachen des Frühlings, wenn die Blumen mit ihren Farben wetteifern und keiner sagen kann, welche die schönste ist. Und dann denkst du an den süßlich fauligen Duft vom Herbst. Siehst in Gedanken die Blätter von den Blumen segeln und das Land in seine warmen Farben tauchen.«

Frida tat es gut, Fockos vertraute Stimme zu hören. Ihr Blut pulsierte, die Finger bewegten sich wie von allein, und dann berührten sie das Weiß der Tasten. Der erste Ton schwang sich noch schüchtern durchs Haus, der zweite war bereits etwas mutiger, und dann ging es wie von allein.

Fridas Finger tanzten. Freuten sich, wieder das tun zu dürfen, was sie so lange vermisst hatten.

Frida sah das Meer und die Wellen. Sie roch das süße, frisch gemähte Gras und hörte das fröhliche Kreischen der Möwen. Sie sah die Herbststürme über den Jadebusen fegen und die Blätter ihren Reigen tanzen. Nahm wahr, wie sich die Schneekristalle über das grüne Gras legten und danach ein eisiger Ostwind dazu führte, dass sie aufstoben und sich neu platzieren mussten. Ein Kreisen und Drehen, ein Kampf zweier Naturgewalten, von denen keine gewann. Bis die Frühjahrssonne kam, den Schnee wegkitzelte und erlaubte, dass sich Schneeglöckchen, Hyazinthen und Krokusse ihren Weg bahnten.

Frida spielte und spielte und vergaß die Zeit. Vergaß ihren Kummer, ihre Traurigkeit und ihre Schwermut. Mit jedem Ton kam sie wieder in ihrem Leben an, und als der letzte verklungen war, schlug sie die Augen auf und fühlte seit langer Zeit mal wieder so etwas wie Glück.

»Das war so schön«, flüsterte Focko und rieb sich die Augen. »Du kannst es noch, Frida. Und wie du es kannst!«

Sie stand auf und umarmte ihn.

So standen sie eine ganze Weile da.

»Danke«, flüsterte Frida. »Ich danke dir so sehr!«

»Ich wollte Frida wiederhaben. Die echte Frida«, antwortete Focko.

Sie schob ihn ein Stück weg. »Jetzt hast du mich schon wieder gerettet. Wie machst du das nur immer?«

Focko zuckte mit den Schultern. »Es passiert. Du und ich. Ich und du …« Er drückte sie noch einmal. Dann presste er die Lippen fest zusammen und rang sichtlich mit seinen Gefühlen.

»Aber ich muss jetzt gehen«, brachte er schließlich hervor. »Du hast recht, es würde auf Dauer nicht gut gehen und nicht harmlos bleiben. Ich liebe dich. Mehr als mein Leben.«

»Ich liebe dich auch, Focko«, sagte Frida. »Und wie. Aber ich liebe auch Wilfried und meine Kinder.«

Er gab ihr einen Kuss auf die Wange. Allein diese Berührung ging ihr durch und durch.

»Du musst nichts erklären, Liebes«, sagte Focko. »Mich macht es schon glücklich, wenn ich weiß, dass du deinen Traum nicht dem neuen Leben opferst. Du brauchst die Musik.« Er schüttelte den Kopf. »Nein, falsch: Du bist Musik. Und du musst sie leben, Frida. Versprich es mir!«

»Ich verspreche es.«

Focko wandte sich abrupt ab und stürzte durch den schmalen Flur aus der Tür. Sie krachte, als sie hinter ihm zufiel.

Frida setzte sich zurück ans Klavier, schloss die Augen

und spielte das Lied ihrer Liebe. Wie sie sich in jenem heißen Sommer geküsst hatten. Wie die Abendsonne ihre tiefen Gefühle gnädig ummantelt hatte und wie in dieser schönsten Nacht ihres Leben Peter entstanden war.

Als Frida fertig war, liefen ihr zwar Tränen übers Gesicht, aber sie war befreit wie lange nicht.

Erst nach einer Weile ging sie in die Küche, erledigte den Abwasch, saugte und putzte. Als sie dabei war, Wilfrieds Bild abzustauben, strich sie ihm sacht über die Stirn. Er hatte das alles nicht verdient, aber sie wusste, dass sie ihm so schnell nicht wieder nah sein konnte. Sie würde es als gute Ehefrau zulassen, das schon. Mehr aber konnte sie ihrem Mann nicht mehr geben. Sie würde gut daran tun, es ihn nicht spüren zu lassen.

*

Wilfried war froh, als er in der Klinik angekommen war. Sosehr er Frida liebte, so sehr war er in den letzten Wochen auf der Flucht vor ihr. Sie konnte unglaublich stur sein und beharrte nach wie vor darauf, in diesem Gemüseladen zu arbeiten.

Als Frau vom Chefarzt! Ausgeschlossen. Was wollte sie auch dort in dieser merkwürdigen Kleidung mit dem Schiffchen im Haar? Aber auch jede andere berufliche Tätigkeit war ausgeschlossen.

Sie war die Frau eines erfolgreichen Arztes, konnte jetzt endlich das Leben führen, das ihr zustand. Das Einzige, was er verlangte, war, dass sie das Haus in Ordnung hielt, dass das Essen pünktlich auf dem Tisch stand und die Kinder versorgt waren.

Seine Frau konnte sich schick kleiden, er hatte ihr eine beträchtliche Summe für solche Ausgaben zugestanden.

Aber sie nutzte es nicht, sondern lief immer in diesen altmodischen Röcken herum, in denen sie ihrer Mutter auch auf dem Hof half. Dort trug sie sogar derbe Stiefel, und nicht selten band sie sich ein Tuch um das inzwischen wieder schulterlange Haar. Wie ein Bauernmädchen sah sie dann aus, und sie schien es nicht einmal zu bemerken.

Ein einziges schönes Kostüm hatte Wilfried ihr aufschwatzen können, schließlich sollte sie als Frau an seiner Seite etwas hermachen, wenn sie ihn zu Empfängen begleitete.

Nur meist erfand sie Ausreden, um zu Hause bleiben zu können.

»Das ist nichts für mich. Ich bin den Menschen nicht gewachsen und weiß so oft nicht, was ich sagen soll«, erklärte sie dann. Oder Frida schützte Kopfschmerzen vor.

Seine Ehe hatte er sich anders vorgestellt.

Wilfried fuhr sich durchs Haar und fragte sich, wie schon so viele Male, wann sie auf der letzten kurzen Strecke falsch abgebogen waren. Oder ob sie schon lange zuvor auf verschiedenen Gleisen unterwegs gewesen waren und er es nur nicht wahrhaben wollte.

Wilfried gab sich einen Ruck und betrat das Krankenhaus. Ihm schlug der typische Duft einer Mischung von Desinfektionsmitteln und anderen undefinierbaren Gerüchen entgegen.

Schwestern in ihren Trachten huschten hektisch grüßend an ihm vorbei. Bei einer quietschten die Sohlen auf dem blank polierten Linoleumboden und verursachten einen unangenehmen Ton. Wilfried beeilte sich, auf der Kinderstation anzukommen. Hier war, wie erwartet, eine Menge los.

»Herr Doktor, bitte schnell. Die Tonsillitis von gestern blutet nach!«

Er sah seinen Kollegen, einen HNO-Arzt, ins Krankenzimmer huschen.

Wilfried ging in sein Zimmer und zog den Arztkittel an.

Immer wenn er das tat, wurde er zu einem anderen Menschen. Einem Mann der Taten, der anpackte und Leben rettete. Der Entscheidungen traf und sich sicher war in dem, was er tat. Das Gegenteil davon, wie er sich fühlte, wenn er seiner Frau gegenüberstand. Nun war er auf Station und Arzt. Mit seinem typisch verbindlichen Lächeln trat er auf den Klinikflur.

»Guten Morgen, Herr Doktor«, wurde Wilfried begrüßt, und er nickte von links nach rechts, wo zwei Schwestern an ihm vorbeiliefen.

Ja, hier brachte man ihm die nötige Achtung und Wertschätzung entgegen.

Er ertappte sich plötzlich dabei, an Erna zu denken, als sie ihm auf der Hochzeit so nah gekommen war. Das war pure Bewunderung gewesen. So wie er es sich stets von Frida erhoffte. Wenn doch nur ein Funke davon vorhanden wäre!

Im Dienstzimmer angekommen, fand er Stationsschwester Agathe vor. Sie schrieb gerade etwas in ein Heft und hatte einen Stapel Kurvenblätter vor sich liegen.

Sie rückte ihre Brille zurecht. »Guten Morgen, Herr Professor Doktor Hansen.« Agathe legte stets großen Wert auf die korrekte Anrede des Chefarztes. »In der 10 geht es gleich los. Da war heute Nacht Radau.«

Mechanisch und ohne die Miene zu verziehen, spulte sie die Vorfälle ab und begleitete Wilfried auf die Visite, an der auch die beiden Ober- und Assistenzärzte teilnahmen.

Hier, in seinem Krankenhaus, war er zu Hause. Wenn es ihm heute Abend gefiel, würde er eben wieder länger arbeiten. Bloß um jeglichem Streit aus dem Weg zu gehen.

Aber dann schoss ihm durch den Kopf, dass er Frida versprochen hatte, sie aus Eckwardersiel abzuholen.

Er kam aus der Endlosschleife einfach nicht heraus.

Kapitel 10

Erna liebte Berlin. Den Staub, den Lärm und auch die Hektik in den Straßen. Sie arbeitete im KaDeWe, im Kaufhaus des Westens an der Tauentzienstraße, und schätzte sich glücklich, dort eine Anstellung gefunden zu haben. War schon Karstadt in Bremerhaven ein besonderes Einkaufserlebnis für sie gewesen, so siedelte sie das KaDeWe um Klassen höher an. Und sie durfte hier arbeiten!

Es war so einzigartig, dass Erna sich gar nicht mehr vorstellen konnte, je in einem so kleinen Lädchen wie in Nordenham tätig gewesen zu sein. Auch wenn es ihr dort viel Spaß gemacht hatte. Nur war es einfach nicht zu vergleichen.

Im KaDeWe gab es alles, was das Herz begehrte. Sie brauchte sich nichts mehr selbst zu nähen, um den letzten Schick zu tragen. Am meisten liebte Erna jedoch die Auswahl an Schuhen und Schmuck. Tag für Tag schlenderte sie in ihren Pausen durch beide Abteilungen. Sie wusste, dass sie nicht mehr lange widerstehen konnte und sich doch bald diese eine Perlenkette und die wunderbaren Lackpumps in Gelb kaufen würde. Es war das Bunte, was sie anzog. Das Verspielte und Neckische. Im Osten gab es das nicht. Aber hier, an ihrem neuen Arbeitsplatz, wurde sie Tag für Tag damit konfrontiert.

Leider musste sie immens aufpassen, dass sie beim Grenzübertritt nicht mit den neu erworbenen Sachen erwischt wurde. Denn dann wurden sie ihr abgenommen. Aber Erna hatte mittlerweile Strategien entwickelt, wie sie das hinbekam. Oft trug sie einfach mehrere Schichten übereinander, oder sie nahm von der alten Kleidung nach und nach etwas in ihrer Handtasche mit rüber. Sie musste nur darauf achten, die Preisschilder zu entfernen, denn dafür hatten die Kontrolleure ein scharfes Auge.

Viele Frauen aus dem Ostteil der Stadt durchstöberten gern die Strumpfabteilung. Hatte es in Bremerhaven doch schon eine große Auswahl gegeben: Das hier toppte alles. Seidenstrümpfe, Nylons, in verschiedensten Farbtönen, Mustern und Ausführungen – so weit das Auge reichte.

Morgen wollte sich Erna auch noch einmal in der Kleiderabteilung umsehen, denn sie hatte im Vorbeigehen ein geblümtes Kleid mit einem Rüschenansatz entdeckt, das sie unbedingt anprobieren wollte.

Und für Frida und Meike würde sie auch noch etwas kaufen. Mal sehen, wie sie es anstellte, alles über die Grenze zu schmuggeln. Es war jedes Mal ein heikles Unterfangen, aber Erna betrachtete es als Sport.

Für Meike hatte sie einen roten Lodenmantel entdeckt, der so hübsch zu ihren dunklen Locken passen würde. Und Frida würde sich bestimmt über die dunkelblaue Bluse freuen.

Seit Erna in Berlin lebte, glaubte sie zu blühen und ständig neue Farben in ihrem Leben zu entdecken. Sie fühlte sich wie nach einem langen Winter, wenn der Frühling die Mixtur und Vielfalt des Lebens zurückbrachte. Es war eine gute Entscheidung gewesen hierherzuziehen.

Ihre Tochter Sanne fühlte sich ebenfalls wohl. Sie besuchte nach der Schule eine Musikakademie in Ostberlin und wurde dort unglaublich gefördert. Was für ein anderes Niveau als in Varel! Die Nachmittage verbrachte sie bei den Pionieren, und sie liebte den Zusammenhalt dort. Erna war von der Organisation nicht restlos begeistert, aber da Heiko der Ansicht war, dort würde Sanne genau das fürs Leben lernen, was wichtig war, nahm sie es hin. Ihr Mann war sehr darauf bedacht, dass sich seine Familie an die Regeln hielt, denn das brachte ihm Pluspunkte bei der Arbeit. Erna hatte schon mitbekommen, zu welchen Schwierigkeiten es kam, wenn man sich dem Gefüge widersetzte, und da Heiko eine große Karriere in der Charité bevorstand, fügte sie sich eben. Solange sie weiterhin ihrer Arbeit nachgehen konnte, sprach schließlich nichts dagegen.

»Bitte, könnten Sie mir den Rock zeigen?«, wurde Erna kurz vor Feierabend aus ihren Gedanken gerissen. Sie war gerade dabei, die letzten Pullis ordentlich zu falten. »Die Puppe trägt ihn, aber ich sehe, dass er exakt meine Größe hat.«

Die Frau im Rollstuhl lächelte sie an, und sofort schoss ein Pfeil durch Ernas Herz, denn die Dame erinnerte sie an ihre Mutter, die ebenfalls an ein solches Gefährt gefesselt war – und die sie wider Erwarten doch so manches Mal schmerzlich vermisste.

»Selbstverständlich, warten Sie bitte einen Moment.«

»Es tut mir leid, dass ich erst kurz vor Ladenschluss komme, aber mit meiner Behinderung ist es nicht so einfach, das Haus zu verlassen. Ich brauche doch ziemlich viel Hilfe.«

»Es ist in Ordnung, noch haben wir geöffnet«, wiegelte Erna freundlich ab. Diese Schwierigkeiten kannte sie schließlich zur Genüge. Zudem war der Kunde König, das war ein ehernes Gesetz.

Mit geschickten Handgriffen nahm sie den Rock von der Puppe ab und reichte ihn der Frau, die damit schnell in die nächste Umkleidekabine fuhr.

»Hier komme ich allein klar, danke.«

Erna zog der Schaufensterpuppe gleich einen neuen Rock an. Auch wenn es sich um eine Plastikfrau handelte, war zu viel nackte Haut sehr verpönt. Außerdem wollte sie, so schnell es ging, zurück nach Hause und sich nicht noch nach Feierabend damit herummühen. Ihr taten die Beine vom langen Stehen ohnehin schon weh – wie jeden Abend.

Kurz darauf kam die Frau wieder aus der Kabine. »Er passt. Ich würde ihn gern mitnehmen.«

Erna verpackte das Stück sorgfältig in Papier und steckte es dann in eine Tüte, die sie über den Tresen reichte. Nachdenklich sah sie der Kundin nach, bis sie im Fahrstuhl verschwand.

Merkwürdig, wie sehr sie doch ihre Familie vermisste. Am allermeisten fehlten ihr Herold und Frida. Eine richtig gute Freundin hatte sie in Berlin noch nicht gefunden, wenngleich sie sich mit ihrer Kollegin Annemarie Meißner sehr gut verstand, sie sich immer mehr annäherten und sich Dinge anvertrauten, die nur für die Ohren einer engen Vertrauten bestimmt waren.

»Feierabend«, sagte Annemarie und deutete augenzwinkernd auf die Uhr.

»Eine Minute noch.« Erna grinste und zeigte zu einem Herrn, der für seine Frau noch ein Paar Seidenstrümpfe besorgt hatte und umständlich das Geld am Tresen abzählte.

»Unten ist schon zu, der muss sich jetzt sputen.« Annemarie war heute dran, die Kasse zu machen, Erna durfte nach Hause gehen. Sie verabschiedete sich von ihrer Kollegin und eilte zur Umkleide. Als sie vor das Kaufhaus trat, warf sie einen Blick auf ihre silberne Armbanduhr und sah, dass sie sich beeilen musste, um die S-Bahn am Zoo noch zu erwischen. In letzter Sekunde gelang es ihr, sich in die Tür zu quetschen, bevor die sich mit einem Zischen schloss.

Heiko kam fast zeitgleich mit ihr nach Hause.

»Na, du bist ja spät dran«, sagte er mürrisch. Er zog es vor, sofort ein heimeliges Zuhause vorzufinden, wenn er seinen Dienst beendet hatte.

»So ist es nun mal. Ich arbeite eben auch.«

Erna beeilte sich dennoch, das Abendessen möglichst schnell auf den Tisch zu bekommen. Sie verspürte keine Lust auf Diskussionen.

In Windeseile stellte sie Geschirr auf den Tisch, legte Wurst, Käse und Gürkchen auf Platten und kochte Pfefferminztee. Kaum war sie fertig, kam auch Sanne von den Pionieren zurück.

»Himmlisch, ich habe solchen Hunger«, jubelte sie.

Neuerdings liebte sie das Wort himmlisch und verwendete es, wann immer sie konnte.

Sanne setzte sich an den Küchentisch und plapperte los, was sie am Nachmittag bei den Pionieren alles erlebt hatte. »Und im Sommer fahren wir dann in ein Ferienlager nach Usedom«, endete sie.

»Das ist eine wunderbare Idee«, sagte Heiko. »Siehst du, Erna, was sie den Kindern alles bieten? Das hätten wir in der BRD nicht.«

Er versenkte den Kopf wieder in seiner inzwischen bevorzugten Zeitung »Neues Deutschland«. Heiko weigerte sich zunehmend, sich über Westmedien zu informieren, wohingegen Erna das fast ausschließlich tat, weil sie es ausgewogener fand.

Sie gab ein Stück Zucker in den Tee.

»Dann lasst uns jetzt in Ruhe essen«, schlug sie vor, weil sie das heikle Thema nicht vertiefen wollte.

Sie aßen schweigend, und als Sanne fertig war, stürmte sie in ihr Zimmer, weil sie unbedingt noch eine himmlische Schallplatte hören wollte, die Heiko ihr samt Plattenspieler mitgebracht hatte. Wie auch immer er daran gekommen war, blieb sein Geheimnis.

»Ich sorge mich um die junge DDR und die Entwicklungen in diesem Land«, begann er jetzt, als er sich ein Stück Mettwurst aufs Brot legte. »Wir bluten aus.« Er schaute aus dem Fenster, als könnte er dort die Antwort finden, wie das zu ändern wäre.

»Wie kommst du darauf?« Erna hatte wie immer nur eine Schnitte Brot gegessen und rührte in ihrem Tee.

»Zehntausende fliehen! Wie sollen wir so den neuen Staat aufbauen?« Heiko schaute sie besorgt an.

Erna zuckte mit den Schultern. »Wäre vermutlich besser, sie würden nicht alles verbieten. Zum Beispiel, dass wir die Klamotten von drüben mit hernehmen dürfen, und so.«

»Du weißt nicht, was du sagst«, herrschte Heiko sie an. Er konnte ziemlich mürrisch sein, wenn es um Kritik an der jungen DDR ging.

Erna waren Heikos Bedenken gleichgültig. Sie nutzte alle Vorteile, die möglich waren. Sie lebten in der Lohmühlenstraße am Landwehrkanal in einer schönen Wohnung, Heiko hatte seinen Posten in der Charité und sie im KaDeWe. Wenn sie etwas wollte, kaufte sie es drüben, und wegen des günstigen Tauschwertes von 1:4 lohnte es sich sehr, im Westen zu arbeiten. Das wurde ihr zwar von einigen geneidet, aber schließlich war sie nicht die Einzige, die das tat. Günstig wohnen im Osten, mehr Geld verdienen im Westen.

Was also sollte verkehrt daran sein? Und warum sollte sie sich darüber aufregen, was politisch um sie herum passierte? Dann liefen die Leute, die es nicht so gut hatten wie sie, eben weg. Sie konnte es verstehen, denn ohne Privilegien war das Leben im Osten wahrlich kein Zuckerschlecken. Schlimm fand sie lediglich, dass sie deswegen ständig mit Heiko aneinandergeriet. Er hatte ein vorgefestigtes Meinungsbild, weil er ständig vor der »Aktuellen Kamera« saß, das »Neue Deutschland« las und die Meinung der Sozialistischen Einheitspartei förmlich in sich aufsog. Es wurde Zeit, dass sie mal wieder mit Frida klönen konnte. Nur kurz, denn danach wartete Berlin wieder auf sie. Und mit Annemarie, die diese strengen Reglementarien auch nicht guthieß.

Erna stand auf und legte Heiko die Arme von hinten um den Hals. Sie sehnte sich nach seiner Nähe, aber sie schliefen kaum miteinander. Er brauchte das offenbar nicht.

Heiko drückte sie auch jetzt weg. »Lass das, Erna. Wir müssen mal über deine Arbeit im Westen reden.«

»Müssen wir nicht«, widersprach sie und wechselte sofort das Thema. »Was hältst du davon, wenn wir am kommenden Wochenende nach Hause fahren? Ich habe für Meike und Frida zwei so hübsche Sachen gesehen, die ich unbedingt kaufen möchte. Dann kann ich sie gleich als Geschenk mitnehmen.«

Heiko faltete die Zeitung zusammen, stand auf und schaute seine Frau verständnislos an. »Ich habe dir doch eben gesagt, was mich beschäftigt, und als einzige Antwort fällt dir ein, dass du nach Eckwarden fahren willst?«

Erna ließ sich nicht beirren. »Ich denke, ein Überraschungsbesuch in der alten Heimat könnte ganz wunderbar sein. Ich war noch gar nicht dort, seit wir in Berlin leben. Es würde gut passen, weil du ab Freitag freihast und ich auch.«

»Ich weiß noch nicht, ob ich freihabe. Ein Kollege hat wieder rübergemacht, und wahrscheinlich muss ich seinen Dienst übernehmen. Ich sag doch, dass wir ausbluten.« Heiko ging zur Hausbar in der Schrankwand und goss sich einen Weinbrand ein, den er sofort hinunterspülte.

Erna überlegte kurz. »Und wenn ich allein mit Sanne fahre?«

»Mach das, du tust ja doch immer, was du willst. Du musst dich nur früh genug um alles kümmern, das weißt du.«

Erna nickte. »Mach ich gleich morgen.« Dann schaute sie ihren Mann traurig an. »Wollen wir heute Abend nicht etwas zusammen unternehmen? Einmal wieder ein Paar sein?«

Heiko spitzte die Lippen, schien zu überlegen, ob er das wollte, stimmte dann aber widerwillig zu. »In Ordnung. Was möchtest du machen?«

»Lass uns drüben ins Kino gehen. Nur wir beide.«

Das Kino »Camera«, das sie gern aufsuchten, befand sich beim Potsdamer Platz.

»Das ist doch schon wieder so ein Westler-Kram«, maulte Heiko.

»Aber in Ostberlin gibt es keine so guten Filme«, insistierte Erna. »Ich habe gehört, dass sie *Die glorreichen Sieben* spielen.«

Heiko hob zwar kurz die Brauen, aber ihm war anzusehen, dass er den Streifen wirklich gern sehen würde. »Meinetwegen. Dieses eine Mal.«

Erna umarmte ihn und gab ihm einen Kuss auf die Wange. »Danke. Ich sag Sanne rasch Bescheid – und auf geht's! Abwaschen können wir später.«

Erna konnte es kaum erwarten auszugehen. Das war das Schöne in einer so großen Stadt. Sie konnten sich jederzeit auf den Weg machen und das Leben genießen. Keiner machte ihnen etwas madig – außer Heiko selbst, wenn er sich wieder in seine politischen Themen hineinsteigerte.

Sanne lag auf ihrem Bett und lauschte dem Sprecher auf der Schallplatte, der das Märchen von Schneewittchen erzählte.

»Bist du dafür nicht etwas alt?«, fragte Erna lachend.

»Es ist himmlisch«, antwortete ihre Tochter.

Erna erklärte ihr kurz, was sie vorhatten: »Papa und ich gehen noch ins Kino. Machst du bitte pünktlich das Licht aus? Morgen ist Schule.«

Sanne nickte gelangweilt. »Viel Spaß. Ich bin sowieso müde. – Ist noch was?«, hakte sie nach, weil Erna keine Anstalten machte zu gehen.

»Ja. Ich möchte mit dir am Wochenende nach Eckwarden fahren, wenn wir alle Papiere zusammenbekommen. Ein kleiner Kurzbesuch. Wie es aussieht, muss Heiko arbeiten.«

Jetzt setzte sich Sanne doch auf. »Au fein, das ist himmlisch. Dann seh ich Meike endlich wieder. Oma Stine, Onkel Herold – und Oma Margret. Du, Mutti, wir müssen unbedingt auch zum Haus am Deich fahren!«

»Versprochen«, sagte Erna. »Aber nun wollen Heiko und ich los, damit wir den Film nicht verpassen.«

Sanne winkte kurz und vertiefte sich wieder in ihr Hörspiel.

Heiko hatte schon den Mantel an, als Erna in den schmalen Flur trat, den sie sonnengelb tapeziert hatten. Er reichte ihr den dicken Lodenmantel mit Schalkragen, und sie traten auf die Lohmühlenstraße, das Wasser des Kanals glänzte im Abendlicht. Sie fuhren mit der S-Bahn, die gut gefüllt war, weil viele Ostberliner das Nachtleben in Westberlin genießen wollten. Als sie am Potsdamer Platz ausstiegen, schaute Erna sich um und schüttelte den Kopf.

»Es ist schon kurios«, sagte sie und deutete auf das große weiße Schild kurz vor der Sektorengrenze. Unten befand sich eine Deutschlandfahne, darüber der Text:

Ende des Demokratischen Sektores von Groß-Berlin in 1 m Entfernung

»Als ob der Westen nicht demokratisch ist«, murmelte Erna vor sich hin.

Drüben im britischen Sektor konnten sie die Verkaufsbuden erkennen, die überwiegend Waren für die ostdeutsche Kundschaft führten.

»Bauernfängerei«, sagte Heiko verächtlich.

»Praktisch und marktorientiert«, gab Erna zurück.

Ihr Mann winkte ab. Sie passierten die Sektorengrenze ohne Schwierigkeiten und steuerten auf die »Camera-Lichtspiele« zu.

»Kapitalistisches Gehabe!«, kommentierte Heiko, aber Erna strahlte. Sie liebte diese Welt, sie liebte Westberlin. Wenn sie Heiko doch nur überreden könnte, mit ihr hier rüberzuziehen. Es war doch gleichgültig, dass sie kaum etwas mitnehmen könnten, sie würden sich schnell neuen Wohlstand erarbeiten.

Aber Erna ahnte, dass es zwecklos war, davon zu träumen. Heiko liebte die DDR und fand es vollkommen in Ordnung, dass das Land sich immer mehr abschottete und seit 1952 sogar die Grenzen geschlossen hatte.

»Weißt du, ob der Film im Zwillingskino *Aladin* läuft oder in den *Camera-Lichtspielen*?«, fragte Erna und suchte die Schilder oberhalb vom Eingang ab. Darüber befand sich das beeindruckende Firmenschild der *Camera-Lichtspiele*. Ein großer dunkler Kreis, von dem nach rechts der konische Schriftzug Camera auf ebenfalls dunklem Untergrund abging.

»Ein Skandal, dass das *Aladin* im Westen aufgemacht hat und der Besitzer geflohen ist. Hab gehört, er lebt jetzt in Zehlendorf«, knurrte Heiko.

Das Kino *Aladin* befand sich bis zu seiner Enteignung 1951 im Ostberliner Teil, durfte dort aber nicht weiter betrieben werden, weil dem Besitzer auch das Grenzkino *Camera* gehörte und er dafür im Osten Werbung gemacht hatte. Daraufhin eröffnete er eben das *Aladin* im Westen neben den *Camera Lichtspielen*.

Heiko schnaubte. Für ihn waren solche Leute Verräter, aber Erna war froh, dass ihr Mann jetzt keine Diskussion darüber vom Zaun brach, sondern auf den Eingang der *Camera-Lichtspiele* zusteuerte. Das Hinweisschild befand sich rechts vom Eingang, ins *Aladin* ging es links. »Da müssen wir hin.«

Sie stellten sich in die lange Reihe der Wartenden.

»Ostler?«, fragte die Kassiererin.

»Ja«, antwortete Erna, weil sie wusste, dass Heiko es erniedrigend fand. Dabei bekamen sie Rabatt und konnten für 25 Pfennige das Kino besuchen. Oder für eine Ostmark.

Sie zahlte schnell, am Nachmittag hatte sie in der Wechselstube noch ihr Westgeld in Ostmark getauscht.

»Das ist für die Kapitalisten hier drüben noch eine zusätzliche Einnahmequelle«, sagte Heiko, als sie das Kino verließen.

Erna schmiegte sich an ihren Mann. »Mir gefällt es in Berlin. Ich habe alle Möglichkeiten. Nun sei nicht immer so negativ eingestellt. Hauptsache ist doch, uns geht es gut. Und das tut es.«

Heiko gab Erna einen flüchtigen Kuss auf den Scheitel. »Ich habe es ja vorhin schon kurz angerissen: Es wird leider nicht von allen gern gesehen, was du tust«, gab er zu bedenken. »Also deine Arbeit bei den Westlern. Du solltest sie für unser Land einsetzen.«

Erna verdrehte die Augen. Immer wieder diese alte Leier. Sie ermüdete es, dass Heiko ständig davon anfing. Aber warum sollte sie in Ostberlin in einem Geschäft arbeiten, wo sie den Kundinnen kaum Auswahl anbieten konnte? Das wäre doch langweilig!

»Neider gibt es nun mal überall«, erwiderte Erna. »Man sollte das nicht so ernst nehmen. Jetzt lass uns einfach den Rest des Abends genießen. Sieh, sogar die Sterne funkeln. Weißt du, was? Wir laufen!«

Heikos Miene versteinerte sich, aber er schwieg.

»Was ist?« Erna stieß ihn sacht in die Seite. »Komm, wir hatten doch einen so schönen Abend, da musst du jetzt kein Saure-Gurken-Gesicht aufsetzen, bloß weil ich dort arbeite, wo es mir Freude macht?«

Er blieb stehen und drehte seine Frau zu sich hin. »Ich muss das ernst nehmen. Mein Chef hat mich bereits darauf angesprochen. Er meint, dass es Verrat sei, wenn du drüben einkaufen gehst und dein Geld im Westen verdienst, aber alle Vorteile unserer Republik nutzt.«

Erna schüttelte fassungslos den Kopf. Ihre Arbeit hatte doch mit Verrat nichts zu tun. Sie war unpolitisch und lebte einfach. Warum wollte Heiko das nicht verstehen?

»Der Mann beruhigt sich schon wieder«, sagte sie. »Wenn es so viele machen, dann muss die DDR eben damit leben.«

»Du verstehst es nicht«, widersprach Heiko. »Es geht um die Sache!«

Erna kniff die Lippen zusammen. Ihr reichte es jetzt.

»Dann lass uns umziehen und uns eine Wohnung im Westteil suchen«, schlug sie schließlich vor. »Das meine ich wirklich ernst. Wenn dir meine Arbeit solches Kopfzerbrechen bereitet, ist das der beste Weg«, ereiferte Erna sich. »Du findest auch im Westen als Kinderarzt Arbeit, und wir müssen nicht mehr über das große Nichts diskutieren.«

Heiko sah Erna entsetzt an. »Das kann nicht dein Ernst sein!«

»Warum nicht? Damit wären alle Probleme gelöst.«

Heiko reagierte unwirsch. »Gar nichts ist gelöst! Ich arbeite in der Charité und möchte da bleiben. Ich habe dort sämtliche Aufstiegschancen, aber doch nicht, wenn ich mich mit den Westlern verbünde oder gar nach drüben ziehe. Das wird mir in der Form nirgendwo anders geboten.«

»Aber eben nur, wenn du tust, was sie sagen! Das ist doch schrecklich«, gab Erna entrüstet zurück. »So möchte ich nicht leben!« Sie nagte auf ihrer Unterlippe. Es war zwecklos, mit Heiko über diese politischen Dinge zu diskutieren. Er war überzeugt davon, dass das Leben im Osten der Republik ein besseres war als im Westen, und er schluckte alles, was ihm von der Parteiführung vorgekaut wurde.

Ein kleiner Lastwagen polterte an ihnen vorbei und raste durch eine Pfütze. Das Wasser spritzte hoch, und sowohl Erna als auch Heiko mussten einen Satz nach hinten machen, wenn sie nicht nass werden wollten. Trotzdem hatte Ernas Rock ein paar Spritzer abbekommen.

Heiko ballte die Faust. »Siehst du, so sind sie im Westen. Rücksichtslos!« Er sah dem Laster nach wie einem ekelhaften Insekt, das er am liebsten zerquetschen würde.

Erna legte besänftigend ihre Hand auf seinen Unterarm. »Komm, lass uns nach Hause gehen. Wir werden eine Lösung finden.«

Er streifte ihre Hand ab und stapfte mit ausgreifenden Schritten los.

Kurz darauf befanden sie sich wieder im russischen Sektor.

Erna hatte Mühe, Heiko zu folgen. Er hatte den wunderbaren Abend mal wieder total verdorben. Wie konnte ihr Mann nur so verbohrt sein!

Plötzlich blieb er stehen und nestelte an seiner Hosentasche.

»Was ist?«, fragte Erna. Sie wollte jetzt nur noch nach Hause und schlafen. Morgen würde sie ihre Reise nach Eckwarden planen und für sich und Sanne ein Zugticket erwerben.

»Ich dachte, ich könnte es vor dir geheim halten«, sagte er. »Weil du auch so einlenkst.«

»Heiko!«, sagte sie mit einem lauten Seufzen. »Ich bleibe im KaDeWe. Ob es dir gefällt oder nicht. Ich bin eine selbstständig denkende Frau und kein Heimchen, das es nur dem Gatten recht macht. Dazu habe ich viel zu lange allein gelebt und musste mich gegen eine Welt durchsetzen, die es mir wirklich nicht leicht gemacht hat. Also hör jetzt einfach auf.«

»Erst wenn du das hier gelesen hast.«

Erna griff nach dem zerknüllten Papier, das Heiko ihr hinhielt, und faltete es auseinander. »Das meine ich«, quetschte er zwischen zusammengepressten Zähnen hervor. »Das hab ich aus Königs-Wusterhausen, als ich da zu tun hatte. Und auch im Radio sagen sie solche Dinge. Wir müssen aufpassen!«

Erna las die Zeilen, aber es erweckte in ihr eher noch größeren Widerstand, als dass es sie umstimmte.

Grenzgänger zu bedienen ist unter unserer Würde. Sie werden erst dann wieder zuvorkommend bedient, wenn Sie eine Arbeit in der Republik angenommen haben.

Sie zerknüllte den Zettel, aber ihr Mann sah sie ernst an.

»Nun weißt du, warum ich so darauf dränge, dass du dich nach einer anderen Arbeit umsehen sollst«, knurrte er. »Ich möchte meine Privilegien nicht verlieren, und deshalb wirst du jetzt ausnahmsweise mal tun, was ich sage.«

In Erna kochte Wut hoch. Sie ließ das Papier fallen, stemmte ihre Fäuste in die Hüfte und spie aus: »Ach ja? Da sei dir mal nicht so sicher!«

Jetzt packte Heiko sie an den Oberarmen.

Erna versuchte sofort, sich aus der Umklammerung zu befreien. »Lass mich los, du tust mir weh!«, herrschte sie ihn an.

»Mach ich, aber erst hörst du mir einmal ganz genau zu, meine Liebe«, sagte Heiko. »Zukünftig werden wir hübsch hier im Osten bleiben. Keine Kinobesuche für billiges Geld mehr. Unsere täglichen Waren werden wir in der DDR kaufen, und du wirst auch bei uns arbeiten. Ich habe schon ein Angebot von einem Putzmacher.«

Erna blieb die Luft weg. »Ich soll Hüte verkaufen? Den ganzen Tag Hüte?«

»Vielleicht findet sich ja noch etwas anderes. Aber erst einmal: Ja. Am Montag sollst du dich dort einfinden. Es ist alles geklärt.«

Erna stampfte mit dem Fuß auf. »Das werde ich ganz sicher nicht tun. Berlin ist eine große Stadt, und wir leben hier. Ich lasse mir doch nichts vorschreiben und mir die Freiheit nehmen!«

»Wenn du nicht tust, was ich sage, ist nicht nur meine

Karriere in Gefahr«, sagte Heiko. »Auch Sanne wird keine Förderung am Klavier und in der Schule mehr bekommen. Sie wird die höhere Schule verlassen müssen und später in der Fabrik landen. So ist das nun mal. Akzeptiere es einfach.« Endlich ließ er sie los.

»Dann lass uns erst recht in den Westen ziehen«, gab Erna unwirsch zurück, wohl wissend, dass sie sich damit Heikos Unmut vollends zuzog.

»Da sind Wohnungen teuer, und unser Lebensmittelpunkt ist in der Lohmühlenstraße. Wir könnten nicht einmal die Möbel mitnehmen, das weißt du so gut wie ich. Ich habe gehört, was für unwürdige Zustände im Lager in Marienfelde herrschen. Mit nichts musst du dorthin. Mit nichts!« Er sprach mit ihr wie mit einem Kleinkind, dem er etwas erklären musste.

Erna senkte den Kopf. Sie konnte und wollte das jetzt nicht entscheiden. Ihr war plötzlich alles zu viel. »Auf jeden Fall reisen Sanne und ich am Wochenende nach Hause.«

»Dein Zuhause ist die DDR. Du gehst deine Familie besuchen«, stellte Heiko klar.

Sie erwiderte nichts mehr darauf. Als sie jetzt auf ihr Haus in der Lohmühlenstraße zusteuerten, erschien ihr das graue Gemäuer bedrohlich, und zum ersten Mal, seit sie nach Berlin gegangen war, fragte Erna sich, ob sie nicht doch einen Riesenfehler begangen hatte.

Kapitel 11

Können wir los? Ich möchte, so schnell es geht, zu Oma!«, sagte Peter. Sein Gesicht war von Marmelade verklebt.

»Wasch dir bitte erst den Mund!«, forderte Frida ihn auf und musste ein bisschen darüber lachen, wie ungeduldig er immer wurde, wenn es darum ging, zum Haus am Deich zu fahren.

»Ich hab schon alles gepackt, was ich heute bei Oma brauche. Wann, sagst du, kommen Erna und Sanne?«

»Erst am Nachmittag. Sie werden im Laufe des Vormittags in Nordenham mit dem Zug ankommen, und Herold holt sie ab. Natürlich möchte Stine ihre Tochter zuerst sehen.«

Erna hatte ursprünglich mit Heiko kommen wollen, aber der war wohl in der Klinik unabkömmlich, obwohl er das Wochenende eigentlich freihatte.

Frida glaubte aber, aus Ernas merkwürdigen Bemerkungen herausgehört zu haben, dass es ein wenig zwischen den beiden knirschte und er bewusst zu Hause geblieben war. Sie war gespannt, was ihre Freundin zu berichten hatte.

»So, habt ihr alles gepackt?«

Meike und Peter nickten und griffen nach ihren Rucksäcken.

»Und Wilfried?«, fragte Peter, der sich nach wie vor weigerte, ihn Vater oder gar Papa zu nennen, während Meike das wie selbstverständlich tat. Ihr leiblicher Vater Horst war trotz allem Vati und Wilfried eben Papa.

»Der muss auch erst noch arbeiten und kommt später nach. Wir gehen zu Fuß!«

Frida verschloss die Tür. Das Wetter war umgeschlagen, und der Himmel zeigte sich heute in strahlendem Blau. Die Hyazinthen und der Löwenzahn steckten die Köpfe aus der Erde, und das Gras schien von Tag zu Tag eine Spur grüner.

Sie marschierten strammen Schrittes und erreichten nach kurzer Zeit das kleine Häuschen am Deich, wo Fridas Mutter lebte.

Sie war gerade dabei, die Hühner einzufangen, denn sie hatten schon wieder ein Schlupfloch im Draht entdeckt. Oder sie hatte die Tür aufgelassen. Das wäre nicht das erste Mal. Ihre Mutter tat zunehmend Dinge, die befremdlich wirkten.

Meike, Frida und Peter gingen ihrer Oma sofort zur Hand, und so dauerte es nicht lange, bis alle Hühner wieder im Auslauf waren. Ein Loch im Zaun fand Frida nicht.

Ihre Mutter war vollkommen verschwitzt, und ihre Augen lagen in tiefen Höhlen. Außerdem schaute sie in der letzten Zeit oft so eigenartig. Auch jetzt erschrak Frida, als sie ihre Mutter so sah. »Geht es dir nicht gut?«, fragte sie.

Wenigstens war sie ehrlich und redete nicht um den heißen Brei herum. »Mir macht das Herz zu schaffen«, gab Margret zu, als die Kinder ein Stück entfernt waren und mit einer der kleinen Babykatzen spielten.

»Warst du schon beim Arzt?«

Ihr Hausarzt Doktor Fakt war in Rente gegangen und

hatte die Praxis einem jungen Kollegen übergeben. Doch von dem hielt ihre Mutter nicht viel.

»Ich war bei dem neuen«, sagte sie dann. »Er meint, ich müsste Tabletten nehmen, weil ich Rhythmusstörungen habe. Aber das will ich nicht.«

»Mutter!«, tadelte Frida sie. »Wenn es doch hilft!«

Sie zuckte mit den Schultern. »Ich komm schon klar. Solange du mir keinen Kummer machst.«

Frida schrak zusammen, denn sie wusste genau, wovon ihre Mutter sprach. Ihr ging es nach Fockos Besuch um so vieles besser. Sie spielte täglich wie besessen Klavier und merkte, dass sie zu ihrer alten Form zurückkehrte. Nur kannte ihre Mutter nicht den Grund. Trotzdem schien sie etwas zu ahnen. Hatte etwa jemand aus Eckwarden geplaudert, dass er sie besucht hatte?

Frida beschloss, sich unwissend zu stellen. »Ich mache dir keinen Kummer, darüber haben wir oft genug gesprochen.«

»Er war da«, sagte ihre Mutter ihr auf den Kopf zu. »Er war bei dir im Haus.«

Also doch, dachte Frida. In einem Dorf blieb einfach nichts geheim. »Woher weißt du das?«

Ihre Mutter legte den Kopf schief. »Wird erzählt«, antwortete sie vage. »Er war da, und du hast Klavier gespielt.«

Was blieb Frida anderes übrig, als es zuzugeben? »Das stimmt. Aber er ist dann gegangen, ohne dass etwas passiert ist, was nicht jeder hätte sehen dürfen. Wir werden uns nicht wiedersehen.«

»Dein Wort in Gottes Ohren«, sagte ihre Mutter mit Leichenbittermiene. »Bete, dass Wilfried nichts von Fockos Besuch erfährt. Er hat schon genug gelitten.« Sie warf einen Blick zum hellblauen Himmel. Das schlechte Wetter der letzten Tage hatte sich vollends verzogen. »Ich habe gewusst, dass diese Sonnenfinsternis im Februar ein ganz schlechtes Omen war.«

»Mutter«, hob Frida an, aber die wehrte mit der erhobenen Hand ab. »So was kommt alle Jahrzehnte mal vor.«

Überall war von diesem Ereignis gesprochen worden, aber es war eben ein natürliches Phänomen und keine Hexerei. Nur war solch ein Aberglaube vielen Menschen einfach nicht auszureden.

»Seitdem stolpert mein Herz, und Focko ist erneut bei dir aufgetaucht!«, erklärte ihre Mutter entschieden.

»Eine Sonnenfinsternis ist ein sich immer mal wiederholender Vorgang«, widersprach Frida erneut und versuchte, es einfach zu erklären. »Ein Naturphänomen.«

Aber ihre Mutter war gegen sämtliche Erklärungen resistent.

»Da kommt dieses Jahr noch ein ganz schlimmes Ende«, unkte sie. »Ich spüre es in jedem Knochen. Das Jahr 1961 hat es in sich. Du wirst schon sehen! Und danach kommt es ganz dicke. Ganz dicke, sag ich dir!«

Frida gab es auf. Wenn ihre Mutter sich in etwas verrannt hatte, dann konnte sie nichts umstimmen. Und je älter sie wurde, desto schlimmer wurde es. Sie würden am Ende erleben, dass das Jahr kein bisschen dramatischer verlaufen würde als sonst, und selbst, wenn es so wäre: Es läge nicht an der Sonnenfinsternis, die in Deutschland ohnehin nur partiell zu sehen gewesen war. Erna hatte auch von der Aufregung der Menschen in Berlin erzählt.

Frida wechselte das Thema, denn sie wollte jetzt lieber arbeiten, als sich mit ihrer Mutter zu streiten.

»Nun sag, wobei ich dir helfen kann. Erna kommt erst am Nachmittag, bis dahin können wir noch einige Dinge erledigen.«

Margret wies mit dem Kopf zum Gemüsebeet. »Das Wetter ist umgeschlagen, die Saat kann in den Boden.«

Frida ging zum Schuppen und holte, was dazu gebraucht wurde. Meike und Peter hingegen liefen juchzend auf dem Grundstück herum und freuten sich, endlich wieder hier zu sein.

Zwei Tauben gurrten über ihr, und die Amseln keckerten ihr Lied. In ein paar Wochen kämen die Störche und Schwalben zurück. Die Tage würden heller werden und mit etwas Glück auch milder. Nein, es war nichts Schlimmes zu erwarten, das wollte sie sich gar nicht erst einreden lassen.

Frida versuchte, die Unkenrufe der Mutter zu ignorieren. Sie spielte wieder Klavier. Das war doch was!

*

Wilfried hatte ein ungutes Gefühl und sich deshalb etwas eher in der Klinik losgeeist, zumal er das Wochenende ohnehin freihatte. Er wollte, so schnell es ging, nach Eckwardersiel. Dass Focko bei Frida zu Hause aufgetaucht war, ließ ihn keineswegs kalt, und er hielt es für besser, nach dem Rechten zu sehen. Natürlich war das Gerede auch bei ihm angekommen. So richtig nett durch die Hintertür. Wilfried war sauer, weil Frida es ihm verschwiegen hatte und er es von Frau Dirks erfahren musste. Mit vor der Brust verschränkten Armen hatte sie sich vor ihm aufgebaut und mit süffisanter Stimme gesagt: »Ihre Frau hat wieder Klavier gespielt. Richtig gut. Der Fischer war da, und dem hat sie ein Konzert gegeben. Ich wusste gar nicht, dass sich ein so einfacher Mensch für Musik interessiert.«

»Er ist ein alter Freund des Hauses«, war Wilfrieds

Antwort gewesen, und er hoffte, dass es überzeugend geklungen hatte.

Schwungvoll parkte er nun auf der Auffahrt, aber er sah gleich, dass Frida, wie erwartet, mit den Kindern schon fort war. Gut, dann würde er etwas Legeres anziehen, zum Haus am Deich fahren und seine Familie überraschen. Ob im Guten oder Schlechten, würde sich zeigen.

Wehe, Focko liefe ihm doch über den Weg und hielt sich schon wieder nicht an die Absprachen. Dann konnte er für nichts garantieren. Wilfried ballte die Fäuste. Er hasste diesen Mann so sehr, wie seine Frau ihn vermutlich liebte.

Er stieg aus dem Wagen und schloss die Tür auf. Es duftete frisch im Haus, denn Frida sorgte stets dafür, dass alles sauber war und auch regelmäßig gelüftet wurde. Sie war eine wunderbare Hausfrau. Da konnte Wilfried nicht klagen.

»Das gibt es doch gar nicht!«, hörte er plötzlich eine ihm wohlbekannte Stimme. Er fuhr herum.

»Erna! Du meine Güte, mit dir habe ich so früh und vor allem hier überhaupt nicht gerechnet. Frida ist noch bei Margret.«

»Das habe ich mir schon gedacht, aber wie schön, dass wenigstens du da bist.«

Erna war etwas schlanker geworden und ihre Taille dadurch schmaler, was sie sehr anziehend wirken ließ. Außerdem war sie modern gekleidet und wirkte im Vergleich zu den Frauen auf dem Land ein wenig wie ein Paradiesvogel. Das kecke blaue Hütchen passte im Farbton exakt zu dem dunkelblauen Kostüm mit dem weiten Tellerrock und der geblümten Bluse. Dazu trug sie hochhackige Lackpumps im selben Farbton. Und wie immer strahlte Erna mit ihrem breiten Lächeln.

»Wir haben dich erst später erwartet. Gut schaust du aus.«

Erna drehte sich einmal im Kreis. Ihr Tellerrock umwehte dabei ihre Fesseln.

»Du strahlst ja richtig«, sagte Wilfried. »Ist es dir in Berlin so gut ergangen?«

Erna lächelte ihn an. »Besser als gut. Zumindest, was das Leben angeht.« Dann aber verdunkelte sich ihr Blick, was durch die Schminke noch betont wurde. Es gab wohl durchaus etwas, was in der Fremde nicht so lief, wie sie es sich vorgestellt hatte.

»In der Hauptstadt ist bestimmt etwas mehr los als in Eckwarden, was?«, scherzte Wilfried, denn er wollte jetzt keine weiteren bösen Geschichten hören. Die sollte Erna mit seiner Frau klären.

Erna ging glücklicherweise sofort auf seine Bemerkung ein. Sie lachte etwas affektiert auf, aber dann war dieses Strahlen wieder da. »Das sowieso. Und die Menschen sind anders in Berlin. Fröhlicher und offener. Und ziemlich direkt.« Sie schmunzelte. »Sanne bekommt einzigartigen Klavierunterricht und wird sehr gefördert. Und ich kann alles kaufen, was ich will. Dazu muss ich gar nicht weit fahren. Nur rüber in den Westen. Traumhaft, sag ich dir!« Sie zog einen Flunsch. »Man darf sich nur nicht erwischen lassen.«

Wilfried sah sie skeptisch an. »Ich dachte, ihr wohnt in der Ostzone und da gibt es nur wenig. Und wieso erwischen lassen?«, fragte er zögerlich, weil er nicht so recht verstand, was Erna ihm sagen wollte.

Sie lachte hell auf. »Die Sektorengrenzen sind zwar da, aber ich kann jederzeit in den Westen rüber. Man darf nur nicht viel Gepäck dabeihaben, und es geht auch nicht überall mit dem Wagen. In einigen Straßen haben sie

Minimauern errichtet, damit man nicht einfach durchfahren kann.« Sie kicherte, aber es klang schon wieder künstlich. »Das KaDeWe, wo ich arbeite, liegt auch im Westen.« Bei ihrem letzten Satz war es wieder da – dieses Dunkle in ihren Augen. Und dann fügte sie doch hinzu: »Wo ich gearbeitet habe. Heiko möchte, dass ich von nun an im Osten Geld verdiene.«

Sie strich sich leicht kapriziös durchs Haar und wirkte dabei überaus großstädtisch. Ihre Eleganz und ihr Dauerlächeln machten auf Wilfried einen betörenden Eindruck. Erna war in der Tat ein bisschen fremdartig. So als hätte sich ein exotischer Vogel in die Wesermarsch verirrt. Dazu passte auch ihr Auftreten, das einerseits selbstsicher wirkte, ihm aber andererseits auch vorkam, als wäre Erna auf der Suche nach einem sicheren Ort, den sie aber nirgendwo finden konnte.

»Was macht Heiko?«

Jetzt verschwand das Lächeln von Ernas Gesicht, und sie wirkte bitterernst.

»Ist was mit ihm?«, hakte Wilfried nach.

»Wie man es nimmt«, erklärte Erna und legte den Kopf schief. »Darf ich reinkommen? Dann kann ich es in aller Ruhe erzählen. Es ist ein bisschen kompliziert.«

Wilfried überlegte nicht lange. Erna hatte etwas auf dem Herzen und war die beste Freundin seiner Frau. Da konnte keiner der Nachbarn etwas dagegen haben, wenn er sie ins Haus ließ.

Außerdem ist Focko auch hier gewesen, dachte er aufmüpfig. Und das war weiß Gott nicht harmlos.

»Klar, komm rein. Setz dich in die Küche, ich zieh mich nur rasch um.«

Erna folgte ihm ins Haus, und Wilfried sah ihr förmlich an, wie gediegen sie alles fand. Zwar war das Häuschen modern eingerichtet, aber wahrscheinlich trotzdem altbacken gegen das, was sie aus der Stadt gewohnt war. Das Dorfleben war Erna offenbar schon in der kurzen Zeit sichtlich fremd geworden.

Wilfried wies auf die Küchentür, und sie setzte sich an den Tisch, während er ins Schlafzimmer huschte.

Ihm zitterten die Hände, denn Ernas Blicke, ihre Art, sich zu bewegen, waren ihm unter die Haut gegangen. Sie war unglaublich schön und anziehend geworden, wobei Wilfried gar nicht zu sagen vermochte, woran er das ausmachte. Vielleicht, weil Erna in Berlin das Leben führte, das sie sich wünschte?

Wilfried stieg aus der Hose, öffnete die Schranktür, und eine wohlige Ordnung sprang ihn an, denn Frida legte viel Wert darauf, dass die Wäsche akkurat gestapelt war und Hemden und Hosen vernünftig auf den Bügeln hingen. Diese Ordnung vermittelte ihm jetzt ein Stück Sicherheit.

Er stand in Unterhose vor den Kleiderbügeln und zog sie hin und her, wobei er überlegte, was er nun anziehen sollte. Er wollte gut aussehen, damit er Focko ausstechen konnte, falls der die Frechheit besaß, wirklich am Haus von Fridas Mutter aufzutauchen.

Erschrocken fuhr er zusammen, als es hinter ihm raschelte. Erna stand mit einem unergründlichen Lächeln im Türrahmen.

»Hast du mich erschreckt«, sagte Wilfried und hielt sich in einem Reflex erst die Hose vor den Schritt und sprang dann blitzschnell hinein. Dabei geriet er gefährlich ins Taumeln, weil er sich im Hosenbein verhedderte.

Erna beobachtete ihn amüsiert.

»Entschuldigung, ich wollte eigentlich auf die Toilette, aber dann hab ich dich da gesehen …«

Wilfried war es unangenehm, dass sie ihn so ungeniert in seiner Unterwäsche beobachtet hatte, aber jetzt hatte er ja etwas an. »Das Klo ist zwei Türen weiter«, sagte er.

»Ich weiß«, meinte Erna, und wieder war da dieses Lächeln.

Bildete er es sich nur ein, oder versuchte sie tatsächlich, mit ihm zu flirten? Das wäre angesichts der Tatsache, dass er mit ihrer besten Freundin verheiratet war und sie mit einem Kollegen, ein starkes Stück.

Wilfried wählte rasch ein frisches Hemd, legte das andere zusammen, damit es nicht knitterte, und beeilte sich, in die Küche zu kommen.

Kaum saß er am Tisch, kam auch Erna zurück. Sie wirkte jetzt merklich distanzierter. »Ich wollte dich nicht erschrecken, Wilfried, und bitte noch einmal um Entschuldigung.« Sie wiegte verlegen den Kopf. »Ich hätte dort nicht einfach stehen sollen. Andererseits bin ich verheiratet und weiß, wie ein Mann aussieht.«

Wilfried senkte den Blick. »Ist schon gut«, lenkte er ein. »Ich hätte die Tür schließen können.« Er räusperte sich. »Nun erzähl, was mit dir und Heiko los ist. Es klang eben nicht so rosig«, forderte er sie auf. »Ich möchte gleich zu Frida und den Kindern, und auf dich warten doch bestimmt Sanne und deine Mutter samt Bruder und Frau.«

»Ach, Doktor Wilfried Hansen. Immer auf den Punkt«, versuchte sie zu scherzen. Aber dann wurde sie ernst.

»Berlin ist ein Erlebnis«, begann sie, hielt dann allerdings inne, als müsse sie erst überlegen, wie sie fortfahren sollte. »Aber die politischen Verhältnisse im Osten sind … gewöhnungsbedürftig. Und Heiko …« Erna fasste kurz zusammen, was sich zwischen ihnen ereignet hatte.

»Heiko ist tatsächlich so schnell zu einem Befürworter

des DDR-Regimes geworden?«, hakte Wilfried fassungslos nach. »Das kann ich mir von ihm gar nicht vorstellen. Er war immer so offen und freiheitsliebend.«

Erna zuckte mit den Schultern. »Er hat sich schon in der kurzen Zeit arg verändert. Die Parteiführung verspricht ihm eine wunderbare Karriere. Und da immer mehr in den Westen gehen, werden sie das Versprechen sicher auch halten können«, meinte Erna.

»Trotzdem!«, empörte sich Wilfried. »Die Menschen dort werden doch nach Strich und Faden gegängelt.«

»Das ist vermutlich Ansichtssache, denn Heiko sieht es als gerecht an, was da passiert, und als eine andere und besondere Freiheit. Er lehnt den Konsum des Westens ab.«

Erna atmete einmal tief durch. »Klingt ja grundsätzlich großartig, wenn alle gleich sein sollen. Nur scheint mir der Mensch dafür nicht geschaffen.«

Wilfried konnte es noch immer nicht glauben. »Gut, dann werdet ihr wohl im Osten bleiben, wenn ich das so höre«, fasste er das Gespräch schließlich zusammen.

»Heiko ja. Was ich mache, weiß ich noch nicht«, sagte Erna und biss sich erschrocken auf die Lippen, als wäre sie über ihre Aussage selbst verwundert.

Wilfried spürte, dass es noch mehr Gesprächsbedarf gab, vor allem, da nach diesen Worten das Strahlen in Ernas Gesicht erloschen war, als hätte jemand den Lichtschalter ausgeknipst.

»Soll ich uns einen Kaffee brühen?«, fragte Erna, die offenbar bleiben wollte und die Zweisamkeit sichtlich genoss.

Er nickte, obwohl er hin- und hergerissen war. Einerseits fühlte auch er sich mit Erna wohl, andererseits zog es ihn zum Haus am Deich, weil er sichergehen wollte, dass Focko nicht dort herumlungerte, weil noch keiner mit ihm, dem Ehemann, rechnete.

»Na gut, dann koch uns rasch einen«, stimmte Wilfried schließlich zu. »So viel Zeit ist allemal. Wir haben uns ja ewig nicht gesehen.«

Wie selbstverständlich hantierte Erna in Fridas Küche. Kurz darauf duftete es nach frischem Kaffee.

»Und wie läuft es mit dir und Frida?«, fragte sie, während sie beständig heißes Wasser in den Filter gab. »Ich hatte vor meinem Umzug den Eindruck, dass ihr tatsächlich glücklich seid.«

»Die Reise an den Gardasee hat uns zu Beginn der Ehe gutgetan«, bestätigte Wilfried. »Aber leider hat uns der Alltag schnell wiedergehabt, und jetzt ... Es ruckelt etwas. Frida lässt mich nicht immer an ihrem Leben teilhaben. Oft gibt es nur ihre Mutter, das Haus am Deich ...« Er zuckte mit den Schultern.

»Wie das Leben eben ist«, sagte Erna. Der Kaffee war durchgelaufen, sie nahm die Kanne und setzte sich zu Wilfried an den Tisch.

»Ja, wie es eben ist.« Er musterte sie und bewunderte die Eleganz, mit der sich das Stück Zucker in die Tasse gab und umrührte. Berlin schien aus Erna und Heiko andere Menschen gemacht zu haben.

»Dass Focko wieder da ist, weißt du?«, fragte Wilfried nach kurzem Schweigen. Es war ihm rausgerutscht, denn eigentlich hatte er mit niemandem darüber reden wollen.

Sie schaute erschrocken auf und unterbrach das Rühren. »Nein, das wusste ich nicht. Davon hat Frida kein Wort geschrieben und auch bei unseren wenigen Telefonaten nichts erwähnt.«

Wilfried war unschlüssig, ob er das jetzt beruhigend finden sollte oder eher bedrohlich.

Erna rührte wieder nachdenklich den Kaffee um. Das Klacken reizte Wilfrieds Nerven.

»Wie geht denn Frida damit um?«, fragte sie. »Mir scheint, sie verdrängt es, oder? Sonst hätte sie mir doch davon erzählt.«

»Angeblich sehen sie sich nicht«, quetschte Wilfried hervor. Er musste sich beherrschen, um nicht mit der Faust auf den Tisch zu schlagen, denn er war so wütend und hilflos.

Erna trank einen Schluck, entschied sich dann aber noch für etwas Milch, die sie mit ruhigen Bewegungen in den Kaffee gab. »Er ist ein bisschen stark und bitter«, erklärte sie unnötigerweise.

»Das alles ist bitter«, rutschte es Wilfried heraus. »Denn Frida lügt!«

Erna fiel vor Schreck der Löffel auf die Untertasse. »Das kann ich kaum glauben. Es gibt doch kaum einen ehrlicheren Menschen als sie.«

»Das denkst du«, sagte Wilfried mit unterdrückter Wut in der Stimme. »Das denkst du ganz allein.«

Sie legte ihre Hand auf seine und schaute ihn mitleidig an. »Erzähl, was los ist. Du wirkst bedrückt.«

Wilfried rang mit sich. »Bin ich auch. Aber vielleicht tut es gut, mal drüber zu reden.«

Erna leckte sich die Oberlippe ab. »Mir scheint, wir haben uns alle in der kurzen Zeit ganz schön verändert. Wie sonst kann so etwas möglich sein?«

»Dass Focko Peters Vater ist, hat sie ja auch lange genug verheim…«, sagte Wilfried.

»Das ist Schnee von gestern«, unterbrach sie ihn. Sie ließ seine Hand los und fuhr sich durchs Haar. »Ich möchte genau wissen, was passiert ist!«

»Frida wurde immer schwermütiger, hat nicht einmal mehr Klavier gespielt«, brach es dann aus Wilfried heraus. »An ein normales Eheleben war gar nicht mehr zu denken. Sie sagt nichts, sie fordert nichts, und sie lässt es geschehen.« Er verstummte. »Das sollte ich jetzt wirklich nicht erzählen, das ist zu intim.«

Erna schob die Unterlippe vor. »Schon gut, ich weiß, was du meinst. Und das schiebst du darauf, dass sie sich mit Focko trifft?«

»Nein!«, antwortete Wilfried härter als beabsichtigt. »Das war nicht der Grund. Es ging ihr schlecht, weil er in Fedderwardersiel war und sie nicht besucht hat.«

Erna schien zu begreifen. »Und dann hat sie ihn gesehen …«

Wilfried nickte. »Er war hier. In *meinem* Haus. In *meinem* Haus!«, wiederholte er, weil er diese Tatsache als besonders schlimm empfand. »Seitdem ist Frida wie ausgewechselt. Sie lacht. Glänzt von innen. Spielt stundenlang Klavier und entlockt den Tasten die wunderbarsten Töne. Meine Frau ist glücklich. Was auch immer er mit ihr angestellt hat.« Er hieb nun doch mit der Faust auf den Tisch. »Warum zum Teufel kann ich diese Frida nicht erwecken? Warum bedarf es dazu eines rothaarigen Fischers, der sich ständig aus dem Staub gemacht hat?« Jetzt wurde Wilfried laut und brüllte: »Was bildet sich der Kerl eigentlich ein? Haut ab, kommt wieder, und Frida tanzt fröhlich nach seinem gepfiffenen Lied.«

Erna war blass geworden. In ihr arbeitete es sichtlich. »Ich glaube nicht, dass Frida dich mit ihm betrügt«, meinte sie dann. »So ist sie nicht. Aber sie und Focko … wie soll ich das beschreiben? Es war von Beginn an eine Symbiose, die keiner verstanden hat, sie selbst am allerwenigsten. Alle wissen, dass es mit ihnen nicht funktionieren würde, auch Frida ist das klar.«

»Deshalb hat sie ja auch mich als zweite Wahl genommen«, sagte Wilfried mit trauriger Stimme. »Ich, der Ersatzposten.«

Erna stand auf und nahm ihn in den Arm. Er drückte seinen Kopf gegen ihre weichen Brüste, die ihm plötzlich Trost verhießen. So lange hatten er und Frida nicht mehr beieinandergelegen, weil es ihm keine Freude machte, wenn sie alles nur über sich ergehen ließ.

Die Nähe zu Erna, ihre weiche Haut an seinem Gesicht, ihr Herzschlag, der viel zu schnell war, weil es ihr vermutlich ebenso ging wie ihm … Er zögerte, aber nein, er irrte nicht.

Ernas Nähe erweckte in ihm plötzlich eine unbändige und trotzige Sehnsucht. Seine Frau hatte ihn zwar geheiratet, aber sie liebte einen anderen Mann. Sehnte sich so sehr nach ihm, dass sie nur dann musizieren konnte, wenn er in der Nähe war, während sie an seiner Seite verkümmerte, obwohl er alles dafür tat, sie glücklich zu machen.

Hatte er nicht auch ein Recht auf Herzklopfen, auf Nähe und Zweisamkeit? Er war so verzweifelt. Wilfried spürte, dass ihm die Tränen kamen.

Er hob den Kopf und schaute Erna an, die seinen Blick erwiderte. Sie hatte warme Augen, dunkel, und er las darin ein Verlangen, das seinem gleichkam. Ihre Lippen näherten sich, aber dann schreckten sie doch beide vor der Berührung zurück.

»Wir dürfen das nicht«, raunten sie unisono. Wilfried stand so abrupt auf, dass der Stuhl laut scheppernd hintenüberkippte.

Erna bückte sich und wollte ihn aufheben. Wilfried hatte dasselbe vor, und dabei stießen sie mit den Köpfen aneinander. Wieder fixierten sie sich, und wieder schüttelten sie zeitgleich ihre Köpfe.

»Es wäre falsch«, sagte Wilfried.

»Ja, es wäre falsch«, bestätigte Erna, und doch fanden sich plötzlich ihre Lippen, und sie spürten die Weichheit des anderen. Keiner von beiden wollte, dass es aufhörte, und Wilfried konnte nicht anders, als den Mund zu öffnen und sacht mit Ernas Zunge zu spielen. Ihr entglitt dabei ein wohliges Seufzen.

Sie fuhren auseinander, als es an der Haustür schellte.

Wilfried ordnete sich rasch das Haar und stellte den Stuhl wieder hin. Erna setzte sich und schenkte sich Kaffee nach. Doch ihre Hände zitterten so heftig, dass die noch gefüllte Tasse überschwappte.

»Ich mach auf«, sagte Wilfried.

Er schlurfte durch den Flur und öffnete die Tür. »Hallo, Sanne«, rief er bemüht fröhlich. »Schön, dich zu sehen.«

»Moin, Wilfried!« Sanne bediente sich wieder des norddeutschen Grußes. Irgendwie beruhigte Wilfried das, dann schien sie sich in Berlin nicht so sehr verändert zu haben und sich noch ihrer Wurzeln bewusst zu sein.

»Ist Mama hier? Weil wir doch zu Frida fahren wollen. Ich habe sie überall gesucht, und am Ende dachte ich, sie kann nur bei dir sein.«

»Das ist sie auch«, bestätigte Wilfried. Er war froh, sich wieder gefangen zu haben, obwohl ihm die Knie noch immer ein wenig zitterten. »Sie ist in der Küche. Wir haben eine Tasse Kaffee getrunken. – Und wohl die Zeit vergessen. Es gab viel zu erzählen.«

Sanne sah ihn mit einem merkwürdigen Blick an.

»Gut, kannst du ihr bitte sagen, dass wir loswollen? Herold und ich warten auf sie.«

»Ich richte es ihr aus«, versprach Wilfried. »Wenn ich hier klar Schiff gemacht habe, komme ich auch noch.«

Sanne trollte sich, und Wilfried ging zurück in die Küche.

»Das war deine Tochter«, sagte er so unbefangen wie möglich. »Sie möchte los nach Eckwardersiel.«

»Hab ich gehört. Gut, ich geh dann mal.« Unsicher schaute Erna Wilfried an. »Wir reden am besten nicht drüber. Es war nicht richtig.« Ihr standen Tränen in den Augen. »Frida ist meine Freundin, ich darf sie nicht so hintergehen. Und Heiko …«

»Dein Mann ist mein Freund und sie meine Frau. – Nein, wir reden nicht drüber. Es war … alles wohl etwas viel. Das mit Focko ist nicht leicht für mich.« Wilfried stammelte herum, und das war ihm ungeheuer peinlich.

Erna berührte ihn zwar nicht, aber sie sagte etwas, das Wilfried vollends aus dem Konzept brachte.

»So wie es Frida mit Focko geht, geht es mir mit dir. Seit unserer ersten Begegnung, als wir mit dem Bus nach Bremerhaven zu Karstadt gefahren sind und du nur Blicke für Frida hattest. Damals hätte ich ihr die Augen vor Eifersucht auskratzen können. Aber sie ist meine Freundin. Ich würde ihr das niemals antun. Niemals, hörst du? Niemals!« Ihr liefen plötzlich Tränen über die Wangen, und sie schluchzte auf. »Auch das ist Freundschaft. Verzichten, selbst wenn es mir das Herz bricht. Deshalb musste ich weg von hier. Ich dachte auch, es wäre überstanden.«

Sie verschwand so schnell aus dem Haus, dass Wilfried nicht mehr reagieren konnte.

Kapitel 12

Frida wartete sehnsüchtig auf Erna. Sie hatte ihre Freundin vermisst.

Frida hoffte, die alte Vertrautheit würde sich wieder einstellen. Doch seit ihrer Hochzeit hatte sich zwischen ihnen einiges verändert. Ernas damaliges Benehmen schwang immer noch wie ein Damoklesschwert über ihnen. Frida wollte es vergessen, aber es gelang ihr nicht. Und dass ihre Freundin jetzt so weit weg lebte, half auch nichts.

Trotzdem freute sie sich auf Erna. Es musste doch einen Weg geben, sich wieder anzunähern. So viele Jahre hatte kein Blatt zwischen sie gepasst. Frida sehnte sich danach, es wieder so werden zu lassen wie früher.

Es dauerte Frida viel zu lange, bis endlich Herolds Wagen mit Erna und Sanne um die Ecke bog. Sie ließ den Besen, den sie in der Hand hielt, fallen und rannte auf das Auto zu.

Erna riss die Tür auf und kletterte grazil aus dem Wagen. »Frida!«, kreischte sie.

Frida zuckte zurück, ein solches Gebaren war ihr von ihrer Freundin fremd. Es wirkte gekünstelt, und Frida wusste nichts damit anzufangen. Deshalb begrüßte sie zunächst einmal Herold, der kurz die Hand hob und nur abwartete, bis Sanne ausgestiegen war.

»Es ist so schön, wieder hier zu sein«, sagte Erna und atmete tief durch. »Diese Luft! Himmlisch.« Dann begann sie zu kichern. »Himmlisch ist eigentlich Sannes Wort.« Sie umarmte Frida. »Ich freue mich.«

»Erna!«, sagte Frida nur, und wieder spürte sie die Distanz zwischen ihnen. Ihre Freundin roch anders. Ein fremder Duft, den sie bisher noch nicht an sich gehabt hatte, obwohl es sich um dasselbe Parfüm wie früher handelte. Außerdem sah sie eleganter aus. Weiblicher.

Ihre Gestik und Mimik hatten sich verändert und wirkten fremd. Und da war noch etwas: Erna machte einen nervösen Eindruck.

Frida wandte sich Sanne zu. »Du bist eine richtige junge Dame geworden.« Meike wirkte dagegen noch sehr kindlich.

Sanne errötete. »Ist in der Stadt ein bisschen anders als hier«, sagte sie. »Wo ist Meike?«

»Sie wartet drinnen und ist sehr aufgeregt«, meinte Frida. »Ich glaube, sie hat euer Kommen noch gar nicht bemerkt.«

»Ich bin so glücklich, wieder hier zu sein.« Sanne reckte die Arme gen Himmel und begann zu tanzen. Frida lächelte, jetzt war sie wieder die Sanne, die sie kannte. Das Mädchen, das das Haus am Deich als ihr Zuhause sah, als den Ort, wo sie ihre düstere Vergangenheit wenigstens eine kurze Zeit vergessen konnte.

Die ersten Lebensjahre, die Sanne zunächst in einer Pflegefamilie hatte verbringen müssen und dann im Kinderheim Kastanienhof, waren für alle eine schwere Zeit gewesen. Aber für Sanne musste es die Hölle gewesen sein, denn die Erziehungsmethoden dort waren äußerst fragwürdig.

Aber das gehörte der Vergangenheit an, und sie wollten

alle nach vorn sehen. Jetzt durfte Sanne endlich bei ihrer Mutter leben.

»Ich freue mich, sie gleich zu treffen«, sagte Sanne und machte noch einen großen Hüpfer.

»Dann kommt schnell ins Haus. Mutter und ich haben extra Apfelkuchen gebacken und alles aufgeräumt.«

»Darf ich vorlaufen? Zu Meike?«, fragte Sanne. Frida nickte.

Wie ein Blitz schoss das Mädchen los. »Meike! Ich bin da!«

»Sie war so nervös«, sagte Erna. »Und sehr froh, dass wir uns hier treffen wollten.«

In der Tür erwartete sie Fridas Mutter. »Sanne habe ich ja schon gedrückt«, sagte sie. »Aber jetzt kann ich es endlich auch mit Erna tun!«

Diese Begrüßung fiel erheblich herzlicher aus als die eben mit Frida. Ein bisschen verletzte sie das. Es war wohl doch noch einmal eine Aussprache nötig, um alles aus dem Weg zu räumen, was zwischen ihnen stand.

Sie gingen in die Stube, wo der Tisch schon gedeckt war.

Frida hatte sogar zwei Kerzen angezündet, weil es die Kaffeetafel noch etwas gemütlicher machte.

»Es duftet so lecker nach Apfelkuchen!« Erna reckte ihre Nase in die Luft. »Das ist wie ein Nach-Hause-Kommen. So wunderbar die Hauptstadt der DDR auch ist: Das hier riecht und schmeckt nach Heimat.« Sie lachte. »Ich hätte nie gedacht, dass ich das jemals sagen würde.«

Frida schöpfte Hoffnung. Das klang doch wieder nach der Erna, die sie kannte.

Sie genoss den Apfelkuchen und betonte immer wieder, dass er mit nichts in der Welt vergleichbar wäre.

Fridas Mutter aß erst noch mit, schien dann aber zu

spüren, dass es besser wäre, die beiden jungen Frauen allein zu lassen. »Ich wollte ohnehin noch mit Peter Rechnen üben«, sagte sie. »Dazu muss ich ihn aber erst einmal finden. Ich befürchte, er steckt schon wieder beim Boot.«

»Dabei habe ich ihm schon hundertmal gesagt, dass er nicht allein dorthin soll. Ich habe Angst, dass er doch mal allein auf den Jadebusen rausfährt und womöglich in die Nordsee abtreibt«, sagte Frida ärgerlich.

Peter war ein solcher Dickkopf und setzte sich regelmäßig über alle Abmachungen hinweg. Einfach war es mit ihm nicht.

»Das klingt ja immer noch nach dem alten Peter«, sagte Erna, während sie sich schon das dritte Stück Kuchen nahm. »Wenn ich so weitermache, werde ich platzen«, kommentierte sie ihr Tun. »Aber wenn ich es unterlasse, verzichte ich auf diese Köstlichkeit und werde es zeitlebens bereuen.«

»Wilfried kommt gleich auch noch«, sagte Frida. »Leider hat er momentan viel zu tun und kommt immer erst spät. Er wollte nach der Arbeit vorbeischauen.«

»Ich weiß«, bestätigte Erna, hörte aber sofort auf zu kauen und wirkte plötzlich schuldbewusst.

»Woher?« Frida ließ die Gabel sinken, die sie eben zum Mund geführt hatte.

Erna kaute etwas schneller und sagte eine Spur zu beiläufig: »Hab ihn zufällig getroffen.«

In Frida schrillten die Alarmglocken. »Wo? Er müsste doch noch auf der Arbeit sein und hatte sich erst für den Abend angekündigt. Warst du in der Klinik?«

Erna schaufelte sich die nächste Gabel in den Mund, als versuchte sie auf diese Weise, Zeit zu gewinnen. »Ich bin zufällig an eurem Haus vorbeigelaufen, und da war er«, antwortete sie schmatzend. »Dann hat er wohl eher Feierabend, was weiß denn ich.«

Frida spürte die Gefahr, die von diesen Worten ausging, wie eine Giftschlange, die langsam züngelnd auf sie zukroch und der sie hilflos ausgeliefert war. »Wilfried war also schon zu Hause, ist aber noch nicht hier? Komisch.«

Erna lief rot an.

»Was wolltest du eigentlich bei uns?«, hakte Frida nach. »Ich hatte dir doch gesagt, dass Meike und ich in Eckwardersiel sind.«

»Bin einfach rumgelaufen«, redete Erna sich heraus. »Ist doch auch egal. Dein Mann kommt sicher gleich. Vielleicht wollte Wilfried sich noch hinlegen und dann wie verabredet auftauchen? Oder er findet es gut, wenn wir etwas Zeit für uns haben.«

Das letzte Argument überzeugte Frida, denn es würde zu Wilfried passen.

»Dein Mann hat gesagt, Focko ist wieder in Fedderwardersiel«, wechselte Erna abrupt das Thema, und Frida zuckte zusammen.

»Dass er das gleich wieder rausposaunen muss.« Frida seufzte. »Ja, ist er. Und er sieht Peter regelmäßig hier bei meiner Mutter, damit der Junge nicht ständig die weite Strecke zu ihm fahren muss. Focko hat inzwischen ein Moped.«

Erna sah Frida forschend an, und unter dem Blick ihrer Freundin knickte sie ein. »Und ja, er war einmal in unserem Haus. Wir mussten ein paar Dinge klären.«

Erna kommentierte das nicht, fragte nicht, was genau zwischen den beiden passiert war, sondern meinte: »Was ist mit deinem Klavierspiel?«

Frida atmete schwer. »Seitdem geht es wieder. Focko hat es geschafft, dass ich wieder Freude daran habe.«

»Der gute alte Focko«, sagte Erna ein bisschen süffisant.

»Ich bin Wilfrieds Frau«, stellte Frida klar, die den Unterton durchaus vernommen hatte.

»Und ich Heikos, und trotzdem passt es nicht immer.« Jetzt schlug Erna erschrocken die Hand vor den Mund. »Das habe ich gar nicht sagen wollen.«

»Streitet ihr?« Frida griff nach der Kaffeekanne und schenkte ihnen beiden nach.

»Gleich bekomme ich einen Herzkasper, wenn ich weiter so viel Kaffee trinke«, versuchte Erna zu scherzen.

»Was ist mit dir und Heiko?«, hakte Frida nach.

Endlich brach es aus ihrer Freundin heraus. Frida hörte sich das Dilemma schweigend an. »Es wäre doch das Einfachste, wenn ihr wirklich nach Westberlin übersiedelt«, sagte sie abschließend.

Erna schüttelte den Kopf. »Wir wären mittellos. Jeder darf die Grenze zwar einfach so überqueren, aber nichts mitnehmen. Keine größeren Gepäckstücke oder so. Kurzum: Wir müssten alles zurücklassen. Wirklich alles. Das ist nicht so leicht, jetzt, da wir es uns so schön eingerichtet haben.«

Und dann erzählte Erna auch, mit welchen Konsequenzen sie noch zu rechnen hätten. »Deshalb werde ich mich erst einmal fügen. Aber meine Arbeit im KaDeWe würde ich so gern behalten, nur ist das ausgeschlossen. Wir haben unendlich lange diskutiert, das glaub mal. Heiko ist fanatisch.«

Frida presste die Lippen aufeinander. »Nicht nur Heiko«, entfuhr es ihr. »Ich darf auch nicht mehr arbeiten. Als Frau vom Chefarzt schickt es sich nicht, wenn ich Gemüse an seine Patienten oder Kollegen verkaufe.« Frida wusste selbst, wie frustriert sie klang.

»Leicht haben wir Frauen es wohl nicht«, seufzte Erna. »Da hat sich nicht viel geändert.«

»Ich würde dich gern mal in Berlin besuchen, weil ich wissen möchte, wie du lebst«, sagte Frida. »Dürfte ich einfach so in den Osten kommen?«

»Ich denke doch. Warum nicht?« Erna kaute auf der Unterlippe. »Das machen wir aber im Sommer. Dann ist es in Berlin besonders schön. Wir können draußen in den Cafés an der Spree sitzen. Oder eine Dampferfahrt machen. Am Müggelsee baden. Ach, du glaubst gar nicht, was für wundervolle Sachen wir anstellen können.«

Langsam näherten die beiden sich wieder an, langsam kehrte die alte Vertrautheit zurück.

Frida dachte nach. »Ich denke, der Juli würde gut passen. Zuvor gibt es hier viel zu tun. Mutter wird mich bei der Ernte brauchen. Die Ferien sind am 7. August zu Ende, also könnte Meike mitkommen. Ich glaube, sonst wären unsere beiden Mädchen unglaublich enttäuscht.«

Ernas Augen glänzten vor Eifer. »Prima, so machen wir das. Meike wird Augen machen, wenn sie die große Stadt sieht! Ich freue mich, Frida. Wirklich.«

»Dann werde ich mal schauen, ob ich das mit dem Zugfahren schaffe«, gab Frida zu bedenken. »Ich bin ja noch nie allein so weit verreist.«

»Das bekommst du schon hin«, meinte Erna lachend, doch ihr gefror die Mimik, als die Tür klackte und Wilfried in der Stube stand. »Hallo«, sagte sie nur.

Frida blickte von ihrer Freundin zu ihrem Mann. Beide wirkten verlegen – da stimmte etwas nicht.

*

»Und du hast da eine eigene Lehrerin, die dir so richtig schwere Sachen beibringt?«, fragte Meike.

Sie hockte auf ihrem Bett und hörte mit großen Augen zu, was Sanne aus Berlin zu berichten wusste. Ihre Freundin hatte auf dem Stuhl Platz genommen und kratzte die letzte Sahne vom Teller. Oma Margret hatte ihnen Kuchen und Limonade aufs Zimmer gebracht. »Eure Mamis müssen mal in Ruhe klönen.«

»Ja, ich gehe jeden Tag dorthin. Das ist ganz schön anstrengend, aber Fräulein Mantel sagt, ich hätte das Zeug zu einer Konzertpianistin.«

Meike war erstaunt – und etwas neidisch. Das hatte zu ihr noch keiner gesagt, obwohl sie doch so viel übte und erheblich besser war als die Mitschülerinnen. Wilfried hatte deswegen sogar dafür gesorgt, dass sie auch noch Privatstunden bekam.

»Ja, wir werden ganz tüchtig darauf geschult, immer herausragend zu sein«, sagte Sanne. »Ganz anders als hier.«

Sie waren in Varel zusammen zum Klavierunterricht gegangen, weil es günstiger war. Privatstunden gingen ins Geld, und es musste gut überlegt werden, wofür man es ausgab. Nur war auch hier Meike immer die begabtere Musikerin gewesen, und sie war froh, dass Wilfried ihr nun doch Einzelstunden bezahlte.

Sanne plapperte munter weiter: »Solche Stunden kosten bei uns in Ostberlin nichts. Es ist in unserem Land wichtig, gut ausgebildet zu werden, weil ich meinen Teil zum Gelingen des Staates beitrage«, erörterte Sanne weiter.

Meike verstand nicht so recht, was die Musik mit dem Staat zu tun hatte. »Du bekommst das geschenkt?«

Sanne schabte mit der Socke über den Boden. »Wenn man gut ist, wird man gefördert«, erklärte sie altklug. »Das ist ja kein Geschenk.«

»Dann bin ich wohl nicht so gut«, sagte Meike traurig. Immerhin mussten sie bezahlen. »Ich habe zwar auch jetzt Einzelstunden, weil Wilfried meint, ich komme sonst nicht voran, aber ich weiß, dass wir das nicht umsonst bekommen.«

»Das ist in der DDR anders. Wir halten alle zusammen. Das lernen wir schon bei den Pionieren.« Sanne nickte zufrieden. »Wollen wir was auf deinem Klavier spielen?«

Meike nickte, aber so recht traute sie sich gar nicht. Sanne schien richtig gut geworden zu sein. Und sie? Vermutlich trat sie auf der Stelle.

Hatte sie doch immer geglaubt, sie könnte vielleicht eines Tages auf der Bühne vor einem Konzertflügel oder einem Piano sitzen und das Publikum begeistern, war es jetzt wohl eher so, dass sich der Traum für Sanne erfüllen würde. Ihr Fräulein schimpfte immer nur mit ihr, was sie noch nicht konnte, und lobte nur selten.

»Wenn du jetzt so gut bist, dann wag ich gar nicht mehr, dir was vorzuspielen«, sagte Meike.

Sanne winkte ab. »Ist ja kein Wettbewerb. Ich lebe eben in der großen Stadt, da ist so vieles anders als in Eckwarden. Aber«, sie nagte an der Unterlippe, »weißt du eigentlich, wie oft ich all das hier vermisse? Das Rauschen der Wellen, den ewigen Wind. Das Kreischen der blöden Möwen und wie sehr man immer achtgeben muss, dass sie einem nicht auf den Kopf schietern.«

Meike lachte auf. »Das vermisst du? Obwohl du so viel Musik machen darfst? Obwohl so viel Leben um dich herum ist?«

Sanne nickte, und plötzlich zitterte ihr Kinn. »Ich hab oft Heimweh. Nach Onkel Herold und Oma Stine. Nach Oma Margret und diesem kleinen Häuschen hier.«

Meike konnte das gar nicht verstehen. »Du hast doch

in Berlin alles, was du brauchst. Warum sehnst du dich dann nach dem langweiligen Leben hier? Ich muss doch nur deine Mutter ansehen, wie schick sie gekleidet ist!«

Sanne wischte sich mit dem Ärmel die Augen ab.

»Ich weiß auch nicht, aber es ist nicht schön, so weit weg von allen zu sein.«

Die beiden nahmen ihre Teller, trugen sie in die Küche und gingen dann in das Zimmer, wo noch immer der Bechstein stand, den Fridas Mann Horst ihr nach der Scheidung geschenkt hatte.

Meike öffnete den Deckel. »Willst du zuerst, oder soll ich?«

»Du«, sagte Sanne. »Denn auch wenn sie mich so loben. Ich glaube, du spielst noch immer um vieles besser als ich.«

Meike war überrascht, wie freimütig Sanne das sagte. Mit zitternden Händen griff sie nach den Noten, und schon bald ertönte die erste Melodie. Erst war sie noch verkrampft, aber wie jedes Mal vergaß sie dann doch die Umgebung um sich herum und ließ die Töne fließen. Ihre Finger tanzten wie von selbst über die Klaviatur, sie schlugen mal sacht und mal kräftiger auf die Tasten. Dann wieder spielte sie leise und ein bisschen verschämt, um anschließend erneut hochzufliegen und das Glück mit jeder Zelle des Körpers zu spüren.

Als Meike geendet hatte, war es totenstill im Haus, und doch wusste sie, dass sie nicht allein mit Sanne im Zimmer war.

Sie drehte sich um und erkannte ihre Mutter, Erna, Wilfried und Oma Margret.

»Wahnsinn«, sagte Erna. »Meike, du bist … ein Genie. Ich glaube, du wirst eines Tages sogar noch viel besser sein als deine Mutter, und das hielt ich bislang für ausgeschlossen.«

»Aber Sanne wird Pianistin, hat ihre Lehrerin gesagt. Ich glaube, sie spielt noch viel besser.«

Sanne schüttelte den Kopf. »Ich kann die Noten. Ich kann den Rhythmus. Aber du, du kannst das Herz.«

*

Peter hockte schon den ganzen Nachmittag am Boot und starrte über den Jadebusen. Er liebte es, allein am Ufer zu sitzen, die fischige Luft zu atmen und sich vorzustellen, wie es wäre, wenn er mit seinem Vater auf die Nordsee hinausfuhr. Jetzt war Flut, und die See leckte immer gieriger am Wattsaum. Er mochte das neckische Spiel des Wassers mit dem Land. Es wiederholte sich Tag für Tag, und doch war es jedes Mal anders. Mal schlugen die Wellen sacht auf, mal brachen sie mit voller Wucht. Dann wieder kuschelten sie ganz verschämt mit dem Ufer, als wagten sie nicht, sich wirklich zu nähern. Auch der Wind sang stetig ein anderes Lied. Es gab Tage, an denen er laut aufheulte und fast kläglich schrie, dann wieder versteckte er sich und ließ nur leichte Böen über den Jadebusen wehen, die einen hinterm Ohr streichelten.

Hier war Peters Zufluchtsort, hier fühlte er sich sicher.

Peter hatte das Boot geschrubbt, weil er es nicht leiden konnte, wenn es sandig war und er das Blau vom Rumpf nicht mehr gut erkennen konnte. Es war schwierig gewesen, es allein mit der Winde aus dem Bootsschuppen zu ziehen, aber schließlich war es ihm doch gelungen. Nun lag es am Ufer, und er überlegte, ob er es doch zu Wasser lassen sollte. Auch wenn seine Mutter und dieser blöde Wilfried es ihm verboten hatten.

Nur ein paar Meter rudern. Ein kleines Stück. Einfach mal schauen, wie weit er kam.

Vorhin war Peter kurz an der Kate gewesen und hatte gehört, dass Sanne und Meike wieder Klavier gespielt hatten. Immer ging es nur um die Musik. Er konnte sich dafür aber einfach nicht begeistern. Er wollte Fischer werden, und nach wie vor wurde das von der Familie nur belächelt.

»Du mach erst einmal die Schule fertig, und dann sehen wir weiter«, sagte Wilfried immer, und seine Mutter strich ihm lediglich übers Haar.

Was sollte er aber mit der Schule, wenn er doch schon ziemlich genau wusste, wie die Netze ausgelegt und wieder eingeholt wurden? Das hatte ihm sein Vater genau erklärt. Auch wie man einen Kutter lenkte, hatte er ihm gezeigt. Nicht in Wirklichkeit, denn seine Mutter wollte nicht, dass er mit auf See fuhr, aber im Ruderhaus hatte er gestanden und sich die Geräte und Schalter erklären lassen. Peter wusste sogar, was ein Echolot war. Auf all das war er stolz, aber außer seinem Vater interessierte es keinen.

Das Wort »Bildung« konnte Peter schon nicht mehr hören.

Er stand auf und umrundete das Boot. Meike hatte eben wieder damit begeistert, auf diesen Tasten rumzuhauen. Er aber konnte andere Dinge, und wie wäre es, wenn er allen zeigen könnte, dass er es schaffte, mit dem kleinen Ruderboot bis Fedderwardersiel zu Oma Hanne und seinem Papa zu fahren? Er, mit seinen durchaus schon kräftigen Armen, würde einfach gen Norden schippern!

Was würden sie staunen, wenn er, der kleine Peter, das geschafft hatte. Bestimmt war seine Mama dann auf ihn endlich einmal so stolz wie auf Meike. Auch wenn er erst wieder eine Fünf in Mathe mit nach Hause gebracht hatte. Von der aber weder sie noch Wilfried etwas wussten. Es reichte, wenn der Lehrer das später beim Elterngespräch mal erzählte. Die Unterschrift seiner Mama bekam er schon hin.

Peter überlegte nicht länger. Boot fahren war genauso viel wert wie Klavier spielen. Er biss die Zähne zusammen und schob das Boot mit aller Kraft ins Wasser, sprang mit einem Satz hinterher und nahm die Ruder in die Hand.

Es war zunächst einfacher als gedacht, weil der Ebbstrom inzwischen eingesetzt hatte und ihn so in die richtige Richtung mitnahm. Peter plante, in der Nähe vom Ufer zu bleiben, denn auf diese Weise konnte er sein Ziel nicht verfehlen und lief nicht Gefahr, die Richtung aus den Augen zu verlieren.

Er hatte von seinem Vater gelernt, wie man effektiv ruderte, und so glitt er über das Wasser des Jadebusens.

Was würden sie alle Augen machen!

Peter legte sich in die Riemen und fand schnell einen effektiven Schlag. Er war sich sicher, genau das Richtige zu tun.

Kapitel 13

Ich möchte noch kurz an den Deich gehen.« Frida schaute zu ihrer Mutter, als Erna und Sanne von Herold abgeholt worden waren und sie die Küche aufgeräumt hatte.

Wilfried und Meike jagten draußen hinter den Hühnern her.

»Da muss ein Loch im Zaun sein«, sagte ihre Mutter.

Frida hob nur kurz die Brauen, denn Margret hatte vorhin wieder vergessen, die Tür zu schließen. Daher überging sie die Bemerkung, um ihre Mutter nicht zu reizen.

»Ich möchte Peter suchen. Es ist eigenartig, dass er so lange verschwunden ist.«

»Der Bengel braucht einen Satz heiße Ohren«, sagte ihre Mutter griesgrämig. »Er hätte Erna und Sanne ja wenigstens begrüßen können.«

Das sah Frida zwar genauso, aber sie verspürte keine Lust, das jetzt mit ihrer Mutter zu besprechen.

»Wann kommt Erna denn wieder zu mir?«, fragte Margret.

Frida rollte innerlich mit den Augen. Manchmal war es wirklich schwierig mit ihr.

»Sie lebt jetzt in Ostberlin und fährt morgen zurück«, erklärte sie mit Engelsgeduld, denn dasselbe hatte sie ihr heute Morgen schon erzählt.

»Ach, dann bleibt sie gar nicht«, sinnierte ihre Mutter. »Das ist ja schade, aber da kann man nichts machen.«

»Genau«, bestätigte Frida. »Ich geh jetzt trotzdem zum Deich, weil mir Peter Kummer macht. Immer wenn Meike mit ihrem Klavierspiel zu sehr im Mittelpunkt steht, wird er bockig. Und dass das passiert, wenn Sanne kommt, war klar.« Sie schüttelte traurig den Kopf, denn es war wirklich schade, dass er Erna nicht einmal begrüßt hatte.

»Wo steckt er, was meinst du?«, fragte ihre Mutter.

Herrje, war sie heute wieder durch den Wind, aber es war zwecklos, sich darüber aufzuregen. »Am Deich. Vermutlich an seinem Boot.«

»Er schrubbt es«, sagte Margret. »Manchmal malt er es nach. Da, wo der Lack abgeblättert ist. Oder er sitzt nur dort und schaut aufs Meer. Er ist ganz sein Vater und wird sicher mal Seemann«, ergänzte sie in tadelndem Tonfall. »Das wird Wilfried nicht gefallen.«

Die Tür klackte, und Fridas Mann trat mit Meike ein.

»Was wird mir nicht gefallen?«, fragte er und ordnete sein Haar, das vom Wind völlig zerzaust war.

Frida hielt kurz die Luft an. Wilfried mochte es nicht, wenn sie von Focko sprach. Sie musste ihm noch beichten, dass er bei ihr im Haus gewesen war, aber sie wagte es nicht, weil sie seinen Unmut fürchtete.

»Dass Peter wieder den kleinen Seemann spielt«, sagte sie. »Ich möchte ihn suchen gehen.«

Wilfrieds Mimik zeigte nicht, ob er ihre Besorgnis teilte.

»Ach, der hat doch an seinem Boot einfach die Zeit vergessen«, sagte Meike. »Ich geh noch ein bisschen Klavier spielen.« Sie verschwand im Musikzimmer.

Frida brannte eine ganz andere Frage unter den Nägeln, die wollte sie unbedingt noch loswerden, bevor sie sich auf den Weg machte, ihren Sohn zu suchen. Und die betraf Wilfried und ihre Freundin.

»Du hast Erna schon in Eckwarden gesehen?«, fragte sie wie nebenbei, während sie in die dicke Strickjacke schlüpfte.

»Ja, das war Zufall«, sagte Wilfried und half ihr beim Ärmel, weil der sich eingedreht hatte.

»Was heißt das?« Frida fixierte ihn. Es verunsicherte sie, dass ihr Mann den Blick senkte.

»Ich konnte mich etwas eher loseisen und bin früher als geplant zu Hause gewesen.«

»Du wolltest nachschauen, ob Focko hier ist?«, konfrontierte sie ihn mit ihrem Verdacht.

Wilfried wirkte wie ertappt, gab sein Vorhaben dann aber, wenn auch widerwillig, zu. »Ja. Ich weiß, dass er bei uns im Haus war, und ich musste einfach sehen, ob er auch hier auftaucht.«

»Tut mir leid«, entfuhr es Frida. »Ich hätte es dir sagen sollen. Aber hier war er nie, wenn ich bei Mutter helfe. Jetzt muss ich los und Peter suchen.«

»Ich komme mit«, beschloss Wilfried. »Das sollten wir unter vier Augen besprechen, und dabei helfe ich dir beim Suchen.«

»In Ordnung«, stimmte Frida zu. »Es wird bald richtig dunkel sein, da hätte ich meinen Sohn gern im Haus.«

Frida hakte sich bei Wilfried ein, und gemeinsam stapften sie los.

»Ich habe gewusst, dass er da war«, begann Wilfried mit belegter Stimme. »Auch ohne dass es mir jemand erzählt hat. Weil du plötzlich wieder Klavier gespielt hast. Er hat den Schalter angeknipst, den ich vergeblich gesucht habe.« Wilfried atmete schwer, und Frida befiel ein schlechtes Gewissen. Sie konnte ihn nicht anlügen, denn ihr Mann hatte es auf den Punkt gebracht. Sie war seit Fockos Besuch wieder lebendig.

Frida konnte seinen gequälten Blick kaum ertragen. »Wir haben aber nur kurz gesprochen«, sagte sie. »Ich werde ihn weiterhin nicht treffen. Das verspreche ich dir.«

Wilfried blieb stehen und schaute über den Jadebusen.

»Bitte versprich nichts, was du nicht halten kannst, Frida. Das tut dann noch mehr weh.«

Sie folgte seinem Blick und glaubte im Norden einen kleinen dunklen Punkt auf dem Wasser auszumachen. Aber da die Dämmerung bereits hereinbrach, konnte es durchaus sein, dass sie irrte.

»Dahinten scheint jemand zu rudern«, sagte Frida. »Ganz schön gefährlich. Es ist ablaufend Wasser, da wird man so schnell auf die offene See hinausgezogen.«

»Derjenige wird schon wissen, was er tut«, sagte Wilfried.

Dann wechselte er unvermittelt das Thema. »Sag mal, verstehst du dich wieder gut mit Erna? Es war ja etwas abgekühlt. Wegen der Hochzeit …«

Frida wiegte den Kopf. »Ehrlich gesagt kann ich das gar nicht so genau sagen. Sie war nett. Wir haben darüber auch nicht mehr geredet, aber ich spüre doch noch immer eine Mauer. Es war für mich sehr befremdlich, sie so zu erleben. Was sie auf unserer Hochzeit getan hat, kann ich nur schwer vergessen.« Frida zögerte und überlegte, wie viel sie offenbaren durfte. »Ich wusste, wie sehr sie dich mag, aber dass sie so weit gehen würde …« Sie verstummte kurz. »Wir sollten das langsam mal vergessen. Sie hat sich danach immer anständig benommen und ist jetzt selbst verheiratet. – Mir kam es nur eigenartig vor, dass sie bei dir am Haus war. Aber wahrscheinlich wollte sie tatsächlich nur etwas herumspazieren. Sie hat mir vorhin erzählt, dass ihre Mutter nach wie vor sehr anstrengend ist.« Frida lachte auf. »Das haben unsere Mütter dann im Augenblick wohl gemeinsam.«

Wilfried nahm ihre Hand, und sie liefen weiter. Den Bootsunterstand hatten sie fast erreicht.

»Na ja, ist ja auch egal«, fuhr Frida in betont munterem Ton fort. »Ich möchte auf jeden Fall im Juli mal mit den Kindern nach Berlin fahren, meinst du, das geht?«

»Zu Erna in den Osten?«, fragte ihr Mann erstaunt.

»Genau!«

Wilfried schnalzte mit der Zunge. »War das Ernas Idee?«

»Es hat sich so ergeben. Ich würde es sehr spannend finden, mal nach Berlin zu reisen, und Meike und Peter sicher auch.«

»Bei Meike bin ich mir da sicher, bei Peter nicht«, gab Wilfried zu bedenken.

»Also hast du keine Einwände.«

Jetzt zögerte ihr Mann doch.

»Ich weiß nicht. Wenn ich mir die momentane politische Lage ansehe, glaube ich nicht, dass es eine gute Idee ist. Ich befürchte, die machen den Laden drüben bald ganz dicht. Nicht dass du dann da festsitzt.«

»Ach, Erna sagt, man kann ungehindert über die Sektorengrenzen. Darauf kann ich mich sicher verlassen. Zumal ich keine DDR-Bürgerin bin.«

Erna hatte lang und breit erklärt, dass sie davon ausging, es würde sich nicht viel verändern. Allein, weil weder die Russen noch die DDR-Führung einen Konflikt mit den westlichen Alliierten heraufbeschwören wollten.

»Warten wir ab, wie es sich bis dahin entwickelt«, schlug Wilfried versöhnlich vor. Er gab Frida einen Kuss aufs Haar. »Dahinten ist es auch schon.«

»Genau.« Sie liefen den Deich hinunter, und Frida erstarrte.

Wie angewurzelt blieb sie stehen und wies mit der Hand zum Bootsschuppen. »Das Boot ist weg. Um Gottes willen, der Junge ist allein losgerudert!«

Auch Wilfried wurde blass.

»So ein Mist! Das kann doch nicht angehn! Was jetzt? Glaubst du, das Ruderboot eben könnte Peter gewesen sein?«

Frida wurde heiß und kalt. »Das glaube ich nicht nur. Wir brauchen ein Schiff, so schnell es geht. Gegen den Ebbstrom hat Peter keine Chance. Da kann er so kräftig rudern, wie er will.«

Frida wurde beinahe übel bei der Vorstellung, dass ihr Kind mutterseelenallein da draußen auf See war.

Und dann sagte Wilfried etwas, was sie ihm nie zugetraut hätte. »Da kann jetzt nur Focko mit dem Kutter helfen. Deine Mutter soll trotzdem die Polizei alarmieren. Los, komm, wir fahren nach Fedderwardersiel.«

*

Peter taten die Hände weh. Er entfernte sich immer weiter vom Land. Was auch immer er tat, er schaffte es nicht, das Boot in Ufernähe zu halten.

Unaufhaltsam zog es ihn auf den Jadebusen und ins Meer hinaus. Egal, wie heftig er auch ruderte und kämpfte. Auf seinen Handflächen zeigten sich Blasen, die schon nach wenigen weiteren Ruderschlägen aufgeplatzt waren. Jetzt schmerzte es auch noch, wenn er weiterpullte.

Peter war trotz des frischen Windes nass geschwitzt, und seine Muskeln brannten.

Ich kann nicht mehr, dachte er.

Zum ersten Mal in seinem Leben erlebte er das Wasser nicht als Freund, sondern als Gegner.

Peter hatte es überschätzt, wie anstrengend es war, das Boot gegen die Strömung zu halten. Erst war es noch ganz leicht gewesen, weil ihn der Ebbstrom gemütlich mitgezogen hatte. Doch dann hätte er gegensteuern müssen, damit er nicht abtrieb, und das wurde immer schwerer. Schließlich war es nicht mehr zu übersehen, dass sich das Land immer weiter entfernte. Das Wasser gurgelte und schmatzte um ihn herum, als wäre es der reine Genuss, mit dem Jungen und dem Boot zu kämpfen.

Peter kam es so vor, als freue sich das Meer darauf, ihn später ganz verschlingen zu können, nachdem es erst einmal das Spiel mit ihm genoss. So, wie es die Katzen mit den Mäusen taten. Spielen und quälen, bis der Tod unausweichlich war.

Die aufkommende Dunkelheit machte ihm ebenfalls zu schaffen, denn er verlor mehr und mehr die Orientierung.

Irgendwann gab Peter auf, legte den Kopf auf die Knie und begann zu weinen. Er hatte seinem Papa doch nur zeigen wollen, wie groß und stark er schon war. Er, der zukünftige Seemann. Und seiner Mutter wollte er deutlich machen, was er konnte. Nicht nur seine Schwester mit ihren dünnen Klavierfingern.

Peter zuckte zusammen, als das Boot heftig schlingerte, weil es gegen eine Welle rollte. Jetzt, da er sich nicht mehr so viel bewegte, begann er zu frieren, und Peter wusste absolut nicht, was er dagegen tun sollte. Sein Pulli und die Joppe waren von den hochschwappenden Wellen durchnässt, an eine Decke hatte er nicht gedacht.

Hilflos schaukelte er durch den Jadebusen Richtung Nordsee.

Immer wieder blickte Peter suchend über die See, ob

sich irgendwo ein anderes, beleuchtetes Boot befand, das ihn abschleppen konnte. Doch weit und breit konnte er nichts erkennen. Das Wasser hatte inzwischen dieselbe Farbe wie die Dunkelheit um ihn herum. Der Horizont war nicht mehr auszumachen. Da war nur diese Schwärze und das unheimliche Glucksen, das ihm wie hämisches Lachen erschien.

Wieder griff Peter nach den Rudern, doch seine Hände brannten wie Feuer, als er sie aufnahm und sich erneut in die Riemen legte.

Er konnte nur ein paar Schläge machen, dann taten nicht nur die Wunden weh, sondern auch seine Arme. Sie begannen heftig zu zittern, und Peter musste einsehen, dass er verloren war. Er wusste nicht einmal, in welche Richtung er rudern sollte.

Er war verloren in der Weite der Bucht – und schon bald in der Nordsee. Mit etwas Glück würde ihn die Strömung gegen die Vogelinsel Mellum werfen oder ihn nicht zu entfernt daran vorbeitreiben lassen. Peter überlegte kurz, ob er in dem Fall vielleicht von Bord springen und zum Land schwimmen konnte, aber er musste diesen Gedanken schnell wieder verwerfen, denn das war nicht zu schaffen. Zwar konnte er sich der Joppe entledigen, aber er trug einen dicken Wollpullover und derbes Schuhwerk. Beides würde sich vollsaugen und ihn in die Tiefe des Meeres ziehen.

Zog er aber auch die anderen Sachen aus, würde er unweigerlich unterkühlen, sobald er an Land war. Er hatte keine Chance, egal, was er tat oder unterließ.

Seine Mutter hatte ihm oft genug gepredigt, wie aussichtslos es war, gegen die Strömungen anzukämpfen und wie viele Menschen in diesem Ringen schon ihr Leben verloren hatten. Dass es lebensgefährlich war, sich mit der Nordsee und den Gezeiten anzulegen. Ebbe und Flut waren tückisch und gefährlich. Das hatten alle Küstenkinder schon von klein auf gelernt. Und was tat er? Schlug alle Warnungen in den Wind und ruderte einfach hinaus. Er hätte es besser wissen sollen. So viel besser!

Das Boot ruckelte wieder heftig, und eine Welle schwappte hinein. Peter zuckte erschrocken zurück, als das Wasser seine Füße umspülte und er nun zu allem Überfluss auch noch nasse Socken hatte. Mittlerweile fror er dermaßen heftig, dass sein kleiner Körper bebte. Er konnte nichts tun, außer zu warten, ob nicht doch ein Kutter auf See war, ihn mit seinen Lichtern entdeckte und auflas.

Peter wollte nicht weiter über das dunkle Wasser blicken, das ihm inzwischen nahezu schwarz erschien. Er wollte nicht weiter Ausschau nach einem anderen Schiff halten. Er wollte auch nicht mehr frieren. Er wollte einfach zu Hause vor einer warmen Tasse Tee am Ofen sitzen und wünschte, dass ihm seine Mutter übers Haar strich.

»Ich möchte zu meiner Mama«, rief er plötzlich und erschrak selbst über seine Stimme, die so hilflos und hohl übers Wasser schallte. Und doch wiederholte er seinen Ruf. »Mama!«

Er bekam nur Antwort von einer Lachmöwe, die dicht über ihn hinwegsegelte und ihn mit ihrem Ruf zu verhöhnen schien. Wieder legte Peter den Kopf auf die angezogenen Knie. Er konnte nur warten. Worauf auch immer.

*

Der Ebbstrom hatte eingesetzt, und Focko musste aufpassen, dass er sich mit seinem Kutter nicht festfuhr, denn »Der Hohe Weg«, das Watt nördlich von Fedderwardersiel, würde bald freiliegen. In der Ferne war der Leuchtturm Hoheweg zu erkennen, der anzeigte, dass dahinter das Fedderwardersieler Fahrwasser begann. Sie orientierten sich an den Pricken, die immer backbord zu sehen sein mussten. Dennoch kontrollierte Focko die Fahrwassertiefe mit dem Echolot, während sein Bootsmann Hauke achtgab, dass mit den Netzen alles in Ordnung war. Beide waren an den Seiten des Kutters ausgefahren.

»Dann givt dat hopentlich einen guten Fang«, sagte Hauke, als er ins Ruderhaus schaute und an der Pfeife sog. Der Kutter stampfte ruhig durchs Wasser, der Seegang war nur mäßig und nicht besorgniserregend. »Noch haben wir ja genug Wasser unterm Kiel«, sagte er. »Aber die haben Schietwedder angesagt.«

»Jo, hab ich auch mitbekommen. Aber so schlimm wird das schon nicht werden«, meinte Focko. »Da sind wir schließlich einiges gewöhnt.«

Sie waren vor knapp sechs Stunden mit dem Kutter losgefahren, so wie sie es immer taten. Oft hieß das mitten in der Nacht aufstehen, weil die Flut einsetzte, aber heute waren sie am Mittag gestartet. Ihr Leben richtete sich nach den Gezeiten.

Kam die Flut, mussten sie los. Raus auf die See und dort ihren Fang einholen. Zwölf Stunden fischten sie. So lange, bis das nächste Hochwasser einsetzte und der Pegel ausreichend war, damit sie wieder in den Hafen einlaufen konnten.

»Da kommt das Schietwedder auch schon.« Focko deutete zum Horizont, wo eine dichte Wolkenwand aufzog. Das war sogar in der Dämmerung gut zu erkennen. Seine Stimme ging im Kreischen des Möwenschwarms unter.

»Ich guck dann mal nach den Netzen«, sagte Hauke und schlurfte an Deck, doch er musste sich festhalten, weil der Seegang immer heftiger wurde. Die beiden Schleppnetze waren mit zwei ausschwenkbaren Bäumen an beiden Seiten des Kutters angebracht und wurden mit langen Kurrleinen über den Meeresboden geschleppt. Dabei verfing sich Granat, aber auch Beifang wie Krebse, Fische oder Seesterne. Sie fischten weniger als eine Stunde. Dann holte Hauke die Netze mittels einer Winde ein und hievte sie aus dem Wasser. Sie zogen sich dabei unten zusammen und wurden erst an Deck geöffnet.

»Was ist denn das dahinten?« Hauke kam aufgeregt ins Ruderhaus.

»Was soll da sein?«, fragte Focko.

»Ich leuchte noch mal. Mir schien es eben, als wäre da ein kleiner Kahn.«

»Bei dem Wetter?«

Hein hielt die Scheinwerfer nach oben und richtig: Da dümpelte in den Wellen ein Ruderboot.

»Da ist wirklich ein Kahn«, sagte er.

»Dammich, das wäre eine Katastrophe«, fluchte Focko. »Kannst du sehen, ob jemand drinsitzt?«

Focko konzentrierte sich wieder auf die See und hielt das Ruder.

»Nein, nichts zu erkennen. Wenn da jemand in Seenot ist, dann besteht bei diesem Schietwedder und der Kälte Lebensgefahr.«

Focko drosselte den Motor. »Mal sehen, wie dicht wir rankommen.«

Der Kutter musste beidrehen, und wieder behielt Focko das Echolot im Auge. Aber noch bestand keine Gefahr, aufzusetzen.

Mit minimaler Geschwindigkeit näherten sie sich dem Boot.

»Ich funk mal Hinnerk, ob der in der Nähe ist und helfen kann«, sagte Focko. Sollte sich jemand im Boot befinden, würde sich die Bergung bei der aufgewühlten See nicht einfach gestalten, und ihm wäre jede Hilfe recht.

Hinnerk war tatsächlich nicht weit entfernt und versprach, sofort zu kommen.

Inzwischen hatten sie das Boot erreicht, das wie eine Nussschale in den Wellen auf- und abtanzte.

»Da sitzt ein Junge drin«, schrie Hauke und ruderte aufgeregt mit den Armen. »Wir müssen näher ran. Ganz vorsichtig!«

Focko gab alles. Es war schwierig, und er war froh, als auch Hinnerks Kutter auftauchte und beisteuerte. Auf diese Weise milderte er den Seegang etwas ab.

Focko hob den Daumen, und Hinnerk nickte nur knapp. Keiner der Fischer war Meister der großen Worte. Sie taten, was getan werden musste, und debattierten nicht herum. Sie bildeten eine Einheit mit dem Meer und ihren Schiffen. Passten sich dem Rhythmus der Wellen an und maßten sich gar nicht erst an, die See zu bezwingen, sondern gingen es mit ihr gemeinsam an. Versuchten, das Meer zu überreden, ihnen diesen kleinen Menschen zurückzugeben, statt ihn zu verschlingen.

»Da kommt noch ein Schiff!«, rief Hauke. »Das ist die Wasserschutzpolizei!«

Focko nickte. Das war gut, denn er hatte keine Ahnung, wie er den Jungen über die hohe Bordwand bekommen sollte.

Das Schiff der Schutzpolizei hatte eine wesentlich niedrigere Reling und war wendiger als sein Kutter.

»Moin, mien Jung!«, schrie Focko. »Kannst du uns hören? Wir wollen dir helfen!«

Hauke richtete den Scheinwerfer auf ihn, und endlich hob der Junge den Kopf.

»Haue ha, das ist ja Peter!«, rief Focko entsetzt aus. »Harrijasses nej, dat is mien Jung!«

Nun begann sein Herz zu rasen. Er musste seinen Sohn retten. Auf Teufel komm raus musste er das. Trotz der unangenehmen Temperaturen wurde ihm heiß.

Was machte Peter hier draußen? Es war stockdunkel, und die dicke Wolkenwand näherte sich unaufhaltsam. Was die See bislang nicht vermocht hatte, konnten Blitz und Donner mit dem aufkommenden Sturm blitzschnell erledigen.

»Peter«, rief Focko erneut. »Wie lange bist du schon unterwegs, wenn du bis hierher gerudert bist? Das ist ja eine ganz beträchtliche Entfernung bis Eckwardersiel!«, versuchte er seinem Sohn den Rücken zu stärken.

Peter starrte seinen Vater nur mit großen Augen an. Vielleicht konnte er ihn auch nicht erkennen, weil der Lichtkegel auf ihn gerichtet war und blendete.

Das Schiff das Wasserschutzpolizei hatte den Kutter erreicht. Focko erkannte Wilfried, der allerdings ziemlich blass um die Nase war.

Oje, schoss es dem Fischer durch den Kopf. Der Mann ist seekrank. So etwas konnten sie nun gar nicht brauchen!

Der Wind frischte immer stärker auf, und der Kutter kämpfte sich durch die tiefer werdenden Wellentäler, manchmal tanzte er ein wenig, bevor er sich neigte, ein wenig in Schieflage kam und wieder ein Stück vom Boot abdriftete.

»Papa!«, hörte Focko.

Peter hatte ihn nun erkannt und winkte wie verrückt.

»Bleib sitzen, mien Jung!«, rief Hauke. »Nicht dass du kenterst!«

Aber Peter war zu aufgeregt. Er stand inzwischen im Boot.

»Setz dich hin!«, forderte auch Hinnerk ihn auf, aber seine Worte wurden vom Wind zerrissen.

»Achtung, Achtung, hier spricht die Polizei!«, dröhnte es durch ein Megafon übers Wasser. »Bitte hinsetzen und Ruhe bewahren. Wir drehen jetzt bei!«

Der Himmel über der Nordsee wirkte inzwischen fast schwarz, und Blitze zuckten in kurzer Abfolge vom Himmel, worauf lauter Donner folgte.

Focko bekam es immer mehr mit der Angst. Sie mussten Peter bergen, bevor dieses Unwetter endgültig auf sie niederprasselte.

Zu spät, schoss es ihm durch den Kopf. Zu spät!

Denn schon setzte Regen ein. Es war aber wie erwartet kein leichter Schauer, sondern es schüttete wie aus Kübeln. Binnen kürzester Zeit wurde das Deck des Kutters unter Wasser gesetzt und ließ die Bohlen zu einer glitschigen Angelegenheit werden.

Focko fiel es schwer zuzuschauen, wie die Polizisten versuchten, seinen Sohn zu retten, aber ihm blieb keine Wahl. Er konnte nichts tun. Außer zu beten.

Kapitel 14

Von wo genau ist das Kind denn losgefahren?«

Margret schilderte es dem Polizisten. Allerdings war sie plötzlich unsicher, ob es sich wirklich so verhielt. Wann hatte Peter das Haus noch mal verlassen?

»Also, Erna war da«, stammelte sie. »Aber die wohnt nicht mehr hier, sondern weit weg in Berlin. Sie war da, und Meike hat Klavier gespielt. Das kann sie ganz wunderbar, wissen Sie? So wunderbar kann sie das.«

»Alles gut und schön, Frau Köhle. Aber wann ist Ihr Enkel verschwunden?«

»Mit dem Boot, sagte ich doch.«

Der Polizist fragte zum Glück kein weiteres Mal, was Margret sehr begrüßte, denn ihre Gedanken sprangen schon wieder wie hüpfende Hasen durch ihren Kopf. Mal saßen sie links, dann rechts, und mit einem Mal konnte sie sie gar nicht mehr erkennen, weil sie sich so gut versteckt hatten. Sie kicherte, denn da war tatsächlich noch ein Rest von dem langen Ohr zu erkennen.

Als sie dem Polizisten davon erzählen wollte, war es aber auch verschwunden, darum hielt Margret lieber den Mund. Sie hatte schon mitbekommen, dass ihr viele Menschen nicht mehr gut folgen konnten.

»Der Lütte war doch schon mal weg, oder?«, fragte der

Polizist jetzt. Er hatte ihr seinen Namen verraten, aber der fiel Margret vor lauter Aufregung nicht ein.

»Ich erinnere mich, dass wir ihn damals in Fedderwardersiel aufgegabelt haben.«

»Da sind die Kutter«, sagte sie, denn das stimmte. In Fedderwardersiel lebte Focko, und der war Fischer. Margret war erleichtert, dass ihr das in der Aufregung eingefallen war.

Endlich kam Frida zurück.

»Da ist meine Tochter, die weiß alles«, sagte Margret erleichtert und setzte sich ermattet an den Küchentisch, wo sie das Tischtuch ein- und ausdrehte, weil sie diese Bewegung beruhigte.

»Moin«, sagte Frida. »Die Wasserschutzpolizei ist rausgefahren, und Wilfried begleitet sie. Ich durfte leider nicht mit an Bord.«

»Ihr Sohn ist doch schon einmal verschwunden«, wiederholte der Polizist seine Frage.

»Das ist Jahre her und tut jetzt doch nichts zur Sache«, wehrte Frida ab. »Wir hatten heute Besuch. Unsere Tochter«, sie wies auf Meike, die ebenfalls am Tisch saß und ein Glas Milch mit den Händen umklammerte, »hat Klavier gespielt.«

»Nun denn. Dann warten wir mal ab, bis die Kollegen einen Funkspruch abgeben«, erklärte der Polizist. »Ist bei Ihnen alles in Ordnung, Frau Doktor Hansen?«

»Geht schon«, sagte Frida, aber ihre Stimme zitterte, und der Körper schien zu beben. »Ich bin froh, dass mein Mann mit rausgefahren ist. Wir dachten ja, dass Focko Ewert Peter mit dem Kutter suchen kann, aber die Flotte war schon ausgelaufen, und wir konnten sie über Funk nicht erreichen. Zum Glück ist nun das Polizeiboot unterwegs.« Sie schluckte, als müsse sie einen besonders dicken

Brocken hinunterwürgen. »Meinen Gatten hat es große Überwindung gekostet mitzufahren, denn er ist nicht seefest.«

»Nun, er ist ein Mann und Arzt und kann dem Lütten sofort helfen, sollte etwas sein«, warf der Polizist ein. »Als Frau hätten Sie eben nicht aufs Schiff gekonnt. Das ist ja nichts für Wei…« Er schluckte den restlichen Satz hinunter, als er Fridas bitterbösen Blick bemerkte.

Meine Tochter kann das, dachte Margret. Sie hält den Mann in Schach.

Inzwischen regnete es ohne Unterlass, und der Wind war mächtig aufgefrischt. Margret schaute besorgt aus dem Fenster. Diese Witterung kannte sie, damit war sie vertraut. Sie wusste genau, welche Farbe der Jadebusen jetzt haben würde, und auch, wie aggressiv sich die Wellen gebärdeten, wenn der Wind über die Wasseroberfläche tobte.

»Kann es nicht sein, dass er wieder einfach mit dem Rad losgeflitzt ist?«, fragte der Polizist plötzlich.

Er nippte am Tee, den Margret ihm eingeschenkt hatte.

Frida blitzte ihn wütend an. »Nein. Haben Sie nicht zugehört, junger Mann? Das kleine Boot ist weg. Und er wollte dorthin.«

»Schon gut, Frau Doktor. Wir tun ja, was wir können, und haben auch gleich reagiert. Immer sinnig mit den jungen Pferden«, versuchte der Mann sie zu beschwichtigen, aber Frida war offenbar alles andere als nach sinnig.

»Dann machen Sie bitte Ihre Arbeit«, herrschte sie ihn an. »Es geht um das Leben meines Kindes.«

Der Polizist nickte nur. »Wir müssen schließlich in alle Richtungen denken«, fügte er hinzu. Es wirkte ein bisschen doppeldeutig.

Margret schnaubte. Die Hasen in ihrem Kopf waren

weg, und sie konnte dem allem hier wieder gut folgen. »Sie brauchen gar nicht so zu gucken. Es gibt keine familiären Probleme, es ist einfach ein blöder Zufall, dass Peter jetzt schon wieder gesucht werden muss. Ein ungestümer Bursche eben.«

Der Polizist zuckte mit den Schultern. »So kann man es natürlich auch nennen.«

Meike stand auf drückte sich an ihre Oma. »Kommt Peter zurück?«

»Ja, bestimmt!«, sagte Margret. »Es kann gar nicht anders sein.« Aber ihre Stimme zitterte, so sicher war sie nicht, denn schon wieder raste eine Böe ums Haus. Wie leicht konnte ein so kleines Boot bei einem solchen Wellengang kentern.

Peter hatte bestimmt auch kein Trinkwasser mitgenommen, und dass seine Regenjacke noch am Haken hing, hatte sie ebenfalls schon überprüft. Ihm war nicht so schnell kalt, aber diese Witterung jetzt würde Peter arg zusetzen.

»Es wird sicher alles gut«, machte sie Meike ein weiteres Mal Mut. »Wir bleiben hier am Telefon, denn wenn sie ihn gefunden haben, rufen sie sofort an. Komm, ich mache uns noch einen Tee. Die Kanne ist leer.«

Plötzlich zuckte ein mächtiger Blitz auf, und im selben Augenblick donnerte es ohrenbetäubend.

Meike schrie erschrocken, und Frida hob abwehrend die Arme. Margret faltete die Hände, legte den Kopf darauf und bewegte lautlos den Mund.

Sie hoffte so sehr, dass ihr Gebet erhört werden würde. Und es nicht am lieben Gott vorbeizog. So wie damals, als Ulrich sterben musste und kein Himmelswesen auf sie gehört hatte.

»Der Blitz ist ins Meer gefahren«, sagte Frida mit leichenblasser Miene.

Das machte die Situation auch nicht besser.

Denn da draußen war ihr Enkel. Ganz allein.

Wieder erhellte ein Blitz die Dunkelheit, es knallte erneut, und dann erloschen die Lichter in der kleinen Kate.

»Nun denn, ich fahr jetzt los. Sie hören von uns, sobald sich die Situation verändert hat.« Der Beamte erhob sich und setzte die Mütze auf.

Die drei nickten ihm nur kurz zu. Es gab nichts zu sagen.

Als er das Haus verließ, wehte eine Böe Blätter hinein, die sich im Flur niederließen, als suchten sie Schutz vor dem Wetter da draußen, das Tod und Zerstörung verhieß.

Margret sah, dass sich das Polizeiauto in Richtung Eckwarden entfernte. Draußen begann es richtig heftig zu stürmen, und die Bäume wiegten sich bedrohlich im Wind.

Sie zündete eine Kerze an, damit sie etwas Licht hatten, und goss Meike neue Milch ins Glas. Dann brühte sie frischen Tee auf dem Gaskocher auf, obwohl es unsinnig war, weil es niemanden gab, der noch etwas trinken wollte.

Von der Kastanie neben dem Haus brach ein Ast ab, und es schien, als würde der Teufel persönlich Polka tanzen und dabei nicht gerade sorgsam mit dem Mobiliar umgehen.

*

Die Küstenwache erreichte das kleine Boot gerade, als der Gewittersturm lostobte. Peter hob nicht einmal den Kopf, als das Schiff neben ihm auftauchte.

Fockos Kutter dümpelte, genau wie der von Hinnerk, neben dem Boot, aber sie hatten keine Möglichkeit, den Jungen an Bord zu ziehen.

Focko hatte Peter einen der beiden Rettungsringe und einen Strick zugeworfen. Den hatte sein Sohn am Boot festgemacht, sodass es zumindest nicht mehr abtreiben konnte. Peter krallte sich am Ring fest, aber damit bekam Focko ihn nicht an Deck. Er hatte schon daran gedacht, eine Strickleiter herabzulassen, aber eigentlich war das viel zu gefährlich. Peter würde nach der Zeit vergeblichen Ruderns kaum mehr die Kraft haben, sich hochzuhangeln. Und wenn er in die tosende See fiel, war er verloren. Darum hoffte Focko, dass die Polizei andere Möglichkeiten hatte.

Es blitzte und donnerte, und sein Kutter tanzte im Meer.

Die Polizei lag jetzt längsseits zu Peters kleinem Schiff, und auch sie befestigten das Ruderboot mit einem Tau an ihrer Reling. Außerdem warfen sie Peter eine Rettungsweste zu, die er sich mit klammen Fingern überstreifte und vorn zumachte. Danach wirkte er wie erstarrt und reagierte nicht mehr.

Der Beamte bemühte sich, Peter dazu zu überreden, in sein Schiff zu steigen. Er hielt ihm die ausgestreckte Hand hin, aber der Junge weigerte sich, danach zu greifen. Er war so verängstigt, dass er dem Mann gar nicht zuhörte.

Focko vernahm nur das Wort »Rettungsbund«, aber Peter saß in seinem Boot wie ein verschrecktes Kaninchen vor der Schlange. Mit blassem Gesicht umklammerte er den Rettungsring und stierte mit weit aufgerissenen Augen vor sich hin.

»Hauke, übernimm das Steuer!«, rief Focko, und sein Bootsmann kam sofort ins Ruderhaus.

»Kümmere du dich um deinen Jung«, sagte er. »Ich halt den Kutter auf Kurs!«

Focko stürzte hinaus und hängte sich über die Reling.

Auf dem Polizeiboot übergab sich gerade Wilfried. Er war demnach keine große Hilfe, und es erklärte, warum der eine Polizist sich allein abmühte, seinen Sohn ins Boot zu holen, während der andere sich bemühte, das Boot zu stabilisieren.

»Peter!«, rief Focko verzweifelt. »Tu, was der Mann sagt!«

Jetzt hob der Junge den Kopf. Er sah seinen Vater an und reckte die Arme.

»Du musst ins Polizeiboot!«, schrie Focko. »Bitte!«

Aber Peter schüttelte den Kopf.

Wilfried würgte noch immer.

Es war zwecklos. Peter war so verängstigt, er würde zu keinem Fremden ins Boot klettern.

Der Polizist versuchte nun seinerseits, mit seinem Strick ins Ruderboot zu gelangen, doch das hüpfte wie ein Tischtennisball hin und her, und er bekam es einfach nicht hin.

»Ich muss etwas unternehmen!«, quetschte Focko zwischen zusammengebissenen Zähnen hervor. »Ich muss etwas tun.«

Er drehte sich um und zerrte eine Strickleiter aus dem Fach vor dem Ruderhaus. »Kommst du klar, Hauke?«

»Jo, warum?« Sein Bootsmann schaute verbissen aufs Meer, hatte den Kutter aber erwartungsgemäß unter Kontrolle.

Auf der anderen Seite dümpelte Hinnerk mit seinem Deckmann, und sie versuchten weiterhin, die schlimmsten Wellen mit ihrem Kutter vom Ruderboot abzuhalten, was ihnen auch weitgehend gelang.

Focko befestigte die Strickleiter, machte ein weiteres Seil mit einem Palstek fest und hängte es sich um die Schulter. Dann ließ er die Leiter hinab. Sie wurde sofort wild hin- und hergeschleudert, aber das würde ihn nicht davon abhalten, seinen Sohn zu retten.

Lange genug hatte er sich aus dem Staub gemacht, und wie wollte er je wieder in den Spiegel schauen, wenn er jetzt ohnmächtig zusah, wie Peter vor seinen Augen über Bord ging? Das konnte und wollte er nicht verantworten.

Focko gab sich einen Ruck, atmete einmal tief durch und begann, die Strickleiter hinunterzuklettern.

Fast wäre das schiefgegangen, als der Kutter von einer heftigen Welle überrollt wurde. Aber Focko krallte sich an die Seile und kletterte unbeirrt weiter, bis er auf Höhe von Peters Boot war. Er würde seinen Sohn retten, und wenn es das Letzte war, was er in diesem Leben tat.

»Peter, jetzt hörst du mir gut zu!«, befahl Focko, als er neben ihm saß und ihn kurz umarmte. Der Junge sah ihn hoffnungsvoll an.

Er deutete auf den Strick, den er jetzt löste.

»Den machst du an dir fest. Einmal um den Bauch und das mit dem Knoten, den ich dir gezeigt habe. Der löst sich nicht, aber er schnürt dich auch nicht ein.«

Gemeinsam fixierten sie das Seil. Jetzt, da Focko bei ihm war, wirkte Peter wesentlich gefasster.

»Wieder Palstek?«, fragte er, und Focko nickte.

»Ja, dasselbe noch einmal. Bekommst du das hin, oder soll ich helfen?«

Focko fand es wichtig, dass Peter es nach Möglichkeit selbst tat, weil er so mehr Selbstsicherheit an den Tag legen würde. Das war in dieser Situation unabdinglich, denn ins andere Boot steigen musste er allein.

Peter nickte, aber es dauerte eine halbe Ewigkeit, bis es ihm gelang.

»Meine Hände«, wimmerte er und zeigte, wie geschunden sie waren.

»Du hast es bald geschafft, Peter! Ein letztes Mal!«, rief Focko. »Los jetzt!«

Er bemerkte im Augenwinkel, dass Wilfried sich noch immer übergab. Warum zum Teufel hatten sie nicht Frida mitgenommen? Sie wäre jetzt eine größere Hilfe gewesen.

Focko zog an dem Seil, das seinen Kutter mit dem Boot verband, und der Polizist half ihm, indem auch er seine Sicherungsleine straffte. So tobte das Schiff erheblich weniger in den Wellen.

»Sehr gut, nun kannst du nicht mehr abtreiben!«, rief Focko, denn es war wichtig, Peter jetzt Mut zu machen. Er musste dringend seine ganze Kraft zusammennehmen. Alle fuhren zusammen, als ein Blitz ganz in der Nähe ins Wasser zischte und es laut knallte.

»Wir dürfen keine Zeit mehr verlieren!«, brüllte Focko. »Das ist lebensgefährlich!«

Wilfried hing nur noch über der Reling. Er würgte und keuchte, Peter schrie vor Angst. Focko suchte erneut seinen Blick. Diese großen Augen voller Panik. Es war kaum zu ertragen. All seine Hoffnung zu überleben lag darin. Er glaubte an ihn. Er wusste, dass sein Vater ihm helfen konnte. Und nur er.

Er streckte die Hand aus und deutete zur Strickleiter. »So, und jetzt der letzte Schritt, dann bist du in Sicherheit. Ich halte das Boot.«

»Lassen Sie den Jungen zu uns aufs Schiff«, rief der Polizist, aber Focko schüttelte den Kopf. »Das macht er nicht. Aber Peter ist gesichert. Wir kriegen das hin.«

Sein Sohn stand tatsächlich mit wackeligen Beinen auf, griff nach der Hand seines Vaters und ließ sich zur Strickleiter lotsen. Die Wand des Kutters bäumte sich vor ihnen auf, und kurz zweifelte auch Focko, ob er den Mund nicht zu voll genommen hatte und Peter es wirklich schaffte, die Leiter hinaufzuklettern.

Doch er durfte nicht davon abrücken, es war die einzige Chance. Er wusste, dass Peter niemals in das Polizeiboot zu Wilfried klettern würde.

Focko umklammerte die Leiter und zog sie straff. »Ich hab sie, Peter. Und jetzt los!«

Peter umfasste eine Sprosse und stellte dann seinen Fuß auf den untersten Holztritt.

»Sobald du oben bist, komm ich dir nach«, schrie Focko.

Peter zögerte jetzt nicht mehr, sondern tat wie ihm geheißen. Mit großer Kraftanstrengung kletterte er Sprosse für Sprosse die Leiter hinauf.

Kaum hatte er die Reling überwunden und war auf den Schiffsplanken angekommen, folgte Focko ihm. Schon wieder knallte nicht weit entfernt ein Blitz in die See.

Focko warf sich ebenfalls auf den Boden, froh, heil angekommen zu sein, denn die Leiter war ziemlich hin- und hergeschwenkt, weil sie bei seinem Klettergang niemand gehalten hatte.

Er lag völlig außer Atem neben Peter und fuhr ihm ermattet durchs wirre Haar.

»Mien Jung, mien Jung«, sagte er nur. »Wir haben es geschafft. Ich hab dich wieder!«

»Papa, das war knapp.«

»Verdammt knapp«, bestätigte Focko. »So verdammt knapp.«

*

Eingemummelt saß Peter in der Küche der kleinen Kate. Alle hatten sich um ihn versammelt. Seine Mutter küsste ihn ständig auf die Wange und ordnete das nasse Haar. Sie hatte ihn erst einmal in die Badewanne gesteckt, damit er warm wurde, denn er hatte so heftig gezittert, dass seine Zähne aufeinandergeschlagen waren.

Seine Oma hatte ihm und Meike einen Becher Milch warm gemacht.

»Milch ist gut für die Seele«, sagte sie immer. »Der weiche Rahm am Gaumen ist sehr angenehm und beruhigt. Ich trinke auch einen Becher.«

Seine Oma nahm den Emailletopf noch einmal und füllte aus der Milchkanne etwas nach.

Als auch sie vor ihrem warmen Getränk saß, ergriff seine Mutter das Wort. »Peter, was ist geschehen? Warum hast du das gemacht?«

Peter fühlte sich angesichts der vielen auf ihm ruhenden Blicke unwohl. Außerdem war er traurig darüber, dass sein Vater nicht mit zur Kate gekommen war. Aber der musste den Kutter flottmachen. Und den Fang mussten sie auch noch löschen. Auch wenn er wegen der Rettung bestimmt erheblich geringer ausgefallen war.

Seine Mutter schaute ihn noch immer fragend an, aber er schüttelte den Kopf.

»Wollte eben rausfahren«, rang er sich dann doch ab. »Euch zeigen, was ich kann.«

»Das ist ja hübsch schiefgegangen«, kommentierte Meike und leckte sich den Milchbart ab.

Peter warf ihr einen vernichtenden Blick zu. »Du triffst auch nicht immer die richtigen Töne, wenn du Klavier spielst. Glaub mal nur nicht, das würde ich nicht hören.«

»Darum übe ich ja auch«, gab sie zurück, wirkte aber ein wenig verunsichert, was Peter Oberwasser gab.

»Du spielst immer nur vor, was du kannst, und bist dann die Prinzessin. Ich wollte eben zu meinem Papa rudern und auch zeigen, dass ich gut bin.«

»Du bist so ein Dummkopf«, sagte Meike.

Jetzt ging ihre Mutter dazwischen. »Moment. Ich wollte eigentlich nicht, dass ihr zwei hier streitet. So geht das nicht. Meike, lass Peter doch bitte in Ruhe erklären, warum er rausrudern wollte, und du, Peter, hack jetzt nicht auf Meikes Klavierspiel rum. Das hat schließlich damit gar nichts zu tun.«

»Hat es doch«, antwortete er bockig. Er trank seine Milch mit großen Schlucken und genoss das weich-schleimige Gefühl im Hals. Es beruhigte ihn tatsächlich etwas.

»Und was hat Meikes Musik mit deinem Fortrudern zu tun?«, hakte seine Mutter nun nach.

»Sie wird immer gelobt.« Peter stellte den leeren Milchbecher abrupt auf den Tisch zurück. »Immer wird sie gelobt, obwohl sie auch Fehler macht.«

»Du hast das gemacht, um uns etwas zu beweisen?«, fragte Wilfried, der offenbar als Einziger begriffen hatte, worum es ging. Aber das widerstrebte Peter. Wilfried sollte nichts verstehen und nichts richtig machen.

Trotzdem nickte er erst einmal.

Seine Mutter wirkte fassungslos.

Sie wollte Peter in den Arm nehmen, aber er wehrte die Berührung ab.

»Meike ist immer die Tollste!«, schoss es dann aus ihm heraus. »Und ich immer der Doofe, der nichts kann. Schon gar nicht Klavier spielen, das finde ich sowieso völlig bescheuert. Ich bin Fischer wie mein Vater!«

»Na, das hat ja gut geklappt«, ätzte Meike. »Fischer! Gefangen hast du nichts.« Sie kicherte.

»Schluss jetzt!«, herrschte seine Mutter sie an. »Verdammt, Mädchen, jetzt sei nicht so gehässig!«

»Wollen wir rausgehen, Meike?«, bot Wilfried an. »Das muss Peter wohl allein mit seiner Mutter klären.«

»Hau du nur ab!«, motzte Peter. »Du hast ja auch nichts getan, um mich zu retten. Wahrscheinlich wärst du froh gewesen, wenn ihr mich gar nicht gefunden hättet! Aber mein Papa, der war da!«

Das hatte gesessen, und Peter taten seine Worte ein wenig leid. Aber nun waren sie gesagt, und es war ja schließlich auch so.

Wilfried stand mit blassem Gesicht auf und ließ die Arme hängen. »Das stimmt nicht, Peter«, sagte er. »Ich war froh, dass wir dich gefunden haben. Sehr froh sogar. Aber ich war seekrank. Das tut mir leid.« Er wandte sich an Meike und die anderen. »Komm, wir gehen. Ich kann das jetzt nicht aushalten. Es war alles etwas viel für mich.«

Peters Mutter sah ihm bestürzt nach.

»Das war jetzt richtig gemein«, sagte seine Oma. »Warum hast du das gesagt?«

Ihm zitterte das Kinn. »Ich will ihn nicht zum Vater haben. Er kotzt lieber, als mir zu helfen.«

Nun mischte sich seine Mama wieder ein. Ihre Stimme klang sehr beherrscht. »Peter, für die Seekrankheit kann kein Mensch etwas. Das weißt du so gut wie ich. Und Wilfried hat sich darum gekümmert, dass wir überhaupt nach Fedderwardersiel zu Focko fahren konnten und dass das Polizeiboot losgefahren ist. Du bist so ungerecht.«

Peter atmete tief durch. »Ich wäre fast gestorben.«

»Hast du dich wirklich in Gefahr gebracht, weil du eifersüchtig bist?«, fragte seine Mama. »Hat Wilfried denn recht mit seiner Annahme, dass du uns was beweisen wolltest?«

»Die blöde Kuh hat sogar den Vater bekommen, den sie wollte. Und ich? Ich krieg gar nichts. Ich, der dumme

Junge, der Fischer werden will. Und das in dieser Familie, wo nur die Musik zählt.« Er schluchzte auf.

Seine Mutter nahm ihn in den Arm. »Peter, ich liebe dich. Es tut mir weh, wenn du so etwas sagst.«

»Ist doch so.« Er schaute zu seiner Oma, die schon wieder am Herd hantierte. Sie goss weiter Milch in den Topf und rührte. Der süßlich aromatische Duft zog sich durch die Küche und besänftigte Peter etwas. Es gab ihm Vertrauen und Sicherheit, hier bei seiner Oma zu sitzen.

Er sah zu, wie sie die Milch erneut in seinen Becher füllte und sich wieder setzte.

»Peter, es stimmt sicher grundsätzlich, was du sagst«, meinte sie schließlich und ignorierte den entsetzten Blick von seiner Mama. »Aber so kannst du es nicht machen.«

»Das stimmt überhaupt nicht«, fiel die ihr ins Wort.

Doch seine Großmutter hob die Hand. »Es stimmt schon, dass wir unwahrscheinlich stolz auf Meike sein können, weil sie so begabt ist und das fortsetzt, was du begonnen hast. Aber – mein Mann war Fischer und Zimmermann. Ich weiß, dass diese Arbeit genauso viel wert ist wie das Musizieren. Es tut mir leid, wenn das bei dir falsch angekommen ist.«

Das war für seine Oma eine ungewöhnlich lange Rede, vor allem, weil sie in der letzten Zeit alles durcheinanderbrachte.

»Mir tut es auch leid«, sagte seine Mutter. »Wirklich, Peter. Ich werde zukünftig mehr darauf achten.«

»Und was ist mit Papa?«, fragte Peter. »Er sollte doch stolz auf mich sein, weil ich schon stark bin und rudern kann.«

»Er ist stolz auf dich. Sehr sogar. Du musst aber weder ihm noch mir etwas beweisen.«

Peter genoss es, dass ihn seine Mama kräftig drückte.

»Darf ich jetzt in mein Zimmer gehen?«, fragte er.

Beide Frauen nickten. Aber beim Hinausschlüpfen hörte er noch, wie seine Oma sagte: »Das wird zukünftig nicht leicht, Frida. Ganz und gar nicht.«

»Ich weiß, aber er ist mein Kind.«

Die Oma seufzte. »Sosehr ich ihn liebe, aber es wäre wohl besser gewesen, du hättest diese unsägliche Affäre damals gelassen.«

Kapitel 15

Erst war der Frühling über die Wesermarsch gezogen und hatte an Wetterkapriolen alles aufgeboten, was möglich war. Auch der Sommer war eher ungemütlich gewesen. Es hatte Tage im Juli gegeben, wo Frida die Heizung angestellt hatte, weil ihr so kalt gewesen war. Auch an diesem Tag im August erreichten die Temperaturen die Zwanzig-Grad-Marke nicht, und jetzt am Abend war es richtig frisch.

Frida war im Juni nicht nach Berlin gefahren, weil Wilfried es als zu gefährlich erachtet hatte, aber sie glaubte, dass noch andere Gründe dahintersteckten. Nur rückte er damit nicht raus. Er verbiss sich an seiner Theorie, dass der Osten eine noch größere Abschottungsstrategie fahren würde und er seine Familie schützen müsste.

»Schade, dass ich Erna und Sanne so lange nicht gesehen habe«, sagte Frida, die das Frühstück zubereitete und prüfte, ob der Pfefferminztee schon genug gezogen war. Wilfried trank in der letzten Zeit keinen Schwarztee mehr, weil er davon Sodbrennen bekam.

Das Getränk hatte bereits eine goldgelbe Farbe und roch aromatisch. Frida entfernte den Beutel und setzte sich zu ihrem Mann an den Tisch. Die Kinder waren bei ihrer Mutter in Eckwardersiel.

»Es war ausgeschlossen, nach Berlin zu fahren«, erklärte

Wilfried. »Die Situation in der Hauptstadt verschärft sich von Woche zu Woche. Ich glaube nicht, dass es noch lange problemlos möglich sein wird, von Ost nach West zu gelangen.«

Er belegte sich gerade eine Scheibe Brot mit Cervelatwurst und biss genüsslich hinein. Der rauchige Duft waberte zu Frida und weckte auch bei ihr den Appetit zuzugreifen.

»Was du immer hast. Das behauptest du schon wochenlang. Die anderen Grenzen sind seit fast zehn Jahren zu, und es ist sonst nichts passiert. Erna sagt, in Berlin wagt sich die DDR nicht, die Grenzen zu schließen, weil dann die Amis kommen.«

»Wenn das passiert, ist Krieg«, meinte Wilfried. »Gott möge das verhindern. Aber nichtsdestotrotz bin ich froh, dass du nicht nach Ostberlin gefahren bist. Dieser selbst ernannte Arbeiter- und Bauernstaat ist doch nichts anderes als eine kommunistische Diktatur!« Wilfried biss noch einmal ab und sagte: »Die Cervelatwurst ist wirklich klasse.«

Frida griff ebenfalls zu einer Scheibe Brot und schmierte Butter darauf. Sie wollte diese Leberwurst kosten, die der Schlachter ganz neu in seinem Sortiment hatte. »Ich weiß, dass du mir bis auf die Sache mit dem Gemüseladen noch nie etwas verboten hast …«, begann sie mit einem leicht ironischen Unterton.

»So ist es. Gibst du mir bitte etwas vom Pfefferminztee? Er riecht lecker, und ich habe Durst.« Er suchte den Tisch mit den Augen nach Zucker ab und gab vier Stücke in die Tasse, bevor Frida ihm einschenken konnte. »Wie oft meldet sich Erna eigentlich bei dir?«, fragte Wilfried wie ganz nebenbei.

Etwas an seiner Stimme ließ Frida aufhorchen und ihren

Wunsch nach dem Berlin-Besuch hintanstellen. Außerdem zuckten seine Mundwinkel. Das war ein untrügliches Zeichen dafür, dass Wilfried etwas unangenehm war.

»Hin und wieder. Ich weiß nicht, was passiert ist, aber ich habe das Gefühl, wir entfernen uns doch noch weiter voneinander.« Sie unterbrach sich kurz, bevor sie weitersprach. »Als sie im Frühjahr dann kam, dachte ich auch kurz, jetzt wäre alles wieder in Ordnung. Aber es war …«, Frida rang nach dem richtigen Wort, »… anders.«

Wilfried erwiderte nichts, machte aber einen fahrigen Eindruck.

»Ist mir auch gleichgültig«, schloss sie, weil ihr Mann ohnehin nichts darauf sagte. »Wahrscheinlich muss ich mich damit abfinden, dass wir jetzt getrennte Wege gehen. Ich hatte nur gehofft, dass mein Besuch in Berlin uns wieder ein bisschen näherbringt.«

»Es wäre zu gefährlich gewesen«, beharrte Wilfred und strich ihr kurz übers Handgelenk. »Manchmal ist es besser, wenn Wege sich trennen, weil man ohnehin andere Pfade sucht.«

Frida schaute etwas konsterniert und war versucht nachzuhaken, was ihr Mann damit andeuten wollte, aber da war plötzlich eine innere Stimme, die sie davon abhielt. Deshalb war sie froh, dass für Wilfried das Thema offenbar abgeschlossen war.

Er trank genüsslich seinen Pfefferminztee und goss die Tasse gleich wieder voll. Auch jetzt sparte er nicht mit Zucker. Frida konnte nicht nachvollziehen, wie jemand ein Getränk so unfassbar süßen konnte.

»Wann kommen Peter und Meike zurück?«, fragte ihr Mann, als er fertig war und den Zuckertopf zurückstellte.

»Morgen. Sie wollen heute noch bleiben, weil Samstag ist. Peter hat sogar vom Schwimmen gesprochen.«

Frida lachte auf. »Bei der Kälte! Er ist schon ein ziemlich ungewöhnliches Kind.« Sie schluckte, denn solche Sätze führten sie regelmäßig auf ganz dünnes Eis, weil Wilfried unwillkürlich den Bogen zu Focko spannte. »Mutter sagte eben am Telefon, dass sie froh ist, wenn sie noch eine Nacht bleiben.« Frida seufzte. »Sie fühlt sich ziemlich allein.«

»Ja, Margret ist einsam im Haus am Deich«, sagte Wilfried.

Frida war sehr froh darüber, dass er nicht auf ihre Bemerkung zu Peter reagierte. Seit der Rettungsaktion im Frühjahr war Wilfrieds Eifersucht auf Focko immens gewachsen, und die Spannungen zwischen ihnen hatten sich verstärkt. Frida mochte gar nicht daran denken, wie gemein ihr Junge Wilfried gegenüber geworden war.

»Mal sehen, wie lange sie dort noch allein leben kann. Jedes Wochenende müssen die Kinder zu ihr kommen. Was ist, wenn sie das nicht mehr wollen? Meike ist vor zwei Monaten elf geworden. Sie wird bald keine Lust mehr dazu haben. Und Peter …« Wilfried verstummte und griff nach einer weiteren Scheibe Brot, schmierte Butter darauf, entschied sich jetzt aber für Käse.

Frida setzte es zu, wenn Wilfried ständig auf ihrer Mutter herumhackte und deutlich machte, dass sie abbaute.

»Lass meine Mutter aus dem Spiel«, fuhr Frida ihn an, obwohl ihr klar war, dass sich der Graben zwischen ihnen noch weiter vertiefte, wenn sie immer so aus der Haut fuhr.

Zum Glück überging ihr Mann die Bemerkung. »Fährst du denn gleich noch nach Eckwardersiel?«, fragte er stattdessen lauernd.

»Nein. Du weißt, warum«, entgegnete Frida. Heute würde Focko dort sein. »Das wäre gegen die Abmachung.«

Wilfried legte das angebissene Stück Brot auf den Tellerrand und erhob sich.

»Was ist los?«, konnte sich Frida die Frage nicht verkneifen, denn ihrem Mann stand der Unmut ins Gesicht geschrieben.

»Nichts«, gab Wilfried zurück.

Dabei wollte Frida es diesmal nicht belassen. Sonst kuschte sie und hielt stets ihren Mund. Sie umschiffte die scharfen und hohen Klippen und fuhr zurück in die ruhige Bucht, wo das Wasser nur sacht gegen die Planken ihres angeschlagenen Bootes klatschten. Aber heute wollte sie das nicht. Sie musste auf die Gefahr zusteuern, denn es wurde nicht besser, wenn sie sie ignorierte.

»Warum machst du mir etwas vor?«, fragte sie. »Natürlich ist etwas. Warum redest du nicht mit mir darüber, damit wir das Problem aus der Welt schaffen können?« Frida blickte Wilfried angriffslustig an. »Du bist mir nicht mehr nah, genau wie Erna. Du fasst mich nicht an. Ich merke, dass du böse mit mir bist, und ich ahne, warum. Obwohl nichts passiert ist, was dir Anlass zu diesem Verdruss gibt.«

Wilfried wirkte wie ertappt. Er kämpfte mit sich, bevor es aus ihm herausbrach.

»Ach, Frida, du weißt doch selbst, dass unsere Ehe nicht mehr funktioniert. Ich träume nachts davon, wie Focko unser Kind gerettet hat und ich nur zusehen konnte, weil mein Körper versagt hat und mich zu einem Schwächling hat werden lassen. Ein Mann, der sich übergibt, anstatt den Sohn zu retten!« Wilfried raufte sich das Haar und begann zu weinen.

Frida stand nun ebenfalls auf und machte einen Schritt auf ihren Mann zu, wagte aber nicht, ihn zu berühren, denn sein Blick war abweisend. Sie senkte den Kopf und sagte behutsam: »Das habe ich dir nie vorgeworfen. Ich weiß, wie gern du das alles getan hättest. Aber was kannst du dafür …?«

»Ach was, ich bin ein verdammter Schwächling«, stieß Wilfried hervor. »Ich kann nicht einmal gegen einen einfachen Fischer konkurrieren! Obwohl ich studiert habe. Fremden Kindern täglich das Leben rette und mich in meinem Beruf durchaus behaupten kann.« Er holte tief Luft. »Aber hier zu Hause … da bin ich klein. Unbedeutend und ein Nichts.«

»Das stimmt doch nicht«, hob Frida an, doch sie verstummte, weil sie wusste, dass ihr Mann recht hatte. Sie waren gescheitert, bevor ihre Ehe richtig begonnen hatte. Und sie wusste nicht, was sie dagegen unternehmen sollte. Frida startete einen letzten Versuch.

»Ich habe keine Verbindung mehr zu Focko, weil ich weiß, dass es dich kränkt. Mehr kann ich nicht tun!«

Wilfried schnaubte. »Er ist trotzdem da. Ich muss nur Peter ansehen. Dein verträumter Blick, wenn du ihn anschaust, spricht Bände.«

Frida schüttelte fassungslos den Kopf. »Ich glaube, ich kann es dir gar nicht mehr recht machen.«

Er schwieg, und ihre Worte hingen unheilschwanger in der Luft. Schienen sie zu verpesten, sodass das Atmen schwerfiel.

»Pass auf. Ich fahre jetzt noch einmal in die Klinik.«

»Heute? Es ist Samstag, du hast doch keinen Dienst.«

Wilfried zuckte mit den Schultern. »Es kann spät werden. Warte nicht auf mich, vielleicht bleibe ich über Nacht dort.«

Frida setzte sich wieder und schüttelte traurig den Kopf. Sie wartete, bis Wilfried das Haus verlassen hatte und mit dem Wagen vom Hof rollte.

Danach war es plötzlich viel zu still. Nicht einmal eine Uhr tickte. Frida war froh, als sich aus dem Wasserhahn ein Tropfen löste und mit einem lauten Plopp ins Becken fiel.

Sie stand langsam auf und schaute aus dem Fenster. Im Vorgarten blühte der weiße Phlox und wiegte sich neben einer schon verblühten Rose im Augustwind. Der leichte Nieselregen war abgezogen, und langsam kämpfte sich die Sonne hervor, als wollte sie zeigen, dass doch noch Sommer war.

Frida war unschlüssig, was sie mit dem restlichen Tag anfangen wollte. Sie verspürte keine Lust, hier allein in Eckwarden zu bleiben, hatte sie sich doch auf halbwegs harmonische Stunden mit Wilfried gefreut. Sie wären ein bisschen durch die Marsch spaziert oder nach Nordenham gefahren, um dort einen Kaffee zu trinken.

Frida schluckte den Kloß im Hals hinunter. Sah den Bussard über ihrem Haus kreisen und wusste, dass er dort oben seine hellen Rufe ausstieß. Sie lächelte, als ein Schmetterling zum Phlox flatterte und erschreckt weiterflog, weil ein kleiner Windstoß die Blüte zum Wackeln brachte.

Heute war ein so herrlicher Tag, den sie gern anders als allein in ihren vier Wänden verbracht hätte.

»Ich werde meine Zeit im Haus am Deich verbringen und mit den Kindern dort bleiben«, flüsterte Frida trotzig. Egal, was sie mit Wilfried Fockos wegen abgesprochen hatte.

Er war schließlich auch einfach so in die Klinik gefahren.

Ein Sommertag zusammen mit ihrer Mutter und den Kindern. Sie würde auf Focko treffen, nur was war schon dabei? Sie würden sich unterhalten, und er würde mit

Peter spielen oder ihn mit nach Fedderwardersiel nehmen, denn Focko hatte sich einen VW Käfer gekauft und war nun viel mobiler als zuvor.

»Ich fahre da jetzt hin. Es zu lassen hat mir schließlich auch nichts genützt«, sagte sie. »Wilfried ist trotzdem ständig missmutig und eifersüchtig. Wir sind uns so fremd geworden.«

Frida räumte den Tisch ab, wusch ab und säuberte das Haus. Dann packte sie ein paar Sachen zusammen, nahm ihr Fahrrad und fuhr nach Eckwardersiel.

Auf dem Weg dorthin begann sie zu singen. Das hatte Frida so lange nicht mehr getan.

*

»Was für ein kalter Sommer«, sagte Erna bibbernd. »Lass uns nach drüben gehen und heute Abend mal wieder ein wenig Berliner Nachtleben genießen«, schlug sie vor, aber Heikos Gesicht versteinerte sofort. Er hatte sich bereits in den letzten Wochen massiv dagegen gesträubt, Ostberlin zu verlassen.

»Wir haben uns für den Arbeiter- und Bauernstaat entschieden«, waren seine immer wiederkehrenden Worte, und so argumentierte er auch jetzt. »Und ich kann das jetzt nicht mehr. Sie brauchen mich nur einmal an der Grenze festzuhalten.«

»Aber es ist doch nicht verboten, in den Westen zu gehen«, wandte Erna ein. Sie strich über das Tischtuch, als müsste sie dort ein paar Krümel wegwischen, aber es gab keine, und sie wurde sich ihrer unsinnigen Geste bewusst.

»Ich hab dir doch schon hundertmal gesagt, es wird nicht gern gesehen.« Heiko kniff seine Lippen zu einem schmalen Strich zusammen.

Erna schaute ihn mit schief gelegtem Kopf an. »Du verschweigst mir doch etwas«, sagte sie.

Heiko knetete die Ecke des Tischtuchs. »Ja, das tue ich tatsächlich. Ich bin angehalten worden, im Osten zu bleiben. Direkt und ohne Schnörkel. Waren es zuvor nur Andeutungen gewesen, hat man mir unumwunden erklärt, dass ich meinen Posten verliere, sollte man mich im Westen ertappen.«

»Wer ist man?«, fuhr Erna hoch. »Wer zum Teufel ist man?«

»Besser, du weißt das nicht«, sagte er.

»Ist es derselbe, der dafür Sorge getragen hat, dass ich nicht mehr im KaDeWe arbeiten durfte?« Ernas Hals war trocken, und ihr wurde übel. Was waren das für Kräfte, die sich anmaßten, ihnen Dinge zu befehlen, und ihnen die Freiheit nahmen? Hatten sie das nicht alle längst hinter sich?

Sie war so naiv gewesen, einfach mit Heiko nach Ostberlin zu ziehen. Dinge zu unterschreiben, ohne sie wirklich zu lesen, und sich darauf zu verlassen, dass alles seine Richtigkeit hatte.

»Du hast von Beginn an gewusst, auf was wir uns hier einlassen, oder?«, fragte Erna.

»Natürlich. Bevor ich etwas unterschreibe, lese ich es.«

Erna glaubte plötzlich zu ersticken. Wie dumm, wie naiv war sie gewesen, die Verantwortung nicht für sich selbst zu übernehmen, sondern Heiko blind zu folgen. »Du hast gesagt, ich kann das einfach machen. Berlin ist eine offene Stadt, und es ist gleichgültig, auf welcher Seite ich lebe. Auch wenn wir DDR-Bürger sind. Hier würde es sogar gerechter zugehen.«

»Tut es ja auch«, meinte Heiko mit fester Stimme. Sie wirkte allerdings gequetscht und nicht so überzeugt, wie er es gern suggerieren würde. So gut konnte Erna ihren Mann inzwischen einschätzen.

»Es ist hier nicht gerecht«, entfuhr es Erna. »Es ist sogar ausgesprochen ungerecht, weil ich nicht die Freiheit habe, zu tun und zu lassen, was ich will.«

Heiko lachte müde auf. »Erna, wir sind hierhergezogen, weil ich die bestmöglichen Chancen habe, mich als Arzt zu etablieren. Du kannst arbeiten, weil wir in der DDR wirkliche Gleichberechtigung haben. Du könntest sogar Lokführerin werden!«

Jetzt hielt es Erna nicht mehr auf dem Stuhl. »Ich will aber, verdammt noch mal, keine Lokführerin werden, sondern im KaDeWe arbeiten, weil es mir genau da Spaß macht. Genau da! Und nicht bei diesem langweiligen Putzmacher mit seinen verstaubten Hüten, die doch niemand will.« Ernas Stimme überschlug sich.

Heiko sprang auf und hielt ihr den Mund zu. »Mäßige dich, verdammt noch mal! Wenn dich jemand hört!«

Erna war kurz versucht, ihm auf die Finger zu beißen. »Sind wir schon verwanzt, oder was?«

Er ließ sie los und zuckte mit den Schultern.

Erna atmete ein paarmal tief durch. Sie brauchte eine Weile, ehe ihr Herz nicht mehr galoppierte. »Heiko, ich möchte, dass wir diesen Staat verlassen.«

Ihr Mann sah Erna vollkommen entgeistert an. »Das werden wir ganz sicher nicht tun, Erna. Wir leben hier. Sanne fühlt sich bei den Pionieren wohl und wird im nächsten Jahr in die FDJ eintreten dürfen. Ich bitte dich!«

»Weißt du, was, Heiko? Dein Parteigekungel interessiert mich einen feuchten Kehricht. Ich gehe heute Abend auf den Ku'damm und lasse es mir gut gehen!«

Heiko wurde blass, als er sah, wie Erna aus der Küche in den Flur stürmte, ihren Mantel vom Haken riss und zur

Haustür huschte. »Gib Sanne ein Küsschen von mir und sage ihr, dass ich sie lieb habe. Ich schlafe heute Nacht bei Annemarie, meiner Kollegin aus dem KaDeWe. Sie hat gesagt, sie hätte immer ein Bett für mich. Morgen früh habe ich mich abgekühlt und bin wieder da. Jetzt brauche ich Luft, Heiko. Ganz viel Luft!«

Erna schlug die Tür hinter sich zu, und als sie draußen auf der Straße stand, musste sie erst einmal tief durchatmen. Sie hatte eben gedacht, sie würde vor Wut platzen.

Schnellen Schrittes eilte sie durch die Lohmühlenstraße in Richtung Görlitzer Brücke. Von dort war sie rasch in der Wiener Straße in Kreuzberg angekommen. Sie rief sich Annemaries Adresse ins Gedächtnis.

Es war nicht weit, und schon bald stand sie vor dem grauen Altbau, aus dem Jazzmusik drang. Es war wie ein Streicheln in Ernas Ohren, denn diese Musik zu hören war im Hause Mansfeld untersagt. Diese »Negermusik« wollte Heiko nicht hören.

Der Kloß in Ernas Hals kam zurück. Ihr Mann hatte sich so verändert. Von dem freundlichen und aufmerksamen Werber um ihre Liebe war nichts mehr übrig. Seit sie in Berlin lebten, mutierte er immer stärker zu einem Rechthaber, der keine andere Meinung neben sich duldete.

Gestern hatte er sogar Sanne angemotzt, weil sie ausnahmsweise keine Lust gehabt hatte, zu den Pionieren zu gehen. Es war kaum zu ertragen. Erna hoffte, dass ihre Tochter jetzt nicht unter Heikos schlechter Laune leiden musste.

Sie drückte den dunklen Klingelknopf. Annemarie wohnte im Erdgeschoss und öffnete schwungvoll die Tür.

»Hey, Erna!«, rief sie aus und schob den Lolli im Mund in die andere Backe. »Was machst du hier? Auf der Flucht vor der Ostbrigade?«

Erna nickte. »Kann ich eine Nacht Asyl haben? Ich habe mich mit Heiko gestritten und muss mal raus.«

»Klar«, sagte Annemarie. »Komm mit!«

Erna folgte ihrer Freundin, die ein hellgelbes Kleid mit kurzem Arm und leicht ausgestelltem Rock trug. Ihr dunkles kinnlanges Haar war mit einem passenden elastischen Band zurückgehalten. Sie wirkte sommerlich frisch, während sich Erna in ihrem schwarz gepunkteten Kleid wie eine alte Frau fühlte, weil allein der Schnitt einfach nur langweilig war.

Annemaries Bude war vollkommen verraucht. Auf dem Boden hockten drei zwielichtige Gestalten mit kurzem Haar, Brille und Schiebermütze.

»Das sind Bo, Jo und Manni«, erklärte Annemarie. »Brauchst du dir aber nicht zu merken, die sind nämlich gleich weg, und wir beide haben Zeit für uns allein.«

Erna war froh, als die Männer wirklich kurze Zeit später aufbrachen.

Ihre ehemalige Kollegin schob ihr ein Glas Cola hin.

»So, und wo drückt der Schuh?«, fragte sie, während sie nach ein paar Salzstangen griff.

Erna legte los. Ließ nicht aus, warum sie das KaDeWe hatte verlassen müssen, und stöhnte über den furchtbaren Laden, in dem sie nun arbeitete.

»Na, und was gegen unsere Regierung zu sagen, grenzt an Hochverrat. Im Kaiserreich hätten sie mich wahrscheinlich gelyncht.«

Annemarie lauschte mit großen Augen. »Das klingt ja furchtbar«, sagte sie. »Ich habe immer nur gehört, dass es arg ist, aber wenn du es so brühwarm erzählst, klingt es noch schlimmer.«

Erna trank die Cola in einem Zug aus. Sie schmeckte köstlich. »Darf ich noch eine haben?«

»Klar!«

Annemarie eilte in die Küche und holte Nachschub.

»Danke. Ihr hier drüben lebt so frei. Das möchte ich auch wieder haben. Kannst du das verstehen? Ich will da weg.«

»Dazu müsstest du Heiko verlassen«, sagte Annemarie und stellte ein neues gefülltes Glas auf den Tisch. »Liebst du ihn denn noch?«

Erna zuckte mit den Schultern. »Ja und nein.«

Annemarie reichte ihr ebenfalls einen Lolli, weil ihrer aufgelutscht war und sie sich gleich den nächsten in den Mund schob. »Hier, nimm. Beruhigt und schmeckt. Ich versteh schon, was du sagen willst.«

Ernas Lutscher war kugelrund, weiß-rot gestreift und ziemlich süß. Aber Annemarie hatte recht. Es beruhigte, ihn von einer Mundseite in die nächste zu schieben und die Süße zu genießen.

»Zucker ist Nervennahrung«, meinte ihre Kollegin und schloss genüsslich die Augen.

»Er wird nicht mitkommen, oder? Heiko, meine ich.«

»So ist es. Er wird nicht in den Westen gehen. Er liebt das Leben drüben«, sagte Erna bitter. »Weil sie ihm alles Mögliche versprechen. Eine aussichtsreiche Stelle. Aufstiegschancen …«

»Du brauchst also Hilfe. Wenn du rübermachst, darfst du nichts mitnehmen«, resümierte Annemarie und wirkte plötzlich ziemlich tatkräftig. »Hab ich gehört.«

»Stimmt auch. Du weißt ja, selbst wenn man zu viel im Westen eingekauft hat, kann das zu immensem Ärger führen.«

»Ich fand es schon schlimm, dass du nicht mehr bei uns arbeiten durftest.« Annemarie nahm einen Schluck von ihrer Cola, die schon eine Weile auf dem Tisch stand und keine Kohlensäurebläschen mehr aufwies. »Bah, die ist zu warm.«

»Ich weiß selbst nicht, was ich will. Mein bisheriges Leben wegzuwerfen ist irgendwie auch keine Lösung.« Erna seufzte. »Ich kann und will das jetzt nicht entscheiden. Dafür hängt zu viel davon ab. Meine Ehe, mein Besitz… ach, alles.« Sie seufzte laut. »Lass uns heute Abend einfach etwas Spannendes unternehmen. Dann geht es mir bestimmt besser, ich kann morgen zu Heiko zurück und so lange weitermachen, bis ich eine neue Pause brauche. Wir werden bestimmt einen gemeinsamen Weg finden.« Erna wusste selbst, dass der letzte Satz eher eine Hoffnung als eine Tatsache war.

Annemarie grinste. »Klingt nach einem guten Plan. Ich schlage vor: erst Kino, dann Bar oder gleich auf zum Tanzen?«

»Tanzen?«, wiederholte Erna. Das hatte sie ewig nicht mehr getan. »Ja, das ist verlockend.«

Annemarie schaute sie an. »Aber so gehst du mir nicht los. Da fordert dich ja keiner auf. Du siehst viel zu brav aus.«

Sie sprang auf, lief ins Nebenzimmer und wühlte offenbar in ihrem Kleiderschrank, denn Erna hörte die Bügel gegeneinanderschlagen.

»Ich hab was, meine Gute! Das müsste dir passen, mir ist es zu eng geworden. Du wirst die Königin des Abends sein. Weil du wieder strahlen wirst. Erna, die blond gelockte Schönheit aus dem Osten, wird zur Queen des 12. August 1961 in der Spelunke.«

Erna schaute skeptisch auf das hellgrüne, knielange Kleid, das ihre schmale Taille betonen würde. Dazu schwenkte Annemarie ein paar Handschuhe.

»Das passt doch gar nicht zu mir«, sagte sie.

»O doch!«, widersprach Annemarie. »Das Grün unterstreicht deine schönen Augen, und du wirst aussehen wie Jackie Kennedy. So richtig amerikanisch.«

Kurz wollte Erna aufbegehren, dass Heiko das sicher nicht gutheißen würde. Aber ihr Mann war heute Abend gar nicht da und würde sie auch nicht so sehen. Also konnte sie es genießen, endlich wieder schick angezogen zu sein.

Erna fühlte den Stoff. Er war weich und würde sich auf der Haut wunderbar anfühlen.

»Komm, gib dir einen Ruck, Erna Mansfeld. Als du noch bei uns im KaDeWe gearbeitet hast, hast du immer den letzten Schrei getragen, und jetzt? Du bist zu einem Mauerblümchen geworden. Es wird Zeit, dass wieder Farbe in dein Leben kommt.«

»Du hast recht«, gab Erna zu. Sie hatte sich viel zu sehr nach Heiko gerichtet und stets das getan, was er wollte. Aber heute Abend war sie die Queen. Ach, wie sie den englischen Begriff liebte! Aber dann stockte sie. »Und Schuhe? Dazu muss ich doch passende Schuhe tragen.«

Annemarie überlegte nicht lange. »Ich habe noch passende in Hellgrün, aber die Schuhgröße wird nicht richtig sein.« Sie kraulte sich am Kinn, und dann hatte sie die Lösung.

»Aber wenn wir vorn Papier reinstecken? Es ist sicher nur eine Größe, und für einen Abend geht das. Das musst du aushalten. Wer schön sein will, muss leiden«, kicherte sie.

Erna konnte sich zwar Schöneres vorstellen, als mit zu großen Schuhen tanzen zu gehen und sich die Zehen an Zeitungspapier zu stoßen, aber alles war besser, als hierzubleiben und über ihr Leben drüben nachdenken zu müssen.

Annemarie gab Erna noch Schminkzeug, und schließlich zogen sie, wunderbar zurechtgemacht, los.

Ihre Kollegin kannte nicht nur sämtliche Musik- und Tanzschuppen, sie war offenbar auch mit unglaublich vielen Berlinern bekannt. Sogar mit den Besatzern. Erna kam sich vor wie ein dummes Huhn, wenn Annemarie flirtete und ständig aufgefordert wurde. Trotzdem fand sich auch für Erna immer wieder der eine oder andere Tänzer.

Was genoss sie es, sich zu der jazzigen Musik zu bewegen. Endlich lebte sie! Es war eine gute Entscheidung, sich eine Auszeit aus dem DDR-Alltag genommen zu haben.

Die Stimmung wurde immer ausgelassener. Ein Likörchen folgte dem anderen, sodass die beiden Frauen am Ende ganz schön beschwipst waren.

»Wir müssen jetzt gehen«, sagte Annemarie schließlich. »Ab nach Hause. Auch das schönste Nachtleben hat ein Ende. Ich für meinen Teil kann nicht mehr, und wenn wir weiter so viel trinken, laufen wir Gefahr, morgen einen dicken Kopf zu haben.«

Da Erna die Füße in den Schuhen inzwischen schrecklich wehtaten, war sie froh, dass Annemarie ihr die Entscheidung abgenommen hatte. Sie traten vor das Lokal und atmeten die feuchte Nachtluft ein. Nach dem sehr verrauchten Tanzlokal tat die klare Abendluft jetzt ungeheuer gut.

Erna streckte ausgelassen die Arme gen Himmel. Viel zu sehen war nicht, weil die Lichter der Stadt Berlin erhellten und sich der Abendhimmel nicht so mächtig wie in Butjadingen präsentierte.

»Danke, das hat so gutgetan!«, sagte sie.

»War mir ein Vergnügen«, meinte Annemarie lächelnd. »Das hätten wir zwei schon viel eher machen sollen. Aber wir können es gern wiederholen. Was meinst du?«

»Auf jeden Fall«, bekräftigte Erna. »Ich weiß jetzt noch mehr, was ich verpasse.«

Sie zogen ihre Schuhe aus und schlenderten durch die nächtlichen Straßen Berlins. Dabei sangen sie laut und falsch den aktuellen Hit von Elvis: *Are You Lonesome Tonight*?

Erna war nur noch müde und glücklich, als sie endlich wieder vor Annemaries Wohnhaus standen und sie auf dem Sofa in einen tiefen Schlaf sinken konnte.

In der Nacht wachte sie plötzlich auf, weil auf der Straße laute Stimmen zu hören waren. Erna brauchte einen Moment, bis sie sich gesammelt hatte. Dann verspürte sie einen Druck auf der Blase und stand auf. Die Toilette befand sich im Treppenhaus. Erna klemmte die Fußmatte unter die Tür und huschte zur Zwischenetage ein halbes Stockwerk höher.

Ihr Vorgänger hatte das Fenster aufgelassen, und so schallten ihr jetzt laute Stimmen von unten entgegen.

»Hey, Leute, da geht was vor!«, hörte Erna.

»Was geht wo vor?«

»Na, an der Grenze. Da sind so viel Betriebskampfgruppen. Volkspolizei und Militär. Wirklich eigenartig.«

Erna schlug das Herz bis zum Hals. Sie beeilte sich, sprang aus dem Toilettenraum und donnerte, zurück in der Wohnung, gegen Annemaries Schlafzimmertür.

»Was ist denn los, Süße?«, drang die dösige Stimme ihrer Kollegin an ihr Ohr. »Ich habe noch nicht ausgeschlafen!«

»Da ist was an der Grenze«, schrie Erna. »Hab ich eben gehört. Ich muss los und nachsehen.«

Annemarie schlurfte zur Tür und öffnete sie einen Spalt.

»Gar nüscht musste. Nu leg dir wieder hin, und morgen gucken wir, ob da was dran ist. Hier ist imma mal Panik, denk dir nüscht dabei«, grunzte Annemarie. »Det is eben Kreuzberg. Und nu gute Nacht.« Annemarie drückte die Tür wieder zu.

Beruhigt war Erna nicht, aber was blieb ihr anderes übrig, als ihrer Kollegin Glauben zu schenken. Sie warf noch einen Blick aus dem Fenster auf die Straße, aber da herrschte wieder Ruhe. Wahrscheinlich hatte sie in ihrer Angst, Wilfried und Frida könnten recht haben, überreagiert.

Hinter ihr tapste nun doch Annemarie herum.

»Wollte gucken, ob alles okay ist«, erklärte sie und strich Erna über den Unterarm. »Aber du siehst ja: Alles in Butter. Nun komm.« Annemarie zupfte sie am Ärmel. »Lass uns noch eine Runde pennen.«

»Und was ist, wenn sie die Grenzen doch dichtgemacht haben? So, wie viele schon lange unken?«, fragte Erna.

»Erstens biste im Westen«, lamentierte Annemarie. »Zweitens machen die das nicht.«

Erna wurde übel. Das wurde immer wieder wie ein Mantra gepredigt, aber verhielt es sich wirklich so?

»Du bist ja ganz blass«, sagte Annemarie. »Sind es die Likörchen oder eher Ängste?«

»Keine Ahnung«, sagte Erna. »Aber die Angst sitzt mir doch im Nacken, und das nicht zu knapp.«

»Schon gut. Ist bestimmt dein schlechtes Gewissen, weil du die Biege gemacht hast.«

Erna nickte und ergänzte mit matter Stimme: »Sollte aber was dran sein: Mein Kind ist da drüben!«

Dann rannte Erna wieder zum Klo. Dieses Mal rebellierte ihr Magen.

Kapitel 16

Focko schaute zu seinem Sohn, der sich wohlig die Augen rieb. Es war das erste Mal, dass Frida ihn bei ihm hatte schlafen lassen – wenn man mal von der einen Nacht absah, als Peter weggelaufen und Focko zufällig in Fedderwardersiel begegnet war. Danach hatte sie Farbe bekennen und zugeben müssen, dass er Peters Vater war.

»Und jetzt wollen wir los?«, fragte sein Sohn. Er war am Vorabend erst spät eingeschlafen, weil er so aufgeregt war, dass er zum ersten Mal auf dem Kutter mitfahren durfte.

Allerdings bedeutete das heute auch, dass er schon um drei Uhr aufstehen musste, denn es war unabdingbar, mit der Flut auszulaufen. Dann würden sie zwölf Stunden weg sein und erst am Nachmittag gegen sechzehn Uhr zurückkommen.

Focko war Frida sehr dankbar, dass sie es erlaubt hatte, denn bislang war es von ihrer Seite ausgeschlossen gewesen, weil sich ihr Mann quergestellt hatte. Warum sie sich nun über seinen Wunsch hinwegsetzte, wusste er nicht.

»Du kannst deinen Sohn sehen, aber er gehört in Wilfrieds und meine Familie«, hatte sie stets gesagt. »Ich möchte, dass er eine gute Schulausbildung und zuvor keine Flausen in den Kopf gesetzt bekommt. Du kennst ihn. Er wird sich sonst darin verrennen, Fischer werden zu wollen, wenn er erst einmal mit an Bord war.«

Gestern aber war der plötzliche Sinneswandel gekommen. Frida wirkte aufgeräumt, viel entspannter – und trotzdem lag ein trauriger Zug in ihrem Gesicht.

Focko hatte lieber nicht nachgefragt, warum Peter nun doch mit auf den Kutter durfte, sondern hatte seinen Sohn geschnappt, mit ihm ein paar Sachen zusammengesucht und war nach Fedderwardersiel gefahren.

Zu Hause hatte ihn das übliche Durcheinander erwartet. Seine Mutter wurde immer verwirrter.

Gestern hatte sie einen leeren Topf auf den Ofen gestellt und sich gewundert, dass die Kartoffeln nicht gar wurden. Meist behauptete sie, der Nöck hätte alles vorab gegessen und den hätte diese Frida geschickt. So wie seine Mutter für alles, was im Hause Ewert schieflief, den bösen Geist Fridas verantwortlich machte.

»Ich habe sie verflucht. Sie wird ihr Fett abbekommen, und dann verschwindet ihr Dämon hier flugs wieder«, sagte sie jedes Mal mit düsterer Stimme. »Sie wird bestraft werden!«

Focko machte es manchmal Angst, wie seine Mutter sich aufführte und wie hasserfüllt sie Frida gegenüber war, weil sie ihr nie verziehen hatte, dass er ihretwegen so viele Jahre zur See gefahren war und sie und seinen Vater mit der Fischerei alleingelassen hatte.

»Nun zieh dich rasch an!«, forderte Focko Peter auf. »Am besten den dicken Wollpulli und die Joppe. Es ist kalt draußen auf dem Meer.«

Peter sprang aus dem Bett, huschte in das winzige Badezimmer, das noch immer über keine Badewanne verfügte, sondern nur mit einem einfachen Spülbecken ausgestattet war. Peter störte das nicht. Er putzte seine Zähne, warf sich zwei Handvoll Wasser ins Gesicht und stand dann freudestrahlend vor Focko.

»Ich hab uns zum Frühstück Stullen gemacht«, sagte er. »Und etwas warme Milch. Für unterwegs liegt auch schon ein Päckchen bereit.« Er wies auf einen Berg in Butterbrotpapier eingeschlagener belegter Brote.

»Na, wie sieht das aus?«

»Lecker.« Peter fuhr sich mit der Zunge über die Oberlippe. »Das wird eine echte Männerfahrt!«

Sie frühstückten, Focko schaute noch einmal nach seiner Mutter, die im Bett lag und schnarchte. Die Nachbarin würde bald nach ihr sehen und ein Auge auf sie haben, denn die zwölf Stunden konnte er sie nicht mehr guten Gewissens unbeaufsichtigt lassen.

Es war dunstig an diesem frühen Morgen, und der Tag würde nicht allzu warm werden. Die ersten Amseln flöteten ihr Lied, obwohl es noch gar nicht richtig hell war und sie die aufgehende Sonne nur erahnen konnten.

Focko und Peter liefen Hand in Hand auf den Hafen zu. Vater und Sohn in gemeinsamer Mission. Die Schiffsrümpfe hoben sich im fahlen Morgenlicht fast gespenstisch ab. Das Wasser im Hafenbecken warf nur kleine Wellen, wenn eine leichte Brise darüberstrich. Auf den Nachbarkuttern waren vereinzelt Lichter an, weil die anderen schon darauf werkelten.

Hinnerk winkte rüber. »Moin, Focko, hast du heute Verstärkung mitgebracht?«

»Jo, Peter kennst du ja.«

»Mien best Frün, nachdem wir den Lütten aus dem Wasser gezogen haben«, sagte Hinnerk lachend.

Er löste die Leinen, startete den Motor und fuhr los.

»Moin, Hauke!«, begrüßte Focko seinen Bootsmann. Der hatte schon alles klargemacht.

»Wir können gleich los«, sagte er. »Müssen uns sputen, um übers hohe Watt zu kommen. Sind spät dran, weil das Wasser heute nicht so stark aufläuft.«

Focko und Peter gingen an Bord, und kurz darauf erzitterte der Kutter, als Hauke den Motor startete.

»Mann, ist das laut!«, schrie Peter. Aber er strahlte.

»Jo, man gewöhnt sich dran!«, gab Focko zurück. Er war so stolz, dass er seinem Sohn die Krabbenfischerei mit dem Kutter mal zeigen konnte.

Das Schiff schob sich stampfend durchs Hafenbecken. Peter stand gemeinsam mit seinem Vater am Bug und schaute mit hochroten Wangen aufs Wasser. Focko hatte Scheinwerfer in der Hand und leuchtete die Fahrstrecke aus.

Sie fuhren auf dem Fedderwarderpriel Richtung Nordsee.

»Wir müssen aufpassen, dass wir die Pricken sehen«, erklärte Focko. »Die Birkenpricken, die nicht zusammengebunden sind, stehen immer backbord. Kommen wir von der Fahrrinne ab, kann es passieren, dass wir uns festfahren. Aber wir haben ja auch das Echolot an Bord. Das zeigt uns die Wassertiefe, wie du ja schon weißt«, fuhr er fort.

»Und was ist, wenn wir uns festfahren?«

»Das wäre dumm, und dann ist es vorbei mit dem Fischen für heute. Wir müssten die nächste Flut abwarten. Im Augenblick haben wir aber genug Wasser unterm Kiel.«

Focko drehte sich um. Auch die anderen Kutter waren inzwischen ausgelaufen, und der Hafen lag wie verwaist da. Bis sie mit einem hoffentlich guten Fang unversehrt zurückkehrten.

»Nun müssen wir beidrehen!«, erklärte Focko, als sie die freien Gewässer erreicht hatten. »Und dann kommen die Schleppnetze ins Wasser. Eigentlich macht das der Bootsmann, also Hauke, aber heute will ich es tun. Weil du mit an Bord bist!«

Peters Augen wurden immer größer, als der Kutter auf Nordost drehte.

Focko wies ihn an, am Bug zu bleiben. Er fuhr die beidseitigen Netze aus, dann knatterte und ratterte es, weil er mittels einer Winde die sechs Meter breiten Netze zum Meeresboden absenkte. Gleichzeitig surrten die Kurrleinen von den Trommeln.

»Warum machst du das?«

»Damit die Netze weit genug hinterm Kutter liegen«, rief Focko. »Nun komm her!«

Das Schiff bollerte durchs Wasser. »Wir schleppen mit dem Strom«, sagte Focko. »Es gibt Rollen an den Netzen, die wühlen da unten den Boden auf, und unser Fang verirrt sich in den Netzen.«

Peter wirkte bass erstaunt. »Aber Papa, wie lange schleppt ihr denn? Wir haben doch bis zum Nachmittag Zeit.«

»Jo. Tied genuch«, bestätigte er. »Wir schleppen jetzt etwa fünfundvierzig Minuten.« Focko legte die Hand auf die Schulter seines Sohnes. »Guck mal, was für ein Lichtermeer hier draußen auf See.«

Peter war beeindruckt. »Was ist das alles?«

Focko erklärte es ihm, auch wenn es sicher etwas viel auf einmal war.

»Das sind Zeichen von Leuchttonnen, Leuchttürmen und andere Blinkfeuer. Alles zu unserer Sicherheit. Jeder Fischer weiß sie genau zu deuten. Das lernst du dann schon noch, wenn du wirklich zur See fahren willst.«

Peters Augen leuchteten. »Und ob ich das will, Papa. Und ob ich das will.«

Focko war stolz darauf, dass Peter sich so für die Kutterfischerei begeistern konnte.

Nach etwa einer Dreiviertelstunde holte Focko die Netze ein. Der Tag erwachte von Minute zu Minute mehr, und ein großer Schwarm Möwen folgte ihnen nun mit lautem Kreischen.

Focko löste die Bremsen, und die Kurrleinen wickelten sich auf den Trommeln auf. Dabei zogen sie die Netze heran, die schon bald über der Wasseroberfläche auftauchten und zu einem Sack zusammengezogen wurden.

»Darin ist alles gefangen, was das Meer uns schenkt. Nun hilf mal mit!«

Das ließ sich Peter nicht zweimal sagen. Er umfasste das zusammengezogene Netz, und gemeinsam mit seinem Vater hievten sie es an die Bordwand des Kutters.

»Kannst du das halten?«, fragte Focko, denn es war ganz schön schwer. Peter hatte vor lauter Kraftanstrengung die Zähne zusammengebissen und hielt die Augen geschlossen.

»Ich hole den Hebebaum zu Hilfe«, rief Focko.

Mit der Hilfe gelang es ihnen, das eine Netz an Bord zu bekommen.

»Willst du es öffnen?«, fragte Focko.

Peter nickte begeistert. »Klar will ich das.« Er machte die Netze auf, und der gesamte Fang verteilte sich auf dem Bootsdeck.

Sie holten auch das zweite Netz ein.

»Dann gucken wir mal, was dabei ist.« Focko zählte auf: »Krebse, Granat, und sieh nur, zwei Knurrhähne«, sagte er zufrieden und zählte die Seezungen, Schollen und Aale und was sonst noch gefangen worden war.

»Du bringst uns Glück«, meinte Focko zu Peter. »Das ist ein richtig guter Fang.«

»Was sind denn das für Fische?«

Focko warf einen Blick auf die silbern glänzenden Leiber. »Das sind Stinte.«

»Und was machen wir jetzt mit den Tieren?«, fragte Peter. Er sprang zur Seite, weil er sah, dass ein Möwenschiss auf ihn zuklatschte.

»Unsere treuen Begleiter!« Focko deutete nach oben, der Himmel über ihnen war voller Möwen. Silbermöwen balgten sich untereinander, Sturmmöwen drehten ihre Runden, und unverkennbar waren auch Lachmöwen darunter.

»Jetzt kommen erst einmal die Netze wieder ins Wasser«, bestimmte Focko. »Und derweil muss der Fang verarbeitet werden.«

Peter half seinem Vater, die Netze wieder abzulassen. »Das Knattern und Rasseln der Trommeln mag ich schon jetzt«, sagte er. »Es ist wie Musik – aber schöner als das Klaviergeplänkel von Meike.«

Focko strich ihm übers Haar. »Ich weiß, dass du deine Schwester sehr beneidest, aber weißt du, was? Das musst du nicht. Ich weiß zufällig genau, wie sehr deine Mutter dich liebt, auch wenn du kein Klavier spielen kannst. Und für mich bis du ohnehin der Größte! Mein Sohn!«

Peters Gesicht leuchtete auf, als hätte jemand einen Scheinwerfer angeknipst.

Focko war kein rührseliger Mensch, und so beschloss er, rasch das Thema zu wechseln, sie mussten ohnehin den Fang verarbeiten.

»Das dauert jetzt etwas und ist anstrengend«, sagte Focko zu Peter. »Aber es gehört zur Arbeit eines Fischers dazu.«

»Gut, Papa, was soll ich machen?«

Focko wuchtete einen Korb in Richtung des Fangs.

»Wir müssen aussortieren. Alles, was groß ist und was man wunderbar verwenden kann, wirfst du hier hinein.«

»Also die größeren Fische«, sicherte sich Peter ab.

»Genau. Die Krebse, Seesterne und den Kleinkram: einfach ab zurück in die Nordsee!«

»Aber was machen wir mit dem Granat?«

Auch das konnte Focko seinem Sohn erklären, und er war froh, dass er heute Hauke das Ruder übergeben und selbst die Arbeit als Bootsmann übernommen hatte.

Er zeigte auf eine größere Vorrichtung mit Längsrillen: »Hier ist ein Sieb, das ich gleich auf einer Gleitstange hin und her rüttele.«

Peters Augen leuchteten auf, als er sah, was sein Vater tat. Er verstand sofort. »Da oben bleibt der Granat, den wir verkaufen können, und unten ist der Gammel, den wir auf den Darren trocknen und verschicken, damit er zu Hühnerfutter wird.«

»Gut kombiniert«, lobte Focko ihn. »Genauso ist es. Allerdings müssen wir auch hier nachsortieren, denn viel anderer Kram, wie Krebse und so, fallen nicht durch das Sieb, aber wir können sie auch nicht verkaufen.«

Er reichte Peter einen Eimer. »Spülen müssen wir, damit nicht zu viel Sand mitgeschleppt wird. Das muss oft passieren und kostet Kraft. Aber wer will schon sandigen Granat kaufen?«

Sie legten los. Peter sortierte die Fische, sein Vater kümmerte sich um den Krabbenfang. Er spülte ihn mehrfach, bis er zufrieden war. Danach kippte er den Granat in einen weiteren Korb.

Peter war auch fertig und zeigte stolz auf das Ergebnis seiner Arbeit.

»Sehr gut gemacht!«, lobte Focko ihn. »Dann können wir weitermachen.« Er blickte zu Hauke, der im Ruderhaus stand, seine kurze Pfeife im Mundwinkel hängen hatte und sich gerade die Strickmütze zurechtrückte. Der süßliche Tabakqualm waberte zu ihnen herüber.

»Da ist alles in Ordnung. Dann können wir uns weiter um den Granat kümmern. Ich muss den nächsten Schwung säubern, aber derweil können wir schon mal den Topf anheizen, denn die Krabben werden gekocht, bis sie diese hübsche rotbraune Farbe haben.«

Er zeigte Peter, wie das gemacht wurde. »Zum Anfeuern nehmen wir Holz, Rohöl und Kohle.« Er füllte einen riesigen Topf mit Wasser, wartete, bis es heiß war, und schüttete den Granat hinein. »Wenn er rotbraun ist, muss er raus und auskühlen«, erklärte er. »Inzwischen wasche ich die nächste Fuhre und siebe sie.«

»Ich sortiere den Kleinkram aus«, schlug Peter vor und machte sich sofort an die Arbeit. Er schmiss die kleinen Krabben und Fische zurück ins Meer und lachte, weil sich die Möwen darum balgten. »Viele kommen gar nicht mehr im Wasser an«, sagte er.

»Da haben wir den Vögeln eine Menge Arbeit abgenommen«, bestätigte Focko, der weiterhin konzentriert seiner Arbeit nachging.

Mittlerweile roch es stark nach Fisch auf dem Kutter. Peter mochte das. Es war sein Gefühl von Heimat und Frieden.

Sie hatten gerade die letzte Granatfuhre gesiebt und in den Topf gekippt, als sie auch schon die nächsten Netze leeren mussten. Und so ging es in einem fort, aber das Watt ringsumher fiel immer mehr trocken. Sie schoben sich durch die Fahrrinnen, die jetzt nur noch fünfzig bis sechzig Meter breit waren. Weil sie neben sich schon das hoch aufragende Watt sehen konnten, stakte Focko mit einem langen Stab, um die Wassertiefe im Blick zu behalten.

Schließlich rief er laut: »Drög!«

Trocken – sie mussten umkehren in tiefere Gewässer, sonst würden sie sich festfahren.

»Außerdem müssen wir immer mit dem Strom fischen«, erklärte Focko, und so tuckerte der Kutter weiter und weiter.

Die beiden Männer brauchten keine Uhr, um die Welt um sich herum zu verstehen. Sie lebten mit den Gezeiten, dem Wetter, Sonne und Wind. Sie passten sich den Gegebenheiten der Natur an, weil es selbstverständlich war, das zu tun und zu akzeptieren, wie es war. Davon lebten sie nicht nur, es war ihre grundlegende Existenz, die über das Fischen und den Erwerb hinausging.

Focko sah Peter an, dass er es fühlte. Das Meer. Die Weite. Den Wind. Dieses Einssein mit den Naturgewalten, die wie heute freundlich, aber schon morgen sehr ungnädig sein konnten.

»Was macht ihr, wenn es regnet?«, riss Peter Focko aus seinen Gedanken.

Der grinste breit. »Dann tragen wir unsere Regenkleidung. Hohe Stiefel, Südwester. Ölrock. Das passt dann schon, wir sind es ja gewöhnt.«

Sie fischten, sortierten, kochten.

Zwischendurch machten sie kurz Pause, aßen die mitgebrachten Brote und tranken Tee aus den Thermosbuddeln.

»Du machst deine Sache auch richtig gut«, meinte Hauke. »Ganz der Vadder!«

Focko war stolz auf Peter. Er zeigte keine Anzeichen von Seekrankheit, er hörte aufs Wort, und er stellte die richtigen Fragen. Es war ganz sein Sohn!

*

Erna hatte kaum noch geschlafen. Sie war froh, als der Tag angebrochen war und sie endlich aufstehen konnte.

Nachdem sie sich den Mund ausgespült hatte, schlüpfte sie in ihre eigenen Sachen, bevor sie in die Küche ging. Die Bluse roch ein bisschen nach Schweiß, nur konnte sie darauf jetzt keine Rücksicht nehmen und musste sie anziehen. Es war schließlich nicht weit, und wenn alles gut ging und Annemarie recht behielt, würde sie sich gleich in der eigenen Wohnung waschen und umziehen können.

Sie schaute in der Küche nach, ob Annemarie schon aufgestanden war und dort herumwerkelte. Es herrschte ein heilloses Durcheinander von benutzten Tellern, Bechern und Tassen, doch ihre Kollegin war nicht zu sehen. Annemarie hatte auch keine Einbauküche, ihre Möbel waren ein einziges Sammelsurium. Da war es in der Lohmühlenstraße tatsächlich viel komfortabler als hier in diesem Altbau.

Angewidert nahm Erna eine Tasse auf, doch sie war schmutzig, und auch im Schrank fand sie keine saubere. Sie verspürte ohnehin weder Hunger noch Durst, denn Erna hatte ein ungutes Gefühl. Noch immer spukten ihr die Stimmen der Menschen in der Nacht durch den Kopf. Was, wenn es stimmte, was sie gesagt hatten?

Unschlüssig verharrte Erna einen Moment, entschied sich dann aber zu gehen. Sie kritzelte Annemarie ein paar Zeilen auf einen Zettel, schnappte sich den Mantel, der an der Garderobe hing, und lief hinaus.

Als sie die vielen Menschen sah, die die Straße entlangeilten und aufgebracht erschienen, verstärkte sich ihre Angst und die Gewissheit, dass heute, an diesem Sonntagmorgen des 13. Augusts 1961, etwas anders war als sonst.

Erna überlegte kurz, einen Passanten anzusprechen

und nachzufragen, aber dann befand sie es doch für besser, erst selbst nachzuschauen, ob was an den Gerüchten stimmte. Mit großen Schritten näherte sie sich der Sektorengrenze und fuhr zusammen, als sie das Aufgebot von Militär und Polizei sah. Es sah bedrohlich aus. In Erna krampfte sich alles zusammen. Sie konnte sich nicht von der Stelle bewegen, weil sie eine Weile brauchte, um zu verstehen, was da vor sich ging.

Endlich war sie in der Lage, sich wieder zu rühren, und jetzt fragte sie doch einen Mann, der neben ihr stand und das Ganze mit abschätzender Miene betrachtete: »Was machen die da?«

Der Mann schob sich den Hut auf dem Kopf zurecht.

»Die Sektorengrenzen werden abgeriegelt. Da kommt keiner mehr durch. Die sind bis an die Zähne bewaffnet.«

Da kommt keiner mehr durch, hämmerte es in Ernas Kopf. Da kommt keiner mehr durch …

»Geht es Ihnen nicht gut?«, fragte der Mann.

Erna schwankte leicht. »Mein Kind ist da drüben. Sanne!«

»Na, wenn Se selbst ein Ostler sind, dann können Se bestimmt rüber.«

Erna atmete einmal tief durch, dabei ließ der Schwindel etwas nach. »So einfach ist das nicht«, sagte sie. »Aber ich muss es versuchen.«

Sie wollte eben auf die Brücke gehen und dem Posten erklären, was Sache war, als sie innehielt. Wenn die Deutsche Demokratische Republik sich abschottete, und wenn das alles stimmte, was Heiko angedeutet hatte, konnte es jetzt zu Schwierigkeiten kommen, wenn sie in den Ostteil der Stadt ging.

Würde man sie einsperren? Immerhin galt sie schon wegen ihrer damaligen Tätigkeit im KaDeWe als Verräterin. Und dass sie die Nacht in Westberlin verbracht hatte, würde wohl auch als sehr kritisch gesehen.

Heiko würde auf jeden Fall in Schwierigkeiten geraten. Hinzu kam, dass sie in einen Käfig lief, dessen Klappe sich unweigerlich hinter ihr verschloss, wenn sie die Grenze überschritt. Wann würde sie ihren Bruder und ihre Mutter wiedersehen? War das überhaupt noch möglich?

In Erna arbeitete es wie wild. Ihr Herz raste. Schweiß drang aus allen Poren, und unter ihren Armen bildeten sich feuchte Flecken. Es war Angstschweiß, der ihr zusetzte.

Sie hätte auf Heiko hören sollen. Er hatte sie so oft gewarnt. Immer gesagt, dass sie eines Tages in Schwierigkeiten geraten würde.

»Du musst hierbleiben!«, flüsterte sie. »Sie werden dich ohnehin nicht zu Sanne lassen, sondern dich erst verhören und dann verhaften. Sie werden dir dein Kind wieder wegnehmen.«

Erna schluchzte auf. Plötzlich spürte sie eine Hand auf ihrer Schulter. Annemarie!

»Ich habe deine Nachricht gefunden und bin dir nach, als ich im Radio gehört habe, was passiert ist.« Sie nahm Erna in den Arm. »Zum Glück habe ich dich gefunden, bevor du Dummheiten machen kannst und den Vopos in die Arme läufst. Hier bist du erst mal sicher. Du solltest jetzt nichts überstürzen.«

Erna deutete zu den Grenzern. »Ich hätte heute Nacht gehen sollen. Sanne ist drüben. Und Heiko.«

Wieder schluchzte sie auf. Sie wusste nur eins: Heiko konnte tun und lassen, was er wollte, und ihretwegen in Ostberlin bleiben. Aber ihre kleine Sanne, die musste zu ihr kommen. Sie sollte nicht in einem Land leben, das seine Leute einsperrte und sie zu allem Möglichen zwang.

Erna schlug die Hände vors Gesicht. »Was soll ich bloß machen? Die verhaften mich doch, wenn ich jetzt hinmarschiere und sage, ich bin eine von euch, obwohl ich über Nacht im Westen war.«

»Auf keinen Fall machst du das. Wir finden einen anderen Weg, wie das Dilemma zu lösen ist«, mahnte Annemarie.

Erna war vollkommen mutlos. »Und wie soll das gehen?«

Annemarie nagte an der Unterlippe. »Ich finde einen Weg, schließlich kenne ich viele Leute. Wo wohnst du genau?«

»Lohmühlenstraße. Da drüben.« Erna deutete zum Landwehrkanal.

»Also auf der anderen Seite«, überlegte Annemarie.

Erna nickte und wusste nicht, wozu das gut sein sollte, aber sie war einfach nicht mehr in der Lage, einen klaren Gedanken zu fassen.

»Geh schon mal da hin. Habt ihr ein Fenster zum Wasser?«

Erna nickte.

»Gut, dann schnell. Versuche, von der Westseite aus Kontakt zu deinem Mann und deiner Tochter aufzunehmen. Ich bin so schnell zurück, wie es irgendwie geht. Warte dort auf mich!« Sie hob den Zeigefinger. »Und tu in Gottes Namen nichts Unüberlegtes. Bleib im Westen, bis ich weiß, was du machen kannst. Versprich es mir!«

Erna zögerte. Sie wollte nur zu Sanne, aber sie wusste, dass Annemarie recht hatte.

»Bitte! Erna!«

Sie nickte. Sie hoffte, dass Annemarie tatsächlich die richtigen Leute kannte und eine Lösung fand, die wirklich eine war.

Kurz darauf stand sie am Kanal und sah Sanne in ihrer Wohnung am geöffneten Fenster stehen.

Erna winkte. Jetzt galt es zu warten.

Kapitel 17

Am Vormittag kreuzte Wilfried im Haus von Fridas Mutter auf. Sie saß zusammen mit Frida und Meike beim Frühstück.

»Papa!« Meike sprang sofort auf und fiel ihm um den Hals. »Ich habe gestern ganz lange Klavier gespielt. Ich will nämlich auch Pianistin werden wie Sanne. Und das Zeug dazu haben.«

Dass Sanne diese Laufbahn einschlagen würde, weil sie in der DDR arg gefördert wurde, wurmte Meike doch.

Wilfried strich ihr übers Haar. »Du wirst sicher eine wunderbare Pianistin. Aber das hat alles Zeit. Es ist noch kein Meister vom Himmel gefallen, und da drüben schon gar nicht.«

»Drüben?«, fragte Margret. »Wieso drüben? Auf der anderen Seite vom Jadebusen?«

»In Ostberlin, das gehört zur DDR«, klärte Frida sie auf. »Das weißt du doch.«

»Ich kann ja nicht alles wissen«, maulte sie.

Wilfried zog nur die Brauen hoch.

»Oma weiß gar nicht mehr viel«, plapperte Meike los. »Sie vergisst alles. Manchmal ist das gar nicht lustig.«

»Meike, Oma ist eben schon älter. Da kommt so was vor!«, tadelte Frida sie.

»Aber stimmt doch«, sagte Meike mit einem dicken Schmollmund. »Gestern hat sie Steine gekocht und geschimpft, dass sie nicht weich werden.«

Wilfried schluckte. Das klang inzwischen schlimmer, als er erwartet hatte. »Darüber sprechen wir noch«, sagte er.

»Wie war deine spontane Nachtschicht?«, fragte Frida betont freundlich.

»Nichts Besonderes«, wehrte Wilfried ab. Eigentlich hatte er vor Kummer kein Auge zugemacht, aber das wollte er jetzt nicht breittreten.

»Jetzt mal was anderes. Ich habe leider keine guten Neuigkeiten zu überbringen«, begann er zögerlich. Wenn es stimmte, was in den Nachrichten verbreitet wurde, dann konnte es das endgültige Aus der Freundschaft zwischen ihr und Erna bedeuten. Wer wusste denn, wie leicht ihnen der Kontakt überhaupt noch gemacht wurde, wenn sie den Staat der DDR endgültig abriegelten?

»Schlechte Neuigkeiten brauchen wir nicht«, sagte Frida. Vor ihr lag ein Stück Weißbrot mit Marmelade, und sie biss herzhaft ab.

»Darf ich mir einen Teller nehmen?«, fragte Wilfried, der nach dieser Antwort erst recht nicht wusste, wie er beginnen sollte.

»Natürlich«, sagte Margret. »Greif zu.«

Wilfried tat wie ihm geheißen, danach wandte er sich an Frida. »Ich muss dir was sagen, und außerdem möchte ich mich entschuldigen.«

Margret sah von einem zum nächsten. »Du musst dich nicht entschuldigen. Du bist ihr Mann. Möchtest du Weißbrot?«

»Oma, er hat ein Stück vor sich liegen«, sagte Meike lachend. Aber Margret ließ sich nicht beirren, sondern legte ihm eine weitere Schnitte auf den Teller.

Wilfried musste später mit Frida sprechen, denn mit seiner Schwiegermutter ging es merklich bergab. Sie konnte das nicht länger ignorieren. In der letzten Woche hatte sie einen Topf auf dem Herd gehabt, in dem nur das Wasser blubberte. Dann vergaß sie ständig, den Hühnerstall zu schließen und lauter andere Kleinigkeiten.

Er schüttelte seine Gedanken ab, das hatte Zeit bis später, und er sagte an Frida gewandt: »Es tut mir leid. Ich habe überreagiert, und das war ein Fehler. Bitte lass uns reden.«

Frida presste die Lippen zusammen. »Das können wir tun, ja. Aber jetzt nicht.«

»Du bist also hierhergeflohen«, sagte er und wusste, dass es schon wieder ein wenig beleidigt klang.

»Das Haus am Deich ist nach wie vor mein Zuhause«, entgegnete sie. »Das weißt du doch.«

Wilfried schmierte sich Butter auf das Weißbrot und griff zum Marmeladentopf.

»Ist mit Rum!«, erklärte Margret. »Erdbeere mit Rum. Und bevor ich das Glas verschließe und umdrehe, bestreiche ich die Oberfläche auch noch einmal. Damit kein Schimmel drankommt, obwohl das ja der Zucker schon verhindert.«

Frida blickte sie befremdet an. Warum erzählte ihre Mutter das? Überhaupt neigte sie in der letzten Zeit dazu, alles, was sie tat, zu erklären.

»Was zwischen euch war, interessiert mich nicht«, sagte Margret jetzt wie aus heiterem Himmel. »Aber was wolltest du sonst erzählen?«

Wilfried war froh, dass sie das Thema zurück auf den Punkt brachte.

»Ihr habt nicht zufällig Radio gehört?«, fragte er.

Margret verneinte. »Soll ich es anmachen?«

»Brauchst du nicht. Ich kann es euch erzählen.« Seine Stimme wurde ernst. »In Berlin haben sie heute Nacht um 1:30 Uhr damit begonnen, die Sektorengrenzen zu schließen und …«

»Berlin ist weit weg«, unterbrach Margret ihn. »Warum sollte uns das interessieren? Wir leben in Butjadingen.«

Frida verstand jedoch sofort und schnappte nach Luft. »Können Heiko, Erna und Sanne noch raus? Oder sind sie schon eingesperrt?«

»In einer Stadt kann man nicht eingesperrt sein«, mischte sich jetzt Margret wieder ein. »Dann müssten die da eine Mauer rumbauen. Frida, erzähl kein Tünkram!«

Wilfried schob den Unterkiefer vor und schüttelte vorsichtig den Kopf. Es war kein dummes Zeug. Es entsprach der Wahrheit. Er schaute seine Frau an, die merklich erbleichte, als sie ausstieß: »Was heißt das? Sie können nicht mehr da weg?«

Wilfried strich ihr über die Wange. »Es sieht so aus, als hätten sie die Grenzen wirklich dichtgemacht. Auch in Berlin.«

Frida schluckte. Dann atmete sie ein paarmal schwer ein und aus. Ihr traten Tränen in die Augen, und sie wurde so blass, dass Wilfried befürchtete, sie könnte kollabieren. So aufgewühlt hatte er sie selten gesehen.

Erna und sie, das war – egal, was vorgefallen war und wie sehr sie in der letzten Zeit auseinandergetrieben waren – eine unumstößliche Einheit, die durch nichts zum Einstürzen gebracht werden durfte. Sie waren so fest aneinandergebunden, wie zwei Menschen es nur sein konnten.

Er seufzte. Was gäbe Wilfried darum, diese Nähe zu seiner Frau zu haben. Aber darum ging es jetzt nicht. Er musste Frida die Wirklichkeit beibringen.

»Ich fürchte, so ist es«, sagte er vorsichtig. »Es soll alles dicht sein. Sie haben Stacheldraht ausgerollt. Bewacht wird die Grenze von Militär, Volkspolizei und Betriebskampfgruppen.«

Frida atmete schwer und stützte den Kopf mit beiden Händen auf. »Erna. Sanne«, flüsterte sie. »Das kann doch nicht wahr sein! Das geht nicht!«

»Wer weiß, was die im Radio für'n Quatsch erzählen«, warf Margret ein. Sie schien vollkommen unbeteiligt und die Dimension nicht zu begreifen.

»Vielleicht sind sie vorher noch in den Westen gegangen?«, versuchte Frida, Hoffnung zu schöpfen.

Aber auch da konnte Wilfried keine guten Nachrichten überbringen. »Das war auch mein erster Gedanke, aber es war wie gesagt eine Nacht-und-Nebel-Aktion unter größter Geheimhaltung, von der wohl nur sehr wenige wussten. Wer nicht durch Zufall im Westen war …« Wilfried vollendete den Satz nicht.

»Ich werde Erna und Sanne folglich so schnell nicht wiedersehen«, resümierte Frida, und wieder sank ihr Kopf auf die gefalteten Hände.

Meike schaute mit großen Augen von einem zum anderen. »Dann sehe ich Sanne ja auch nicht wieder!«

Frida nickte. »Das sind ganz schreckliche Nachrichten, die Wilfried da für uns hat.«

»Kann man denn gar nichts machen?«, fragte Meike mit piepsiger Stimme.

»Wohl nicht. Wie denn?« Frida versuchte gar nicht erst, gelassen zu klingen. »Ich weiß gerade nicht, was ich denken soll«, fügte sie traurig hinzu. »Es ist unvorstellbar, dass so etwas passieren kann.«

»Wir müssen abwarten, wie sich der Amerikaner jetzt verhält«, meinte Wilfried. Da sah er die einzige Hoffnung, wobei auch das heikel war, denn keiner würde einen weiteren Krieg heraufbeschwören wollen. Er hatte sich dazu schon etliche Gedanken gemacht. »Aber ehrlich gesagt fürchte ich, sie opfern die Stadt um des lieben Friedens willen. So haben jetzt alle ihre Ruhe. Die Bevölkerung ist da irrelevant.«

»Aber es geht doch um Menschen. Um Erna…«

Wilfried schnaubte. »Wann haben die Menschen die Politik je interessiert, wenn es um Macht ging?«

Seine Worte blieben in der Luft hängen, und keiner mochte mehr etwas essen oder trinken. Meike konnte es noch immer nicht begreifen. »Es kann aber doch nicht sein, dass ich Sanne nie wiedersehe…«

Frida tätschelte Meikes Hand. »Wir gucken mal, ich bete noch immer, dass die Verantwortlichen eine andere Lösung als Stacheldraht finden.«

Wilfried glaubte nicht daran, denn er hatte gehört, dass an einigen Stellen schon Presslufthammer zu hören waren, weil Löcher für Pfeiler in den Asphalt gebohrt wurden. Auch wenn Margret das als Unsinn ansah: Es schien tatsächlich die Realität zu sein. Es war nicht ausgeschlossen, dass die Regierung der DDR wirklich eine Mauer quer durch die Stadt bauen wollte. Immerhin hatten sie den Rest des Landes schon abgeriegelt. Wie auch immer das gehen sollte, schließlich gab es Häuser wie in der Bernauer Straße, die direkt auf der Grenze standen.

»Wir müssen abwarten, wie sich die Situation entwickelt«, sagte er mit müder Stimme. Und als er das sagte, wurde ihm bewusst, dass er nicht nur von Berlin sprach.

Es ging auch um seine Ehe. Und um Margret, die ihm arg durcheinander erschien.

Sie kamen einfach nicht zur Ruhe.

»Wo steckt Peter eigentlich?«, fragte Wilfried, denn er vermisste den Rotschopf, weil er es eigenartig fand, dass Fridas Sohn nicht mit ihnen frühstückte. »Schläft er noch?«

Nun wirkte seine Frau peinlich berührt. Sie sog einmal scharf die Luft ein, bevor sie antwortete.

»Er ist heute Morgen mit Focko mit dem Kutter raus.« Ihr war diese Information unangenehm, denn sie sprach viel zu schnell. Für Wilfried immer ein Zeichen dafür, dass sie unsicher war. Es versetzte ihm einen heftigen Stich, denn seine Frau hatte sich damit über seinen Wunsch hinweggesetzt. »Er durfte mit Focko in See stechen?«, hakte er nach, auch um Zeit zu gewinnen.

»Nicht nur das«, fügte Margret eine Spur zu giftig hinzu. »Er hat auch dort geschlafen. Bei dieser verrückten Frau und ihm.«

Frida warf ihrer Mutter einen bösen Blick zu. »Er ist Peters Vater, und Focko gibt gut auf ihn acht. Es war Peters größter Wunsch, und vielleicht ist es mal ganz gut, wenn er sieht, wie hart die Arbeit auf einem Kutter ist. Er hat da nämlich recht romantische Vorstellungen. Manchmal hilft so eine Konfrontation, um jemanden zu erden.«

Wilfried kämpfte mit sich und wollte erst vehement widersprechen, doch dann besann er sich eines Besseren. Es war nicht gut, sich mit Frida in dieser ohnehin angespannten Situation zu streiten oder ihr gar Vorwürfe zu machen. Immerhin war auch er über Nacht nicht zu Hause gewesen. Trotzdem brodelte es in ihm.

»Musst du ihn später abholen?«, fragte er.

Frida nickte. »Ich wollte mit dem Bus fahren, weil Focko ihn nicht bringen kann. Sie haben immer noch mit dem Fisch zu tun, wenn sie im Hafen ankommen.«

»Ich fahre dich«, sagte Wilfried. »Wann kommen sie zurück?« Er freute sich über das überraschte Aufblitzen in Fridas Augen.

»Gegen drei, wenn die Flut kommt. Du weißt, sie fahren mit den Gezeiten und brauchen eine Tide.«

»Die braucht zwölf Stunden und fünfundzwanzig Minuten«, mischte sich Meike stolz ein. »Das haben wir in der Schule so gelernt.«

»Gut aufgepasst!«, sagte Wilfried. »Gut, dann machen wir das so. Und wie verbringen wir den restlichen Sonntag?«

»Ich muss Mutter helfen«, sagte Frida. »Aber vielleicht möchtet ihr zwei etwas zusammen unternehmen und um halb drei zurückkommen?«

»Au fein«, juchzte Meike auf. »Papa, wollen wir nach Nordenham fahren und ein Eis essen? Das bringt uns auf andere Gedanken!«, fügte sie altklug hinzu.

Wilfried holte sich mit einem Blick Fridas Einverständnis. »Dann machen wir es so.«

Seine Frau lächelte ihn an, und er beschloss, dass ein Gespräch vorläufig überflüssig war. Man sollte eben nicht in Wunden herumstochern, das wusste er als Arzt doch am besten. Außerdem war er froh, dass Frida ihm nicht vorwarf, dass er die letzte Nacht vor ihr und der Situation geflohen war.

»Danke, Wilfried. Ich wünsche euch viel Spaß, und wenn ihr zurückkommt, holen wir unser anderes Kind.« Sie wandte sich an Meike. »Möchtest du nachher mit?«

Meike rollte empört mit den Augen. »Nein, ich bleib bei Oma. Was soll ich am Hafen, wo es stinkt?« Sie kicherte. »Außerdem muss ich achtgeben, dass sie nicht noch mehr Steine oder anderen Kram kocht.«

Frida seufzte. Sie würde diese Disharmonie wohl nie friedlich lösen können. Einer war immer unzufrieden.

*

Erna zitterte am ganzen Körper, als Annemarie angeflitzt kam.

»Harzer Straße, da geht noch was«, sagte sie. »Aber wir müssen uns beeilen.« Sie schaute zum Haus der Mansfelds und sah sowohl Heiko als auch Sanne am offenen Fenster stehen und winken.

»Sie hören uns nicht«, sagte Erna düster. »Sie können nichts verstehen, der Lärm ist zu groß.«

Annemarie fackelte nicht lange. »Gut, dann müssen wir zur nächsten Telefonzelle und anrufen. Hast du die Nummer im Kopf?«

»Natürlich«, gab Erna zurück. Darauf hätte sie auch selbst kommen können, aber ihr Kopf war so schrecklich leer. Sie konnte keinen klaren Gedanken fassen.

Annemarie schleppte sie mit sich. »In Richtung der Harzer Straße werden wir schon eine Telefonzelle finden. Ich hoffe, dass nicht noch mehr Menschen auf die Idee kommen und wir Schlange stehen müssen. Ich hab leider keinen eigenen Apparat. Außerdem würde es zu lange dauern, jetzt zu mir nach Hause zu laufen.«

Sie hatten Glück. Gerade als sie um die Ecke bogen, verließ eine rundliche ältere Frau mit Tränen in den Augen die Zelle. Zwar eilte schon ein junger Mann mit großen Schritten auf die gelbe Zelle zu, aber Annemarie war schneller und schubste Erna hinein. »Wir müssen zuerst«, erklärte sie dem Mann, der eben eine Schimpftirade auf sie loslassen wollte. Als er aber Erna in ihrer Verzweiflung sah, schluckte er seinen Ärger hinunter.

»Bitte machen Sie schnell. Ich habe es eilig.«

»Wer hat das an einem Tag wie diesem nicht?«, gab Annemarie zurück und rollte mit den Augen, als sie sah, wie Erna vor dem schwarzen Apparat stand und scheinbar nicht wusste, wie man ihn bediente. Sie kramte rasch ein paar Groschen aus ihrem Portemonnaie und steckte sie in den Schlitz.

»So, und jetzt wählen.«

Erna war noch immer wie erstarrt.

»Die Nummer«, forderte sie ihre Kollegin auf.

Erna murmelte sie vor sich hin und war froh, sie nicht auch noch vergessen zu haben.

Annemarie schubste sie beiseite. »Ich übernehme das dann mal.«

Erna war dankbar, dass sie alles in die Hand nahm. Sie hätte wahrscheinlich kein Wort rausgebracht.

Aus dem Hörer drang lautes Tuten. Erst danach hörte Erna Heikos vertraute Stimme. »Doktor Mansfeld.«

»Hier spricht Annemarie Singer, Ernas Kollegin aus dem KaDeWe.«

»Mit Westlern reden wir nicht. Schönen guten Tag«, antwortete Ernas Mann und legte gleich wieder auf.

Aber so schnell gab Annemarie nicht auf. Sie steckte noch einmal ein paar Groschen ein und wählte die Nummer ein zweites Mal.

»So, jetzt legen Sie bitte nicht auf. Erna steht neben mir!«, begann sie, und nun blieb Heiko in der Leitung.

»Ich muss meine Frau sprechen. Sofort!«

Annemarie reichte Erna den Hörer und stieß sie in die Seite.

»Hallo, Heiko«, brachte sie heraus.

»Erna!«, rief er. »Erna, du musst kommen!«

Sie starrte vor sich hin und war völlig hilflos, was sie antworten sollte.

Annemarie riss ihr den Hörer wieder weg. »Machen wir es kurz!«, sagte sie. »Kommen Sie mit Sanne zur Harzer Straße. Jetzt.«

Dann legte sie auf.

»Das ging ja wirklich schnell«, sagte der junge Mann zufrieden. »Heute ist ganz schön was los in der Stadt.«

Erna lächelte ihn unglücklich an. So konnte man das natürlich auch nennen. Ganz schön was los.

Sie stolperte hinter Annemarie her, die sich hier gut auskannte. Sie umrundete die Straßenzüge ziemlich schnell, sodass sie schließlich an der Harzer Straße standen.

Hier war die Grenze von Betriebskampfgruppen bewacht, und die waren dabei, die Befestigung auszubauen. Ihre Käppis mit den Abzeichen, ihr olivgrüner Anzug mit der breiten Koppel flößten Respekt ein, ebenso wie die herumstehenden Männer der NVA und der Polizei.

Ernas Herz machte einen Sprung, als sie kurz darauf Heiko mit Sanne um die Straßenecke biegen sah und ihre Tochter zum Stacheldraht rannte, wo die Bauarbeiter von den Grenzposten bewacht wurden. Sie gingen an eine Stelle, die spärlicher bewacht wurde. »Mama!«

Die beiden sahen sich hilflos an. Zwischen ihnen diese Grenze, schmerzhaft und bedrohlich. Und doch war noch Luft zwischen dem hastig ausgerollten Stacheldraht, der sie aber verletzen würde, wenn sie damit in Berührung kamen.

»Mama, komm!«, forderte Sanne ihre Mutter auf. Erna zögerte, zumal sie Annemaries Hand an ihrem Ellenbogen spürte. Ein leichter Druck nur, aber er machte deutlich, was sie von ihr erwartete.

Inzwischen war auch Heiko angekommen. Er hatte seinen üblichen tadelnden Blick aufgesetzt. »Erna, du musst versuchen, zu uns zu gelangen. Dazu brauchst du nur zum Grenzposten zu gehen und deinen Ausweis zu zeigen. Bitte!«

Erna erkannte tatsächlich Sorge in seinen Augen.

»Du weißt, dass es mich in Schwierigkeiten bringen kann!«, stammelte sie.

»Nein bestimmt nicht. Du hast drüben nichts gekauft …«

Erna lachte auf. »Es sind schon Menschen für geringere Vergehen bei euch eingebuchtet worden.« Sie erschrak, weil sie nicht mehr von uns, sondern von euch sprach.

»Erna, bitte! Jetzt zögere nicht, und mach dich auf den Weg.« Heikos Sorge war sichtlich unterschwelliger Wut gewichen.

Ein Grenzposten näherte sich, und sie mussten noch ein paar Meter weiter gehen.

»Nachher sperren sie mich ein, und ich werde wieder von Sanne getrennt«, entfuhr es Erna. »Das kann ich kein zweites Mal ertragen.«

»Das wird bestimmt nicht passieren!«, widersprach Heiko.

»Schwöre es! Los, Heiko! Schwöre, dass dein Staat mich zu meinem Kind lässt, wenn ich zurückkomme. Dass ich nicht verhört werde, warum ich hier war. Dass mir kein Haar gekrümmt wird und ich keine Haftanstalt von innen sehe!«

Ihr Mann zögerte eine Spur zu lange, und er hätte den folgenden Satz gar nicht aussprechen müssen. »Das kann ich nicht.«

Natürlich konnte er ihr keine Zusage machen, dass ihr Ausflug in den Westen in genau dieser Nacht ohne Folgen bleiben würde.

Erna sah, dass eine Frau ein paar Meter weiter Anlauf nahm und über den Stacheldraht in den Westen Berlins sprang, als die Wachposten einen Augenblick wegschauten.

»Geschafft!«, jubelte sie. »Geschafft! Ich bin frei!«

Sofort wurde die Aufmerksamkeit der Bauleute und Grenzposten auf die Stelle gelenkt, wo die Frau gesprungen war. Erna entdeckte etwa fünf Meter weiter links eine ähnliche Vertiefung, wo eine Flucht ebenso möglich wäre. Ernas Herz klopfte heftig. Dieser Sprung hatte ihr gezeigt, was sie wollte. Auf keinen Fall drüben hinter Stacheldraht leben. Aber es ging nicht ohne Sanne.

Sie wies mit dem Daumen unauffällig nach links.

»Ich werde nicht rüberkommen«, sagte sie. »Sanne wird springen. Jetzt. Und du auch – wenn du willst!«

Heiko schüttelte unmerklich den Kopf. »Hier ist unser Zuhause, Erna. Hier in diesem Land und in diesem Teil der Stadt. Denk an unsere schöne Wohnung. Die willst du doch nicht aufgeben!«

Ja, ihre Wohnung war komfortabel, weil Heiko ein treuer DDR-Staatsbürger war. Was aber würde sein, wenn sie gegen die Zustände aufbegehrten? Würden sie dann leben müssen wie viele andere, die nicht so hofiert wurden?

Erna dachte an die grauen Fassaden im Osten. An der Kastanienallee in Prenzlauer Berg lebten die Menschen in Häusern, die noch immer so wirkten, als wären sie unbewohnt. Triste und verdreckte Hinterhöfe. Bröckelnder Putz, Fenster, die nicht richtig schlossen, Müll und Unrat neben herabgefallenen Steinen, die seit dem Kriegsende darauf warteten, endlich weggeräumt zu werden.

Erna dachte an die langen Schlangen vor der Fleischerei in der Oderberger Straße und allen anderen Geschäften. An die Gaststätte »Am Wasserturm«, die eine solche Trostlosigkeit verströmte, dass es ihr die Luft nahm. Wie anders war es hier ein paar Meter weiter, wo es alles gab, was das Herz begehrte? Wo keinem etwas weggenommen wurde, weil er sich was Schönes gekauft hatte?

»Ich kann nicht«, sagte Erna, die sich inzwischen langsam in Richtung der Stacheldrahtvertiefung hinbewegt hatte. Hier waren die Grenzer ein Stück entfernt. »Ich kann nicht zurück.«

»Erna!« Heikos Stimme klang etwas panisch. »Bitte! Ich bin dein Mann! Du willst auch uns aufgeben?«

»Das will ich nicht. Ich möchte, dass du zu mir kommst!«

»Du weißt, dass ich das nicht kann«, sagte er, und seine Gesichtszüge wurden hart.

Der Schmerz, der Ernas Herz durchfuhr, war trotz der vergangenen Diskrepanzen fast unerträglich. Sie hatte gerade ihren Mann verloren. Ihre Liebe reichte nicht aus, um all das hier zu überstehen. Der Stacheldraht vor ihnen durchzog ihre Herzen wie die Straßenzüge der Stadt.

Aber all diese Umstände durften ihr das Kind nicht nehmen, denn das würde Erna kein zweites Mal überleben. Um Sanne wollte sie kämpfen wie eine Wölfin.

»Gib mir mein Kind frei, Heiko«, bat Erna inständig. »Bitte! Ich möchte keinesfalls eingesperrt sein und Frida und ihre Kinder, meinen Bruder oder meine Mutter nie wiedersehen, weil uns ein Stacheldraht oder ein noch unüberwindbareres Hindernis trennt.«

»Das wird nicht passieren!«, versuchte Heiko, sie noch zu überzeugen, aber Erna winkte ab.

Auch wenn ihr gerade das Herz brach, musste sie jetzt hart bleiben.

»Doch, das wird es, und du weißt es genau. Ich will nicht, dass Sanne bei den Pionieren auf dieses Land eingeschworen wird und später bei der FDJ. Klavier spielen kann sie auch hier.«

»Komm auf der Stelle zurück!«, befahl Heiko und ließ jegliche Freundlichkeit aus seiner Stimme verschwinden. »Wovon willst du denn leben?« Je aggressiver er wurde, desto sicherer war Erna, das Richtige zu tun.

Sie wandte sich an ihre Tochter. »Sanne!« Erna fixierte sie mit ihrem Blick und deutete zur Stacheldrahtvertiefung. Die Grenzposten würden sicher gleich auf sie aufmerksam werden. Wenn Sanne nicht sprang, wäre es zu spät für sie und ihre gemeinsame Freiheit. »Komm! Wenn die Posten nicht gucken, springst du!«

Erna erkannte den Zweifel in Sannes Blick. »Du schaffst es! Du musst!«

»Sanne bleibt!«, zischte Heiko.

Erna schüttelte den Kopf. »Wenn du das nicht tust, musst du drüben bei Heiko bleiben. Und ich kann dich nicht einmal besuchen.«

Erna spürte die Zerrissenheit ihrer Tochter. Ihr lief die Zeit davon, denn ein Posten schien auf sie aufmerksam zu werden.

»Sanne, bleib hier! Deine Mutter ist nicht bei Verstand.« Heiko trat etwas näher an den Draht.

Sanne sah mit großen Augen von einem zum anderen. Das Dröhnen von Presslufthammern drang immer näher. »Die machen dicht! Ganz dicht«, mischte sich jetzt Annemarie ein. »Sanne, tu, was deine Mama sagt. Bitte!«

Erna sah, wie Heiko nach der Hand ihrer Tochter greifen wollte.

»Nein!«, herrschte sie ihn an.

Sanne schaute Heiko kurz an. Dann strich sie ihm über den Arm. Sein triumphierender Blick ging Erna durch Mark und Bein.

»Ein Grenzer kommt!«, rief Annemarie.

»Danke für alles, Heiko, aber ich möchte bei Mama sein.« Sanne straffte sich. Keine Sekunde zu früh. Der Posten hatte sich bis auf wenige Meter genähert und riss sein Gewehr von der Schulter.

»Spring!«, kreischte Erna.

Ihre Tochter ignorierte den Stoppschrei des Volkspolizisten – und sprang!

*

Als die neuerliche Flut einsetzte und es Focko mit seinem Kutter möglich machte, zurück nach Fedderwardersiel in den Hafen einzulaufen, drehten sie bei und holten die Netze ein.

Am Kai würden sie von ihren Frauen erwartet werden.

Und vielleicht auch von Frida, dachte Focko. Was wäre es schön, wenn sie Tag für Tag dort stehen und ihn erwarten würde.

»Heute haben wir einen guten Fang gemacht«, sagte Focko. »Wir nehmen Peter jetzt immer als Glücksbringer mit!«

»Jo, fünf Körbe Granat und achtzehn Körbe Gammel, das kann sich sehen lassen!«, bestätigte Hauke und paffte weiter an der Pfeife.

»Und mein Fisch!« Peter deutete auf seinen Korb.

»Und dein Fisch«, bekräftigte Focko. »Wir sind wirklich eine gute Mannschaft. Auf meine beiden Bootsmänner!«

»Ich will auch Fischer werden!«, sagte Peter. »Da bin ich ganz sicher. Kann ich nicht so schnell, wie es geht, mit der Schule aufhören und gleich beginnen?«

»Nein!«, antwortete Focko bestimmt. »Das kannst du nicht. Es ist wichtig, so viel es geht, zu lernen, denn auch als Fischer musst du wirtschaftlich denken können«, fügte er hinzu. »Und denk an die vielen Lichter. Das alles musst du wissen, bevor du mit einem Schiff aufs Meer fährst. So einfach, wie die Leute glauben, ist das nicht.«

Peter krauste die Nase. »Hm, ich dachte, ich muss nur rausfahren, an der frischen Luft sein. Fische fangen, Granat kochen …«

»Leider nein. Eine Fischerei ist auch immer ein Wirtschaftsunternehmen, und wir gehören der Genossenschaft an. Auch da muss man sich gut auskennen. Ohne Schulabschluss und so … nienich.«

Peter kaute nachdenklich auf der letzten Stulle. Das Knurren seines Magen war so unüberhörbar gewesen, dass Focko sie ihm in die Hand gedrückt hatte.

»Aber ich kann doch schon jetzt ganz oft mit rausfahren und lernen, wie man das macht. Einen Kutter steuern, funken und gucken, wie zu reagieren ist, wenn der Seegang schlimmer wird.«

Focko wiegte den Kopf. »Das muss ich erst mit deiner Mama klären.«

»Wehe, sie sagt Nein«, murrte Peter.

Gegen fünfzehn Uhr erreichten sie Fedderwardersiel, aber sie mussten noch etwas warten, weil das Wasser für die Einfahrt noch nicht hoch genug aufgelaufen war.

»Nicht dass wir uns auf den letzten Metern noch festfahren«, sagte Focko. »Das passiert schneller, als man denkt. Das gibt dann einen lauten Rumms, und das kann dauern, bis das Schiff wieder flott ist.«

»Meinetwegen kann das dauern«, sagte Peter. »Ich will noch gar nicht nach Hause gehen.«

Aber Focko und Hauke freuten sich schon auf ihr Fischerhaus, ein warmes Essen und auf etwas Ruhe. Denn vorher gab es am Hafen noch genug zu erledigen, weil der gesamte Fang gelöscht werden musste.

Nach etwa fünfzehn Minuten konnte die Kutterflotte im Hafen einlaufen.

Jeder machte an seinem Liegeplatz fest. Hauke schaltete das Radio an und schüttelte immer wieder den Kopf. »Das kann nicht wahr sein! Ich glaub es nicht!«

Focko schaute zu seinem Freund. »Was ist denn passiert?«

»Die Deutsche Demokratische Republik hat die Sektorengrenzen in Berlin abgeriegelt. Da kommt wohl keine Maus mehr rüber.«

»O mein Gott!«, stöhnte Focko. »Erna und Sanne. Dammich! Erna und Sanne sind doch drüben.«

Kapitel 18

Hier ist ja ganz schön was los«, sagte Wilfried, als er die vielen Menschen am Kai sah. »Aber bevor du losstürmst und Peter einfängst, muss ich dir noch was sagen. Deine Mutter macht einen zunehmend verwirrten Eindruck auf mich.«

Frida seufzte. »Na ja, sie war in der Tat eigenartig, und es wird wirklich schlimmer mit ihr. Wir müssen das wohl im Auge behalten.«

»Auf jeden Fall«, bestätigte Wilfried. »Und wir müssen auch bald eine Lösung finden. Bevor es gefährlich wird.«

Frida überging seinen Einwand. »Ich hätte nicht geglaubt, dass so viele Menschen am Hafen sind«, sagte sie stattdessen.

»Wer sind denn all die Leute?«

»Das sind in erster Linie die Fischersfrauen, die gleich helfen, den Fang zu löschen«, erklärte Frida.

Diese Dinge waren ihr inzwischen geläufig. Focko hatte ihr alles auch noch einmal erklärt, bevor er Peter mitgenommen hatte. »Aber sicher werden auch ein paar Frauen dabei sein, die die kommende Nacht damit verbringen, den Granat zu pulen. Mutter hat das mal kurzzeitig gemacht, um uns über Wasser zu halten. Es ist eine anstrengende und schlecht bezahlte Arbeit. Die Frauen brauchen bis zu drei Stunden für zehn Pfund und bekommen nur eine Mark dafür.«

»Das ist wirklich ein mieser Verdienst«, bestätigte Wilfried. »Da hast du es besser.«

Frida schoss durch den Kopf, dass sie eine von ihnen sein könnte, wenn sie sich für ein anderes Leben entschieden hätte. Eine Frau mit wenig Geld, aber immerhin einer Aufgabe.

Zufrieden wärst du dann aber auch nicht, ermahnte sie sich selbst und ärgerte sich über ihre Undankbarkeit.

Die ersten Kutter waren bereits eingelaufen.

Wilfried parkte den Wagen, und die beiden liefen zum Kai. Dort standen die Fischersfrauen und zahlreiche Kinder.

Am sonst so beschaulichen Hafen pulsierte das Leben. Vor dem Granatschuppen fuhr ein kleiner Laster vor. Die ersten Kutter legten an, und die Bootsmänner machten die Leinen an den Pollern fest. Sofort stürmten die Frauen auf das Schiff zu, um den Fang zu begutachten.

Frida schaute entsetzt auf, als eine Zugmaschine auf sie zuratterte und zwei Männer nach zwei darauf geladenen großen Körben griffen und hinuntersprangen.

»Was habt ihr?«, fragte der eine. Er trug ein Fischerhemd und eine dunkelblaue Schiffermütze.

»Granat, Butt und Schollen«, bekam er zur Antwort. »Und Gammel.«

Sofort wurde der Granat mit einer großen Schaufel in den einen und die anderen Fische in den anderen Korb gefüllt.

Danach kam der Gammel dran. Währenddessen machten auch die übrigen Kutter fest, und das Spiel begann von vorn.

Frida hielt Ausschau nach Focko, der eben dabei war,

seinen Fang zu löschen. Es roch nach Fisch, nach Nordsee und Pfeifentabak. Die Fische in den Körben zuckten und zappelten. Peter konnte Frida erst nicht entdecken, aber dann sah sie ihn neben Hauke im Ruderhaus.

Wilfried stand ein Stück entfernt und beobachtete das Treiben argwöhnisch. Diese Welt, die Frida von klein auf kannte – war doch auch schon ihr Vater Fischer an der Oder gewesen –, war ihm fremd.

Frida näherte sich dem Kutter.

»Wir haben ordentlich Dicke«, hörte Frida Fockos warme Stimme. »Mien Jung war mit draußen und hat uns Glück gebracht.« Er wies auf den einen Korb, in dem prächtiger rotbrauner Granat lag. »Das sind wunderbare Speisekrabben«, pries er seinen Fang weiter an. Wohl in der Hoffnung, einen höheren Preis rauszuschlagen, aber er hörte nur: »Zentner 33 Mark, Gammel 5 Mark 50.«

Focko zuckte mit den Schultern. Da war dann wohl nichts zu machen.

Der Korb mit den »Dicken« wurde zum Granatschuppen gebracht, und wieder ging der Fang über ein Schüttelsieb. Was durchfiel, wurde nicht bezahlt, und Frida erkannte die skeptischen Mienen der Fischer.

Ein paar wirkten müde und waren vermutlich froh, wenn es gleich in die Fischerstuben ging. Doch Frida wusste, dass auch am Abend noch viel Arbeit auf sie wartete, ehe es in der Nacht erneut rausging. Oft hatten die Netze Löcher, und die mussten geflickt werden. Sie erinnerte sich nur zu gut an die Zeit der Wattenfischerei, als sie und ihre Eltern oft Körbe geflochten hatten. Wenn die alten vom Meer zerfressen worden waren, war es nötig, sie zu erneuern.

Muße konnte sich kein Fischer leisten. Das ging nur im tiefsten Winter, wenn sie nicht rausfahren konnten.

Inzwischen waren die Krabben gewogen und auf den Lieferwagen gebracht worden.

Focko hatte sie noch nicht bemerkt und stand schon wieder auf seinem Kutter. Frida wartete ab, denn sie wollte ihn und Hauke nicht bei der Arbeit stören. Schließlich mussten sie auch noch das Deck schrubben. Das dauerte eine Weile, aber endlich war der Kutter von Focko klar, wie man hier so schön sagte, und die beiden Männer verließen das Schiff mit Peter in der Mitte.

»Mama!«, rief ihr Sohn fröhlich aus. »Ich bin ein Glücksbringer!«

Und dann sprudelte es nur so aus ihm heraus, was er alles erlebt hatte. Er war so aufgekratzt, dass er sogar Wilfried entgegenhüpfte und ihn freundlich begrüßte.

Frida machte einen Schritt auf Focko zu.

Der Fischer trug seine Wollmütze. Das Haar, das darunter hervorquoll, war zerzaust. Sein Overall war schmutzig und roch nach Fisch. Die Finger hatten dunkle Ränder, und man sah ihnen die harte Arbeit an. Doch als Focko sie mit seinen warmen Augen anschaute, war er für Frida der schönste Mann der Welt. Kein Anzugträger könnte ihm je das Wasser reichen.

Eben weil es Focko war. Der Mann, den sie, trotz allem, immer noch liebte wie keinen anderen.

Frida riss sich aus der Verzauberung, indem sie das Schweigen brach: »Danke, dass du meinen Jungen heil wieder hergebracht hast.«

»Es hat Spaß gemacht«, sagte Focko. »Er ist ein toller Kerl.« Er räusperte sich. »Ich weiß, dass ich stinke, aber so ist das nun mal, wenn man von See kommt.«

»Das musst du mir weder erklären, noch sollst du dich für deine Arbeit entschuldigen«, sagte Frida.

Er räusperte sich und schabte mit seiner Stiefelspitze

über das Pflaster. »Peter möchte noch einmal mit. Ich habe ihm aber gesagt, er muss erst dich fragen und, bevor er Fischer wird, die Schule fertig machen.«

Frida griff nach Fockos schwieliger Hand und drückte sie kurz. »Danke, das ist lieb. Und ja, er darf noch einmal mit rausfahren. Du gibst schließlich gut auf ihn acht!«

»Hast du gehört, was in Berlin los ist?«, fragte Focko ernst.

»Ja, es scheint, dass Erna, Sanne und Heiko jetzt eingesperrt sind.«

»Jo, übel«, meinte Focko und sagte damit alles, was dazu nötig war. Doch diese beiden Worte hatte er so inbrünstig ausgesprochen, dass Frida verstand, wie sehr es ihn bewegte.

Sie nickte und wollte zu Wilfried zurückgehen, doch sie sah, dass Focko sich nicht von der Stelle rührte.

»Und Peter?«, fragte er vorsichtig nach.

»Sag einfach Bescheid, wenn es passt!«

»Jo.« Focko hob kurz die Hand und wandte sich dann ab.

Frida zerschnitt es das Herz. Er würde nun allein sein. Mit seiner verwirrten Mutter. Und sie? Sie hatte Wilfried und die Kinder.

Aber Erna habe ich wohl nicht mehr, dachte sie.

Frida beschleunigte den Schritt. Sie musste zurück in ihr Leben an Wilfrieds Seite. So hatte sie es sich ausgesucht.

Sie konnte Focko nicht helfen.

*

Frida hatte gestern nichts mehr von Erna und Sanne gehört, und sie ging davon aus, dass ihre Freundin im Osten eingesperrt war. Sie war auch noch kurz bei Herold, Wiebke und Stine gewesen, aber auch die drei hatten nichts über den Verbleib von Erna erfahren können und waren ähnlich nervös wie Frida.

Alle hockten nun gebannt vor den Radiogeräten und lauschten, was es aus Berlin Neues zu berichten gab. Übers Telefon gab es kein Durchkommen, auch das hatte Herold mehrfach probiert. »Wir müssen abwarten, so schwer es auch fällt.«

Für Frida war es aufreibend, aber was blieb ihr anderes übrig, als sich zu gedulden?

Sie war gerade dabei, das Mittagsessen auf den Tisch zu bringen, als das Telefon klingelte. »Hansen«, meldete sie sich.

»Hier ist Mutter.«

»Was ist denn los?«, fragte Frida sofort, denn sie klang müde. Und nachdem sie sich ständig eigenartiger aufführte, war sie sofort in Habtachtstellung. »Brauchst du etwas?«

»Liebes, du musst zu mir kommen. Mir geht es nicht gut! Mein Herz!«

Frida erschrak. War das der Grund für ihren Zustand?

»Ja, klar. Ich komme, so schnell ich kann.«

Frida war froh, dass Peter und Meike schon aus der Schule zurück waren.

Sie ging in die Kinderzimmer und erklärte, was los war. »Wilfried kommt gleich in seiner Mittagspause nach Hause. Bitte stellt solange nichts an. Ihr könnt dann zusammen essen. Es muss nur noch aufgewärmt werden. Und die Kartoffeln … aber das schafft ihr schon.«

»Ist es denn schlimm mit Oma?«, fragte Meike, und auch Peter schaute ängstlich.

»Ich weiß es nicht. Aber ich melde mich.«

Frida schlüpfte in den Mantel, denn mit den höchstens

achtzehn Grad war es nicht gerade sommerlich warm. Außerdem zogen schon wieder Regenwolken auf.

Frida eilte zum Schuppen und holte das Rad heraus. Sie hoffte, vor der dunklen Wolkenwand in Eckwardersiel zu sein. Wilfried hatte ihr schon oft in den Ohren gelegen, endlich den Führerschein zu machen, und er hatte recht. Das würde sie in den nächsten Wochen wirklich angehen und sich in einer Fahrschule anmelden.

Nun kämpfte sie gegen den Wind und strampelte zum Haus am Deich. Leider wurde Frida unterwegs doch vom Nieselregen überrascht. Das Wasser perlte in winzigen Schnüren vom Himmel, war aber so fein, dass ihr Mantel binnen kürzester Zeit durchnässt war. Endlich sah sie den Deich am Ende der Straße, und sie bog rechts ab, um auf den Hof zu gelangen.

Sie genoss den Anblick der kleinen Kate jedes Mal. Hier war ihr Zuhause! Nicht in dem Neubau in Eckwarden. Da nicht …

Doch dann zuckte Frida zusammen, denn aus dem Schornstein drang dunkler, dicker Rauch. Es roch verbrannt.

Frida sprang vom Rad und stürzte ins Haus. Ihre Mutter hatte die Ofenklappe geöffnet und befeuerte den Herd mit Zeitungspapier und Holz. Das letzte Scheit passte offenbar nicht mehr hinein, und sie versuchte, es mit Gewalt in den Herd zu stopfen. Weil die Klappe schon so lange offen stand, war die Küche völlig verqualmt.

»Was tust du denn da, Mutter?« Frida riss das Fenster auf. Sofort vermischte sich die feuchte Nordseeluft mit dem dichten Rauch in der Küche.

»Es ist kalt, da muss ich heizen«, gab sie zurück. »Mach das Fenster zu! Ich will nicht erfrieren.«

»Mutter, es sind achtzehn Grad. Es ist kein warmer

Sommertag, aber vom Erfrieren sind wir ziemlich weit entfernt, meinst du nicht?«

»Du sollst das Fenster schließen«, befahl Margret und stocherte mit dem Schürhaken im Feuer herum. Die Flammen schlugen aus der Klappe und schienen gierig nach der Hand ihrer Mutter zu lecken. Das Holzscheit fiel polternd auf den Boden.

Frida schubste ihre Mutter beiseite und schloss die Klappe.

Nun konnte der Qualm durch das geöffnete Fenster abziehen.

Erst dann nahm Frida den Duft nach frischem Brot wahr. »Hast du gebacken?«

»Natürlich. Krintstuut. Heute ist ein guter Tag dafür, dachte ich«, gab ihre Mutter zurück. »Außerdem magst du ihn so gern.« Margret strahlte sie an. »Achtzehn Grad, sagst du? Dann reicht das mit dem Feuer jetzt.« Sie rieb ihre Hände. »Was machst du denn überhaupt hier?«

Frida runzelte die Stirn. »Du hast mich angerufen und gesagt, es ginge dir nicht gut.«

»Ach, mien Deern, das hast du wohl geträumt. Aber wenn du schon da bist, dann mach ich uns mal eine moi Tass Tee zum Krintstuut. Den hab ich ja extra für dich gebacken.«

Frida setzte sich und schaute ihrer Mutter zu, wie sie am Herd hantierte. Das sah alles sehr gezielt und kein bisschen merkwürdig aus. Im Gegensatz zu dem, was sie eben gesagt hatte.

Es dauerte nicht lange, bis der Tee auf dem Tisch stand und sie aus der Speisekammer den frisch gebackenen Krintstuut holte. »Ich habe extra viele Rosinen hineingegeben«, erklärte ihre Mutter und stellte die Butter auf dem Tisch. »Ohne das schmeckt es ja nicht.«

Noch immer war Frida konsterniert. Krintstuut zum Mittagessen? Sie hatte sie angeblich nicht angerufen? Es war wohl besser, nicht nachzubohren.

»Von Erna hab ich nichts gehört«, begann Frida und nahm sich eine Scheibe vom Rosinenstuten, denn er duftete verführerisch. Das konnte ihre Mutter offenbar noch problemlos.

»Warum sollte sie sich melden?«, fragte ihre Mutter. »Sie ist in Berlin, und es ist Sonntag.«

»Wir hatten gestern darüber gesprochen«, sagte Frida vorsichtig. »Die Sektorengrenzen sind zu.«

Ihre Mutter klatschte in die Hände. »Zu ist zu! Und nun greif zu.« Sie kicherte angesichts der vielen Zu's!

Langsam wurde es Frida unheimlich. Nur würde es etwas nützen, ihre Mutter anzusprechen? Sie merkte vermutlich nicht einmal selbst, was mit ihr los war.

Sie tranken Tee, klönten über dies und das, und Frida versuchte, mit gezielten Fragen mehr über den Geisteszustand ihrer Mutter herauszufinden, doch jetzt war sie klar und konnte genau erzählen, was sich auf den benachbarten Höfen zugetragen hatte.

Trotzdem war Frida unruhig. Sie mochte ihre Mutter nicht einfach allein lassen und blieb bis zum frühen Abend.

Zwischendurch rief sie mehrmals bei ihren Kindern an, aber da war alles in Ordnung. Und sie hatte bei Stine nachgefragt, ob sie zu ihr kommen durften, wenn etwas wäre.

Natürlich hatte Ernas Mutter zugestimmt. Sie vermisste ihre Tochter und Enkelin und war sicher oft einsam.

Frida machte ihrer Mutter noch Abendessen und legte ihr die Nachtwäsche zurecht.

»Kommst du jetzt klar?«, fragte sie.

»Ich wäre den ganzen Tag zurechtgekommen.«

Frida prüfte, ob alles in Ordnung war, und schlüpfte in ihren Mantel. »Ich rufe später noch einmal an.«

»Ja, mach das!«

Frida trat vor die Tür. Es war noch hell, aber für den August einfach viel zu kühl. Eigentlich sollten sie jetzt mit leichten Sommerkleidern herumlaufen. Stattdessen musste sie ein Tuch um den Hals tragen und einen Mantel anziehen.

Sie blieb einen Moment vor der Haustür stehen und sog die klare Meeresluft tief ein. Hier roch es so gut.

Frida sortierte die feinen Nuancen.

Es war der Duft von Wiesen und Kräutern. Der Geruch von Schlick und Tang, und wenn sie genau aufpasste, wehte auch der der Kühe von der Nachbarweide zu ihr herüber. Sie streckte die Arme seitlich aus und warf den Kopf in den Nacken. Über ihr zogen am kitschig dunkelblauen Himmel kleine geflockte Wölkchen und formten sich wegen des Windes ständig zu anderen Gebilden.

Frida wollte sich noch kurz Zeit nehmen und über den Deich schauen. Sie brauchte jetzt für einen Augenblick die Sicht über die Weite der Bucht. Ihre Augen sehnten sich danach, über die graubraune See zu schauen und sich eins mit der Natur zu fühlen. Der Jadebusen warf seine Wellen an den Wattsaum, es gurgelte leicht, wenn sie sich zurückzogen. Dabei zeigten sich kleine, freundliche Schaumkronen, als wollte das Meer Frida mitteilen, dass es da war und nicht von ihr vergessen werden wollte.

»Ich vergesse dich nicht«, flüsterte sie. »Du bist mein Zuhause. Ich möchte hier gar nicht mehr weg.« Sie schluckte. Ja, sie hatte hier in Eckwardersiel ihr Zuhause, und es war ganz fest mit der kleinen Kate verbunden. Das

Häuschen, das ihr Vater für sie entdeckt und bewohnbar gemacht hatte. Sie würde darauf achtgeben, solange sie es vermochte. Auf ihr Haus am Deich.

Hinter Frida ertönte das Brummen eines Motors, aber sie wollte sich jetzt nicht ablenken lassen und wandte sich nicht um.

Es tat so gut, hier auf dem Deich zu stehen und Zwiesprache mit dem Meer zu halten. Doch nun wurde es Zeit, nach Eckwarden zurückzukehren.

»Ich muss gehen, liebe See. Meine Familie wartet. Aber ich komme zurück. Gib du mir auf Focko acht. Er ist irgendwo da draußen mit seinem Kutter und den Netzen.«

Frida bohrte ihren Blick in die Weite und über die See, die sich schon wieder auf den Rückweg machte und in wenigen Stunden das Watt freigab, bis sie sich entschloss, erneut über die Priele hereinzusprudeln. Das hier war ihr Leben. Eins zu sein mit den Gezeiten.

Frida wickelte den Mantel fester um ihren Körper, als sie von einer Böe gestreift wurde und leicht fröstelte.

»Wie schön, dass ich dich genau hier treffe!«

Erst dachte Frida, sie würde träumen. Dann fuhr sie erschrocken zusammen, denn die Stimme kannte sie nur zu gut.

»Erna!«

Frida wirbelte herum. Sie konnte es nicht fassen. Kurz war sie versucht, sich zu kneifen, aber vor ihr stand tatsächlich ihre Freundin. Sie hatte nichts dabei und wirkte müde und geschafft.

»Wie … wie bist du da rausgekommen?«, stammelte Frida. »Warum hast du nicht angerufen, und weshalb bist du hier und nicht in Eckwarden? Was ist mit Sanne?«, sprudelte es jetzt aus ihr heraus.

Erna sagte gar nichts, sondern fiel Frida einfach nur in

die Arme. »Es ist so schrecklich«, schluchzte sie. Frida strich ihrer Freundin beruhigend über den Rücken. Sie bebte regelrecht. »Ich erzähl dir gleich alles. Ich musste nur erst einmal hierher. An den Ruhepol. Zum Haus am Deich. Ich brauchte eine Konstante, etwas, was sich nicht verändert hat und geblieben ist. Die Welt schwankt da draußen, weißt du? Alles wackelt und ruckelt.«

»Pscht«, machte Frida. »Ganz ruhig. Egal, was ist, wir bekommen das hin.«

»Da gibt es nichts mehr hinzubekommen«, flüsterte Erna. »Es ist alles kaputt. Die haben ein ganzes Land eingesperrt.«

Frida nahm ihre Freundin bei der Hand. »Komm, lass uns ins Haus gehen. Da können wir reden, und ich rufe bei Wilfried und den Kindern an.«

»Dein Mann weiß, dass ich hier bin. Ich war zuerst bei euch zu Hause, und er hat mir gesagt, wo ich dich finde. Und auch, dass es Margret nicht gut geht.«

»Das stimmt. Komm erst einmal rein, aber erschrick nicht, wenn du sie siehst. Sie sagt und tut in letzter Zeit merkwürdige Dinge.«

Erna folgte Frida zum Haus.

Ihre Mutter lag mit geöffnetem Mund auf dem Sofa in der Stube und schnarchte. Die Decke war heruntergerutscht, und Frida legte sie wieder über ihre Beine.

»Oje«, sagte sie. »Da ist sie aber schnell eingeschlafen. Aber es ist gut, dass es so ist. Sie ist tatsächlich etwas durcheinander und würde viele Dinge nicht verstehen.«

Ein lauter Schnarcher ließ die beiden Freundinnen zusammenschrecken.

»Und zu Hause wissen sie wirklich Bescheid?«, hakte Frida nach, während sie die Tür zur Stube schloss und Erna in die Küche lotste.

»Ja, ich glaube, dein Mann wird sich denken können, dass wir uns einiges zu erzählen haben.«

Frida setzte Wasser auf und gab Tee in die Kanne. »Setz dich schon mal. Es ist noch Krintstuut übrig. Möchtest du was?«

Erna nickte. »Der frische Rosinenstuten deiner Mutter schmeckt einfach grandios, und du glaubst nicht, wie ich den im Arbeiter- und Bauernstaat vermisst habe.«

Frida blickte Erna befremdet an. Es hatte sehr sarkastisch geklungen.

»Guck ruhig!«, sagte Erna. »Es war da drüben nicht alles Gold, was glänzte.« Und dann legte sie los.

Frida musste zwischendurch Tee nachbrühen, weil ihre Freundin gar nicht aufhören konnte zu erzählen.

Es kam ihr vor, als tauche sie in eine vollkommen fremde Welt ein, die sie hier von Eckwardersiel aus gar nicht begreifen konnte.

»Und dann gab es nur noch die Möglichkeit, über den Stacheldraht zu springen?«

Erna nickte. »Sanne hat es gewagt. Heiko nicht. Er findet es drüben gut und schätzt das System. Das war ihm wichtiger als seine Familie.«

»Aber dein Mann konnte euch doch nicht einfach so gehen lassen!«

»Und ob er das konnte«, gab Erna zurück. »Was ein echter Kommunist ist, der stellt alles andere hintan.« Wieder schossen ihr Tränen in die Augen. »Wahrscheinlich sagt er dasselbe von mir, nur mit anderen Vorzeichen. Er hat mich immer mehr als eine Frau gesehen, die vom Kapitalismus geblendet war. Weil ich das Einkaufen drüben liebte. Die Kinos. Das bunte Leben. Alles.«

Frida knibbelte an einer Krume herum und drehte den Teig mit den Fingern. »Aber meinst du, dass du nach der

Zeit in der Großstadt wieder in Eckwarden ankommen kannst? In dieser Provinz? Du hast ja auch keine Arbeit mehr. Keinen Besitz.«

Erna verzog das Gesicht. »Kann ich nicht sagen. Das Geschrei der Möwen habe ich oft vermisst. Die Weite der Landschaft, sogar die Kühe.« Sie machte eine Pause und zählte dann weiter auf. »Den Tee. Der schmeckt in Berlin nämlich grauenhaft, die können das nicht.«

Frida musste wider Erwarten grinsen. »Und sonst?«

»Natürlich habe ich auch dich vermisst und meine Familie«, beeilte Erna sich zu versichern. »Aber ich weiß noch nicht, ob ich es lange auf dem Land aushalten werde, jetzt, wo ich erlebt habe, welche Möglichkeiten die Stadt bietet.«

»Du willst also langfristig zurück nach Berlin?«, hakte Frida nach. »Hast du doch Hoffnung, dass es mit Heiko wieder klappt?«

»Nach Berlin gehe ich ganz sicher nicht mehr«, antwortete Erna. »Eben weil ich mir sicher bin, dass meine Ehe gescheitert ist. Und das wäre mir dort, mit den Erinnerungen, viel zu präsent. Nein, ich dachte eher an eine andere Großstadt. Hamburg vielleicht. Da habe ich wenigstens das maritime Flair. Oder Bremen. Soll auch hübsch sein, da an der Weser.«

»Und es ist nicht so weit weg«, sagte Frida. »Wir könnten uns sehen.«

Erna nickte. »Erst einmal bin ich ja hier. Ich muss ankommen und nachdenken.«

Frida stand auf und suchte im Küchenschrank nach dem Holunderlikör, den ihre Mutter im letzten Jahr angesetzt hatte. »Ich glaube, wir brauchen jetzt etwas Stärkeres«, sagte sie und war froh, als sie die Flasche hinter dem Mehl entdeckte. Warum auch immer ihre Mutter sie ausgerechnet dort versteckt hatte. Aber es passte zu ihrem eigenartigen Verhalten.

»Wieso stellt Margret den Likör denn zum Mehl?«, wunderte sich auch Erna.

»Meine Mutter tut und sagt in den letzten Wochen dauernd merkwürdige Dinge. Sagte ich ja bereits«, erklärte Frida. Und dann erzählte sie Erna, was noch alles passiert war.

»Altersdurcheinander«, sagte sie.

»Genau«, meinte Frida. »Ich weiß nicht, woran es liegt, aber ich befürchte, die Einsamkeit setzt ihr doch arg zu.«

Erna nickte. »Meine Mutter macht wohl noch keinen Kummer, aber sie ist auch ständig bei Herold und Wiebke, was die beiden ziemlich anstrengend finden. Na ja, jetzt sind Sanne und ich erst einmal eine Weile da.«

»Ich bin traurig, dass du wieder fortgehst«, sagte Frida. »Auch wenn es nur bis Bremen ist.«

Erna wirkte einen Moment lang verunsichert. »Ich muss, Frida.«

»Warum? Hier bist du bei mir. Sanne und Meike können wieder zusammen musizieren. Ist es dir wirklich so wichtig, in einer Stadt zu leben?«

»Frag bitte nicht. Es ist besser für mich, wenn ich nicht in Eckwarden lebe.«

Frida schaute ihre Freundin traurig an. Aber sie musste es wohl akzeptieren.

»Was ist eigentlich mit dir und Wilfried?«, fragte Erna. »Vertragt ihr euch wieder?«

Frida nickte. »Ja, schon. Warum auch nicht? Wir sind verheiratet und …«

Erna ließ sie nicht ausreden. »Mir musst du nichts vormachen, Frida. Ich weiß doch, dass Focko zurück ist, ich weiß, dass du wieder Klavier spielst, seit er dich im Haus aufgesucht hast. Er bringt dich noch immer zum Klingen.«

Frida senkte den Kopf. »Ja, das tut er«, gab sie zu. Warum sollte sie Erna etwas vormachen? Sie waren immer ehrlich zueinander gewesen, und das sollte sich auch jetzt nicht ändern. »Und er ist für Peter wichtig, weil er ihn liebt und der Junge zu ihm aufschaut. Aber ich, ich bin Wilfrieds Frau. Wir haben so lange miteinander gerungen, und das werde ich kein weiteres Mal leichtfertig aufs Spiel setzen.«

»Und wenn Focko jetzt wieder präsent in deinem Leben wird?«

»Das wird er nicht!«, entfuhr es Frida viel zu heftig, und sie spürte, dass sie sich in eine Verteidigungshaltung hineinmanövrierte und sie an ihre Worte selbst nicht recht glaubte. »Er ist damals einfach weggefahren, als es noch ein offenes Fenster gab, durch das er hätte zu mir kommen können. Aber da war ihm die Freiheit wichtiger, und er hat sich vor der Verantwortung gedrückt. Jetzt habe ich mich anders entschieden, und ich wünsche kein anderes Leben als das an Wilfrieds Seite.«

Erna schnitt sich ein weiteres Stück Krintstuut ab. »Aber es ist nicht aufregend, dein Leben als Arztgattin, oder?« Sie leckte ihren Finger ab, weil dort eine Rosine kleben geblieben war.

»Erna, meine Mutter hat recht. Es geht nicht nur um Anziehungskraft. Und um Aufregung. Wilfrieds und mein Herz schlagen im selben Takt. Ganz einfach.« Sie schluckte. »Gestern haben wir Peter vom Kutter abgeholt. Da habe ich die Fischersfrauen gesehen. Verhärmt waren sie. Armselig gekleidet und … ach, ich weiß nicht. Aber ich habe doch jetzt ein viel besseres Leben, meinst du nicht?«

Erna zog die Stirn in Falten.

»Focko hätte nie zugelassen, dass du verhärmt und armselig sein musst«, entgegnete sie. »Er hätte dich sogar Klavier spielen lassen.«

»Dafür hätte er allerdings bleiben müssen. Aber er war weg. Von einem Tag auf den anderen. Also, worüber diskutieren wir hier eigentlich?« Sie griff zur Teekanne. »Noch eine Tasse?«

Erna nickte und gab ein Kluntje hinein. »Wobei du nicht vergessen solltest, dass du ihn damals zuerst fortgeschickt hast, als du mit Peter schwanger warst.«

Frida kicherte, nachdem sie die Kanne wieder hingestellt hatte und zusah, wie Erna vom dick mit Butter bestrichenen Stuten abbiss. »Man könnte fast meinen, du willst mir Focko schmackhaft machen.«

Erna biss ein weiteres Mal ab und hatte den Mund jetzt voller Brot. »Natürlich nicht. Aber ich weiß ja, dass du ihn nie ganz vergessen hast. Mir musst du schließlich nichts vormachen.«

»Es ist jetzt aber so, wie es ist.«

Frida erhob sich und schaute noch einmal zu ihrer Mutter, die tief und fest schlief.

»Ob ich sie nicht besser ins Bett bringen sollte? Auf dem Sofa ist es sicher unbequem.«

Erna schüttelte den Kopf. »Lass sie schlafen, wir räumen alles auf, und morgen früh rufst du sie an. Ich glaube, du solltest sie nur weiter beobachten. Vielleicht fängt sie sich wieder.«

»Ich hoffe es«, sagte Frida. »Wie bist du hier?«

»Herold hat mich gefahren. Ich soll ihn anrufen, wenn ich zurückwill.«

»Ich habe das Rad genommen«, sagte Frida. »Also entweder, du schwingst dich auf meinen Gepäckträger, oder du telefonierst mit Herold und wartest hier.«

Erna wiegte den Kopf. »Ene, mene, muh – und raus bist du.«

»Wer hat verloren?«, hakte Frida nach.

»Herold. Ich finde die Idee grandios, auf deinem Rad mitzufahren. Aber nur unter einer Bedingung.«

»Und die wäre?«, hakte Frida nach.

»Wir wechseln uns in der Mitte ab. Ich will auch mal strampeln, das habe ich so lange nicht mehr getan.«

Gemeinsam räumten sie auf, wuschen ab, und Frida schaute noch einmal nach ihrer Mutter, die sich derweil umgedreht hatte und weiterhin selig schlief.

»Ich schau morgen nach dir«, flüsterte sie, aber ihr blieb ein ungutes Gefühl. Machte sie sich etwas vor, wenn sie glaubte, dass es wirklich noch ging, ihre Mutter allein zu lassen?

Aber ja, beruhigte sie sich. Erna hat schließlich auch gesagt, sie könnte das. Es war nur Wilfried, der sie vollkommen verrückt machte.

KAPITEL 19

Inzwischen war der Herbst über das Land hereingebrochen, und die ersten bunten Blätter tanzten über die Marsch.

»Du musst deine Mutter in eine dieser neuen Einrichtungen bringen«, sagte Wilfried mit Entschiedenheit und blickte zum Himmel, der heute keine Trübung zeigte. »Es gibt inzwischen einige Altenheime, und die Betagten müssen nicht mehr ins Krankenhaus, wenn sie nicht zu Hause umsorgt werden können.«

»Wenn sie nicht in Eckwardersiel bleiben kann, dann werde ich sie zu uns holen«, sagte Frida bestimmt.

Wilfried lachte bitter auf. »Und wo? Im Haus ist kein Zimmer frei. Soll sie womöglich mit uns im Schlafzimmer wohnen?«

Frida blitzte ihn wütend an. »Dann räume ich mein Musikzimmer.«

»Und spielst dann selbst Pflegerin?«

Frida winkte ab. Er wusste, dass sie diese Diskussionen hasste und ständig hoffte, dass sie ihre Mutter noch so lange wie möglich im Haus am Deich lassen konnte und keine Entscheidung treffen musste.

Heute würde ein schöner Tag werden, und es war eine wunderbare Möglichkeit, den Garten winterfest zu machen. Wilfried hieb den Spaten mit Wucht in die Erde, um die Phloxstaude zu teilen, damit sie im nächsten Jahr nicht wucherte. »So geht es nicht weiter, das weißt du genauso gut wie ich!«

Er wischte sich mit dem Handrücken über die Stirn, denn es war ziemlich warm für den Oktober.

Fridas Blicke trafen ihn, denn sie hatten etwas Vernichtendes, obwohl er es doch nur gut meinte. In den letzten Wochen hatte sich Margrets Zustand mehr und mehr verschlechtert. Sie entwickelte sich zu einem völlig anderen Menschen. Ständig vergaß sie Dinge, dann wieder erzählte sie eigenartige Sachen.

Erst gestern hatte sie steif und fest behauptet, in der Ecke der Küche hätte ein Mann gestanden und dorthin gepinkelt.

Daran erinnerte Wilfried seine Frau jetzt, aber sie zeigte sich erneut uneinsichtig.

»Das war nur eine kurze Trübung ihres Bewusstseins. Sie fängt sich doch immer wieder. Du hast sie schließlich geweckt, und wahrscheinlich hat sie schlecht geträumt.«

Wilfried seufzte. »Frida, ich will dir doch nichts Böses. Aber es kann gefährlich werden, wenn du dich weiter sträubst. Womöglich lässt Margret noch die Herdplatte an, oder das Haus brennt ab, weil sie die Feuerung nicht hinbekommt.«

»So schlimm ist es nicht«, wiegelte Frida sofort ab. »Meist kommt sie gut zurecht. Ich möchte noch abwarten.«

In dem Augenblick klingelte das Telefon, und Wilfried war sicher, dass es sich nur um Margret handeln konnte, der wieder etwas Merkwürdiges passiert war. So wie jeden Morgen. Frida legte die kleine Harke beiseite und eilte ins Haus.

Wilfried verstand einfach nicht, warum seine Frau sich dermaßen sträubte, ihre Mutter vor sich selbst zu schützen. Er konnte es vermutlich auch schon deshalb nicht nachvollziehen, weil er seine Eltern bereits im Krieg verloren hatte und diese enge Beziehung nicht kannte. Auf jeden Fall war Margret ein ständiger Zankapfel zwischen ihnen.

Er nahm die geteilte Staude und legte sie zu den anderen, die er schon bearbeitet hatte. Erna wollte später vorbeikommen und sie für ihren Garten haben. Sie arbeitete inzwischen dreimal in der Woche in ihrem alten Laden in Nordenham und hatte auch wieder mit dem Nähen begonnen. Wilfried war stets froh, wenn Erna da war, denn sie entschärfte die Spannungen zwischen ihm und Frida auf eine unnachahmliche Art und Weise. Erna hatte meist gute Laune. Über die Trennung von Heiko war sie gut hinweggekommen, sie schien ihn nicht sonderlich zu vermissen – und Ostberlin sowieso nicht.

Ihr stetes und helles Lachen war wie Balsam in seinen Ohren, ihr kecker Blick sorgte für gute Laune.

All das erlebte er mit Frida nur selten. Sie kam nie ganz aus sich heraus und war meist ernst und in sich gekehrt. Ein wenig Leichtigkeit in ihrem Blick stellte sich immer nur dann ein, wenn sie am Klavier saß. Wilfried hatte inzwischen gelernt, ihr Spiel zu deuten. Er hörte heraus, wenn sie ihrer Sehnsucht freien Lauf ließ. Oder wenn sie sich über etwas freute. Dann klangen die Melodien und Töne anders. Seine Frau lebte mit der Musik, und sie kommunizierte unbewusst ihre Stimmungen darüber.

Trotzdem war es für Wilfried nicht leicht, weil es ihn ausschloss.

Deshalb freute er sich auf Erna und auch darauf, mit ihr zu plaudern. Sie gab ihm ein Stück Normalität und Unbefangenheit zurück.

»Ich muss los!«, rief Frida aus der Terrassentür. »Mutter hat mal wieder Besuch von ihren Geistern!«

Seine Frau versuchte, locker zu klingen, aber Wilfried merkte ihr die Sorge durchaus an.

»Bitte mach das Essen einfach warm, wenn die Kinder kommen!«, fügte sie noch hinzu. Frida hatte gestern Gulasch gekocht, das heute nur noch aufgewärmt werden musste. Meike und Peter liebten das Gericht und würden enttäuscht sein, wenn sie gleich vom Spielen nach Hause kamen und es nichts gab.

Aber Wilfried legte großen Wert drauf, dass die Familie gemeinsam aß. »Sollen wir nicht warten?«

»Ich weiß nicht, wie lange ich fort bin. Also fangt einfach an!«

Wilfried seufzte. Er hasste es, wenn das Familienleben so litt. Es lief zwischen ihm und Peter gerade etwas besser, und diesen Zustand wollte er weiter für sich nutzen. Da war es nicht gut, wenn seine Frau sich derart zurückzog, Einigkeit konnten sie auf diese Weise nicht erlangen.

Es wurmte Wilfried, dass es tatsächlich geholfen hatte, Peter öfter mit Focko auf den Kutter zu lassen. Dadurch war er ruhiger und zugänglicher geworden.

»Manchmal muss man die Vögel fliegen lassen, damit sie in ihr Nest zurückkehren können«, hatte Frida gesagt, und bei Peter traf das zu. Er flog, und er tat das oft. Aber er kam immer wieder freudestrahlend zurück mit einem Rucksack voller Erlebnisse, die wieder und wieder aus ihm heraussprudelten.

Focko tut nicht nur Peter gut, dachte Wilfried betrübt. Er hat auch die Gabe, meine eigene Frau zum Leuchten zu bringen.

Verbittert hieb er den Spaten wieder in die Erde und schaute auch nicht auf, als Frida mit dem Rad vom Hof fuhr. Sie hatte in der letzten Woche begonnen, ihren Führerschein zu machen, und er wollte ihr sofort ein Auto kaufen, damit sie nicht ständig mit dem Rad fahren musste. Vor allem jetzt, wenn der Herbst mit seiner Dunkelheit schon früh übers Land kroch, machte Wilfried sich oft genug Sorgen, wenn sie die einsame Strecke im Dunkeln von Eckwardersiel nach Eckwarden mit dem Rad zurücklegte.

Wer wusste schon, welches Gesindel so unterwegs war, und Frida war noch immer eine schöne Frau. Die schönste von allen.

Wilfried teilte die nächste Staude und schüttelte die Erde von den Wurzeln. Inzwischen hatte sich schon ein ordentlicher Berg angehäuft, Ernas und Herolds Garten würde im nächsten Sommer blühen. Besonders mochte Wilfried die orangefarbige Montbretie. Sie dominierte mit ihrer Schönheit, obwohl er das Blätterwerk eher unspektakulär fand. Es war auch Ernas Lieblingsblume. Frida zog die zarten Margariten in Gelb und Weiß vor.

Er fand, dass sie gut zu seiner Frau passten. Es waren wunderschöne und widerstandsfähige Blumen, aber auch ihnen haftete dieselbe Bescheidenheit und Tragik an, die Frida umgab.

Wilfried war mit den Stauden fertig und kümmerte sich jetzt um die letzten verbleibenden Blüten, die dem Herbst trotzten. Die Astern reckten ihre Köpfe aufmüpfig in den Himmel: Sie würden ihnen noch eine Weile erhalten bleiben und den Garten mit ihrer kräftigen lila Farbe verschönern.

Er nahm die Gartenschere, knipste ein paar verdorrte Blüten ab und widmete sich dann der Aufgabe, die Löcher der entnommenen Stauden wieder mit Erde zu füllen und die Beete zu harken.

Wilfried liebte die Gartenarbeit, war sie doch eine willkommene Abwechslung zur Arbeit im Krankenhaus, wo die Luft immer schlecht und von Desinfektionsmitteln und Essensgerüchen geschwängert war.

Hinzu kam die psychische Belastung, mit der er ebenfalls fertigwerden musste. Es war oft schwierig, das geballte Leid aus dem Kopf zu bekommen, und da tat ihm die Arbeit im Garten unendlich gut. Diese leichte Brise, die an der Küste stetig über das Land strich, der Duft von Gras und Blumen, das Singen der Vögel, die mit den Möwen wetteiferten – all das spülte die negativen Gedanken und Erlebnisse aus ihm heraus.

Bei der Gartenarbeit waren er und Frida sich nah wie nirgendwo sonst, da arbeiteten sie Hand in Hand, und alle Unterschiedlichkeiten waren für einen Moment vergessen.

Er hatte eben das letzte Beet geharkt und war zufrieden mit seiner Arbeit, als er ein Schutzblech klappern hörte.

»Moin, Wilfried!«, rief Erna. Ihr kinnlanges blondes Haar wehte im Wind um ihr strahlendes Gesicht. Sein Herz beschleunigte sich für einen Moment. Es tat so gut, einen positiven Menschen zu sehen.

Wilfried stellte die Harke an die Hauswand und wischte seine schmutzigen Hände an der Arbeitshose ab. »Moin, Erna. Ich bin gerade fertig geworden. Gib mir eine Minute, dann bin ich wieder etwas sauberer.«

»Das musst du nicht, wir können die Stauden auch gleich aufladen. Ich habe einen Fahrradanhänger dabei.« Sie wies zu ihrem Rad. »Dann haben Herold und ich nachher genug zu tun.«

Sie schaute sich um. »Ist Frida wieder bei Margret?«

»Ja«, antwortete Wilfried knapp. »Kümmern wir uns

also um deine Stauden. Dann schieb das Rad mal in den Garten, oder kann man den Anhänger abmachen?«

»Ja, das ist wohl die beste Lösung.«

Wilfried öffnete die Gartenpforte etwas weiter. Gemeinsam koppelten sie den Anhänger ab und schoben ihn rückwärts zu den Beeten. Dabei berührten sich versehentlich ihre Hände. Wilfried durchfuhr es wie ein Stromstoß, und er wich augenblicklich zurück.

Auch Erna hatte es bemerkt und lief rot an. Sie versuchte, schnell wieder etwas Normalität in die Situation zu bringen, indem sie zum Hänger zeigte.

»Nun flugs die Blumen rauf. Dann kann ich sie am Nachmittag gleich einbuddeln und gut wässern«, sagte sie und packte ordentlich mit an.

Wilfried musterte die Freundin seiner Frau verstohlen. Auch in Gartenkleidung sah sie attraktiv aus. Sie trug einen langen Rock, dazu Gummistiefel und einen dicken Strickpullover.

»Hey, was guckst du so?«, fragte sie lachend, aber es klang etwas aufgesetzt, weil sie plötzlich verlegen wirkte. In solchen Situationen redete sie immer hastig und wild drauflos. »Ich weiß, eine Vogelscheuche ist nichts gegen mich, aber das war der älteste Rock, den ich finden konnte. Es stört nicht, wenn der ein paar Flecken bekommt.«

»Du siehst auch als Vogelscheuche wunderbar aus«, entfuhr es Wilfried, und er biss sich sofort auf die Lippen, weil es unschicklich war, so etwas zu sagen, wenn es sich nicht um die eigene Frau handelte. »Also… ich wollte sagen…«, druckste er herum.

»Lass gut sein.« Erna nickte resolut. »Ich bin ja nicht zum Tanzball gekommen, und jetzt arbeiten wir.«

Kurze Zeit später war der Hänger vollbeladen, und sie

konnten ihn wieder ankoppeln. Dabei ließ sich Wilfried Zeit, er genoss Ernas Nähe einfach zu sehr, und ihm war daran gelegen, dass sie noch ein bisschen, wirklich nur ein kleines bisschen, blieb.

Ihr schien es ähnlich zu gehen, denn sie suchte das Gespräch. Was hat Margret denn heute angestellt, wenn Frida sogar am Wochenende nach Eckwardersiel musste? »Einfach ist es mit deiner Schwiegermutter wohl grad nicht.«

Wilfried nickte. »Sie hat wieder Besuch von Gnomen oder sonst wem.«

Erna zog die Stirn in Falten. »Ihr müsst bald etwas unternehmen. Lange geht das mit Margret nicht mehr. Ihr habt schon darüber gesprochen, sagt Frida.«

»Ja«, antwortete Wilfried. »Aber sie will nichts davon wissen, ihre Mutter in ein Heim zu geben. Stattdessen kriege ich meine eigene Frau kaum noch zu Gesicht.«

»Na ja, sie muss sich ja kümmern«, warf Erna ein.

»Das schon, aber es frisst nicht nur Frida auf, sondern unsere Ehe gleich mit. Und für Meike und Peter hat sie auch keine Zeit mehr«, echauffierte Wilfried sich. »Der Junge ist so oft bei Focko, dass er hier kaum ein Zuhause hat, sondern eher in Fedderwardersiel lebt. Zum Schlafen kommt er gerade noch vorbei.«

»Und Meike ist meistens bei uns«, ergänzte Erna.

Sie verschränkte die Arme vor der Brust. »Sanne und sie, das ist eine wunderbare Einheit. Trotz der zwei Jahre Altersunterschied ergänzen sie sich prächtig.« Sie grinste. »Und sie wetteifern noch immer, wer von ihnen beiden es zuerst auf eine große Bühne schafft. Aber wenn ich ehrlich bin, sehe ich Meike als das größere Talent, nur darf ich das meiner Tochter nicht sagen, dann könnte sie wütend werden.«

»All das bekommt Frida gar nicht mehr mit. Es geht nur noch um Margret!«

Erna schaute ihn zweifelnd an.

»Was ist?«, fragte er. »Hab ich was Falsches gesagt?«

»Nein. Aber Frida liebt dieses Haus am Deich. Es ist ihr mehr Heimat als alle anderen Orte auf dieser Welt.« Sie schabte mit der Schuhspitze übers Pflaster und rang sichtlich nach Worten. »Also – sie hat dort so einzigartige Dinge erlebt...«

»Ja, ihr Kind mit Focko gezeugt«, unterbrach Wilfried sie mit bitterer Stimme, aber Erna winkte ab. »Das meinte ich gar nicht. Dieses Haus hat nicht nur Frida, sondern auch mich gerettet. Es ist so etwas wie ein Schutz in der Grausamkeit der restlichen Welt. Wenn sie Margret jetzt in ein Heim gibt, dann steht es leer. Verfällt womöglich oder muss – was für sie noch schlimmer ist – verkauft werden. Fremde Leute in dem Haus, das ihr Vater für die Familie umgebaut und renoviert hat. Es geht hier nicht nur um Margret«, erklärte Erna.

Wilfried schämte sich plötzlich. Weil Erna ihm mit den wenigen Worten klargemacht hatte, was seine Frau bewegte, und er das selbst nicht erkannt hatte, weil er derart verblendet war.

»Warum bin ich da noch nicht selbst draufgekommen?«, fragte er bestürzt.

»Weil du überall nur Focko siehst. Und nicht das Wesentliche. Frida lebt mit dir zusammen. Focko ist aber nun mal Peters Vater, und ich finde es großartig, wie sie mit alldem umgeht. Nur fürchte ich, dass sie sich wirklich aufreibt, weil sie ein paar Maschinen zu viel bedienen muss und es ihr keiner dankt.«

Wilfried senkte den Kopf. »Was soll ich tun?«

Erna legte ihre Hand auf seinen Unterarm. »Setze

Frida nicht unter Druck. Das bringt euch immer mehr auseinander. Ich weiß, wie sehr dich die Eifersucht quält, aber sie steht zu dir. Das weiß ich sicher.«

Wilfried strich Erna mit dem Zeigefinger über die Wange und hinterließ einen braunen Streifen, den er wegzuwischen versuchte, aber es dadurch nur noch schlimmer machte.

»Lass mal, dann sieht wenigstens jeder, dass ich gearbeitet habe«, sagte Erna und leckte sich verlegen die Oberlippe.

Wilfried zog seine Hand zurück, obwohl er die junge Frau am liebsten in den Arm genommen und an dieser süßen Zunge geknabbert hätte. Er stieß bei den Gedanken erschrocken die Luft aus. Was war bloß mit ihm los? »Ich bin ein Tölpel. Ich kann ihr einfach nicht vertrauen, nach all dem, was war«, sagte er schnell und hoffte, dass Erna seine Verwirrtheit nicht bemerkt hatte.

»Du bist kein Tölpel«, flüsterte Erna und sah ihn mit einem unergründlichen Blick an, der ihm schon wieder durch Mark und Bein ging. »Du bist ein feinsinniger Mann. Und ihr habt es wirklich nicht leicht gehabt.«

Wilfried sog Ernas Duft ein, denn sie stand ihm viel zu nah. Sie roch immer ein bisschen süßlich, aber nicht so, dass es aufdringlich wirkte.

Er fuhr sich mit der Hand durchs Haar. Er war vollkommen durcheinander und jetzt sicher auch noch ein bisschen erdig. »Ich sollte das Essen erwärmen«, sagte er.

»Ja, das musst du wohl«, bestätigte Erna, rührte sich aber nicht vom Fleck.

»Sonst ist es nicht fertig, wenn die Kinder kommen.«

»Und dann schmeckt es nicht.« Erna stupste Wilfried mit dem Zeigefinger gegen die Nase und machte nun doch einen Schritt zurück. »Denk mal drüber nach, was ich gesagt habe.«

»Mach ich!«, antwortete er erleichtert, weil der Bann ein wenig gebrochen war. Doch noch immer standen sie zu dicht voreinander und konnten die Blicke nicht vom anderen lösen.

Zwischen ihnen schwang nicht nur Wärme und Zuversicht. Es war ein Feuer, das ihnen gefährlich werden konnte, aber keiner von beiden wollte es löschen, weil es sich so wunderbar anfühlte.

»Mama!« Sanne kam mit Meike um die Ecke geschossen. Sie blieben abrupt stehen, als sie Wilfried und Erna entdeckten.

»Ist was?«, fragte Sanne sofort.

Erna hatte sich schneller wieder im Griff als Wilfried und trat lächelnd einen Schritt zurück. »Die Stauden sind aufgeladen. Und Oma Margret ist wieder etwas durch den Wind, sodass Frida hinfahren musste. Wir haben eben überlegt, was man tun könnte«, fügte sie lapidar hinzu, doch Sannes Gesicht blieb skeptisch.

»Okay.« Ihre Tochter verwendete das moderne amerikanische Wort und zog es arg in die Länge, schien aber noch immer nicht restlos überzeugt.

Wilfried war es peinlich, wie kritisch auch Meike ihn betrachtete. Er fühlte sich regelrecht von den beiden Mädchen ertappt.

»Ich mach dann mal das Essen warm. Mama kommt sicher gleich zurück und hat Hunger.« Wilfried war froh, dass es ihm gelang, Ruhe und Sicherheit in seine Stimme zu legen, obwohl er innerlich noch aufgewühlt war. Erna hatte es mit einem Mal eilig, vom Hof zu verschwinden. Sie winkte nur kurz und ging zu ihrem Rad. »Wir sehen uns. Kommst du, Sanne?«

Ihre Tochter half ihr, das Gefährt zu wenden, und dann schoben sie von dannen, ohne sich noch einmal umzusehen.

Meike schaute Wilfried weiterhin mit eigenartigem Blick an. »Liebst du jetzt Erna?«, brach es dann vollkommen unvermittelt aus ihr heraus.

»Wie kommst du denn da drauf?« Wilfried lachte.

»Ihr habt ausgesehen wie ein Liebespaar. Wir haben euch eine Weile beobachtet. Sanne hat gesagt, sie war mit Erna im Kino und hat gesehen, wie das ist, wenn sich jemand verliebt hat. *Ein Pyjama für zwei* hat sie sich angeschaut. Das soll ganz lustig gewesen sein.«

Wilfried wiegelte ab. »Ja, das ist eben Film. Aber im wirklichen Leben ist es ein wenig anders. Erna ist eine gute Freundin, und dann muss man zusammenhalten, wenn es eng wird. Wir machen uns Sorgen um Oma.«

Jetzt wirkte Meike doch erleichtert. »Das mache ich auch. Sie lebt in einer anderen Welt. Komm, ich helfe dir beim Essenmachen. Ich kann nämlich schon Kartoffeln schälen.«

»Ja, du bist schon ein großes Mädchen«, sagte Wilfried. Die Kirchturmuhr schlug zwölfmal. »Peter wollte auch pünktlich kommen.« Er nahm Meike bei der Hand, und sie gingen gemeinsam ins Haus.

Meike holte sofort die Kartoffeln aus dem Keller und wusch die Schalen ab, bevor sie mit dem Schälen begann.

Wilfried stellte derweil das fertige Gulasch auf den Herd und machte die Platte an. Ihm zitterten die Hände noch immer, weil er sich ertappt fühlte, obgleich er gar nichts getan hatte. Er sollte wirklich besser achtgeben und nicht für mehr Verwirrung sorgen. Es war schwierig genug in ihrem Leben. Für Erna durfte da kein Platz sein. Jedenfalls nicht so.

1962

Kapitel 20

Frida war froh, dass die Weihnachtsfeiertage und der Jahreswechsel sowie der gesamte Januar genauso an ihnen vorbeigeschlichen waren wie Katzen auf der Suche nach Beute.

Es hatte in der Nacht leicht gefroren und war kaum der Rede wert, aber es hatte gereicht, dass die Welt von einer fein ziselierten Frostschicht ummantelt war und ein bisschen verzaubert wirkte.

Frida machte sich, wie jeden Morgen, auf den Weg nach Eckwardersiel, denn ihrer Mutter ging es immer schlechter. Sie vergaß inzwischen alles Mögliche, und sie hatte jetzt doch intensiv mit Wilfried darüber diskutiert, ob sie noch lange allein im Haus bleiben konnte. Es war für Frida allerdings schwer, den Gedanken zuzulassen.

Den Herd hatten sie lahmgelegt, das Bügeleisen konfisziert. Frida versorgte sie mit Essen, und auch sonst verbrachte sie einen Großteil ihrer Zeit in Eckwardersiel im Haus am Deich. Sie spielte ihrer Mutter auf dem Klavier vor, wusch ihre Kleidung und kümmerte sich um deren Körperpflege, denn auch das war bei ihr ins Reich des Vergessens geraten. Würde Frida sich nicht kümmern, wäre sie wohl schon verwahrlost.

Es war trotzdem ein täglicher Kampf, weil ihre Mutter oft keine Einmischung in ihre Körperhygiene duldete. Frida stand dann hilflos neben ihr, wenn ihre Mutter einen Waschlappen in der Hand hielt und schon dann nicht mehr wusste, was sie damit anstellen sollte.

»Moin, Mutter!«, rief Frida und steckte den Kopf zur Tür hinein. »Wo steckst du denn?«

Keine Antwort.

Frida zog die Tür rasch hinter sich zu, damit sie keine Kälte ins Haus brachte. Sie fand ihre Mutter in der Küche hockend, wo ein heilloses Durcheinander herrschte.

»Was tust du denn da?«, fragte sie.

»Aufräumen, das siehst du doch«, erklärte ihre Mutter. »Man muss immer aufräumen. Sonst verfolgt einen der Dreck ein Leben lang.«

Frida runzelte die Stirn. Das klang doppeldeutig. Ihre Mutter sagte solche Dinge verdammt häufig. »Was meinst du damit?«

»Dass ich den Unrat zusammenkehre, den ich verloren habe, denn mit schmutzigen Schuhsohlen lässt mich der Herr im Himmel nicht ein, da sei sicher. Der hat nämlich keine Schmutzmatten, da muss ich schon sauber kommen.«

»Nun steh auf!«, sagte Frida und wollte sie hochziehen, aber ihre Mutter schüttelte die Hand unwirsch ab. »Ich räum jetzt auf in meinem Leben!«

Frida seufzte. Wenn ihre Mutter in einem solchen Zustand war, benahm sie sich wie ein trotziges Kleinkind, und ihr war nur schwer beizukommen.

»Dann helf ich dir!«, schlug sie vor.

»Untersteh dich! – Meine Sache.«

Plötzlich ließ ihre Mutter den Kehrer fallen und fing bitterlich zu weinen an. »Ich habe mich versündigt.«

Frida nahm sie in den Arm und wartete, bis das Beben

nachließ. »Das hast du bestimmt nicht. Du hast immer alles für uns getan. Jetzt aber benötigst du Hilfe, das ist der Lauf der Welt.« Sie küsste sie auf den Scheitel »Komm, wir räumen gemeinsam auf, und dann machen wir dich schick.«

Ihre Mutter krauste die Nase, überlegte kurz und stimmte dann zu. »Gut. Ich hab Hunger.«

Frida war froh, dass sie ihr Aufräumvorhaben vergessen hatte, und half ihr hoch.

Es dauerte, ehe Frida die Küche wieder in einen Normalzustand versetzt hatte. Als sie die Zeitungen zusammenlegte, sah sie, dass es sich um veraltete Ausgaben handelte und sie allesamt mit dem Auslaufen der Schiffe aus Bremerhaven zu tun hatten.

»Was ist das?«, fragte sie, aber ihre Mutter winkte ab. »Plunder. Das kann ins Feuer.« Plötzlich wurde sie hektisch und raufte sämtliches Papier zusammen. »Ganz schnell muss das weg.«

»Ich mach das«, meinte Frida. Sie rollte die Zeitungen zusammen und verstaute sie in ihrer Handtasche. Nun war sie doch neugierig, warum ihre Mutter sie aufbewahrt hatte und weshalb sie alles so schnell wie möglich loswerden wollte.

Danach stellte sie Brot, Butter und Marmelade auf den Tisch und kochte Tee.

»Ich habe jetzt meinen Führerschein«, sagte sie zu ihrer Mutter, als sie gemeinsam am Tisch saßen. »Und bin mit meiner neuen Isetta da. Dann können wir mal ausfahren.«

»Hat Wilfried sie gekauft?« Ihre Mutter langte nach dem Stück Brot, das Frida eben abgeschnitten hatte.

»Warte, da muss erst Butter drauf.« Sie nahm ihrer Mutter die Stulle aus der Hand und schmierte sie. »Ja, das Auto hat mir Wilfried gekauft.« Sie reichte ihrer Mutter das Brot, das sie mit Deichkäse belegt hatte.

»Er ist ein guter Mann, oder?« Ihre Mutter biss ab und kaute nachdenklich. »Es war gut, dass du ihn genommen hast. Richtig gut war das.«

»Ja, doch. Was soll das jetzt?«, fragte Frida. Sie war die alte Leier leid.

»Weil er der bessere Mann war. Sonst würdest du jetzt Krabben pulen.« Ihre Mutter schmatzte laut.

Frida stand auf. Sie mochte diese Diskussionen nicht. »Dann iss du mal, ich schaue oben nach dem Rechten.«

»Hast du keinen Hunger?«

»Ich habe gut gefrühstückt, und zu Hause wartet gleich Gulasch auf mich. Ich hätte dir eine Portion mitbringen sollen«, sagte Frida.

»Ich esse lieber Brot.«

Frida erklomm die Stufen. Sie verspürte das Bedürfnis, etwas Abstand von ihrer Mutter zu bekommen.

Im Schlafzimmer erwartete sie der nächste Schock. Es roch nicht nur widerlich, sondern ihre Mutter hatte sämtliche Anziehsachen aus dem Schrank gerissen und auf dem Boden verteilt. Aus den Schuhen hatte sie einen mächtigen Turm gebaut und die Kopftücher zu einer langen Leine verknotet.

Frida war es, als schlüge ihr jemand mit dem Hammer ins Gesicht. Sie hatte sich tatsächlich etwas vorgemacht. Ihre Mutter konnte nicht mehr allein bleiben. Es war ausgeschlossen.

»Ach, Mutter«, seufzte Frida. »Nur wohin mit dir?«

Wenn sie dermaßen verwirrt war, konnte es schwierig werden, sie im Haus zu haben, ganz abgesehen davon, dass sie keinen Platz hatten. Das Musikzimmer zu räumen war ausgeschlossen, da hatte Wilfried recht. Wohin sollte denn das Klavier gestellt werden? Wo sollte Meike üben? Das Musizieren war für das Mädchen ihr Lebenselixier.

Frida begann zu zittern.

Sie stand auf und schaute, woher der widerliche Gestank kam.

Als sie unter dem Bett vergammelte Essensreste fand, wusste sie, dass es kein Zurück mehr gab.

Schimmeliges Brot lag zusammen mit einem Stück Käse und Apfelschalen auf einem Teller, der völlig verdreckt war. Frida fand zudem Hühnerfutter und ein paar gekochte Nudeln.

Herrje, warum war ihr das Chaos unter dem Bett zuvor nie aufgefallen?

Sie musste sich setzen, und jetzt kamen die Tränen. Sie würde Wilfried bitten, die Heimunterbringung anzuleiern. Er hatte sich bereits um einen Platz gekümmert, was Frida arg verärgert hatte. Aber nun war sie doch dankbar für seine Weitsicht – so schmerzhaft alles auch war.

Frida war allerdings ratlos, wie sie ihrer Mutter beibringen sollte, dass sie das Haus am Deich verlassen musste.

»Wenn ich es ihr sage, wird sie erst empört sein – und es im nächsten Moment vergessen haben«, beruhigte sie sich. Der Verfall ihrer Mutter war so rasant vorangeschritten, dass es ihr Angst machte. Nicht mehr lange, und sie würde auch nicht mehr wissen, wer sie war. Schließlich erkannte Margret auch Peter oder Wilfried nicht immer.

Frida räumte das Schlafzimmer notdürftig auf und entsorgte die gammeligen Lebensmittel. Den Teller warf sie gleich mit in die Mülltonne.

»Was machst du?«, rief ihre Mutter aus der Küche.

»Ich mache klar Schiff und komme gleich.«

Frida fegte auch noch den Raum und machte das Bett, doch dann hörte sie das Klacken der Haustür.

»Mutter!«, rief sie.

Seufzend legte sie den Besen ab und stürmte die Treppen hinunter. Durch die weit geöffnete Haustür sah sie, wie ihre Mutter mit tanzenden Schritten und ohne Jacke zur Scheune lief.

Frida rannte ihr nach und packte sie am Arm. »Du holst dir den Tod!«, schimpfte sie. »Es ist Frost! Komm bitte wieder rein.«

»Ach so, hab ich gar nicht bemerkt, Fridalein.«

Das hatte sie noch nie zu ihr gesagt.

Frida beschloss, ihre Mutter gleich mitzunehmen. Keine Minute durfte sie länger allein im Häuschen sein. Sie hatte schon viel zu lange gewartet.

*

Erna saß bei Wilfried in der Küche. Sie nahm einen Schluck Wasser. »Und Frida ist mal wieder in Eckwardersiel?«, fragte sie.

»Ja, auch heute am Sonntag. Ich bekomme sie kaum noch zu Gesicht. Margrets Zustand hat sich massiv verschlechtert, und sie will das nicht wahrhaben.«

»Ich rede mit ihr!«, schlug Erna vor. »Ich habe jetzt drei Wochen Urlaub, bevor ich mit Sanne nach Bremen übersiedle.«

Erna hatte sich in Bremen bei Karstadt beworben und zum 1. März dort eine Anstellung gefunden. Sie war deswegen ganz aus dem Häuschen vor Glück. Im Karstadt-Warenhaus zu arbeiten war fast so schön wie im KaDeWe. Aber eben nur fast.

»Schade, dass du gehst«, sagte Wilfried, und Ernas Herz schlug bei diesen Worten etwas schneller. Es war gut, dass sie nicht mehr lange hier war, denn sie sahen sich ein bisschen zu oft, und sie vertrauten einander ein wenig zu sehr. Zwischen ihnen war etwas angeschoben worden, was sie beide nicht wollten und doch nicht verhindern konnten.

»Es ist besser«, sagte sie mit Bestimmtheit und schaute Wilfried fest in die Augen. »Du weißt das und ich auch.«

»Ich liebe Frida«, sagte er, ohne auf ihren Einwurf einzugehen. »Wir wissen auch das.«

Erna senkte den Blick. In den letzten Monaten waren sie sich nähergekommen, es war manchmal schon unheimlich, wie gut sie sich verstanden.

»Frida hat eine Menge um die Ohren«, sagte Erna, bloß um etwas zu sagen. »Sie macht sich eben große Sorgen um Margret.«

»Sie muss in ein Heim. Ob es Frida passt oder nicht. Es ist unverantwortlich, dass sie so allein in der Abgeschiedenheit lebt.«

Erna wiegte den Kopf, sie wusste ja, wie schwer es ihrer Freundin fallen musste, überhaupt in Erwägung zu ziehen, ihre Mutter aus ihrem Zuhause herauszuholen. »Sie kann es nicht, ich habe dir ja schon erklärt, worum es auch noch geht. Wahrscheinlich muss erst richtig was passieren.«

Wilfried lachte müde auf. »Richtig was passieren? Dann könnte Margret tot sein. Oder das Haus abgefackelt. Es wird nicht besser werden mit ihr.«

»Wohl nicht.« Ernas Kopf schnellte zum Fenster, als sie sah, dass die Isetta ihrer Freundin auf den Hof knatterte.

»Da kommt sie.« Erna reckte den Hals. »Aber nicht allein. Sie hat Margret dabei.«

Wilfried stand sofort auf und eilte seiner Frau und der Schwiegermutter entgegen. »Was ist passiert?«, hörte Erna.

»Mutter kann nicht länger allein bleiben.« Fridas Stimme wirkte betrübt. »Kannst du in diesem Heim anrufen, wo du sie schon angemeldet hast? Ich habe Sachen zusammengepackt und mitgebracht. Du hattest recht. Ich hätte viel früher reagieren sollen.«

Dann verstand Erna nicht mehr, was ihre Freundin sagte, aber vermutlich erklärte sie ihrem Mann, warum sie sich jetzt doch zu diesem Entschluss durchgerungen hatte.

Kurz darauf betraten die drei die Küche.

Frida hatte Tränen in den Augen, und ihre Hände zitterten, als sie sich setzte und ihrer Mutter einen Platz auf dem Nebenstuhl zuwies. »Ich kann gar nicht sagen, wie schlimm das für mich ist«, murmelte sie. »Es war grausam, als ich die Tür hinter mir abgeschlossen habe. Das Haus ist jetzt tot.« Sie schlug die Hände vors Gesicht. »Zu klären ist noch, was aus den Katzen wird. Die Hühner kommen zur Nachbarin, sie will ein paar schlachten, die jüngeren können bleiben, und die beiden Hähne kommen weg. Ich habe sie aber schon für uns bestellt. Wir haben dann nächste Woche Hähnchen.«

Ihre Stimme war fast tonlos, sie ratterte alles nur so herunter.

»Der eine Hahn ist alt«, sagte ihre Mutter. »Der muss in den Ofen.« Sie schaute sich interessiert um. »Das ist ja eine hübsche Küche. Wer wohnt denn hier?«

»Ich, Mutter. Und Wilfried und deine Enkel«, antwortete Frida. Es war zwecklos, ihr zu erklären, wie oft sie schon bei Frida gewesen war.

Margret stand auf und öffnete jede Schublade.

Wilfried bugsierte sie auf ihren Platz zurück. »Nun bleib du mal sitzen. Wir müssen jetzt wohl beratschlagen, was wir machen. Es ist Samstag, und ich glaube nicht, dass wir Margret noch heute dorthin bringen können. Notfalls werden wir für das Wochenende eine Lösung finden müssen.«

Es polterte, Meike tobte mit Peter und Sanne im Schlepptau in die Küche. »Oma!«, kreischten sie, aber Margret blickte die beiden an, als würde sie sie zum ersten Mal sehen.

»Frida, wer sind diese lauten Kinder?«

Meike kicherte. »Oma, mach keine Witze! Ich bin Meike.«

Margrets Gesicht versteinerte, als ihre Enkelin sie umarmte.

»Frida, bitte nimm das Kind weg. Womöglich hat es Typhus.«

Meike ließ ihre Oma los, und Peter schaute seine Mutter fragend an.

»Oma hat keinen guten Tag«, erklärte sie. »Ich sag euch später, was los ist. Jetzt ist es besser, ihr setzt euch einfach dazu.«

Meike zog einen Flunsch, und Peter verließ die Küche. »Aber es ist doch Oma!«

Sie ist krank, formte Frida lautlos mit den Lippen, aber Meike wollte das nicht wahrhaben. Sie griff nach der Hand ihrer Großmutter und erschrak, als die mit der anderen draufschlug. »Kannst du nicht hören? Fort!«

Meike traten Tränen in die Augen. »Dann eben nicht. Doofe Oma!« Sie sprang auf und rannte aus der Küche.

Frida wollte ihrer Tochter sofort nacheilen, aber Wilfried hinderte sie daran. »Bleib. Das können wir später klären. Einen Schritt nach dem anderen. Ich rufe in der Einrichtung an. Mit etwas Glück…« Er stand auf und ging in den Flur, wo das Telefon auf der Kommode stand.

»Es ist schlimmer, als ich dachte«, sagte Erna besorgt und griff nach Fridas Hand.

»Und wer sind Sie?«, keifte Margret sofort los. »Fassen Sie mein Kind nicht an. Sie ist verheiratet, und ich habe mich darum gekümmert, dass geordnete Verhältnisse herrschen! Ich! Das können Sie nicht verstehen, nicht wahr, junge Frau? Aber eine Mutter muss immer, immer dafür Sorge tragen, dass das Kind eine richtige Entscheidung trifft. Und notfalls muss man nachhelfen. Ja, das muss man.«

Frida wurde blass, denn plötzlich ergab alles ein Bild. Ein Bild, das auch Erna verstand, hatte sie Margret doch in der letzten Zeit oft genug besucht und ebenfalls zahlreiche Andeutungen mitbekommen.

Ihr Gerede, sie müsse aufräumen und dass Frida sich für den richtigen Mann entschieden hatte. All das hatte sie in einer Endlosschleife von sich gegeben.

»Wovon redest du, Mutter?«, fragte Frida in viel zu scharfem Ton, denn auch sie ahnte offenbar, was ihre Mutter getan hatte.

Doch die war schon wieder mit ihren Gedanken weit weg.

»Ich muss mal Milch trinken. Das ist gut für die Knochen. Und es schmeichelt dem Gaumen.«

Erna sprang auf und füllte ein Glas aus der Flasche. Dann schüttelte sie unmerklich den Kopf und sagte zu Frida. »Jetzt nicht! Lass«, flüsterte sie. »Das klären wir später.«

Wilfried kam zurück und nickte zufrieden. »Wir können Margret tatsächlich bringen. Ich hatte Glück, weil ich den diensthabenden Arzt kenne und dass gerade ein Zimmer frei geworden ist.«

Erna schoss durch den Kopf, was das in letzter Konsequenz hieß. Im Heim war jemand gestorben und hatte Platz für den nächsten gemacht.

Frida rieb sich das Kinn, um zu überlegen, wie sie vorgehen wollte. Erna wusste sofort, was in ihrer Freundin vorging. »Du denkst darüber nach, ob du mitgehst, oder?«

Frida schluckte. »Ich weiß nicht, ob ich es ertrage.«

»Du schaffst das. Ich bleibe bei den Kindern, und du begleitest deine Mutter. Es wird dir guttun, auch wenn es schmerzt.«

Frida stand auf und drückte Erna fest. »Gut, so machen wir das.« Ihre Stimme klang so dünn und verletzlich, dass es Erna fast das Herz brach.

Kapitel 21

Das Gebäude des Heims wirkte auf Frida wie ein Gefängnis. Zu groß, zu trist und die Fenster zu klein. Auch der Geruch, der ihnen entgegenschlug, war alles andere als vertrauenerweckend.

»Hier stinkt es nach Pisse!«, brachte ihre Mutter die Situation auf den Punkt, und niemand widersprach ihr. Es stank nach Urin. Aber auch nach Stampfkartoffeln und einer undefinierbaren Soße. Aus einem Zimmer klackerte es, und kurz drauf schob eine Schwester einen Verbandswagen über den Flur.

Die Böden im Heim waren mit Linoleum ausgelegt und dunkel. Zwar waren an den Decken große rechteckige Lampen angebracht, aber tagsüber waren sie nicht an. Frida erschauderte bei dem Gedanken, was für ein grelles Licht sie wohl werfen mochten.

Zu beiden Seiten des Flurs gingen weiße Türen ab. Hin und wieder lockerten ein Bild oder ein kleiner Resopaltisch mit einem Trockengesteck, um den zwei Stühle platziert waren, die Tristesse auf.

»Was soll ich hier?« Fridas Mutter tippelte nervös hin und her, während sie auf die Heimleitung warteten.

»Du machst ein bisschen Urlaub«, erklärte Frida. »Das ist ein Hotel.«

»Ich war noch nie in einem Hotel«, sagte ihre Mutter. »Und jetzt weiß ich auch, warum. Können wir wieder gehen?«

Frida wand sich, am liebsten hätte sie den Vorschlag ihrer Mutter sofort umgesetzt.

»Ein bisschen bleibst du, es gibt gleich Kaffee und Kuchen«, versuchte sie hingegen, ihrer Mutter das Heim schmackhaft zu machen, obwohl Frida nicht wusste, ob das überhaupt der Wahrheit entsprach.

Ihre Mutter rümpfte ohnehin nur die Nase.

»Herr Doktor Hansen?«, erklang eine Stimme hinter ihnen. Sie drehten sich um und standen einer etwa vierzigjährigen Frau mit einem freundlichen Lächeln gegenüber. Sie trug ein eng geschnittenes Kostüm und hatte die Haare so hoch toupiert, dass sie beinahe wie ein Turban wirkten. Die Lippen waren tiefrot geschminkt.

»Ja, wir hatten telefoniert.« Wilfried verbeugte sich formvollendet.

»Guten Tag, Frau Doktor Hansen, guten Tag, Frau Köhle. Ich bin die Heimleiterin Frau Wattenscheid.« Sie reichte ihnen die Hand, doch Fridas Mutter versteckte die ihre wie ein kleines Mädchen hinterm Rücken.

»Dann begrüßen wir uns später«, sagte die Heimleiterin. »Jetzt zeige ich Ihnen erst einmal das Zimmer, und danach erledigen wir die Formalitäten.«

Sie ging voraus durch das Dunkel des Flurs. Bog mal nach rechts, dann wieder nach links ab. Zwischendurch konnten sie einen Blick auf eine eingefriedete Gartenanlage erhalten. Hier blieb Frau Wattenscheid kurz stehen. »Das ist unser Garten. Dort kann sich Ihre Mutter unter Aufsicht bewegen.«

Frida überkam Gänsehaut. Ihre Mutter, die von früher die grenzenlose Freiheit der Oderlandschaft kannte.

Die es inzwischen liebte, über die grüne Marsch oder den Jadebusen zu blicken, würde fortan hinter einer hohen Steinmauer gefangen sein.

Eingesperrt, wie es Erna in Berlin gewesen war.

»Das ist doch schön. Ein bisschen Grün drum herum«, versuchte Wilfried es schönzureden, verstummte aber, als er den entsetzten Blick seiner Frau sah.

Sie nahmen noch eine Abzweigung und standen dann vor einem Zimmer mit der Nummer 32.

Frau Wattenscheid stieß die Tür auf. Auch hier war die Luft abgestanden. »In diesem Zimmer wird Ihre Mutter von jetzt an leben. Sie können sie mit Anmeldung jederzeit besuchen.« Sie bat die drei hinein.

Eine Pflegerin war gerade dabei, eine andere Bewohnerin zu waschen.

»Sie hat kein Zimmer für sich?«, fragte Frida entsetzt.

»Nein, so ist sie jedenfalls nicht allein.«

Die Heimleiterin schien es völlig normal zu finden, dass sich ein Mensch mit jemand Fremdem auf Dauer ein Zimmer teilte.

»Aber sie lebt hier für immer«, warf Frida ein, erntete jedoch nur ein Schulterzucken. »So ist das nun einmal.«

Der Raum wirkte keineswegs wohnlich, sondern erinnerte eher an ein Krankenzimmer, spartanisch, wie er eingerichtet war. Rechts und links standen zwei Pflegebetten, nach vorn heraus befand sich ein Fenster, das von einer Gardine verhüllt war. Seitlich waren dunkelgrüne Stores angebracht. Davor kauerte ein runder Eichentisch mit zwei Stühlen und einem mit Goldrand bestickten Deckchen. Neben jedem Bett stand ein Nachtschränkchen, und zu beiden Seiten der Tür waren in die Wand schlichte Schränke eingelassen. Über dem Bett, das Fridas Mutter beziehen sollte, hing ein gesticktes Bild mit einem röhrenden Hirsch. Das war der einzige persönliche Gegenstand.

»Das Bild kann noch weg. Es stammt von der gestern verstorbenen Dame. Aber es hat was Erfrischendes. Ein bisschen Wald und Natur«, flötete Frau Wattenscheid, die sichtlich um gute Stimmung bemüht war.

Frida zuckte mit den Schultern. Es war zu befürchten, dass ihre Mutter es ohnehin nicht wahrnahm. Daher konnte die Scheußlichkeit auch hängen bleiben.

Frau Wattenscheid stellte gerade die Pflegerin vor. Sie trug einen hellblauen Kittel mit einer weißen Schürze und auf dem Kopf eine Haube.

»Das ist Schwester Ursula. Sie kümmert sich heute um Ihre Frau Mutter«, erklärte die Heimleiterin und stellte Frida, Wilfried und Margret vor.

»Frau Köhle kann dann gleich hierbleiben. Sie wird bei uns bestens versorgt. Es gibt auch bald eine Tasse Tee oder Kaffee. Den kann sie im Speisesaal einnehmen. Wir bringen sie dorthin.« Sie schob Fridas Mutter zu dem kleinen runden Eichentisch und platzierte sie auf dem Stuhl. »Bis ich fertig bin, ist es gut, wenn sie hier wartet.«

Am liebsten hätte sie ihre Mutter geschnappt und sie wieder mitgenommen. »Ich will zum Deich, ich muss die Hühner füttern. Das Gatter ist bestimmt wieder kaputt und muss geflickt werden, damit der Fuchs nicht kommt und alle frisst. Der Hahn ist aber schon alt. Der muss weg.«

»Später«, beruhigte Frida sie. »Später. Jetzt bleibst du erst mal hier. Ich schau nachher, was die Hühner machen.« Sie hasste sich, weil sie ihre Mutter derart belog.

Frau Wattenscheid stand schon im Flur und winkte ihnen. »Dann folgen Sie mir bitte ins Büro.« Sie schloss die Tür mit einem kräftigen Ruck.

Aber Frida hörte dennoch die Rufe ihrer Mutter. »Frida! Nimm mich mit! So nimm mich doch bitte mit!«

*

»Was ist denn mit Oma?«, fragte Meike. Sie wirkte arg verängstigt, und Sanne streichelte ihre Hand. »Warum weiß sie nicht mehr, wer wir sind?«

»Eure Großmutter ist sehr krank«, erklärte Erna und nahm eine Tafel Schokolade aus der Tasche. »Ihr Kopf spielt manchmal verrückt und kann viele Dinge nicht mehr so gut sortieren, versteht ihr?«

Sie drückte die einzelnen Stücke klein und öffnete dann die Packung. »Hier, nehmt euch was. Das lenkt euch ein bisschen ab.«

Das ließen sich die drei kein zweites Mal sagen und stürzten sich auf die Leckerei.

»Seht ihr, das schmeckt ja«, sagte Erna. »Es wird alles gut.« Sie wusste selbst, wie hohl diese Phrase klang. Denn wie sollte es gut werden? Margrets Zustand würde sich weiter verschlechtern. Wilfried hatte ihr genau erklärt, wie es sich oft bei älteren Menschen zutrug, wenn sie sich in ihrer eigenen Welt verloren.

Die Schokolade war bis auf den letzten Krümel verputzt, und auf dem Tisch lag nur noch die Alufolie.

»Das war lecker«, sagte Sanne. »Hast du noch eine?«

»Nein, ihr wollt doch kein Bauchweh bekommen«, erwiderte Erna.

Meike leckte sich den Schokorand von den Lippen. Die Ablenkung durch die Süßigkeit war nur von kurzer Dauer, denn sie begann schon wieder zu grübeln. Darin war sie ihrer Mutter sehr ähnlich, während Peter eher das Gemütvolle seines Vaters zu eigen war.

»Es ist aber doch komisch, dass Oma nicht mehr weiß, wer wir sind?«, begann sie mit verzweifelter Stimme, auch wenn sie sich bemühte, tapfer zu sein. »Letzte Woche waren wir noch bei ihr, und sie hat gesagt, dass ich wunderschön Klavier spielen kann.« Meike wischte sich die Tränen aus dem Gesicht. »Eine Oma kann doch ihre Enkel nicht einfach vergessen.«

»Das ist wie ein schwarzes Loch im Kopf, hat mein Papa mir erklärt«, meinte Peter. »Das wird immer größer, und alle Erinnerungen fallen da rein und sind weg. Am längsten bleiben die am Rand stehen, die schon ganz alt sind. Deshalb weiß Oma Margret auch noch so viel aus Stettin und von Opa«, dozierte er altklug.

»Du hast doch gar keine Ahnung«, fuhr Meike ihn an. »Papa Wilfried gibt Oma bestimmt eine Medizin, und dann wird alles gut.« Trotzig schob sie das Kinn vor.

Ehe Erna sich einmischen konnte, legte Peter schon wieder los. Er sprach allerdings ruhig und bedächtig und war schon wieder das Abbild seines Vaters. »Oma Hanne ist auch so. Sie weiß manchmal nicht mehr, wo sie die Butter hingestellt hat, aber wie man Krabben pult und wo der Kutter ist, daran erinnert sie sich ganz genau. Da finden wir sie auch, wenn sie wegläuft.«

Meike wollte schon wieder hochfahren, als Erna beschwichtigend eingriff. »Lassen wir das Thema. Bitte! Niemand weiß, wie sich Oma Margrets Krankheit entwickeln wird. Aber Peter hat recht: Alte Leute, die so sind, vergessen immer mehr und können sich wirklich am besten an Sachen erinnern, die weit zurückliegen.«

Meikes Augen leuchteten auf. »Dann müssen wir Oma nur ganz viele Sachen von früher zeigen. Alte Töpfe und so. Und wenn sie die erkennt, dann nehmen wir etwas, was noch nicht so alt ist. Und dann kommt es langsam wieder bei ihr an, was heute los ist. Sie muss das nur trainieren.« Ihre Wangen glühten vor Eifer. »Ich werde Klavier spielen, denn das hat Mama in Stettin auch getan und …«

Erna unterbrach sie. »Ich weiß nicht, ob dort im Heim ein Klavier steht. Aber jetzt finde ich, es ist eine gute Idee, wenn du mit Sanne zusammen übst.« Sie wandte sich an Peter. »Und du willst sicher wieder zu Klaus zum Fußball?«

Peter nickte.

Sanne und Meike huschten ins Musikzimmer.

Kurz darauf wurde das Haus mit Klavierklängen geflutet.

Erna schloss die Augen und sah sich und Frida, wie sie früher ähnlich agiert hatten. All die Jahre hatte kein Blatt zwischen sie gepasst – und jetzt?

Mit ihrer Zuneigung zu Wilfried geriet ihr Gefüge ins Wanken, und sie bewegte sich auf dünnem Eis. Sie war ihm gefährlich nahegekommen. Beide mussten aufpassen, dass sie sich aus dem Weg gingen, denn um nichts in der Welt wollte sie Frida verlieren.

Mit Heiko hatte sie keinen Kontakt mehr. Er hatte sich auch auf ihre Briefe nicht gemeldet und die Anrufe nicht entgegengenommen. Aber gestern waren ihr die Scheidungspapiere zugegangen. Er sah sie als Klassenfeind und wollte keinen Kontakt mehr zu ihr. Niemals hätte Erna gedacht, dass es mit ihnen einmal so enden könnte. Aber Heiko war schon immer überkorrekt gewesen und passte vermutlich gut in diesen neuen Staat.

Von nebenan klangen jetzt die Töne von Beethovens 5. Sinfonie und das Gackern der Mädchen. Es war wichtig, dass sich die beiden ihre Freundschaft erhielten. So, wie auch sie zukünftig für Frida da sein wollte, der die Befindlichkeit ihrer Mutter sehr zusetzte.

Trotzdem war es gut, dass Erna nach Bremen ging. Weit weg von Wilfried. Sie würden sich kaum noch sehen. Ja, das war besser so.

*

Hier gefiel es Margret nicht. In diesem Hotel war kein Wellenrauschen zu hören, und auch die Möwen waren still.

»Wo sie nicht rufen, ist es tot«, flüsterte Margret.

»Psst«, kam es vom Nachbarbett.

Margret hatte schon wieder vergessen, wie die Frau mit der spitzen Nase hieß, es war ohnehin gleichgültig, weil sie nicht bleiben würde. Als die Frau endlich gleichmäßig atmete und nur ab und zu einen lautstarken Schnarcher von sich gab, warf Margret die Decke beiseite und stand auf. Ihre Hauspuschen standen vor dem Bett, wo die festen Schuhe waren, wusste sie nicht. Aber es ging auch so.

Margret schlüpfte hinein und angelte sich den Bademantel. Auch der würde seinen Zweck erfüllen. Sie wollte schließlich nur an den Fluss. Die klare Luft atmen und gucken, ob die Oder hohen Wasserstand hatte oder ob sie gar Eis führte und sie die Boote morgen mit der Axt freischlagen mussten. Am Wasser wartete Ulrich immer auf sie. Ganz heimlich, weil noch keiner von ihrer Liebe wissen sollte.

Sie kicherte hinter vorgehaltener Hand. Ihre Mutter lehnte es ab, dass sie den Fischerssohn traf und gar in diesen Gewerbezweig einheiratete. Sie sollte ein besseres Leben führen als das einer Fischersfrau.

Aber Margret wusste genau, was sie wollte, und das war Ulrich Köhle.

Leise tapste sie durch den Raum, drückte die Klinke hinunter und spähte den Flur entlang. Alles war ruhig.

Gut, dann konnte sie auch keiner stören und aufhalten.

Margret orientierte sich am Handlauf, der seitlich des Flurs angebracht war, und schlich weiter, bis sie zu einem Treppenabgang kam.

Sie entschied sich, die Stufen abwärts zu nehmen. Sie wusste nicht, wie viele Stockwerke sie nach unten gehen musste, um nach draußen zu gelangen, aber irgendwann würde es schließlich nicht weitergehen. Sie sollte sich beeilen.

Nicht dass sich noch ein anderes Mädel ihren Ulrich schnappte. Er war ein schmucker Bursche. Hochgewachsen und schlank. Zugleich muskulös. Er hatte die schönsten Hände, die sie sich vorstellen konnte. Lange feingliedrige Finger, die am Gelenk leicht behaart waren.

Margret freute sich, ihn gleich zu treffen.

Stufe und Stufe ging es hinab, schließlich gelangte sie in einen Keller. Ihr schlug muffiger Geruch entgegen, aber sie wollte sich nicht davon abhalten lassen weiterzutapsen.

Vorsichtig tastete sie sich an alten Betten mit hochgestellten Kopfteilen vorbei, umrundete ein paar gefüllte Müllbeutel und gelangte schließlich zu einer Tür, die sich aber auch bei mehrmaligem Rütteln an der Klinke nicht öffnen ließ.

Margret lief weiter, wurde allerdings zunehmend ungeduldig. In ihr wuchs die Sorge, dass Ulrich nicht auf sie warten würde und sich womöglich aus dem Staub gemacht hatte. Immerhin war sie doch arg verspätet, und ewig wartete keiner auf die große Liebe.

Endlich gelangte sie zu einer Tür, die oben ein vergittertes Fenster hatte, durch das frische und sehr kühle Luft hereinströmte und die stickige Luft ein bisschen verdrängte. Sie stieß sie auf. Zum Glück war dieser Eingang nicht verschlossen. Margret stieg eine Steintreppe nach oben und stand in einem Garten, der vom fahlen Mondlicht angestrahlt wurde.

Das Gras glitzerte von den winzigen Eiskristallen, die sich an den Halmen festgesetzt hatten. Die kahlen Äste der Bäume reckten sich wie dunkle Skelette in die Luft.

Margret überlegte, wohin sie sich am besten wenden sollte, damit sie möglichst schnell zu den Schiffsliegeplätzen an die Oder kam. Sie beschloss, sich zunächst links zu halten. In Glienken, dem Ortsteil von Stettin, hatte sie auch linksherum gemusst. Doch nach einigen Schritten stand sie nicht an der Oder, sondern vor einer großen Mauer, die sie unmöglich überwinden konnte.

Aber auch in die andere Richtung gab es kein Entkommen. Wieder tappte Margret zurück, nur fand sie den Kellereingang nicht mehr. Alles sah plötzlich so gleich aus und fremd.

»Ulrich?«, rief sie mit dünner Stimme.

Jenseits der Mauer rauschte ein Auto vorbei.

»Ulrich?«, wiederholte sie. Ihre Hände taten weh, weil es so kalt war, und auch die Puschen wärmten die Füße nicht mehr. Margret merkte, dass sie heftig zitterte.

Wie kam sie jetzt nur zur Oder? Seit wann hatten sie hier eine Mauer gebaut? Wo war sie überhaupt? Ihr Herz begann zu schmerzen, und ihr wurde schwindelig.

»Frida?«, versuchte sie es jetzt und griff sich an die linke Brustseite, aber Margret wusste nicht so genau, ob sie wirklich gerufen hatte.

Sie begann ihre Runde erneut, obwohl ihr jeder Schritt schwerer fiel, denn ihr tat vor Kälte alles weh. Auch der Schmerz in der Herzgegend wurde immer schlimmer und nahm ihr zusätzlich die Luft. Wie ein Tiger im Käfig schlurfte sie, eine Hand am Stein der Mauer, um nur ja keine Öffnung zu verpassen, an der Wand entlang.

Schließlich hatte sie keine Energie mehr und ließ sich, mit dem Rücken an die Mauer gelehnt, auf den Boden gleiten.

Sie schloss die Augen, sah die Sonne hinter den Wolken hervorkommen, und endlich wurde ihr wärmer.

Aus dem Licht heraus trat Ulrich.

»Wo warst du?«, fragte er. Er lehnte lässig an der Bordwand des Fischerbootes und hielt eine Zigarette in der Hand.

»Ich hatte einen langen Weg, das weißt du doch!«

Margret winkte, und er hob lässig die Hand.

So war er, aber sie erkannte an seinen Augen, wie gern er sie hatte.

»Bestimmt hast du schon auf mich gewartet«, sagte sie.

»Mein ganzes Leben lang, das weißt du doch.«

Sie liebte es, wenn er solche Dinge sagte.

Margret beeilte sich, und schließlich hielten sie sich an den Händen.

»Gut, dass du endlich da bist«, sagte er.

»Ist es langweilig ohne mich?«

»Und wie!«

Er nahm sie in den Arm, und sie schauten zum Dammschen See. Sie spürten die Wärme und Nähe des anderen. Die Sonne schien, das Wasser plätscherte. Hand in Hand machten sie sich auf den Weg.

Kapitel 22

Frida schreckte hoch, als mitten in der Nacht das Telefon schrillte und sie aus dem Schlaf riss. Sie stürzte in den Flur. Wenn um diese Zeit jemand anrief, bedeutete es meist nichts Gutes.

»Hansen?«, meldete sie sich.

»Moin, hier ist der Suutje Hof, das Heim, in dem Ihre Mutter seit gestern lebt.«

»Was ist mit ihr?!«

»Ich muss Ihnen leider mitteilen, dass Ihre Mutter verschwunden ist. Wir haben sie noch nicht gefunden.«

Frida war auf der Stelle hellwach. »Was soll das heißen? Sie ist verschwunden? Wie kann meine Mutter aus Ihrer Einrichtung einfach so verschwinden?«

»Wir wissen es nicht. Die Pforte war abgeschlossen. Wir suchen noch immer nach ihr. Es wäre aber gut, wenn Sie kämen.«

»Bin gleich da!« Frida warf den Hörer auf die Gabel.

Wilfried war vom Klingeln ebenfalls wach geworden und stand verschlafen im Flur. Er kratzte sich gähnend am Kopf. »Was ist los?«

»Meine Mutter ist weg«, fauchte Frida ihn an. »Weil wir sie ja sofort in dieses vermaledeite und angeblich ach so sichere Heim bringen mussten.«

Wilfried erschrak sichtlich. »Sie kann doch nicht weit sein.«

»Auf jeden Fall haben sie sie noch nicht gefunden. Ich fahre jetzt dorthin. Passt du auf die Kinder auf?«

»Ich muss in drei Stunden zum Dienst«, sagte Wilfried.

»Dann finde eine Lösung, ich muss jetzt los. Schmier ihnen die Schulbrote, die Ranzen sind gepackt. Bis zum Schulschluss bin ich bestimmt zurück.«

Frida rannte ins Schlafzimmer, zerrte wahllos Kleidung aus dem Schrank und schlüpfte in Rock und Bluse. Beides passte farblich absolut nicht zusammen, aber das war ihr egal. Sie musste zu ihrer Mutter.

Sie stürzte zum Auto und fuhr vom Hof. Erst als sie auf der Hauptstraße war, registrierte sie, dass sie sich nicht einmal von Wilfried verabschiedet und es keiner von ihnen bemerkt hatte.

*

Frida sah schon an den Gesichtern der beiden Nachtschwestern, dass es keine guten Nachrichten gab.

»Sie haben sie gefunden?«

Die Dunkelhaarige mit dem Namensschild Mathilde nickte. Die andere wischte sich eine Träne von der Wange. Ihr Name lautete Mina.

»Sie liegt in ihrem Zimmer. Der Doktor ist bei ihr, aber es geht ihr leider nicht gut, Frau Hansen. Sie ist schwer unterkühlt.«

Frida schloss kurz die Augen und atmete tief durch, bevor sie fragte: »Wie schlecht geht es ihr?«

»Sehr schlecht. Es ist wohl ausgeschlossen, dass sie es mit ihrem schwachen Herzen schafft. Der Arzt hat kaum mehr Hoffnung«, sagte Schwester Mathilde. »Sie hatte auch noch einen Herzanfall.«

»Wo war sie?«

Die Schwester hob bedauernd die Hände. »Im Garten in einer Mauernische.«

Frida schluckte. Sie hätte wissen müssen, dass es ihre Mutter nicht aushielt, eingesperrt zu sein.

»Ich möchte zu ihr!«, forderte sie.

»Das geht nicht so einfach«, meinte Schwester Mathilde, und ihr war schon wieder der wohlwollende Pflegerinnenton zu eigen. »Der Arzt ist noch da und …«

»Ich habe Ihnen wider besseres Wissen meine Mutter anvertraut«, fuhr sie die beiden Schwestern an. »Ihnen war das Krankheitsbild bekannt. Und nun ist das Schlimmste passiert, was ich mir hätte vorstellen können. Ich möchte jetzt zu meiner Mutter und ihr in den letzten Stunden oder Minuten beistehen. Ich bin der einzige Mensch, den sie noch erkennt!«

Schwester Mina nickte zweifelnd. »Sie müssen das mit dem Arzt aushandeln. Wir sollen auch wieder an die Arbeit gehen.«

Frida eilte durch die verzweigten Gänge, bis sie vor dem Zimmer ihrer Mutter angekommen war. Sie klopfte an und öffnete die Tür.

»Wer sind Sie?«, herrschte der Arzt sie an. »Raus!«

»Ich bin Frida Hansen, die Ehefrau von Doktor Wilfried Hansen.«

Sofort drehte der Arzt sich um, und seine Mimik wurde zugänglicher. »Dann kommen Sie! Ich bin Doktor Gerdes.«

Er stand auf, und Frida konnte einen Blick auf das Gesicht ihrer Mutter werfen. Sie war bleich wie das Bettzeug, das über sie gebreitet war. Ihre Nase stach ungewöhnlich spitz heraus. Es war unübersehbar, dass sie bereits im Sterben lag.

»Lassen Sie uns kurz vor die Tür gehen«, schlug der Arzt vor.

»Was ist vorgefallen?«, fragte Frida. »Ich will es ganz genau wissen.«

Doktor Gerdes fasste zusammen, was er wusste. »Es war schwierig, sie stets zu beaufsichtigen. Wie wir mit dieser Tragödie umgehen, bleibt abzuwarten. Vor allem muss herausgefunden werden, warum die Kellertür nicht abgeschlossen war.«

»Das wird zu klären sein, aber was ist mit meiner Mutter? Sie wird sterben, das ist richtig, oder?« Frida stellte die Frage, auch wenn sie die Antwort längst kannte.

Doktor Gerdes nickte. »Sie hat ein sehr schwaches Herz. Wussten Sie das?«

Frida erinnerte sich daran, dass ihre Mutter öfter über Probleme geklagt, aber sie ignoriert hatte. »Sie wollte nie zum Arzt, nachdem unserer in Pension gegangen war.«

Doktor Gerdes schnalzte mit der Zunge. »Es war ein schwerer Herzanfall. Es gibt auch so etwas wie ›Herzeleid‹ oder ein gebrochenes Herz. Kann es sein, dass Ihre Mutter mit dem Verlust Ihres Vaters nie so ganz fertiggeworden ist?«

Frida zog die Schultern bedauernd hoch. »Ich denke, sie hat ihn furchtbar vermisst. Und jetzt ihre Vergesslichkeit. Sie lebte schon lange in ihrer eigenen Welt.«

»Lassen Sie sie los, Frau Hansen. Sie möchte gehen, und es wäre für sie leichter, wenn Sie es erlauben.«

Frida sah ihr Gegenüber erstaunt an. Diese Antwort hatte sie nicht erwartet. Aber sie nickte, denn sie wusste, dass er recht hatte. Ihre Mutter sehnte sich nach ihrem Mann, und sie wollte zu ihm gehen.

»Alles Gute Ihnen. Ich habe hier noch ein paar Stunden zu tun, Frau Hansen. Sagen Sie bitte Bescheid, wenn Sie mich brauchen.«

Frida straffte ihre Schultern, setzte sich zu ihrer Mutter ans Bett und nahm die Hand. Ihre Hände waren nicht zart und auch nicht feingliedrig. Sie hatte ihr ganzes Leben lang gearbeitet, und das merkte man. Dicke Schwielen zierten die Handinnenflächen, die Fingernägel waren teilweise abgebrochen und nicht überall sauber. An den Kuppen gab es dunkle Verfärbungen, wahrscheinlich hatte sie gestern noch Rotkohl geraspelt.

»Du darfst gehen, Mutter. Ich weiß, wohin du willst!«

Frida hatte es nur geflüstert, und die beiden Sätze waren ihr verdammt schwergefallen.

Ihre Mutter wurde unruhig und schlug die Augen auf. Sie schaute aber Frida nicht an, sondern schien in weite Fernen zu gucken. Sie sah dort offenbar etwas anderes als die kahle Wand ihrem Bett gegenüber.

»Ich wollte das nicht«, sagte sie wie in Trance. »Ich hätte ihn nicht fortschicken dürfen. Er war doch deine große Liebe. So wie mein Ulrich.«

Dann seufzte sie schwer und schloss die Augen wieder.

Frida war wie erstarrt, denn sie wusste sofort, wovon ihre Mutter gesprochen hatte. Focko war damals nicht einfach weggegangen. Ihre Mutter hatte nachgeholfen, so wie sie es schon geahnt hatte.

War das jetzt der rechte Moment, wütend zu sein? Ihrer Mutter den aufbrodelnden Schmerz entgegenzuschreien?

Frida kämpfte mit sich, ließ die Hand ihrer Mutter kurz los und verlor dadurch die Bindung zu ihr, doch das fühlte sich nicht gut an. Es waren die letzten Stunden ihrer Mutter hier auf Erden, und die durfte Frida nicht im Groll mit ihr verbringen. Sie sollte friedlich gehen können. Frida würde es später aufarbeiten. Zusammen mit Focko.

Sie nahm die Hand erneut und erschrak, wie kühl sie war.

»Mutter, es ist in Ordnung«, sagte Frida. »Es ist alles in Ordnung. Ich weiß, dass du es nur gut gemeint hast.«

Sie spürte einen leichten, wirklich sehr leichten Druck. Ihre Mutter atmete nun ganz ruhig, und Frida war sicher, es sich nicht eingebildet zu haben.

»Nun geh!«, sagte sie. »Ich bleibe hier, bis du bei Vater angekommen bist. Ich glaube, er steht schon bereit.«

Und dann hörte sie nur noch die Atemzüge ihrer Mutter und die der Frau nebenan.

Es waren lange Stunden, in denen ihre Mutter mit dem Bleiben und Gehen kämpfte, ehe sie sich für Letzteres entschied. Frida rührte sich nicht weg von ihrem Bett und küsste ihre Hand, als sie in ihrer erschlaffte.

*

Margret war an einem kalten Wintertag in Eckwarden direkt neben Ulrich unter großer Beteiligung der Nachbarn und Bauern beigesetzt worden. Frida hatte es gutgetan, dass ihre Mutter ein so hohes Ansehen genossen hatte.

Auch Focko war mit Hanne gekommen, war aber nach dem Gottesdienst sofort wieder nach Hause gefahren.

Wilfried plante, gleich mit Meike, Sanne und Erna nach Cuxhaven zu fahren, weil er dort eine Musikschule für Meike ausfindig gemacht hatte und Sanne und Erna unbedingt mitwollten.

»Wenn ich nach Bremen ziehe, darf ich auch an eine Akademie«, hatte Sanne erklärt. »Und ich möchte wissen, wie Meikes Schule aussieht.«

Nach vielem Hin und Her hatten sie sich darauf geeinigt, dass die beiden ihn und Meike tatsächlich begleiteten. Frida musste sich ohnehin dringend um das leer stehende Haus ihrer Mutter kümmern, denn es war nötig, einige Dinge auszuräumen. Was damit geschehen sollte, war noch unklar.

»Dann fahrt in Gottes Namen zusammen«, hatte sie schließlich gesagt. »Ich muss das mit Mutters Haus allein regeln.«

Wilfried hatte sich heute Nachmittag extra für die Fahrt nach Cuxhaven freigenommen. Ob ihr Unterfangen heute bei diesem Schietwetter eine gute Idee war, würde sich noch zeigen. Schon am Mittag hatte es eine Sturmflut von über einem Meter über null gegeben, und das Wasser war nicht ganz wieder abgelaufen. Aber noch war nichts besorgniserregend, wenn man mal von dem vermaledeiten Sturm absah, der ununterbrochen übers Land fegte, seinen Kanon brüllte und es draußen richtig ungemütlich machte.

Sollte sich die Wetterlage verschlechtern, konnte sie schließlich jederzeit zurück, und auch Wilfried würde schnell nach Hause kommen. Sturm war an der Küste ja nicht ungewöhnlich.

Frida tat sich schwer damit, zu entscheiden, was mit ihrem Elternhaus passieren sollte. Sie musste diesen Schritt des Abschieds endlich gehen, nur fürchtete sie die Trauer, die unweigerlich hochkommen würde.

»Das Wetter soll grottenschlecht werden«, sagte Wilfried eben, nachdem er das Radio ausgestellt hatte. »Aber wir sind pünktlich zurück. So lange dauert es sicher nicht.«

Frida schaute zu, wie ihr Mann sich den Mantel anzog und Meike die Jacke reichte. »Nimmst du Peter nachher mit?«, fragte er.

»Wenn er es möchte.« Frida blieb vage, weil sie bei ihrem Sohn nie sagen konnte, wie er sich verhielt.

»Hauptsache, ihr kommt gut hin und zurück. Der Wind ist doch stärker als sonst«, seufzte sie.

Schon vor vier Tagen war ein Sturmtief über die Küste gezogen und hatte Böen zwischen zehn bis zwölf erreicht. Dann war der Wind aber überraschenderweise wieder abgeflaut, nur hatte das nichts daran geändert, dass das Wasser 2,20 Meter über dem normalen Hochwasser aufgelaufen war.

Seit zwei Tagen aber pustete es erneut, und seit gestern waren schon wieder Windstärken bis acht, manchmal auch bis zwölf zu messen. Was Frida zunehmend Sorge bereitete, war, dass das Wasser immer stärker in die Nordsee und den Jadebusen gedrückt wurde.

Auch heute Mittag wehte es kräftig, und es war ein neuer Orkan angesagt worden.

»So eine steife Brise haut uns doch nicht um«, wiegelte Wilfried lachend ab.

Gut fand Frida es nicht, dass die vier ausgerechnet heute die lange Strecke nach Cuxhaven fahren wollten. Aber sie hatten eben nur diesen einen Termin bekommen, und für Meike war die Aufnahme eine großartige Chance. Sie würde in den Ferien etliche Lehrgänge machen dürfen und auch dort schlafen.

»Und so schlimm wird es ja vielleicht doch nicht werden«, versuchte Wilfried Frida weiter zu beruhigen, denn ihr stand die Sorge ins Gesicht geschrieben.

»Beeilt euch einfach. Ich bin hier und halte die Stellung.«

»Hauptsache, du fliegst nicht weg«, scherzte Wilfried. Er gab ihr einen Kuss auf die Wange. Es war eine flüchtige, keine liebevolle Berührung. Seit dem Tod ihrer Mutter waren sie sich noch fremder geworden. Er schien von einem schlechten Gewissen geplagt, weil er Margret schon immer ins Heim hatte bringen wollen, und Frida tat sich schwer damit, es ihm und sich selbst zu verzeihen.

Aber beide bemühten sich um Normalität und darum, freundlich miteinander umzugehen.

Frida war allerdings beinahe erleichtert, als sein Wagen vom Hof fuhr.

Sie rief nach Peter. »Kommst du mit nach Eckwardersiel?«

Gerade rüttelte eine heftige Böe am Haus. »Es wird noch stürmischer, da wäre es mir lieber, wenn du nicht allein bist!«

Peter legte den Kopf schief, blickte aus dem Fenster und überlegte. »Gut, es sieht wirklich gruselig aus da draußen.«

Es ratterte, als auf der Straße ein dicker Ast entlanggeweht wurde.

»Komm, wir fahren lieber gleich, bevor es richtig schlimm wird. Eigentlich sollten wir in zwei Stunden fertig sein. Ich muss mir nur einen Überblick verschaffen.«

Peter schlüpfte in die dicke Jacke und folgte seiner Mutter. Sie wurden gleich von einer heftigen Böe erfasst, und Frida taumelte gegen das Gartentor.

»Harrijasses nej«, sagte Peter. »Das ist wirklich schlimmer als gestern.«

Frida schaute beunruhigt zu der dunklen Wand, die sich im Nordwesten auftürmte. Sie rannten zur Isetta.

Sie konnten nur langsam fahren, weil der Sturm an dem kleinen Gefährt ruckelte. Frida war froh über die kurze Strecke und hoffte für Wilfried, dass es auf der anderen Weserseite nicht ganz so heftig wütete, aber sie wusste selbst, dass es ein frommer Wunsch war.

Sie fuhr recht nah ans Haus heran und holte den Schlüssel schon im Auto aus der Handtasche.

»Ich mag gar nicht reingehen«, sagte Peter. »Ständig werde ich denken, dass Oma um die Ecke kommt.«

Frida strich ihm übers Haar. »Das geht mir genauso. Ich fürchte mich ebenfalls davor, aber wir müssen nun mal überlegen, was aus dem Häuschen werden soll.«

»Wilfried will es verkaufen«, antwortete Peter düster.

Frida sah ihren Sohn erstaunt an. »Wie kommst du darauf?«

»Hat er zu Erna gesagt. Überhaupt ist er viel zu oft mit ihr zusammen.«

Frida überging die zweite Bemerkung, denn dass die beiden sich gut verstanden, war auch ihr nicht verborgen geblieben, aber sie hatte es verdrängt, weil sie wirklich andere Sorgen hatte und kein weiteres Fass aufmachen wollte. Jetzt waren sie aber wieder zusammen unterwegs …

»Wann hat er das gesagt?«

»Gestern«, antwortete Peter. »Als er Erna zum Auto gebracht hat.«

Frida schluckte. Ihr Mann besprach mit ihrer Freundin tatsächlich eine Menge von dem, was er besser mit ihr klären sollte.

»Da habe ich ja wohl auch noch ein Wörtchen mitzureden«, sagte sie. »Das Haus gehört schließlich mir, und ich möchte mich vorerst nicht davon trennen. Es ist mein Elternhaus und das Einzige, was mir von ihnen geblieben ist.«

Peter entspannte sich sichtlich, wurde aber ernst, als er nach draußen zeigte. »Sieh nur, wie schrecklich dunkel der Himmel ist und wie doll die Bäume sich neigen.«

Frida nickte. »Komm, wir gehen jetzt erst einmal hinein. Bringen wir es hinter uns.«

Sie stiegen aus dem Auto und beeilten sich, die letzten Meter zum Haus möglichst rasch zurückzulegen.

Als Frida die Tür öffnete, stürzten sie regelrecht hinein, um diesem schrecklichen Wetter zu entkommen. Dann standen sie im Flur, und da war sie, die scharfe Kralle, die Frida von hinten anfiel. Sie verhakte sich sofort in ihrem Herzen und drohte es herauszureißen.

Es war so still im Haus am Deich, als wäre es zusammen mit seiner Bewohnerin gestorben.

Das einzige Geräusch war ein leises Ächzen und Stöhnen, so als könne es weder die Einsamkeit noch diesen entfesselten Sturm länger ertragen.

»Es ist furchtbar hier«, meinte Peter. »Und es riecht nach Oma.« Er rümpfte die Nase. »Also nicht, dass es stinkt, aber Oma hatte so ihren eigenen Geruch. Ich höre sogar ihre Stimme in diesem Knistern und Knacken.«

»Ach, Peter!« Frida nahm ihr Kind sacht in den Arm. »Komm, lass uns das Haus wieder lebendig machen und uns nicht runterziehen lassen. Das würden Oma und Opa so wollen, da bin ich ganz sicher.«

»Meinst du?«, wisperte er.

»Ja«, sagte Frida mit fester Stimme. Trotzdem klang sie hohl und unheimlich, was aber auch an der Dunkelheit liegen mochte, die sich wie eine schwarze Decke über das Haus am Deich legte.

Es war erst sechzehn Uhr und wirklich ungewöhnlich duster.

Plötzlich schien der Wind ums Häuschen zu toben, dann prasselte ein heftiger Hagelschauer nieder, und die Dunkelheit wurde von einem grellen Blitz durchschnitten, dem ein lauter Donner folgte.

»Nun gewittert es auch noch«, sagte sie. »Ich mache in der Küche mal das Radio und Licht an«, schlug Frida vor.

Peter folgte ihr ängstlich.

Frida steuerte auf das Röhrenradio zu, vor dem ihr Vater so oft gesessen hatte, um den neuesten Nachrichten zu lauschen, und drehte den Knopf. Erst ertönte lediglich ein Rauschen, so als wäre auch dieses Gerät in eine Art Starre verfallen. Frida musste ein bisschen daran herumstellen, ehe sie einen Sender erwischte.

»… das Mittagshochwasser ist bei diesem starken Nordwestwind kaum gefallen. Es besteht die Gefahr einer schweren Sturmflut. Der Wind übt einen gewaltigen Druck auf die Nordseeküste und die Weser- und Elbmündung aus.«

Frida spitzte die Lippen. Das hörte sich wahrlich nicht gut an. Es war immer schwierig, wenn das Nordseewasser bei Ebbe nicht ablief, denn die Pegelstände erhöhten sich danach erheblich.

Ihr war kalt. Sie machte Feuer im Ofen und schloss die Klappe, denn der Wind fegte mit voller Wucht durch den Schornstein in die Brennstelle. Die Flamme duckte sich allerdings nur kurz, ließ sich nicht unterkriegen und prasselte dann munter weiter. Kurze Zeit später wurde es wohlig warm in der kleinen Küche.

»Wolltest du nicht aufräumen?«, fragte Peter, denn Frida hatte sich zu ihm an den Küchentisch gesetzt, und statt zu arbeiten, fuhr sie versonnen mit der Spitze des Zeigefingers über die Maserung.

»Ja, später«, sagte Frida. »Es ist nicht so leicht, und du hast recht. Oma lauert hier überall.«

Plötzlich ertönte ein Poltern.

Beide fuhren erschrocken zusammen, atmeten aber erleichtert auf, als Focko kurz darauf ins Häuschen stürzte.

»Moin, da seid ihr ja!«, stieß er hervor. »Hab ich es mir doch gedacht, als ich das Licht gesehen habe.«

Peter fiel seinem Vater sogleich in die Arme. »Papa! – Es ist so komisch hier ohne Oma.«

»Na, mien Jung! Das kann ich verstehen. Aber das wird schon«, sagte er mit seiner unvergleichlich breiten Aussprache, die von seiner warmen Stimme getragen wurde.

Fridas Herz klopfte wieder schneller.

Das Fenster der Küche wurde von der nächsten Böe regelrecht erschüttert, und durch die Ritzen zog ein feiner Sog.

»Das ist bannig ungemütlich da draußen«, sagte Focko. »Ich denke, wir können hier heute nicht mehr wech, sondern sollten fein im Haus bleiben. Ein schützendes Dach ist die beste Versicherung gegen den Sturm. Sonst pustet uns der Orkan um.«

Frida erbleichte. »Aber Wilfried ist mit Erna und Sanne nach Cuxhaven aufgebrochen«, sagte sie. »Ich möchte in Eckwarden sein, wenn sie zurückkommen.«

»Bei dem Schietwedder sind die so weit los?«, fragte Focko entsetzt. »Das sollte dein Keerl ja wohl besser wissen, dass man da fein to Huus blievt.« Er wechselte ins Hochdeutsche. »Die werden die Nacht dableiben müssen. In Cuxhaven ist es mit Sicherheit noch schlimmer als hier, wenn man dem Wetterbericht glauben darf. Das wird eine schlimme Nacht, das kann ich dir sagen!«

»Und was tust du dann hier? Warum bist du nicht in Fedderwardersiel?«

»Wir sind verpflichtet worden, die Deiche zu kontrollieren. Ich hab Licht in der Kate gesehen, und weil ich nienich an Geister glaube, war ich mir sicher, dass du hier steckst. – Mach mal Tee, dann kann ich mich kurz aufwärmen, bevor ich noch mal raus muss und den Deich weiter inspiziere. Wenn das hier schlimmer abgeht, kann ich auch hier helfen.«

Frida nahm den Kessel und füllte ihn mit Wasser.

»Was soll denn schlimmer abgehen, Papa?« Peter schmiegte sich an Focko, der eben seinen dunklen Troyer auszog und jetzt im Hemd dasaß. »Hier ist es doch ganz muckelig«, sagte er.

Er drehte das Radio noch einmal laut, weil es eine neue Mitteilung gab. *»Das Sturmtief zieht jetzt in östlicher Richtung ab. Die Windstärken betragen aber noch immer bis zu Stärke neun. In Cuxhaven wurden 150 Knoten aus Nordwest gemessen. Und nun erfolgt eine neue Sturmflutwarnung des Deutschen Hydrografischen Instituts: Für das ganze Gebiet der deutschen Nordseeküste besteht die Gefahr einer sehr schweren Sturmflut mit Wasserständen von 3,00 bis 3,50 Metern über normal, stellenweise örtlich noch höher!«*

»Haue ha«, kommentierte es Focko. »Das wird heftig.«

»Sollen wir lieber weggehen?«, fragte Frida. »Hier am Deich ist es viel gefährlicher, als wenn wir in Eckwarden sind.«

Draußen krachte es. Alle zuckten zusammen und sahen aus dem Küchenfenster, wie die wunderschöne alte Kastanie vor ihren Augen zerbarst, als eine Böe durch sie hindurchfegte. Der dicke Stamm spaltete sich, und zugleich wurde der Baum entwurzelt und legte sich laut ächzend zum Sterben auf die Seite. Er ruckelte noch ein paarmal auf und ab, dann fegten Hagel und Wind durchs Geäst, das nie wieder ein einziges Blatt tragen würde.

»Viel zu gefährlich. Am besten bleibt ihr im Haus. Ich denke, dass der Deich hier halten wird. Den hat Anton Hullmann doch erhöhen lassen. Wir können wohl dankbar sein, dass er der Vorsteher war und sich durchgesetzt hat.«

Frida stimmte ihm zu. Anton Hullmann war 1947 offiziell vom Landkreis zum Vorsteher des II. Oldenburgischen Deichbands gewählt worden. Er hatte sich nach dem Krieg dafür starkgemacht, die Deiche, die in schlechtem Zustand waren, zu befestigen. So auch in Eckwarderhörne. Zwar war er jetzt seit einem Jahr in Pension, aber er hatte den Menschen in der Wesermarsch Sicherheit gebracht.

Trotzdem war Frida beunruhigt, denn die vorhergesagten Wasserstände muteten gigantisch an.

»Bis zu 3,50 Meter, hat er gesagt. Das ist verdammt hoch, und du weißt es«, gab Frida zu bedenken, aber sie wusste auch, dass ihr keine Wahl blieb, als auszuharren. Es war lebensgefährlich, jetzt nach Eckwarden zu fahren. Sie konnte von Glück sagen, dass die Kastanie ihre Isetta nicht zerschmettert hatte.

»Ich denke, dass jetzt alle in Bereitschaft gehen«, sagte Focko. »Ungefährlich wird das nicht, aber hier könnte es noch glimpflich abgehen.«

Frida goss den Tee auf, und dann saßen sie in der Küche, horchten auf das Jaulen des Sturms und versuchten, sich nicht vorzustellen, in welcher Gefahr sie sich hier direkt am Deich befanden.

Kapitel 23

Wilfried fluchte. Der Sturm fegte durch Cuxhavens Straßen und trieb alles vor sich her, was nicht niet- und nagelfest war. Gegenüber schepperten gerade ein paar Dachpfannen herunter und zerbarsten in rote Bruchstücke.

»Das ist ganz schön gruselig da draußen«, sagte Erna.

Die beiden saßen vor einer Tasse Kaffee und schauten dem beängstigenden Unwetter zu.

»Wir können von Glück sagen, wenn wir heil an der Musikschule ankommen und unsere Mädchen einladen können«, sagte Wilfried. »Ich hätte nicht gedacht, dass es so gewaltig wird.«

Erna rührte ihren Kaffee. Die Stimmung zwischen ihnen war ähnlich aufgewühlt wie die Witterung, und da es beide wussten, zogen sie es vor, überwiegend zu schweigen.

»Wir sind Sturm und Orkan schließlich gewohnt«, sagte sie. »Aber das ist erheblich schlimmer als alles, was ich je erlebt habe. Seit Tagen peitscht der Wind, und heute scheint es der Wettergott auf die Spitze zu treiben.«

Wilfried winkte der Bedienung und holte das Portemonnaie aus der Tasche. »Wenn ich bezahlt habe, fahren wir los. Ich bin froh, wenn wir wieder zu Hause sind.«

Erna verzog skeptisch den Mund. »Wenn wir da überhaupt ankommen.«

Eben knallten wieder Pfannen herunter, und heftiger Hagel prasselte auf die Straße.

»Ich befürchte, dass etliche Bäume umgefallen sein werden. Sie könnten die Straßen blockieren.«

»Notfalls müssen wir ein Quartier vor Ort suchen«, sagte Wilfried, auch wenn ihm die Vorstellung nicht behagte.

Nicht nur, weil er Frida bei dem Wetter ohne ihn in Eckwarden wusste. Es war nicht gut, wenn er mit Erna so lange allein war. Noch konnte er sich erfolgreich gegen seine Gefühle wehren, aber was war, wenn sie eine Nacht miteinander in einem Gasthaus verbringen würden?

Er hätte nicht wegfahren sollen.

Erna leckte ihren Kaffeelöffel genüsslich ab und schaute ihn wieder mit ihrem intensiven Blick an. »Ich schlage vor, wenn wir die Mädchen eingeladen haben, fahren wir ein Stück und schauen, ob es nicht doch geht. Und sollte es nicht so sein, werden wir schon einen Landgasthof finden, der uns für eine Nacht aufnimmt. Um diese Jahreszeit gibt es schließlich keine Badegäste. Da dürfte es kein Problem sein.«

Wilfried stimmte zu. »So machen wir das.« Er wollte jetzt nicht länger über den vermaledeiten Sturm nachdenken – und schon gar nicht, welche Ansichten er wegen Erna in seinem Kopf wälzte. »Mir hat das Institut nicht so gut gefallen«, meinte er. »Ich fand es ein bisschen merkwürdig geführt. Eher wie ein Mädchenpensionat.«

»Stimmt. Ich möchte Sanne auch ein wenig fortschrittlicher erziehen. Das wird in Bremen kein Problem sein. Allerdings fand ich es nett, dass Sanne Meike beistehen durfte. Warten wir mal ab, was die beiden sagen. Meike möchte so gern von Fräulein Pattloch wegkommen. Dort wird sie sich nicht weiterentwickeln.«

»Meike befürchtet, Sanne könnte sie abhängen.«

»Ganz schön ehrgeizig, unsere Mädels«, sagte Erna. »Aber das waren sie ja schon immer, nicht wahr? Frida und ich haben uns damals auch nichts nachgestanden. Aber Frida war trotzdem immer die Bessere, irgendwann habe ich das lieber akzeptiert.«

Sie bezahlten, und Wilfried drückte den Hut noch einmal fest auf den Kopf. Erna knotete sich ein Tuch übers blonde Haar.

Das Auto parkte nicht weit entfernt.

Wilfried fuhr, so schnell es ging, zur Musikschule, wo Sanne und Meike schon im Vorraum warteten.

»Da möchte ich nicht hin«, sagte Meike gleich. »Sie wollen dich und Mama anrufen, aber dort gefällt es mir nicht.«

»Warum nicht?«, fragte Wilfried. Er drehte sich um, doch außer ihnen war in Cuxhaven kein Mensch mehr unterwegs.

»Zu provinziell«, sagte Meike altklug, und Wilfried entfuhr, trotz der Anspannung, bei dem gestelzten Ausdruck ein leises Lachen.

»Woher hast du das?«

»Von Sanne. Ich werde mit nach Bremen in die Stadt gehen und dort meine Karriere starten. Auf dem Land werde ich versauern.«

Wilfried schürzte die Lippen. Solche Sprüche würden Frida mitnichten gefallen.

»Darüber können wir nachher oder morgen in Ruhe sprechen. Jetzt sollten wir zusehen, ob wir überhaupt nach Hause kommen.«

Die beiden Mädchen setzten sich auf der Rückbank dicht zusammen und tuschelten. Wilfried fuhr los, doch kaum hatten sie die Stadt verlassen und waren eine Weile auf der Landstraße unterwegs, wurde deutlich, dass sie die Heimreise nicht antreten konnten, wenn sie ihr Leben nicht gefährden wollten.

Der Wagen war kaum auf der Straße zu halten, die Bäume ächzten im Wind, und überall lagen dicke Äste herum.

»Mach doch mal das Radio an«, schlug Erna vor.

Wilfried hielt das Lenkrad mit beiden Händen umklammert und musste sich mächtig konzentrieren, damit der nicht auf die Berme kam und sie womöglich im Straßengraben landeten.

»Mach du bitte!«

»Es ist achtzehn Uhr«, ertönte die Stimme des Sprechers. *»Der schwere Nordweststurm baut sich weiter auf, und es besteht an der gesamten Nordseeküste sowie im Weser- und Elberaum die Gefahr einer schweren Sturmflut. Im Anschluss an diese Sendung hören Sie noch eine Sturmflutwarnung des Deutschen Hydrografischen Instituts.«*

»Umdrehen?« Wilfried stellte den Sender leiser.

Erna winkte ab. »Ach was, fahr mal nach Dorum, da kommt gleich eine Abzweigung, hab ich vorhin gesehen. Dort können wir bestimmt bleiben, und dann sind die paar Kilometer schon mal geschafft. Je eher wir jetzt ein Dach über dem Kopf haben, desto besser.«

Wilfried setzte den Blinker, und sie bogen rechts ab.

»Können wir nicht zu Mama?«, fragte Meike verängstigt.

»Du siehst ja, was draußen los ist«, erklärte Erna. »Wir sagen in Eckwarden gleich Bescheid, und du darfst mit Sanne in einem Zimmer bleiben. Das ist wie Urlaub!«, fügte sie aufmunternd hinzu.

Sofort glitt ein Leuchten über Sannes Gesicht. »Au fein. Meike, das wird himmlisch!«

Wilfried zögerte nicht lange und hielt gleich vor dem ersten Gasthof, vor dem zwei mächtige Linden im Sturm ächzten. Es war ein großer, düsterer Backsteinbau mit einem roten Dach, in dem sich ein paar Gauben befanden.

Er steuerte den Wagen auf den Parkplatz. »Bleibt ihr sitzen? Ich frage, ob sie Zimmer frei haben.«

»Ich will hier nicht im Auto bleiben«, sagte Sanne. »Was ist, wenn wir wegwehen?«

Wilfried seufzte. »Also gut. Dann alle zusammen!«

Sie rannten die paar Meter zur Tür. Hinter der Rezeption hockte ein kleiner Mann mit Nickelbrille und Hosenträgern. Er legte die Zeitung, in die er vertieft war, sofort beiseite.

»Was kann ich für Sie tun?« Er hatte eine Fistelstimme, die Erna sofort an Walter Ulbricht erinnerte, der den Sieg des Sozialismus stets in der gleichen Tonlage verkündete.

»Wir können bei dem Sturm nicht weiterfahren. Haben Sie etwas frei?«

»Zwei Zimmer?«, fragte der Mann, der laut seines Messingnamensschildes Meyer hieß.

»Drei!«, antwortete Wilfried wie aus der Pistole geschossen. »Eins für die beiden Mädchen und zwei Einzelzimmer. Wir sind nicht verheiratet.«

Herr Meyer musterte sie abfällig und konnte sich wohl keinen Reim darauf machen, weshalb sie dann gemeinsam unterwegs waren.

»Unsere Kinder hatten eine Vorstellung ihrer Klavierkunst in Cuxhaven«, rettete Erna die Situation mit einem entwaffnenden Lächeln. »Und nun ist der Sturm doch ärger geworden als gedacht. Wir wagen es nicht weiterzufahren.«

Herr Meyer schaute zwar noch immer skeptisch, knurrte dann aber in unverändert hohem Ton: »Kann ich verstehen. Dann guck ich mal, was ich Ihnen so anbieten kann.«

Er drehte sich zu einem Brett um, an dem etliche Schlüssel mit einem dicken Messingbund an verschiedenen Haken mit Nummern hingen. Es fehlte kein einziger, und trotzdem griff er nicht sofort zu, sondern grübelte.

»Ich gebe Ihnen die 22 als Doppelzimmer für die Mädchen, dann die 21 als Einzelzimmer gegenüber – und …«, er fuhr mit dem Zeigefinger über das Schlüsselarrangement, »… und die Zwei für den Herrn. Das ist weit vom Zimmer der Dame entfernt.«

Erna verkniff sich ein Grinsen, das sah Wilfried ganz genau. Er liebte es, dass sie auch in dieser Situation so unglaublich fröhlich war.

»Gibt es auch noch etwas zu essen?«, fragte Wilfried, denn nicht nur ihm knurrte der Magen.

»Eigentlich nicht. Ich könnte Ihnen einen Strammen Max machen«, sagte Herr Meyer. »In einer halben Stunde im Gastraum. Frühstück morgen bis neun Uhr. Wird aber nicht üppig, ich komm ja auch nicht mehr vor die Tür, um etwas einzukaufen, und da müssen Sie schon mit dem vorliebnehmen, was ich dahabe.«

»Das ist vollkommen in Ordnung«, versuchte Wilfried ihn zu beschwichtigen, denn die Stimme des Mannes hatte sich in ungeahnte Höhen geschraubt, weil er offenbar auf diese Weise seiner Empörung Luft machte, dass sie sich zum einen erdreisteten, um diese Zeit unangemeldet aufzutauchen und um Quartier zu bitten, zum anderen unverheiratet waren und deshalb mehr Zimmer benötigten und dann auch noch bedient werden wollten.

»Dann kommen Sie mal mit«, sagte Herr Meyer, nahm die Schlüssel vom Haken und bewegte sich bedächtig in Richtung Treppe.

Das Treppenhaus war genauso düster wie die Rezeption, und es roch nach abgestandenem Essen. Wilfried versuchte zu analysieren, um was es sich genau handelte. Er kam auf unzählige Assoziationen, aber keine erschien ihm eindeutig.

Der Flur im ersten Stock war nur spärlich beleuchtet, und die Tapeten wirkten trotz des wirren Musters – braune Kringel auf gelbem Untergrund – schmutzig.

»Die Toilette befindet sich hier«, sagte Herr Meyer und zeigte auf eine Eichentür, die zwei Nullen aufwies. »Waschbecken sind in den Zimmern. Dort liegen auch Handtücher und Seife.«

Er lief weiter, blieb vor der Tür mit der Nummer 2 stehen und händigte Wilfried den Schlüssel aus. »Wir sind ein anständiges Haus«, betonte er warnend, bevor er mit Erna und den Mädchen weiterschlurfte. Wilfried schüttelte nur den Kopf.

»Wir sehen uns zum Strammen Max in einer halben Stunde!«, rief er den anderen nach.

Dann schloss er auf und trat in sein Zimmer.

Vor ihm türmte sich ein riesiges Federbett auf, bezogen mit bunter Blumenwäsche. Es lag auf einem Doppelbett aus heller Eiche. Das Zimmer hatte ein Fenster zum Hof hinaus, und Wilfried könnte seinen Wagen draußen sehen. Es schien, als hätte der Sturm noch mehr an Fahrt gewonnen. Inzwischen war es stockdunkel, aber nicht nur das Haus ächzte unter dem Sturm. Die ganze Welt versuchte offenbar, sich gegen die mächtigen Böen zu behaupten.

Wilfried blickte sich weiter um. Braune Tapeten erweckten einen tristen Eindruck, das Waschbecken hatte seine besten Tage bereits hinter sich.

Es ist ja nur für eine Nacht, ermunterte er sich.

Wilfried erfrischte sich etwas und machte sich dann auf den Weg nach unten in den Speisesaal.

Erna und die Mädchen kamen kurze Zeit später.

Herr Meyer war in der Küche, und es duftete tatsächlich verführerisch nach gebratenem Speck.

»Himmlisch«, sagte Sanne. »Ich habe solchen Hunger!«

»Wohl bekomm's!« Herr Meyer knallte die ersten beiden Teller auf den Tisch. Dann folgten die nächsten, und er brachte eine Schale mit sauren Gurken. »Berechne ich extra!«, kommentierte er.

Wilfried war froh, als er wieder in seiner Küche verschwunden war. »Zu Hause Bescheid zu geben wird wohl ein hoffnungsloses Unterfangen sein«, sagte er. »Der Mann lässt uns bestimmt nicht ans Telefon.«

Erna kicherte und spießte mit der Gabel ein Stück Speck auf. »Ist ja zum Glück kein Urlaub, und wir sind hier morgen wieder weg.« Sie zwinkerte ihm zu, und Wilfried bekam Gänsehaut. Er sollte zusehen, dass er schnell wieder in seinem Zimmer verschwand.

*

Frida fuhr zusammen, als sie von ferne die Kirchturmglocke aus Eckwarden hörte und gleich darauf die Sirenen angingen. Verdammt, was war da los? Wilde Szenarien gingen ihr durch den Kopf. Entweder waren etliche Bäume umgefallen, oder aber – was schlimmer wäre – der Deich war gebrochen.

Focko erbleichte ebenfalls. Er war auf dem Sessel eingenickt, während Frida sich aufs Sofa gelegt hatte.

Peter schlummerte oben im Bett. Der Wind fegte noch immer heftig ums Haus.

»Da ist was passiert!«, fuhr Focko hoch. »Ich muss zum Deich.«

»Ich mache das Radio an«, sagte Frida. Sie sah, dass zweiundzwanzig Uhr gerade vorbei war.

Sie hatte den Anfang der Nachrichten verpasst, aber sie hörte noch, wie der Sprecher sagte: *»Zwischen Eckwarderhörne und Blexen ist Katastrophenalarm ausgerufen worden. Die Strandhalle in Tossens wurde in der Brandung vollkommen zerstört. Besonders kritisch zeigt sich die Lage in Augustgroden. Zu melden gibt es weiterhin …«*

Und so setzten sich die Katastrophenmeldungen fort, Richtung Weser- und Elbmündung schien es noch erheblich schlimmer zu sein.

War Frida bislang eher von einer Unruhe getrieben, so kam jetzt nackte Angst auf. Sie wusste nicht, wo Wilfried und Meike steckten. Sie wusste nicht, wie die Lage in Cuxhaven war, was sie gehört hatte, klang erschreckend. Wenn sie es aber bis Eckwarden geschafft hätten, dann wäre ihr Mann doch bestimmt zu ihr gekommen.

Von draußen erklangen aufgeregte Rufe. Dann donnerten Fäuste gegen die Tür.

»Alle Mann zum Deich!«, rief eine derbe Stimme.

»Wir müssen ihn befestigen, er hat Löcher. Ganz übel sieht es in Beckmannsfeld aus.«

Frida öffnete die Tür und stand einem bärtigen Mann in Ölzeug gegenüber, der sich die Wollmütze tief in die Stirn gezogen hatte. Er hatte eine von Wind und Wetter gegerbte Haut, und das lange graue Haar, das unter der Mütze hervorlugte, hing ihm nass und wirr im Gesicht.

»Moin, Jan. Ich komme!« Focko schlüpfte bereits in seine Joppe. Auch er zog sich das Ölzeug darüber. »Das wird eine ungemütliche Nacht.«

Die Glocken läuteten noch immer, und ihr Ton vermischte sich unheilvoll mit dem Tosen des Windes und dem Geheul der Sirenen, die eben wieder angingen.

»Ihr geht also nach Beckmannsfeld?«, fragte Frida mit zitternder Stimme.

»Ja, zum Deich dort«, erklärte Jan. »Noch kritischer sieht es wohl in Augustgroden aus. Mal sehen, wie weit wir mit den Autos kommen.«

Focko drückte Frida kurz an sich. Sie nahm seinen herben Duft wahr und hätte ihn am liebsten geküsst, ihn angefleht, zu bleiben und sich nicht da draußen in Gefahr zu begeben. Sich nicht zerreißen zu lassen von dem Wolf, der mit diesem Orkan über die Wesermarsch jagte und verschlang, was ihm vors Maul kam. Der seine Zähne in die Deiche hieb und sie zerriss.

Doch das war ausgeschlossen. Die Männer wurden gebraucht, um gegen das Untier anzukämpfen und es in Schach zu halten.

Es würde Menschenleben kosten, und Frida hoffte, dass nicht nur Focko, sondern auch ihr Mann und ihre Tochter sowie Sanne und Erna verschont blieben.

Die Angst in Frida wurde übermächtig. Diese Furcht, sie würde Focko nie wiedersehen, weil der Deich doch brach und er von der Flut mitgerissen wurde.

Focko schob Frida zur Seite und sah sie mit festem Blick an. »Es wird gefährlich werden«, gab er unverhohlen zu. »Für mich, aber auch für dich. Bitte schützt euch, so gut ihr könnt und geht nach oben. Sollte der Deich tatsächlich brechen oder überlaufen, schnappst du dir Peter, und ihr klettert auf den Dachboden. Ich weiß, dass ihr dort seid, und schicke im Fall der Fälle jemanden dorthin oder komme selbst mit dem Boot.«

»Kann ich nicht doch nach Eckwarden?«, fragte Frida verzagt. »Vielleicht sind dort Meike und Wilfried?«

Focko schüttelte den Kopf. »Das Thema hatten wir schon. Es ist lebensgefährlich, und es reicht, wenn ich jetzt rausmuss.« Seine Stimme war weich und voller Sorge. Er drückte sie noch einmal. »Jetzt geh ich los und helfe, das Schlimmste zu verhindern!«

Focko sprach für seine Verhältnisse viel zu schnell. Daran machte Frida aus, dass auch er Angst hatte.

Er hob kurz die Hand, und Frida küsste ihn jetzt doch auf die raue Wange. »Pass auf dich auf!«

»Das mache ich, Frida. Ich gebe auf mich acht.«

Er küsste sie zurück, eilte dann aber mit ausgreifenden Schritten davon.

Frida hatte ein merkwürdiges Gefühl, als Focko in diese düstere Wintersturmnacht verschwand und schon bald von der Dunkelheit verschluckt wurde.

*

»Sie müssen mit zum Deich!« Es hämmerte gegen die Tür, und Wilfried hatte das Gesicht des Wirts vor der Nase, als er sie erschrocken aufriss. Der trug einen Schlafrock und wirkte, als wäre er gerade aus dem Bett gekrochen. »Der Deichgräfe Lübs hat verfügt, dass alle Männer mithelfen müssen. Alle, die verfügbar sind!«, fistelte er hastig. »Er ist um zweiundzwanzig Uhr von seiner Dienstreise aus Hannover zurückgekommen, und da stand sein Telefon nicht mehr still!« Herr Meyer hustete, weil ihm vor Aufregung die Stimme kippte. »Der Blanke Hans startet gerade einen Frontalangriff!«

»Ist denn der Deichgräfe auch da?«, erkundigte sich Wilfried sofort. Er war von der Aussicht, ohne angemessene Kleidung in einer solchen Nacht auf dem maroden Deich herumzuspazieren und die vom Wasser in den

Deich gefressenen Löcher mit Sandsäcken zu füllen, nicht gerade angetan.

»Natürlich!«, empörte sich Herr Meyer. »Deichgräfe Lübs ist ein verantwortungsvoller Mann. Er hat sich unverzüglich auf den Deich begeben. Die Lage ist ernst! Kommen Sie jetzt! Ölzeug und Stiefel habe ich im Schuppen.«

Wenigstens das war geklärt.

Wilfried folgte Herrn Meyer widerstrebend, griff ihm dann aber von hinten an die Schulter. »Wenn Sie ein Telefon haben, könnte ich dann kurz bei meiner Frau anrufen? Sie macht sich sicher Sorgen.«

»Dafür bleibt keine Zeit, wir müssen uns beeilen. Außerdem ist wegen der Witterung sowieso alles lahmgelegt.«

Wilfried fügte sich. Er überquerte mit dem Wirt den Hof und zog das Ölzeug an. Zwar war es zu groß, aber besser, als dem schaurigen Wetter ungeschützt ausgeliefert zu sein. Draußen war ziemlich viel Militär unterwegs.

»Die haben auch die Bundeswehr schon um Hilfe gebeten«, verkündete Herr Meyer.

Die Straßen waren von der Polizei abgesperrt, um Neugierige fernzuhalten. Je näher sie dem Deich kamen, desto mehr Hilfsfahrzeuge waren zu erkennen. Nicht nur die Bundeswehr war vor Ort. Auch die Feuerwehr, das Technische Hilfswerk und das Rote Kreuz wuselten am Deich herum.

»Die Zufahrtswege sind nicht ausreichend ausgebaut«, hörte Wilfried. »Wir kommen nicht überall schnell genug hin.«

Er war schockiert, als er das Gerippe der Krabben-Verwertungsanlage sah. Die Flut peitschte noch immer dagegen, aber es war schon jetzt deutlich, dass die Wellen nicht nur daran naschten, sondern alles verschlingen wollten.

Dann aber blieb keine Zeit mehr nachzudenken. Wilfried musste mit anpacken. Er füllte Getreidesäcke mit Sand.

»Nur zu einem Drittel, sonst sind sie zu schwer zum Transport!«, wies ihn ein Feuerwehrmann zurecht, als Wilfried seinen Sack zu voll machte.

Verbissen schaufelte er gegen das Unheil an, das sich See nannte und heute seine teuflische Fratze zeigte.

Das Sturmtief hatte der Wetterdienst Vincinette, die Siegreiche, genannt, und es sah aus, als würde es tatsächlich über die Marschbewohner siegen, deren einzige Waffe die Deiche waren, die aber dem Meer kaum noch trotzen konnten.

Wilfred spürte seine Hände nicht mehr. Er wusste, dass er aufgeplatzte Blasen hatte. Wund gescheuert vom Holzstiel der Schaufel. Hand in Hand arbeiteten sie neben den Soldaten und anderen Helfern. Es wurde kaum gesprochen, denn es gab nichts mehr zu sagen, angesichts der Zerstörungskraft, die von allen Seiten auf sie einstürmte und ihnen deutlich machte, wie klein und unbedeutend ein Mensch war, wenn die Naturgewalt sich zeigte.

Wilfried hatte jegliches Gefühl verloren. Er spürte weder den eisigen Wind noch den Schmerz. Er fühlte keine Nässe und keine Angst. Denn er hatte eine Stimme im Ohr, die ihm Mut machte und wärmte. Nur leider war das nicht Fridas.

Kapitel 24

Das Meer brüllte gegen den Sturm an. Focko wusste nicht, welche Kraft lauter und gefährlicher war. Er wusste nur eines: Beides zusammen war zerstörerisch.

Die See warf sich donnernd gegen die Deiche, die unter der Wucht erzitterten. Focko ahnte, in welcher Gefahr sie sich befanden, denn er konnte jeden Wellenstoß unter seinen Füßen spüren. Wahrscheinlich würde der Deich Löcher haben, die die Flut tief reingefressen hatte. Das Ausmaß würden sie aber wohl erst zu sehen bekommen, wenn das Wasser ablief – falls es das dieses Mal ausreichend tat. Es war zwei Uhr nachts, und das Wasser hatte den Höchststand erreicht. Die dicken Wogen schlugen über die Deichkrone und rissen Erde aus der Binnenböschung. Stück für Stück vergrößerten sich die Löcher und destabilisierten den Deich. Ihre Lebensversicherung.

»Harrijasses nej«, hörte er. »Hier ist der Deich noch nicht erhöht worden, und das rächt sich jetzt bitter!«

Focko kam es vor, als schaukelten sich die Wogen langsam hoch, um dann gewaltig ihre Gischtzähne in den Deich zu graben und ihn wie ein hungriger Hai zu zerfressen, bis am Ende nicht mehr viel übrig blieb.

»Gibt keinen Strom mehr«, hörte er. »Das Gewitter

heute Nachmittag hat die Leitungen zerstört, und der Hof dahinten hat kaum noch Pfannen!«

Licht bekamen sie von einem Auto, das die Scheinwerfer auf die Menschen richtete.

Es war ein Trauerspiel, denn sie waren zehn Mann und hatten gerade mal zwei Schaufeln. Den Rest erledigten sie in ihrer Verzweiflung mit den bloßen Händen.

»Geht nach Hause! Ihr könnt nichts mehr retten«, hörte Focko. Aber wohin sollte er denn gehen? Er war hierherbeordert worden und wollte etwas tun.

Endlich kam das THW mit 35 Mann. Focko war klar, dass das nicht reichen würde, aber es war sinnlos, darüber nachzudenken.

Es ging um Leben und Tod, und es war fast aussichtslos, mit einer solch kleinen Mannschaft dem Blanken Hans trotzen zu wollen. Aber keiner wollte es unversucht lassen.

»Die haben viel zu spät gewarnt«, sagte dann jemand. Oder hatte Focko es selbst gedacht?

Doch nun war es gleichgültig. Das Wasser des Jadebusens stand nur eine Handbreit unterhalb der Deichoberkante und nagte an der Krone. Der Sturm heulte, und die See brauste um sie herum. Die Wolken waren größtenteils abgezogen, und der Mond tauchte die Landschaft in diffuses Licht. Es war eine eigenartige Nacht, wunderschön und zugleich von einer Bedrohung, die das Blut in den Adern gefrieren ließ, um es kurz darauf wieder zum Pulsieren zu bringen. Diese Magie, dieser Wechsel strengte an und ließ die Seelen der Menschen mal leuchten und mal schwarz werden.

»Wir brauchen Verstärkung von der Bundeswehr«, sagte der Mann vom THW, doch nur ein Hof verfügte über einen Telefonanschluss. Focko bekam nicht mit, wer dorthin lief und einen weiteren Notruf absetzte.

Er füllte weiter die Getreidesäcke, doch sie würden mehr brauchen, um wirklich alle Schäden zu beseitigen.

Im Morgengrauen war das Wasser leicht abgelaufen, und nun wurden die Schäden am Deich sichtbar.

Doch plötzlich verdunkelte sich der Himmel, eine laute Böe fegte über die Marsch, und kurz darauf erstob ein gewaltiger Funkenflug, der alles ringsum taghell erscheinen ließ, bis er in sich zusammenfiel.

»Die Böe hat zwei Lindenbäume zerlegt«, drang das Gerücht schnell zu den Leuten vor. »Die Bauern erzeugen schon Strom mit den Treckern, damit die Melkmaschinen funktionieren.«

Endlich kam das Militär mit gefüllten Säcken zu Hilfe, die von den Treckern zum Deich geschleppt wurden.

»Die Löcher müssen gestopft werden, bevor das Mittagshochwasser kommt«, hörte Focko.

Mit letzter Kraft packte er zu, verspürte weder Hunger noch Durst. Jetzt galt es einzig und allein, der nächsten Flut zu trotzen, damit sie hier alle weiterleben konnten.

Der Mond stand wie ein Wächter am Himmel und schien zu verfolgen, was da unten an der Nordsee passierte.

Focko arbeitete, ohne nachzudenken, warf die Sandsäcke weiter zum nächsten Mann, drehte sich und fing den nächsten auf. Stunden um Stunden immer die gleiche Bewegung.

Doch dann durften sie Pause machen und wurden von den Frauen auf den Höfen mit heißem Tee und einem Schuss Rum sowie einer Suppe versorgt. Die Männer arbeiteten weiter bis zum Umfallen, aber keiner kam auch nur auf die Idee, aufzugeben oder fortzugehen, bis der Deich nicht gesichert war.

»Hoffentlich sieht es anderswo auch so gut aus«, sagte

Focko und hoffte, dass die nächste Mittagsflut gnädiger mit den Küstenbewohnern umgehen würde.

»Ich glaube, wir haben in Butjadingen dank Hullmann Glück gehabt. Ein Schweineglück!«

»Später sollen Bundeswehr-Hubschrauber kommen«, hörte Focko.

»Ihr könnt das Feld jetzt den Soldaten überlassen«, sagte der Einsatzleiter.

Keiner widersprach, denn die meisten konnten sich kaum noch auf den Beinen halten. Für sie galt es jetzt nur noch ausruhen und zu sehen, ob ihre Familien alles gut überstanden hatten.

Focko war froh, dass er mit Jan im Auto zurückfahren konnte. Er fürchtete sich davor, wie es bei Frida aussehen mochte. Erst dann wollte er sich Gedanken um sein eigenes Haus in Fedderwardersiel machen.

Als sie auf den Deich zusteuerten, atmete Focko erleichtert auf.

Das kleine Haus stand noch, also musste es Frida und Peter gut gehen. Er betete, dass es so war.

*

Frida erschrak, als sie in den Spiegel schaute. Sie sah aus wie ein Gespenst. Ihre Augen lagen tief in den Höhlen, die Wangen wirkten bleich und eingefallen. Was hatte sie für eine Angst gehabt! Am liebsten hätte sie sich Peter geschnappt und wäre mit ihm nach Hause gefahren, aber ihr Sohn hatte die ganze Nacht tief und fest geschlafen und von der Gefahr nichts mitbekommen. Eben hörte sie ihn oben rumoren. Es war schon Mittag, aber es war für Peter nicht ungewöhnlich, dass er so lange schlief.

Zweimal hatte sie versucht, in Eckwarden anzurufen,

aber beim ersten Mal war keiner rangegangen, und beim zweiten Mal war die Leitung tot gewesen. Strom gab es ebenfalls keinen, und so hatte sie bei Kerzenschein in der Küche gesessen und den Docht ausgepustet, als der Morgen endlich graute.

Zwischendurch fielen ihr immer wieder vor Müdigkeit die Augen zu. Dann schreckte sie hoch, und sofort war die Angst wieder präsent.

Frida sorgte sich. Um Meike und Wilfried. Um Focko. Um Erna und Sanne. Und sie konnte absolut nichts anderes tun, als hier auszuharren und zu warten.

Peter kam in die Küche. Sein rotes Haar war vollkommen verstrubbelt und stand in alle Richtungen ab.

»Moin!«, sagte er mit einem breiten Grinsen. »Muss ich heute gar nicht zur Schule? Es ist doch erst Samstag und nicht Sonntag.«

»Erstens wäre es ohnehin zu spät, und zweitens fällt die Schule aus«, sagte Frida und versuchte, mit den Fingerspitzen etwas Ordnung in seine Frisur zu bringen. Es war ein sinnloses Unterfangen, denn Peter hatte festes Haar, das sich nicht einfach so bändigen ließ. Deshalb schnitt sie es meist kurz. Aber das hatte sie letzte Woche versäumt, denn der Tod ihrer Mutter hatte doch einige Dinge ziemlich durcheinandergeworfen.

»Was ist denn los?«, fragte Peter und schaute enttäuscht auf den nicht gedeckten Tisch. »Ich habe Hunger!«

»Wir fahren gleich nach Eckwarden. Hier war heute Nacht eine schwere Sturmflut.«

»Eine Sturmflut?« Peter verzog das Gesicht.

Bevor Frida zu weiteren Erklärungen ansetzen konnte, polterte es, und kurz darauf schaute Focko vollkommen erschöpft in die Küche. »Gott sei Dank ist alles so weit gut gegangen«, sagte er. »Zumindest hier. Weißt du, wie es anderswo aussieht?«

Er zog sich die Mütze vom Kopf und schlüpfte aus dem Ölzeug, das er in der Diele aufhängte.

Frida schüttelte den Kopf, wies aber zum Radio. »Ich mochte es nicht anmachen, weil ich mich gefürchtet habe. Und wenn ich schlimme Dinge gehört hätte, wäre ich sicher wahnsinnig geworden.«

Focko küsste sie aufs Haar. Es war nur eine flüchtige Geste, so zart wie der Flügelschlag eines Schmetterlings, und doch beinhaltete die kurze Berührung so viel Nähe, dass Frida beinahe die Tränen kamen. In dieser schweren Stunde war Focko bei ihr. Wie immer, wenn es ihr mal schlecht gegangen war. Ihr Focko!

Und dann berichtete er ausgiebig, was passiert war.

»Und ich hab das verpennt«, sagte Peter am Ende enttäuscht. »Da ist mal was los, und ich verschlafe es. Wegen eines Sturms wollte ich nicht wach bleiben, das haben wir schließlich öfter.«

»Sei froh, dass du nichts mitbekommen hast. Es war sehr gruselig«, sagte Frida.

Focko schaltete das Radio ein, und sie erschraken bis ins Mark, als sie hörten, wie schlimm Hamburg betroffen war und dass man in Norddeutschland mit über dreihundert Toten rechnete. Insgesamt waren allein in Niedersachsen einundsechzig Deiche gebrochen. Viele Menschen hatten in der vergangenen Nacht ihre Wohnungen räumen müssen und alles verloren.

»Es ist so grausam«, sagte Frida. »Ich kann es kaum fassen.«

Insgesamt war die Katastrophe an Butjadingen allerdings vorbeigeschrammt. Sie hatten unglaubliches Glück gehabt.

»Ich hoffe nur, dass auch Wilfried, Erna und den Mädchen nichts passiert ist«, sagte Frida besorgt. Weil sie nun wusste, wie schlimm die Flut gewütet hatte, war ihre Angst noch viel heftiger geworden. »Sie haben nichts davon gesagt, wie es in Cuxhaven war.«

Das vorherrschende Thema war Hamburg gewesen, weil dort das Ausmaß apokalyptische Züge hatte und die Lage wohl noch längst nicht unter Kontrolle war.

Noch immer stürmte es draußen, aber der Wettervorhersage zufolge sollte das Sturmtief noch heute von einem Hochdruckgebiet mit kalter Polarluft vertrieben werden.

»Nach dem Sturm kommt das Eis. Das wird noch übel, wenn die überfluteten Flächen einfrieren«, prophezeite Focko düster.

Frida war es egal. Ihr war kalt vor Müdigkeit, und sie wollte etwas essen und trinken. Sie wollte ihr Kind zurück und jetzt nur noch wunderbare Nachrichten hören. Der Deich hier hatte gehalten, und sie betete, dass das auch in Cuxhaven der Fall gewesen war.

»Ich fahre nach Eckwarden«, beschied Frida, als Focko das Radio wieder leise gestellt hatte. »Auch wenn es noch stürmt. Ich muss wissen, was mit meiner Familie passiert ist.«

Focko nickte. »Das verstehe ich, und ich glaube, jetzt ist es auch nicht mehr so gefährlich. Der Wind flaut ab. Ich fahre nach Fedderwardersiel und sehe dort auch nach dem Rechten. Was für eine schreckliche Nacht!«

Sie fassten einander an den Händen und sahen sich tief in die Augen. »Danke«, formte Frida lautlos mit den Lippen.

»Ich muss noch mal aufs Klo!«, verkündete Peter und ließ die beiden allein.

»Gut, dass wir das heil überstanden haben«, sagte Focko und wollte gehen, aber Frida hielt ihn zurück.

»Ist noch was?«, fragte er sofort, weil er ihr anmerkte, dass sie noch etwas auf dem Herzen hatte.

»Ich weiß, es ist nicht der rechte Zeitpunkt, aber wann ist der schon?«, begann sie vorsichtig. »Jetzt sind wir wenigstens kurz für uns.«

Focko legte den Kopf schief und musterte Frida neugierig.

»Für was, Frida? Für was?«

Sie gab sich einen Ruck. »Mutter hat da was angedeutet. Vor ihrem Tod«, druckste sie herum. »Also, dass sie dich damals fortgeschickt hat, weil sie wollte, dass ich bei Wilfried bleibe. Stimmt das? Hast du dich von ihr vertreiben lassen?«

Frida brauchte Fockos Antwort gar nicht abzuwarten, denn sie sah ihm an, dass es so war.

»Warum?«, hauchte sie beinahe tonlos. »Warum?«

Focko schluckte und knetete die Finger. »Frida, es war nicht leicht. Du warst hin- und hergerissen. Du wolltest Wilfried und das Leben, das er dir bieten konnte. Und dann kam ich als armer Schlucker. Ein Seemann und Fischer mit einer winzigen Kate. Du hattest so viele Träume. Deine Musik, die Vorstellung, dass Meike einmal auf einer Bühne spielen darf und den Weg geht, den du vorgegeben hast, aber nicht zu Ende gegangen bist.«

»Aber ich liebe dich«, rutschte es Frida raus. »Ich habe dich immer geliebt, und du bist der feinsinnigste Mann, dem ich je begegnet bin. Mich stört doch dein Beruf nicht.«

»Frida!« Focko nahm wieder ihre beiden Hände. »Bitte, hör mir zu. Ich dachte damals wirklich, dass deine Mutter recht hat und es das Beste ist, wenn ich aus deinem Leben verschwinde. Heute weiß ich, dass es ein Fehler war. Wir beide gehören zusammen. Aber jetzt sind die

Weichen anders gestellt, und wir müssen es akzeptieren. Du bist mit Wilfried verheiratet. Es bricht mir das Herz, aber ich bin dir sehr dankbar, dass ich meinen Sohn regelmäßig sehen darf und dass ich weiß, wie sehr du mir verbunden bist. Das ist mehr, als viele andere haben, und ich muss damit zufrieden sein.« Er schluckte. »Lass es uns als gegeben hinnehmen. Wir hatten zwei Chancen, miteinander glücklich zu werden, aber wir haben sie nicht genutzt. So ist das Leben. Ich möchte, dass du weißt, wie sehr du dich immer auf mich verlassen kannst. Egal, was das Leben noch für uns bereithält.«

Frida nickte, denn Focko hatte recht. Sie waren zweimal falsch abgebogen, das war jetzt nicht mehr rückgängig zu machen.

Sie zog den geliebten Mann zu sich heran, drückte seine Hände und küsste ihn vorsichtig auf die Lippen. Erst wirkte er erstaunt, dann aber erwiderte er den Kuss. Sie öffnete die Lippen, und ihre Zungen begannen zu tanzen und zu spielen. Sie fanden schnell den gemeinsamen Rhythmus und das Tempo, was beide wohlig aufseufzen ließ.

Immer näher zogen sie sich aneinander heran, so lange, bis sie den Herzschlag des anderen hörten. Sie tranken gegenseitig ihren Atem und wurden durch diese Berührungen wieder zu einem Gesamtbild, mit dem sicheren Wissen, dass sie zueinandergehörten und sich blind verstanden.

Bei Focko waren keine Erklärungen nötig.

Sie hörten, wie die Tür klackte, und fuhren auseinander.

»Danke«, sagte Focko. »Danke für alles, meine Frida!«

Dann schnappte er seine Mütze und rannte aus der Kate.

Kapitel 25

Wilfried erschrak, als er neben Erna aufwachte.

»Um Himmels willen!«, brachte er hervor. »Was ist passiert?«

Erna versuchte, ihn zu beruhigen. »Nichts. Gar nichts. Du bist in den frühen Morgenstunden völlig erschöpft hier aufgetaucht, hast aufgestöhnt und bist einfach eingeschlafen. Ich wollte dich nicht alleinlassen. Sieh dir deine Hände an.«

Wilfried blickte auf seine Finger, an denen fast nur noch rohes Fleisch zu sehen war.

»Ich habe Sand geschippt«, sagte er. »Immer nur geschippt. Wie eine Maschine, die keiner anhalten kann. Alle haben das getan.«

»Ihr habt uns gerettet!« Erna gab ihm einen Kuss auf die Nasenspitze.

»Der Hafen ist unfassbar zerstört«, sagte Wilfried. »Du glaubst nicht, was für eine Gewalt die Flut hatte. Die Kutter sind wie kleine Spielzeugschiffe hin- und hergeworfen worden. Es sieht dort aus wie nach einem Bombenangriff. Teilweise liegen die Kutter am Strand, und die Krabbendarre gleicht einem Gerippe.«

»Gab es Tote?«, fragte Erna.

»Hier weiß ich es nicht, aber in Hamburg muss es

katastrophal gewesen sein«, sagte Wilfried. Er rückte sich näher an Erna, weil es sich gut und sicher anfühlte. Dann schreckte er hoch. »Nun liege ich hier rum, und meine Frau und unser Sohn …« Er unterbrach sich selbst und sprang aus dem Bett. Dabei verzog er schmerzverzerrt das Gesicht, weil er mit den wunden Händen an den Stoff des Deckbetts gekommen war. »Verdammt, das wird dauern, ehe das wieder in Ordnung kommt.«

Er erschrak, als er sich der Zweideutigkeit seiner Aussage bewusst wurde.

Erna lächelte ihn an. »Am besten ist es, wenn wir möglichst schnell wieder nach Hause fahren, meinst du nicht auch? Frida wirst du von hier nicht erreichen. Es stürmt zwar noch, aber nicht mehr so heftig.«

Wilfried nickte. »Ja, das ist eine gute Idee. Ich stinke vermutlich wie ein Eber, aber das kann ich erst ändern, wenn ich mich umziehen kann.« Er warf einen Blick aus dem Fenster. »Wir wären gestern ohnehin nicht weit gekommen. Die haben sämtliche Straßen abgesperrt, weil zu viele Irre den Ernst der Lage nicht begriffen haben und sich die Flut ansehen wollten.«

»Nun ist es ja vorbei«, sagte Erna. »Ich wecke die Mädchen, und dann sehen wir zu, dass wir schnell nach Hause kommen.«

Sie stand auf, und dabei verhakten sich ihre Blicke. »Wilfried«, flüsterte sie.

»Erna!« Er legte seine Arme um sie, achtete aber darauf, mit seinen Händen nirgendwo anzustoßen. Er war froh, wenn sie bald verarztet werden konnten.

Sie küssten sich nicht. Aber sie standen voreinander und schauten sich an. Worte waren unnötig.

*

Frida war glücklich, als Wilfrieds Wagen auf den Hof fuhr. Allerdings saß Erna am Steuer, und als alle ausstiegen, erkannte Frida auch, warum. Wilfrieds Hände sahen schlimm aus, und sie bekam eine Ahnung davon, was ihr Mann in der letzten Nacht geleistet hatte. Sie fiel ihm um den Hals. Dann herzte sie Meike. »Was bin ich erleichtert, dass euch nichts passiert ist«, sagte sie und brach in Tränen aus.

Wilfried wirkte etwas hilflos. »Es ist ja alles gut«, sagte er. »Aber es war eine schlimme Nacht.«

Frida wandte sich Erna und Sanne zu. »Über die Musikschule reden wir später«, sagte sie. »Jetzt brauchen wir wohl alle etwas, um das Erlebte zu verarbeiten.«

Erna nickte, umarmte Frida kurz und verschwand dann ungewöhnlich schnell. Frida zuckte zusammen, als sie den Blick erkannte, mit dem Wilfried ihrer Freundin nachsah.

Da war es wieder: das ungute Gefühl.

»Nun kommt rein. Ich denke, du brauchst einen Waschgang, und dann verbinde ich deine Hände.« Frida wollte die Situation mit diesen Worten ein wenig entschärfen, aber so richtig gelang es ihr nicht, weil das schale Gefühl im Bauch blieb.

Sie richtete eine Kleinigkeit zu essen an. Dazu briet sie rasch ein paar Eier, schnitt Gürkchen klein und ein paar Scheiben Brot ab.

Als sie den Tisch fertig gedeckt hatte, kam Wilfried in die Küche. »Das sieht aber lecker aus«, lobte er sie.

»Wir sollten zunächst deine Hände verbinden«, schlug Frida vor. Sie hatte das Verbandszeug bereits hingelegt.

Mit flinken Fingern sorgte sie dafür, dass Wilfrieds offene Blasen sauber verdeckt waren. Danach konnte er auch das Besteck wieder in die Hand nehmen und selbst essen.

Die Mahlzeit verlief erst schweigend, weil jeder seinen Gedanken nachhing. Frida war die Erste, die die Stille nicht mehr ertrug.

»Magst du von der Sturmnacht erzählen?«, fragte sie vorsichtig, denn Wilfried wirkte stark verunsichert. »War es sehr schlimm?«

Er nickte. »Siehst du ja an meinen Fingern. Aber jammern nützt nichts, wir mussten tun, was wir konnten, um das Binnenland zu sichern. Du warst im Haus deiner Mutter?«

Frida nickte. Sie überlegte, ob sie Focko gar nicht erwähnen sollte, entschied sich dann aber dafür, ehrlich zu sein.

»Focko war auch kurz da«, sagte sie. »Er ist ebenfalls am Deich eingesetzt worden.«

Wilfrieds Gesicht verhärtete sich, ehe er lospolterte. »Seine Hände sind bestimmt heil geblieben. Er hat schließlich Schwielen genug von der Arbeit.«

»Er ist so etwas gewohnt, ja«, bestätigte Frida. »Aber warum regst du dich so auf? Niemand hat dir einen Vorwurf gemacht.«

Wilfried verstummte.

»Mich würde viel mehr interessieren, was mit dir und Erna ist«, schoss sie blind, sie musste jetzt die Wahrheit wissen. Das Leben konnte so schnell vorbei sein. Sie sollten sich nicht mit Lügen aufhalten. Zwischen Erna und Wilfried war etwas. Er konnte ihr als Ehefrau nichts vormachen. So etwas spürte sie.

»Nichts«, kam es wie aus der Pistole geschossen. »Was soll da sein?«

»Du bist eigenartig, wenn sie in der Nähe ist.«

Wilfried fuhr zusammen wie ein Kind, das Unfug angestellt hatte und dabei ertappt wurde. Frida sah sich in ihrer Ahnung bestätigt.

Sie war selbst erschrocken über das Gefühl, das in ihr erwachte. Es war eine Mischung aus Wehmut, Schmerz und Verletztheit.

»Du magst sie«, stellte Frida lapidar fest, obwohl sie am liebsten laut geschrien hätte.

»Natürlich, sie ist unsere Freundin«, gab Wilfried betont lässig zurück, aber Frida sah ihm an, dass er ins Schwimmen geriet.

»Wilfried, lass uns bitte ehrlich sein«, sagte sie, auch wenn es ihr unglaublich schwerfiel. »Alles andere wäre falsch, und das weißt du.«

Er zuckte mit den Schultern. »Du bist meine Frau, und daran möchte ich nichts ändern«, sagte er ausweichend. »Außerdem geht Erna bald weg.«

Mit einem Mal fiel es Frida wie Schuppen von den Augen. Erna drängelte nur deshalb wie verrückt darauf, Eckwarden zu verlassen, obwohl sie hier schon wieder Arbeit hatte, weil sie es in Wilfrieds Nähe nicht aushielt. Dass sie lieber in der Stadt lebte, war vermutlich ein Vorwand.

Frida musste heftig schlucken. Sie wusste, dass keiner etwas für seine Gefühle konnte, und doch glaubte sie sich plötzlich hintergangen. Von ihrer besten Freundin und ihrem eigenen Mann. Sie hatten sich ineinander verliebt. So wie sie und Focko es getan hatten. Sie alle kämpften dagegen an und taten alles, damit es keiner merkte.

Und doch war es sehr verletzend. Sie hatte auf Focko verzichtet, und Wilfried machte ihr eine Szene nach der anderen.

Erna will gehen, um dir und Wilfried nicht im Weg zu stehen, schoss es ihr durch den Kopf. Sie betrügen dich nicht.

Und doch kam es Frida wie Verrat vor. Schon wieder stand sie vor einem Trümmerhaufen.

Im Augenblick wurde ihr das alles zu viel.

»Ich glaube, ich muss jetzt allein sein«, sagte sie.

Wilfried griff nach ihrer Schulter, doch seine Hand rutschte ab, und er bekam sie nicht zu fassen. So als wäre das ein Synonym dafür, wie es um sie beide stand.

Sie waren das Zentrum, und um sie herum kreisten zwei Menschen, denen sie sich viel mehr zugetan fühlten als dem Partner. Eine überaus vertrackte Situation.

Frida verließ das Haus und lehnte sich mit geschlossenen Augen gegen die Hauswand.

Sollte sie an der Ehe festhalten, wenn sie wusste, dass Wilfried ihre beste Freundin liebte? Und umgekehrt verzehrte sie sich nach Focko. Das war doch nicht ihr Leben! Sondern das, was sie führen würden, damit die anderen sich nicht das Maul über sie zerrissen.

Sie schluchzte laut und konnte eine Weile gar nicht aufhören zu weinen.

Die Tür flog auf, und Meike kam heraus. Sie hatte sich gewaschen und umgezogen und roch ein bisschen nach Shampoo.

Ihre Tochter wirkte etwas aufmüpfig, das sah Frida ihr an.

»Was gibt es?«

Erst stutzte Meike, als sie die Tränen ihrer Mutter sah, aber dann brach es aus ihr heraus. »Ich gehe mit Sanne und Erna nach Bremen. Damit du es weißt.«

Frida pustete die Luft aus. Hatte sie eben noch gedacht, in ihrer Familie könnte es nicht schlimmer kommen, wurde sie jetzt eines Besseren belehrt.

»Du willst was?«, hakte sie nach, in der Hoffnung, es doch falsch verstanden zu haben.

»Nach Bremen ziehen«, sagte Meike mit stoischer Ruhe.

»Aber warum? Du bist hier zu Hause.«

Meike schüttelte den Kopf. »Ich kann mich hier nicht weiterentwickeln.«

Frida runzelte die Stirn. Wie redete ihre Tochter denn? Für solche Aussagen konnte es nur einen Grund geben.

»Du sprichst von der Musik?«

Meike nickte. »Genau. Ich will nicht nach Cuxhaven, das war doof da. Sanne bekommt aber ausgezeichneten Musikunterricht in der Großstadt, und sie kann dann bestimmt mal auf der Bühne spielen. Und ich bleibe ein Landkind. Das will ich nicht.«

Frida wusste nicht mehr, wie sie reagieren sollte. Ihr Herz raste, und ihr Körper begann zu beben, als sie erkannte, wie schnell der Trümmerhaufen vor ihr anwuchs.

»Lass uns später reden. Du kannst nicht einfach nach Bremen. Du lebst bei Wilfried und mir. Wir sind eine Familie!«

»Papa hat heute Nacht bei Erna geschlafen«, trumpfte Meike auf. Frida wurde leichenblass. Sie stieß ihre Tochter beiseite und rannte zurück in die Küche.

»Du hast was?«, herrschte sie ihren Mann an.

Der wusste im ersten Moment gar nicht, wovon seine Frau sprach. »Was meinst du?«

»In welchem Bett du deine Nacht verbracht hast. Ich dachte, du warst am Deich?«

»War ich auch. Bis ich völlig erschöpft zurückgekommen bin«, verteidigte Wilfried sich vehement. »Da war nichts!«

Frida schluckte. Dann wurde ihr übel, und sie rannte aus der Küche ins Bad, wo sie sich heftig übergab.

*

Erna hatte ein schlechtes Gewissen, aber es half nichts: Sie musste mit Frida reden. Wenn es noch eine winzige Chance gab, ihre Freundschaft zu retten, würde es nur mit Ehrlichkeit gehen.

Wilfried hatte ihr gesagt, dass Meike leider Wind von ihrer gemeinsamen Nacht bekommen hatte. Auch wenn nichts passiert war, musste es auf Frida wie ein Schlag ins Gesicht gewirkt haben.

Sie, die beste Freundin, nutzte eine Katastrophe, um sich an ihren Mann ranzuwerfen. Wobei die »Nacht« ja recht kurz gewesen war. Wilfried hatte sich schließlich am Deich die Hände wund geschuftet, und das Ergebnis war deutlich sichtbar gewesen. Aber es klang merkwürdig.

Und dass Meike jetzt auch noch überflüssigerweise verkündet hatte, mit nach Bremen gehen zu wollen, war ein weiterer Keil, den es herauszuziehen galt, denn das war keineswegs mit ihr abgesprochen gewesen. Wie sollte das auch gehen? Sie allein mit zwei Mädchen. Meike musste in Eckwarden bleiben, ob es ihr gefiel oder nicht.

»Es wird in der Tat Zeit, dass ich von hier verschwinde«, sagte sie.

Erna beschloss, Frida sofort aufzusuchen. Die Sturmnacht war jetzt zwei Tage her, und langsam normalisierte sich das Leben in Butjadingen wieder. Allerdings war das Haus am Deich noch immer ohne Strom, wie Wilfried ihr erzählt hatte.

Es war schon merkwürdig, wie selbstverständlich sie beide miteinander umgingen. Fast wie ein altes Ehepaar, schoss es Erna durch den Kopf. Sie würde Wilfried in Bremen unglaublich vermissen. Aber sie konnte und durfte diese Gedanken einfach nicht zulassen – und sie wollte ihn auch nicht wiedersehen. Es war wichtig, diesen Mann aus dem Herzen zu reißen und allenfalls die schmerzende Wunde eine Weile zu verbinden, bis sie hoffentlich eines schönen Tages abgeheilt und zu einer stabilen Narbe geworden war.

Erna setzte sich ihren Hut auf und zog den Tweedmantel an. Auch wenn es zu Frida nur ein paar Schritte waren, musste sie sich warm einmummeln, denn jetzt herrschte wirklich scharfer Frost.

Erna mochte die klare Luft, und sie sog sie tief ein. Sie roch etwas süßlich, ein bisschen nach Schnee, obwohl der nicht zu erwarten war. Der Winter hatte das Zepter übernommen, an den Zweigen der Bäume zeigte sich Raureif, und der Himmel war blau.

Kurze Zeit später klopfte sie bei Frida.

Irgendwie mochte sie nicht klingeln. Sie scheute den schrillen Ton, der ihr angesichts der Situation übergriffig vorgekommen wäre.

Frida hatte sie allerdings auch so gehört und öffnete sofort. Sie war blass und wirkte noch schmaler als sonst. »Ich habe mir schon gedacht, dass du kommst«, sagte sie. Ihre Stimme war tonlos, ganz ohne Höhen und Tiefen. So kannte Erna sie nicht, und wieder wurde sie von diesem schlechten Gewissen fast aufgefressen.

»Darf ich reinkommen?«

Frida nickte und machte einen Schritt beiseite. Ihre Bewegungen waren fahrig und vermittelten den Eindruck einer alten Frau.

Mist – und ich bin schuld daran, dachte Erna. Ich habe sie in diese Situation gebracht.

Die Luft in Fridas Haus war abgestanden, so als hätte sie lange nicht gelüftet. Es war auch nicht sonderlich aufgeräumt, was ebenfalls ungewöhnlich war, denn Frida war ein ordentlicher Mensch und mochte es nicht, wenn

Dinge herumlagen. Stattdessen standen im Flur zwei große Lederkoffer und drei Kisten.

Erna kommentierte das nicht – sie ahnte allerdings, was das bedeuten könnte – und folgte Frida in die Küche. Hier war wieder alles blitzblank gescheuert, die Küchenfronten glänzten, und alles war picobello aufgeräumt.

»Setz dich!«, forderte Frida sie auf, bot ihr jedoch nichts zu trinken an.

Erna nahm am Küchentisch Platz und fuhr mit dem Finger über das geblümte Tischtuch. Sie war so nervös, dass es ihr schwerfiel, in dieser prekären Situation die richtigen Worte zu finden.

Frida setzte sich nicht, sondern lehnte sich mit dem Rücken gegen die Spüle und schaute Erna abwartend an.

Sie wartete sichtlich darauf, dass ihre Freundin das Wort eröffnete.

»Meike hat es dir also erzählt«, rang Erna sich ab, denn irgendwie musste sie schließlich beginnen.

»Ja, Wilfried hat die Nacht nicht in seinem Bett verbracht«, umschiffte Frida die Situation elegant. Wahrscheinlich fiel es ihr unglaublich schwer, es auszusprechen, weil sie eben nicht die ganze Wahrheit kannte.

Erna lag auf der Zunge zu sagen, dass nichts passiert war, was zwar stimmte, wenn sie davon ausgingen, dass sie nicht mit Wilfried geschlafen hatte. Aber es war dennoch etwas geschehen, was einer Ehefrau sicher nicht gefiel, und es wäre müßig zu behaupten, dass alles war wie zuvor.

Denn das war es nicht.

Mit der Sturmflut waren ihre Grundfeste und das Vertrauen weggespült worden. Ihre Freundschaft war ähnlich zertrümmert wie Teile der Deiche, und sie wies genauso tiefe Löcher und Einrisse auf. Sie konnten ebenfalls nur versuchen, alles mit Sandsäcken zu flicken, und hoffen, dass die Naturgewalt keine zweite Chance bekam.

»Wilfried hat die ganze Nacht draußen am Deich geschuftet«, begann Erna dann doch, weil das Schweigen zu drückend wurde.

»Ich weiß«, sagte Frida. »Er musste abbrechen, weil seine Hände kaputt waren.«

»Ja, er hat sich dann bei mir ausgeruht.«

»Das hat er erzählt«, gab Frida knapp zurück. »Und ich glaube euch.«

Erna wollte eben erleichtert aufatmen, als Frida mit noch immer tonloser Stimme fortfuhr: »Aber das ist nicht der Punkt.«

Erna sah ihre Freundin fragend an. »Was ist es denn dann? Es ist nichts passiert, jedenfalls nicht das, was du sicher denkst.« Jetzt verteidigte sie sich doch und ärgerte sich darüber.

Frida sog die Luft scharf ein. »Ich habe lange nachgedacht, Erna. Für mich ist es ein persönliches Desaster, und ich weiß einfach nicht, was die Menschen hier in Eckwarden über mich sagen werden. Ich bin in zwei Ehen gescheitert, obwohl mir immer der Sinn nach Harmonie stand. Ich wollte alles richtig machen – und habe alles verkehrt gemacht. Nun stehe ich vor einem Berg Schutt, als Scherbenhaufen möchte ich das alles gar nicht mehr bezeichnen. Mein Mann liebt meine beste Freundin, weil sie ihn besser versteht als ich. Meine Tochter möchte fort von mir, weil ich ihr nicht das Leben und die Zukunft geben kann, die sie erwartet.«

Erna wollte Frida unterbrechen, aber sie hob die Hand. »Warte, ich bin noch nicht fertig.« Frida fiel es offensichtlich schwer weiterzusprechen, aber Erna kannte ihre Freundin. Wenn sie sich etwas in den Kopf gesetzt hatte, dann zog sie es durch und gab nicht eher klein bei, bis sie das losgeworden war, was ihr unter den Nägeln brannte.

»Du weißt, dass ich immer versucht habe, mir Focko aus dem Kopf zu schlagen, und ich war mit Wilfried auch in gewisser Weise glücklich. Aber mir ist wohl entgangen, was ihm wirklich gefehlt hat. Wir haben uns nicht mehr viel zu sagen. Außer dicken Vorwürfen.« Sie senkte den Blick. »Und dass du ihn magst, weiß ich schon lange, nur hätte ich nicht erwartet, weil ich dachte ...« Sie brach ab. »Na ja, ich dachte, er liebt mich.«

»Das tut er auch«, schoss es aus Erna heraus, aber Frida winkte ab.

»Bitte, Erna, wir waren immer ehrlich zueinander, das sollten wir jetzt auch am Ende sein.«

Erna glaubte, sie hätte sich verhört. »Was soll das heißen? Am Ende?«

»Eins nach dem anderen«, wehrte Frida ab. Ihre Stimme war nun müde, hatte aber wenigstens etwas Farbe zurückbekommen. »Ich werde Wilfried freigeben, denn ich möchte, dass er glücklich wird. Es geht nicht gut, wenn sich sein Herz nach einer anderen Frau verzehrt.« Sie holte tief Luft. »Aber ich werde um meine Tochter kämpfen. Sie will ich nicht gehen lassen, Erna. Bitte lass mir mein Kind!«

»Aber ich möchte dir Meike doch gar nicht wegnehmen. Ich wusste nicht einmal, dass sie plant, mit nach Bremen zu gehen.«

Frida sah Erna zwar zweifelnd an, sagte aber: »Gut, dann ist das geklärt. Erkläre ihr das bitte, damit ich an dem Verbot unschuldig bin. Sonst nimmt sie mir das ewig übel. Aber wenn Meike fortgeht – das überstehe ich nicht.«

Erna nickte. »Ich rede mit ihr. Versprochen.«

Über Fridas Gesicht glitt sichtliche Erleichterung. »Danke.« Jetzt schluckte sie, weil sie nun einen dicken Brocken hinzufügte. »Mit Wilfried spreche ich, wenn er aus der Klinik kommt. Dann gehe ich zusammen mit den Kindern zurück ins Haus am Deich.«

»Du meinst das wirklich ernst«, stellte Erna erschüttert fest.

»Ja, das tue ich«, sagte Frida. »In diesem Haus ist meine Heimat und wird es immer sein. Ich werde es bewirtschaften und zu neuer Blüte bringen. Es werden dort wieder Tiere leben. Ich plane, Gemüse anzubauen und die Kate wieder zum Leben zu erwecken.«

»Das klingt sehr endgültig«, warf Erna ein. »So, als hättest du es wirklich schon lange durchdacht. Aber was ist mit deinen Träumen, deinem Klavierspiel?«

»Was nützen alle Träume, wenn ich meine Basis, meine Konstante verrate? Das Haus am Deich ist mein Leben. Das weiß ich seit der Sturmnacht.«

»Und Wilfried gehört nicht mehr dazu?«

»Ich wollte mit ihm alt werden, aber es geht nicht.«

»Und Focko?«, fragte Erna.

»Focko ist ein Seemann, das haben wir doch schon lange geklärt. Er hat sich erst von mir, dann von meiner Mutter in die Flucht treiben lassen. Nein, das hat keine Zukunft. Aber ich bin eine starke Frau und werde mein Leben allein stemmen.« Sie sah ihre einstmals beste Freundin mit festem Blick an. »Ganz allein. Wirklich ganz allein, nur mit meinen Kindern.«

Erna zuckte zusammen. »Meintest du das mit ›unserem Ende‹?«

»Ja. Ich gebe Wilfried zwar frei, aber ich werde euch beide zusammen nicht ertragen.«

Erna sprang auf und wollte zu Frida eilen, doch sie

wirkte wie von einer Eisschicht umgeben. »Es wird nicht funktionieren mit uns, Erna. Und das weißt du. Ich habe mein Leben für dich gegeben, und ich weiß auch, dass du nichts dafürkannst, dich ausgerechnet in meinen Mann zu verlieben. Bitte verlasse jetzt mein Haus. Ab morgen kannst du hier ein und aus gehen, wie es dir beliebt, weil ich dann längst in Eckwardersiel bin. Heute aber ist es noch meine Bastion, in der ich nicht nur aufräumen, sondern auch noch einige Dinge klären muss!«

Frida deutete mit der Hand zur Tür.

»Aber«, hob Erna an. Doch als sie Fridas entschlossenes Gesicht sah, wusste sie, dass jegliche weitere Diskussion zwecklos war. Frida hatte sich entschieden.

*

»Wie, du und Papa, ihr trennt euch, und ich muss zurück ins Deichhaus?« Maike schnappte wütend nach Luft. »Mama, ich will Pianistin werden! Ich will Klavier spielen und nicht auf dem Dorf versauern!«

»Meike, du bist erst zwölf Jahre alt und wirst zunächst die Schule beenden«, widersprach Frida. »Selbstverständlich kannst du weiterhin Unterricht erhalten, das habe ich mit Papa so abgesprochen. Er wird das alles unterstützen. Aber wir leben nun mal in Eckwardersiel.«

»Ich will keine Schafe und Schweine. Ich will kein Gemüse!« Meike stampfte wütend mit dem Fuß auf. »Warum fragst du mich nicht?«

Jetzt konnte Frida die Tränen nicht zurückhalten. »Meike, ich habe mir die Situation nicht ausgesucht. Aber Wilfried hat sich in Erna verliebt, und ich muss nun zusehen, wie ich klarkomme. Ich wünschte mir, du würdest mich unterstützen.«

Meike kochte vor Wut. »Wenn Sanne in Bremen lebt, wird sie wieder so viel besser Klavier spielen als ich. So wie schon in Berlin. Sie darf dann auf der Bühne stehen. Und ich? Ich klimpere meine Stücke in der Provinz!«

»Sag mal, wo hast du all diese Ausdrücke her?«, fragte Frida, die ihr eigenes Kind nicht wiedererkannte.

»Sanne weiß so etwas. Sie sagt, ich wäre eben eine Landpomeranze, während sie eine große Karriere vor sich hat!«

Meike rannte aus dem Zimmer und knallte die Tür hinter sich zu. Es war grausam, wie hart sie sein konnte.

Frida sackte auf dem Sofa zusammen und weinte.

So fand Wilfried sie.

»Liebes, was ist los?«

Frida schaute ihn mit tränenverschleiertem Blick an.

Er hatte so warme Augen, und sie las darin dieselbe Verzweiflung, die auch von ihr Besitz ergriffen hatte. Sie waren gestern Abend in einem langen Gespräch übereingekommen, dass eine Trennung das Beste war, aber Wilfried hatte Frida gebeten, noch zwei Tage im Haus zu bleiben.

»Ich möchte, dass wir alles in Ruhe mit den Kindern besprechen. Und es ist auch wichtig, dass der Strom wieder funktioniert. Bitte warte das noch ab.«

Schweren Herzens hatte Frida zugestimmt. Auch wenn sie sich in Wilfrieds Haus nicht mehr wohlfühlte. Nur war es tatsächlich schwer, wenn die Stromversorgung noch nicht wieder gewährleistet war. Sie hatte ihr Bettzeug allerdings schon auf das Sofa verfrachtet.

»War was mit Meike?«, fragte er jetzt. »Ich habe sie oben weinen gehört.«

»Sie möchte noch immer mit Erna nach Bremen. Weil sie glaubt, dort eine bessere Ausbildung am Klavier zu bekommen.« Fridas Stimme brach bei der Vorstellung, auch noch ihr Kind zu verlieren. Erna hatte zwar Wort gehalten und Meike gesagt, dass sie nicht mitkommen konnte, nur gaben sich beide Mädchen nicht damit zufrieden, sondern kämpften weiter darum, dass Meike mit in die Stadt durfte.

»Ist es ihr tatsächlich so wichtig?«, fragte Wilfried.

»Offenbar«, sagte Frida. »Ich möchte ja auch, dass sie ihre Träume verwirklichen kann, weil ich weiß, wie schrecklich es ist, wenn man sie begraben muss. Aber die Vorstellung, dass Meike nicht mehr bei mir lebt, ist unerträglich.«

Wilfried nahm seine Frau in den Arm. Es war eine vertraute Geste, die Frida wärmte. Sie kuschelte sich an ihn und konnte die Berührung in diesem Augenblick zulassen. »Was soll ich tun? Ich bin am Ende meiner Kraft, Wilfried. Unsere Trennung und die von Erna hat mir zu viel abverlangt. Im Augenblick bricht mein Leben so wie in der Sturmnacht die Deiche.«

»Ich weiß«, sagte er. »Unser aller Leben ist in dieser Nacht durcheinandergewirbelt worden, und keiner weiß so genau, wie und wo er landen wird.«

Frida nickte. »Ich habe wenigstens noch das Haus am Deich.«

»Dein Zuhause«, flüsterte er. »Ich hatte mir so gewünscht, dass dieses Haus dem hier in Eckwardersiel ebenbürtig sein würde, aber das war wohl ein Traum, den wir nicht hätten träumen sollen.«

»Doch, man muss träumen, sonst kann keiner leben«, entgegnete Frida. Sie setzte sich auf. »Jeder braucht einen sicheren Hafen. Wir werden ihn anlaufen, denn auch unruhige Wasser beruhigen sich irgendwann.« Sie sah ihn an. »Wirst du zu Erna nach Bremen gehen?«

Und womöglich Meike doch mitnehmen?

»Ich weiß es noch nicht. Dazu müsste ich schließlich meine Stelle wechseln. Und ich weiß nicht, ob ich das will.«

Er strich sich mit einer vertrauten Geste durchs Haar.

»Ich liebe Erna tatsächlich, aber es ist alles so frisch, und ich kann nicht sagen, was richtig ist. Erst einmal bleibe ich hier.« Er räusperte sich. »Und ich suche für Meike den besten Klavierunterricht, den sie bekommen kann. Ich möchte, dass sie bei dir bleibt. Egal, ob ich eines Tages zu Erna gehe.«

Dankbar sah Frida ihren Mann an. »Es tut mir leid, dass wir es nicht hinbekommen haben«, flüsterte sie.

Er drückte ihre Hand. »Mir auch, Frida. Ich habe dich unglaublich geliebt, aber auch ich konnte eines Tages nicht mehr kämpfen.«

»Focko«, sagte sie nur, und Wilfried nickte.

»Schlimm, dass Hannes Fluch auf unsere Hochzeit nun doch noch gewirkt hat«, ergänzte Frida.

»Wirst du mit ihm leben?«, fragte Wilfried, und auch in seiner Stimme schwang Furcht.

»Ich weiß es nicht«, gab Frida zu. »Wir leben in verschiedenen Welten, und doch sind wir uns nah. Ich glaube, jetzt muss ich erst einmal allein sein. Ich bin gerade auf ganzer Linie gescheitert.«

Kapitel 26

Meike glaubte, sie würde auf diesen Tönen fliegen. Sie stoben um sie herum und ließen das Mädchen alles um sich herum vergessen. Sie spielte die Sonate in Moll mit Inbrunst, aber am Ende war plötzlich die Konzentration weg.

Das passierte ihr immer dann, wenn sie an Wilfried und ihre Mutter dachte und daran, wie sehr ihr Leben gekippt war, seitdem ihr Stiefvater Erna küsste und die mit Sanne seit fünf Monaten in Bremen lebte.

Wilfried hatte dennoch Wort gehalten und ihr nicht nur eine erstklassige Privatlehrerin für den Klavierunterricht, sondern zugleich eine Gesangsausbildung organisiert.

Er kam sie oft besuchen, und Meike freute sich jedes Mal, wenn ihr Stiefvater da war.

»Sehr gut, Meike. Das Forte könnte noch eine Nuance kräftiger kommen«, sagte Fräulein Mirnow nun. »Dann ist es perfekt. Spiel es noch einmal, und lass dich nicht ablenken. Du warst zum Schluss mit deinen Gedanken wieder woanders. Das darf dir auf keinen Fall passieren. Wenn du musizierst, dann musizierst du – und sonst nichts.«

Meike nickte, schloss die Augen und legte erneut los.

Jetzt fühlte sie die Töne wieder, auch das Forte, und als sie fertig war, bemerkte sie das zufriedene Gesicht von Fräulein Mirnow. »So möchte ich es haben. So ist das gut!«

Meike packte ihre Sachen zusammen. Sie nahm viel auf sich, um diesen Unterricht zu bekommen, aber das war es ihr wert. Sie musste mit dem Bus nach Nordenham fahren und von dort mit dem Zug nach Varel.

Sanne schrieb so oft, auf welch wunderbares Konservatorium sie in Bremen ging, und Meike beneidete ihre Freundin grenzenlos. Aber darüber brauchte sie mit ihrer Mutter vorerst nicht zu diskutieren.

»Mach erst die Schule fertig«, sagte sie immer. »Und dann sehen wir weiter.«

Bis dahin war noch ein langer Weg, aber sie wusste, dass ihre Mutter recht hatte. Nur hoffte Meike, dass Sanne sie bis dahin nicht abhängte.

Sie musste sich beeilen, damit sie den Zug noch bekam. Zum Glück befand sich das Studio von Frau Mirnow unweit des Bahnhofes, sodass sie nicht quer durch die Stadt laufen musste, was vor allem im Winter sehr unangenehm gewesen wäre. Aber auch wenn die Sonne heiß vom Himmel brannte, war der kurze Weg besser.

Meike hatte Glück und bekam den Zug gerade noch. Sie ließ sich auf einen Fensterplatz fallen und wäre fast eingeschlafen. Wilfried wollte sie in Nordenham abholen und nach Eckwardersiel bringen. Sie genoss die Zeit mit ihrem Stiefvater immer sehr, wobei sie nicht nachvollziehen konnte, warum er sich ausgerechnet in Erna verliebt hatte. Ihre Mutter sprach mit ihrer einstigen Freundin kein einziges Wort mehr. Auch das war für Meike komisch, schließlich gehörte Erna zu ihrem Leben dazu.

Sie verstand die Erwachsenen einfach nicht.

Wilfried stand auf dem Bahnsteig, als der Zug einfuhr. Meike fiel ihm in die Arme. »Hallo, Papa!«

Er sah ungewöhnlich ernst aus. »Wir müssen reden, mien Deern.«

»Och nö, ich bin so müde. Mein Forte musste ich heute dreimal spielen«, sagte sie. »Dreimal, bis Fräulein Mirnow endlich zufrieden war.«

»Hauptsache, es stimmte am Ende«, sagte Wilfried.

Meike nickte. »Aber fast hätte ich den Zug verpasst.«

»Nun bist du ja da«, gab ihr Stiefvater einsilbig zurück.

»Ja. Und jetzt ab nach Hause. Mama hat bestimmt gekocht.«

»Das hat sie sicher. Aber ich lass dich draußen raus.«

Meike zog einen Flunsch. Das war nämlich etwas, was sie unglaublich blöd fand. Seitdem sich Wilfried und ihre Mutter getrennt hatten, kam er meist nicht mehr ins Haus. Sie gingen sich regelrecht aus dem Weg und besprachen alles Organisatorische am Telefon.

Sie waren am Wagen angekommen, und ihr Stiefvater öffnete die hintere Tür. »Dann husch mal rein.«

Er schloss sie mit Nachdruck, stieg selbst ein, startete aber den Motor nicht.

»Ist was?«, fragte Meike, deren Magen unmissverständlich knurrte.

»Ja, ich muss dir wirklich etwas sagen«, brachte er hervor.

Meike gähnte. »Und was?«

Wilfried drehte sich zu ihr um. »Ich habe eine neue Stelle. In Bremen.«

Jetzt fuhr Meike hoch. »Du ziehst weg? Zu Erna, hab ich recht?«

Er nickte und wirkte schuldbewusst.

»Wie soll das dann mit meinem Unterricht gehen?«,

fragte Meike sofort und kam sich zugleich schäbig vor, weil sie sich nur Gedanken über ihren Klavierunterricht machte.

»Das bekommen wir schon hin«, meinte Wilfried, aber er klang nicht sehr überzeugt.

»Weiß Mama das schon?«, fragte Meike.

»Ja, seit heute Nachmittag.«

»Okay«, sagte sie gedehnt. »Das wird sie bestimmt treffen.« In Meike tobten die Gedanken durch den Kopf wie eben noch die Töne. Sie sah sich nicht mehr bei Fräulein Mirnow spielen, denn ihre Mutter war mit dem Haus am Deich so arg beschäftigt. Sie hatte Schafe angeschafft, drei Schweine und zwei Kühe. Hinzu kamen wieder Hühner. Ihre Mutter war gerade dabei, einen kleinen Laden aufzubauen, wo sie ihr Gemüse und andere Sachen vom Hof direkt verkaufen konnte. Sie hatte keine Zeit, Meike dreimal in der Woche vom Musikunterricht abzuholen.

Peter hingegen war glücklich in Eckwardersiel. Er fuhr immer häufiger bei seinem Vater auf dem Kutter mit.

»Das geht nicht«, flüsterte Meike. »Ich muss doch Klavier spielen. Mama wird mich nicht fahren können, das weißt du.«

»Meike, du weißt, dass deine Mutter das besser versteht als jeder andere Mensch, und sie wird dafür sorgen, dass du zum Unterricht kommen kannst!«

Meike schluckte. Sie war nicht davon überzeugt, denn seitdem sie ins Haus am Deich zurückgezogen waren, hatte ihre Mutter kein einziges Mal mehr am Klavier gesessen.

Sie lachte auch kaum noch, sondern war einzig und allein mit der Hofarbeit beschäftigt. Sie empfing nicht einmal mehr Focko. Sie ließ ihn gar nicht ins Haus, wenn er Peter abholte.

»Er hat sich damals vertreiben lassen, jetzt kann ich es nicht«, sagte sie stets. Auf Meike wirkte ihre Mutter ein bisschen wie diese Frau in der Bibel, die zu Stein erstarrt war. Die Geschichte hatten sie kürzlich im Religionsunterricht durchgenommen.

An ihrer Mutter prallte alles ab, und sie war nicht willens, außer Meike und Peter auch nur einen einzigen Menschen an sich heranzulassen.

»Ich werde doch nur verletzt«, hatte sie einmal gesagt, als Meike es angedeutet hatte. »Ich bin keinem anderen so wichtig, dass er bei mir bleibt. Keiner der Männer in meinem Leben hat es getan.«

Stumm legten sie die Strecke bis Eckwardersiel zurück. Meike konnte sich weder an den grünen Wiesen erfreuen noch daran, dass dieser August alles gab, um ihnen zu zeigen, dass der Sommer den Kampf gegen den herannahenden Herbst noch lange nicht aufgegeben hatte.

Wilfried stoppte vor dem Haus und ließ Meike aussteigen.

»Übermorgen hole ich dich wieder ab. Dann müssen wir einen anderen Weg finden.«

Meike nahm ihre Notentasche und trottete mit gesenktem Kopf zum Haus. Ihre Mutter stand im Gemüsegarten und jätete Unkraut. »Ach, da bist du ja. Ich habe das Essen fertig.«

Sie nahm Meike in den Arm, aber die machte sich steif.

»Hat er es dir gesagt?«, fragte ihre Mutter. Sie war noch blasser als sonst.

Meike nickte, und schon schossen ihr Tränen in die Augen.

»Hat er.«

Ihre Mutter strich Meike über den Kopf. »Wir kriegen das hin. Ich werde dich fahren, Meike. Du wirst weiterhin zu Frau Mirnow gehen. Wilfried übernimmt die Kosten, auch wenn er fort ist. Ich bekomme das hin. Versprochen!«

»Du spielst doch gar nicht mehr Klavier«, insistierte Meike. »Du magst es ja gar nicht mehr.«

Die Augen ihrer Mutter verdunkelten sich. »Doch, ich mag es noch, aber ich wage es nicht mehr. Es wäre ein weiterer Traum, der zerplatzt. Ich versuche gerade, in meinem neuen Leben anzukommen. Es ist nicht einfach – ganz allein.«

Meike spürte plötzlich, was ihre Mutter bewegte. »Du hast Angst zu musizieren?«

Eine Welle von Wärme für ihre Mutter umfasste sie.

Frida nickte. »Angst vor der Macht der Töne, die mir Erinnerungen zutragen, die ich nicht aushalten kann.«

Meike nahm die Hand ihrer Mutter und fühlte sich plötzlich sehr erwachsen. Sie konnte gar nicht nach Bremen, und es wäre auch nicht richtig, da doch Wilfried und Erna ihre Mutter verraten hatten. Nein, sie wollte hierbleiben. Bei ihrer Mama, die stets für sie da gewesen war.

»Morgen holst du den Klavierstimmer. Und dann spielen wir zwei. Jeden Tag.« Sie küsste ihre Mutter auf die Wange. »Weißt du, was? Wir brauchen Wilfried und sein blödes Geld nicht. Soll er doch mit Erna und Sanne in Bremen glücklich werden. Ich brauche auch Fräulein Mirnow nicht, die findet mein Forte sowieso blöd.« Sie strahlte ihre Mutter an, denn Meike war plötzlich eine wunderbare Idee gekommen. »Du wirst mich fortan unterrichten – und dann werde ich die beste Pianistin, die man sich denken kann.«

»Aber ich kann doch nicht …«

»Und ob du kannst!« Meike schien restlos überzeugt.

Übergangslos kullerten ihrer Mutter dicke Tränen über die Wangen.

»Du glaubst wirklich, dass das funktioniert?«

»Mama, wenn wir beide das nicht schaffen, wer dann?«

Ihre Mutter konnte es noch nicht ganz fassen. »Ich werde wieder Klavier spielen?«

»Nicht du – wir!«, bekräftigte Meike. »Wir haben unser Haus. Wir haben uns und Peter. Und die Tauben auf dem Dach mit ihrem Gurren. Wir haben das Land mit den Kühen und das Gackern der Hühner. Das Meer, den Deich und die Wellen! Hier sind wir zu Hause.«

Ihre Mutter lächelte. »Unsere Zuflucht.«

»Wir werden alles schaffen, in unserem Haus am Deich!«, sagte Meike.

*

Die See sang heute ihr ganz eigenes Lied. Piano, würde Meike sagen. Sie plätscherte leise, ab und zu drang ein seichtes Gurgeln durch, als ob das andere Geräusch allein zu eintönig wäre.

Frida stand auf dem Deich, und wartete auf Focko. Er wollte Peter gleich zurückbringen. Er war an diesem Sonntag wieder mit rausgefahren, und die Flut war bereits aufgelaufen.

Der schöne August neigte sich dem Ende zu, und keiner konnte sich mehr vorstellen, welch unbändige Kraft die See noch vor einem halben Jahr gehabt und sie fast das Leben gekostet hatte.

Ihr Blick fiel zum Haus am Deich, das von der Abendsonne angestrahlt wurde. Frida hatte gestern die Fensterläden frisch gestrichen, und sie leuchteten nun in kräftigem Blau, das mit der Farbe des Himmels konkurrierte.

Seit sie mit Meike regelmäßig Klavier spielte, hatte Frida ihre Mitte wiedergefunden. Vorbei war die Düsternis, die ihr jeden Tag das Aufstehen zur Hölle gemacht hatte.

Eigentlich war es gut, dass auch Wilfried aus ihrem Leben verschwand. Sie hatte es Meikes wegen geduldet, dass er sie zum Unterricht fuhr, aber für sie war es wie ein böser Stachel gewesen, der immer wieder in der offenen Wunde bohrte und es ihr unmöglich machte zu heilen.

Meike, ihre kleine Tochter aber, hatte ihr die beste Therapie der Welt geschenkt. Das Klavierspiel.

Über Frida stritten sich zwei Mauersegler mit ihrem grellen Schrei und ließen sie kurz zusammenzucken.

Gleich am Tag nach ihrem Gespräch war der Klavierstimmer gekommen, und nun klang das Instrument wie neu. Und sie und Meike umschlang ein Band, das so fest war und so ewig wie sämtliche Töne der Welt, die das Leben verzauberten.

Endlich bog Fockos Auto um die Ecke. Peter saß neben seinem Vater und strahlte mit der Abendsonne um die Wette. Sein rotes Haar leuchtete, als er die Tür aufriss und heraussprang.

»Ich habe ganz viel Butt gefangen«, rief er und stürmte sofort ins Haus.

»Moin, Frida«, sagte Focko. »Du siehst gut aus. Das wollte ich dir schon lange mal sagen.« Er knetete verlegen die Hände.

»Danke. Mir geht es auch gut. So langsam habe ich das Gefühl, in meinem Leben anzukommen. Hast du kurz Zeit?«

Er sah sie erstaunt an. »Ich darf bleiben?«

Frida nickte. »Es ist ein so schöner Spätsommertag. Komm, wir setzen uns in den Garten. Ich habe eine neue Kastanie gepflanzt, sie wird anwachsen, da bin ich sicher. So, wie auch ich gerade wieder Wurzeln schlage.«

»Ach, Frida, das habe ich mir so für dich gewünscht«, sagte Focko. »So sehr.«

Sie deutete zur Gartenbank, und sie ließen sich darauf nieder.

In Frida wallten die alten Gefühle auf. Focko sprach nicht von sich. Er forderte nichts. Er war einfach nur da und freute sich, wenn sie glücklich war. Frida legte ihren Kopf an seine Schulter, und es fühlte sich gut an.

»Ja, das Leben geht weiter. Sieh nur, wie friedlich die Kühe grasen. Ich werde sie gleich melken, obwohl ich das früher gehasst habe.«

»Ich weiß«, sagte Focko. »Ich erinnere mich nur zu gut. Es ist lange her.«

»Aber jetzt mag ich es«, sagte sie. »Ich habe mich früher eben gesträubt, aber manchmal muss man sich öffnen, und der Blickwinkel verändert sich. Jetzt kann ich beides haben. Mein Klavierspiel und den Hof.«

»Du spielst wieder«, sagte Focko. »Peter hat es erzählt.«

Frida berichtete von ihrem Gespräch mit Meike.

»Und Wilfried ist jetzt ganz weg?«, fragte Focko erstaunt.

»Ja, es ist besser.« Jetzt, da Frida es aussprach, fühlte es sich mit einem Mal ganz leicht an. Ja, es war gut so.

»Du vermisst Erna, oder?«

»Das schon«, gab Frida zu. »Ich glaube, dass wir uns eines Tages wiederfinden werden. Jetzt ist aber noch nicht die Zeit dafür.«

Sie saßen eine Zeit lang nebeneinander und genossen es, dass der andere da war. Focko nahm Fridas Hand, drehte sie und strich darüber. »Wir haben wieder beide Schwielen«, sagte er. »So wie früher.«

»Nur schämen wir uns heute nicht mehr dafür. Weil

Schwielen und Narben zum Leben dazugehören.« Frida lächelte ihn an.

Focko war mit seinen roten Haaren, dem Bart und der gedrungenen, kräftigen Figur keine Schönheit, aber für Frida war er der wundervollste Mann auf der Welt.

»Du bist mir nicht mehr böse, weil ich mich habe vertreiben lassen, anstatt zu kämpfen?«, fragte er.

»Meine Mutter meinte es gut, und ihr beiden habt wohl geglaubt, es wäre gut für mich.«

»Es gibt nichts, was ich mehr bereue, Frida. Ich war ein Feigling. Habe mich meiner Herkunft geschämt... All so was.«

Frida rückte nicht ab, sondern ließ ihren Kopf auf seiner Schulter liegen.

»Nun bist du ja da«, sagte sie nur.

Aus dem Haus drangen mit einem Mal Klaviertöne. Meike spielte *Freude schöner Götterfunken* und sang dazu den Text mit ihrer vollen Stimme.

Frida drehte Focko ihr Gesicht zu, und wie selbstverständlich fanden sich ihre Lippen. Und wie selbstverständlich fragte Frida ihn nach dem Kuss, ob er diese Nacht im Haus am Deich verbringen wollte.

»Nicht nur diese Nacht«, sagte Focko. »Ich lasse mich nicht mehr vertreiben, sondern werde bleiben.«

*

Meike nagte an ihrem Bleistift, dann aber wusste sie, was sie schreiben sollte. Es mochte sein, dass ihre Mutter nichts mehr mit Erna zu tun haben wollte, und sie konnte das auch gut verstehen. Sie konnte es auch nachvollziehen, dass es für ihre Mutter schwierig war, auf Wilfried zu treffen, denn das alles war ja ein bisschen wie beste Freundin wegnehmen, und das nahmen sie sich in der Schule auch arg übel.

Ihre Mutter saß mit Focko im Garten, und Meike wusste, dass nun Peter seinen Willen und auch den richtigen Vater bekommen würde.

Sie schluchzte auf. So sehr hatte sie sich eine Familie mit Wilfried als Vater gewünscht. Ihr wirklicher Papa kümmerte sich gar nicht mehr, und er kam ihr auch schon vor wie ein Mensch aus einer fremden Welt.

Ich müsste böse auf Wilfried sein, dachte sie. Stinksauer, weil er sich für Erna entschieden hatte und nun Sanne nicht nur aufs Konservatorium gehen durfte, sondern auch noch den Vater hatte, den sie sich wünschte.

Aber wenn sie sauer war, hätte sie gar nichts mehr – und Sanne konnte für den ganzen Erwachsenenkram doch gar nichts. Sanne war ihre beste Freundin, und die wollte sie nicht opfern, weil die Großen nicht wussten, zu wem sie gehörten.

Das wollte Meike später anders machen.

»Sanne und ich – wir können für all das nichts. Deshalb werde ich ihr schreiben.«

Meike war sicher, dass ihre Freundin antworten und das alles genauso sehen würde. Mit Oma Stine würde sie eine Verbündete haben.

Mit ihrer akkuraten Mädchenschrift legte sie los.

Liebe Sanne!
Ich will nicht, dass wir nichts mehr voneinander hören, dass wir uns nicht mehr schreiben und nicht mehr telefonieren.
Aber wahrscheinlich habt ihr in Bremen gar kein Telefon. Dass wir eins haben, ist ein Privileg, sagt Mama immer.

Bitte, liebe Sanne, dann lass uns doch so mit Briefen in Verbindung bleiben. Schick sie zu Deiner Oma, da hole ich sie ab. Und Oma Stine wird ihren Absender auf meine Briefe schreiben. Dann merkt es keiner, dass wir uns nicht unterkriegen lassen.
Was können wir für die Erwachsenen?
Deine Freundin
Meike

Sie steckte den Brief in einen Umschlag und beschloss, ihn am nächsten Morgen noch vor der Schule zu Oma Stine zu bringen.

Ihrer Mutter musste sie schließlich nichts davon erzählen, denn sie ahnte, dass sie nicht begeistert sein würde.

Schon eine Woche später bekam Meike Antwort. Zuvor war Meike fast jeden Tag bei Oma Stine vorbeigegangen und hatte nachgefragt, ob Sanne sich schon gemeldet hatte.

Liebe Meike!
Was bin ich froh, von Dir zu lesen. Ja, wir werden uns schreiben, wenn wir uns schon nicht sehen dürfen, und lassen uns das von unseren Müttern und dem jetzt gemeinsamen Vater nicht zerstören. Was können wir dafür, dass sie sich umverliebt haben?
Ich mag Dich noch immer genauso wie vorher. Jetzt habe ich das Glück, Wilfried zum Papa zu haben, und ganz ehrlich: Er ist sehr nett und gibt sich viel Mühe, aber er vermisst Dich sehr.
Ich sehe ihn eher als Freund und nicht als Papa. Vielleicht auch, weil ich ihn Dir nicht wegnehmen will.

Manchmal sitzt er ganz traurig auf dem Sessel, und ich weiß, dass er dann an Dich denkt, denn ich habe ihn schon zweimal erwischt, wie er Dein Bild in der Hand gehalten hat.
Ich spiele jetzt übrigens in erster Linie Violine. Das geht mir besser von der Hand als das Klavier.
Ach, Meike, ich vermiss Dich so.
Lass uns schwören, dass wir unsere Freundschaft niemals wegen eines Mannes aufs Spiel setzen. Wir werden immer zusammenhalten. Egal, was passiert. Ich habe so viel Angst in meinem Leben gehabt, weil ich ja erst nicht bei Mama leben durfte. Du warst immer meine Freundin und hast mich nie beschimpft, weil ich ein Heimkind war. Das werde ich Dir nie vergessen.
Deine Sanne

1968

Kapitel 27

Frida war so aufgeregt wie noch nie in ihrem Leben, als sie aus dem Ford stieg, das schwarze, eng anliegende Abendkleid zurechtstrich und für Peter den Sitz nach vorn klappte, damit er aussteigen konnte.

Focko schlug gerade die Tür zu und zog die Brauen hoch, als er das imposante Gebäude des Oldenburgischen Staatstheaters betrachtete. Genau hier sollte heute Meike am Konzertflügel spielen. Und nicht nur Meike. Auch Sanne war da, allerdings hatte sie sich zu einer Geigenvirtuosin entwickelt und würde damit ihren großen Auftritt haben.

Dass sich die beiden seit Jahren heimlich über Stine schrieben, hatte Meike ihr kürzlich gebeichtet. Und so war es auch gekommen, dass Sanne ebenfalls am Konzert teilnahm, weil Meike sie in der Akademie vorgeschlagen hatte.

»So etwas müssen Freundinnen zusammen tun«, waren ihre Worte gewesen. »Das haben wir uns schon als Kinder gewünscht, und es wäre schäbig, das jetzt allein zu machen.«

Frida hatte sich ein wenig geschämt. Sie und Erna hatten alle gemeinsamen Träume aufgegeben.

Frida hatte sie, Wilfried und Sanne seit sechs Jahren

nicht gesehen und war gespannt, wie das Aufeinandertreffen laufen würde. Sie hoffte, dass sie ungezwungen miteinander umgehen konnten.

Immerhin war sie mit Focko glücklich und fühlte sich angekommen. Sie liebten es, im Haus am Deich zu wohnen. Es war ihre Heimat, ihr sicherer Hafen, und Frida wollte dort auch nicht mehr weg.

Sie lächelte. Wider Erwarten hatte es in Eckwarden nach ihrer Scheidung gar keinen Aufschrei gegeben. Im Gegenteil.

Focko genoss als einer von ihnen größte Hochachtung, und nicht selten hatte jemand Fridas Hand geschüttelt mit den Worten: »Das ist ja moi mit unserem Focko. Dat is een fein Keerl.«

Hanne war vor fünf Jahren gestorben, und Focko hatte das Fischerhaus vermietet, weil er es für Peter, der nach wie vor Fischer werden wollte, auf diese Weise erhalten konnte, bis er alt genug war.

Sie näherten sich dem Foyer, im dem dicht gedrängt elegant gekleidete Menschen mit einem Glas Sekt in der Hand standen. Junge Frauen mit kurzen schwarzen Röcken und weißen Schürzchen huschten mit Tabletts herum und sorgten für Nachschub.

»Ich mag da gar nicht reingehen«, sagte Focko, der ebenfalls in einem Anzug steckte, sich aber sichtlich unwohl fühlte. Immer wieder zupfte er am Ärmel und ruckelte an der Krawatte, die Frida ihm am Morgen gebunden hatte.

»Bin ein bisschen verkleidet«, sagte er und schaute unsicher an sich herunter. Er trug eine Anzughose mit Umschlag – der letzte Schrei. Focko schrumpfte noch ein bisschen mehr in sich zusammen, sodass er Frida beinahe leidtat.

»Ach was«, versuchte sie ihn zu beschwichtigen.

Aber tatsächlich kam auch sie sich etwas fehl am Platz vor, obwohl sie sich eigens für Meikes großen Tag dieses Satinkleid zugelegt hatte. An der Brust waren große Goldknöpfe angebracht. Angeblich war das ganz im Sinne vom Pariser Chic. Fridas Haar war straff nach hinten gekämmt und zu einem Nackenknoten gebunden.

Die anderen Frauen trugen teils großblumige Kleider oder elegante Kostüme zu hochhackigen Pumps, mit denen Frida keine drei Meter weit gekommen wäre.

Frida hielt nichts von den extremen Miniröcken, die auch sehr in Mode gekommen waren. Sie selbst besaß lediglich ein hellblaues, vorn durchgeknöpftes Kleid mit leicht gewelltem Kragen, das kurz über dem Knie endete.

»Du siehst jedenfalls wundervoll aus«, flüsterte Focko ihr zu. »Wir schaffen das schon.«

Aber dann schlug Fridas Herz doch höher, als sie Erna und Wilfried auf sich zukommen sah.

Erna steckte in einem extrem kurzen, kastig geschnittenen Kleid, das ganz aus goldenen Plättchen zu bestehen schien.

Dazu trug sie passende Pumps, die ihre Beine fast endlos erscheinen ließen.

Wilfried hingegen hatte sich für eine Kombination aus grauem Sakko zu schwarzer Hose entschieden und wirkte wie ein Mann von Welt. Er trug den Bart inzwischen leicht gezwirbelt, was ihm ein vollkommen fremdes Aussehen verlieh.

»Sekt, die Herrschaften?« Vor ihnen stand eine Bedienung mit einem Tablett.

Beherzt griff Frida zu und munterte auch Focko auf, sich ein Glas zu nehmen. Wenn sie beide etwas in der Hand hielten, gab das Sicherheit. Sie bedankten sich, und dann standen auch schon Erna und Wilfried vor ihnen.

Fridas Blick wanderte an Ernas Bauch hinab, und sie glaubte unter all dem Gold eine leichte Wölbung zu entdecken. Sie schluckte, denn ihre Freundin war definitiv schwanger – obwohl sie sich bereits der vierzig näherte.

Wilfried hatte sich immer so sehr ein eigenes Kind gewünscht, doch nach Peters Geburt konnte Frida keine Kinder mehr bekommen.

Das jetzt versetzte ihr doch einen Stich. Aber sie bemühte sich, zu lächeln und keine Regung zu zeigen.

»Moin, da sehen wir uns ja nach der langen Zeit endlich wieder«, sagte sie.

Erna lief feuerrot an. »Ja, unsere Töchter haben es wohl bislang besser hinbekommen als wir, wenn sie einfach heimlich weiter in Kontakt geblieben sind.«

Wilfried nickte Frida und Focko nur kurz und unverbindlich zu.

Dann steuerte er auf eine Bedienung zu und holte für sich ein Glas Sekt, für Erna ein Glas Orangensaft.

»Ihr bekommt ein Kind?«, fragte Frida.

Erna nickte. »Ja, es hat endlich geklappt. Hat lange gedauert, und der Arzt ist nicht begeistert, weil ich schon so alt bin. Aber wir freuen uns.«

Frida war froh, als der Gong ertönte, doch ihre Freundin wollte sie nicht einfach so ziehen lassen.

»Wir haben uns in Eckwarden ein Zimmer genommen. Sanne hat mich darum gebeten, weil sie hofft, wir könnten endlich miteinander reden. Meine Wohnung ist ja inzwischen vermietet, und Herold und Wiebke haben mit ihren beiden kleinen Kindern und Mutter im Rollstuhl genug zu tun.«

Frida lächelte bei der Erwähnung von Herolds Tochter und Sohn, denn sie fand die beiden ganz allerliebst.

»Kommen Stine und Herold auch?«

»Ja, klar, das lassen sie sich doch nicht entgehen«, sagte Erna. Dann wurde sie ernst und berührte Frida am Unterarm. »Unsere Töchter haben recht! Wir sollten nicht alles wegwerfen, was uns all die Jahre verbunden hat. Bitte, lass uns miteinander reden!«

Frida überlegte kurz, nickte dann aber. Es waren so viele Jahre vergangen und der Groll verschwunden. Es wurde Zeit.

»Kommt morgen einfach zum Haus am Deich, und bringt Zeit mit.«

Über das Gesicht ihrer Freundin glitt ein Leuchten. »Das werde ich tun.«

»Jetzt aber wollen wir unseren Mädchen lauschen«, bestimmte Frida, bevor es zu rührselig wurde. Heute war nicht der richtige Moment. Heute standen ihre Töchter im Mittelpunkt. Ihre Mädchen, die überhaupt dafür gesorgt hatten, dass sie über eine Versöhnung nachdenken konnten. Und denen es gelungen war, ihren Traum zu leben. Heute war Sannes und Meikes Tag.

Sie steuerten auf den Saal zu, wo sie ihre Plätze einnahmen. Erna und Wilfried saßen allerdings weit vorn. Plätze, die sich Frida und Focko nicht hätten leisten können.

»Ich finde es gut, dass ihr morgen miteinander reden wollt«, sagte Focko. »Es wird Zeit, das Kriegsbeil zu begraben. Es herrscht schon wieder genug Zwist in unserem Land. Da sollten wir privat unseren Frieden schließen.«

Frida stimmte ihm zu. Sie wusste, dass er auf die Studentenunruhen anspielte, bei denen im letzten Monat Benno Ohnesorg ums Leben gekommen war. Das beschäftigte ihren Mann sehr, obwohl er sich sonst kaum für Politik interessierte.

Sie schwiegen, als das Licht im Saal ausging und das Orchester zu spielen begann. Frida schloss die Augen und ließ sich von der Musik mitreißen. Was hatte sie als junge Frau von einer solchen Bühne geträumt! Und jetzt fand sie ihr Glück in einem kleinen Haus am Deich, von der Marsch umgeben, inmitten von Kühen und Hühnern.

Aber sie war glücklich, ihrer Tochter die Tür zu dieser Welt aufgestoßen zu haben.

Nachdem sie Meike lange Zeit selbst unterrichtet hatte, war sie dann doch zu dem Entschluss gekommen, dass sie professionellen Unterricht bekommen musste, und so war Meike nach Oldenburg gekommen.

Frida kamen die Tränen, als ihre Tochter – in einem langen schwarzen Kleid, die dunklen Locken kunstvoll mit silbernen Sternen zusammengesteckt – auf dem Schemel Platz nahm, die Augen schloss und die feingliedrigen Hände auf die Klaviatur legte.

Sie verzauberte schon mit den ersten Tönen den ganzen Saal. Meike spielte nicht. Meike war Musik. Ihr ganzer Körper ging mit, schien sämtliche Klänge in sich aufzunehmen, mit Energie anzureichern und sie dann den Menschen zu schenken.

Als sie fertig war, war es zunächst mucksmäuschenstill im Saal, weil sich alle Zuschauer erst sammeln mussten.

Doch dann brandete ein frenetischer Applaus auf, der gar nicht enden wollte.

Frida merkte, dass ihr Tränen über die Wangen liefen. Das war ihr Traum – gelebt von ihrem Kind.

Selbst Peter schien von der Leistung seiner Schwester beeindruckt zu sein. »Die kann echt was«, flüsterte er, und er setzte sich mit stolzgeschwellter Brust etwas gerader hin.

Sanne spielte erst mit zwei weiteren Violinistinnen. Ihnen gelang es ebenfalls, das Publikum zu verzücken, und gerade Sanne zeigte eine beeindruckende Leistung.

Dann aber kam Meike auf die Bühne zurück, und Sanne blieb stehen. Sie schauten einander an und begannen zu musizieren. Aus zwei Solistinnen wurde eine Musik, die sich ergänzte, lockte, mit einer spielte und zu einer grandiosen Komposition wurde, die sämtlichen Menschen im Saal Tränen in die Augen trieb.

Nach allen Strapazen waren die beiden jungen Frauen am Ziel ihrer Träume.

*

Ernas Herz klopfte schneller, als sie in Eckwarden abbogen und Richtung Eckwardersiel fuhren. Nach dem Besuch bei Frida hatten sie sich auch noch bei ihrer Mutter und ihrem Bruder Herold angekündigt. Erna brannte darauf, ihre Nichte und den neugeborenen Neffen kennenzulernen.

Sie war verdammt selten in Butjadingen gewesen, weil sie Frida nicht hatte über den Weg laufen wollen.

Noch einmal abbiegen, und schon standen sie vor der kleinen Kate. Das Gras war frisch gemäht, auf den Weiden ringsumher blühten Löwenzahn und Sumpfdotterblumen um die Wette und sprenkelten das Grün mit ihrem kräftigen Gelb. Ein paar Löwenzahnblüten hatten sich schon in Pusteblumen verwandelt, und Erna fiel ein, wie sie die kleinen Schirmchen früher mit Frida immer weggepustet hatte. Es war lange her, und in Erna kam Wehmut auf.

»Es ist so schön hier«, sagte Wilfried. »Das Haus strahlt pures Glück aus, findet ihr nicht?«

Weder Sanne noch Erna widersprachen ihm, denn genauso war es.

Neben dem weißen Häuschen grasten zwei Schafe, in einem Auslauf suhlten sich zwei Schweine, und eben rannten gackernd ein paar braune Hennen über den Hof, gejagt von einem Hahn, der seine Schwanzfedern hoch aufgerichtet hatte.

Auf der Fensterbank sonnte sich eine getigerte Katze.

»Idylle pur«, sagte Erna. »Manchmal vermisse ich die Ruhe. In der Stadt geht es doch erheblich lebhafter zu.«

Sie stiegen aus. Wilfried hielt einen bunten Blumenstrauß in der Hand, doch Erna kam dieses Geschenk plötzlich fehl am Platz vor. Das Haus am Deich war umgeben von bunten Stauden. Margariten wiegten sich neben roten Rosen und Phlox im Wind. Noch blühten ein paar Tulpen, und an der einen Hauswand wuchsen Stockrosen, daneben bestach ein großer Schmetterlingsflieder mit seinen langen Dolden.

Hier lebten die Blumen, sie aber brachten abgeschnittene Stängel, die schon bald verblühen würden.

Die Tür öffnete sich, und Frida trat heraus. Sie hatte einen grauen Faltenrock an, das Haar war lässig zurückgebunden, und die Bluse wies kleine gelbe Blümchen aus. Ihre Freundin wirkte ein wenig wie aus der Zeit gefallen, denn solche Sachen trug man in der Stadt gar nicht mehr.

Dennoch kam sich Erna in dem kurzen grünen Minikleid verloren vor. Es passte nicht in die Landidylle, wo die große Abwechslung das Kreischen der Möwen war.

Und doch wollte sie in diesem Augenblick nirgendwo anders sein. Hier war sie aufgenommen worden, als es ihr vor vielen Jahren schlecht ging. Hier hatte sie die glücklichste Zeit ihres Lebens verbracht, und sie war froh, wieder hier zu sein.

Ihnen waberten feine, süßliche Schwaden von Apfelkuchen entgegen. Auch das verband Erna untrennbar mit allen Erinnerungen, die sie an diesen Ort hatte.

»Ich habe im Garten gedeckt«, sagte Frida liebenswürdig. »Leider hat der Sturm damals unsere dicke Kastanie zum Fallen gebracht, aber sieh nur, wie groß jetzt auch die neue schon ist.«

Erna folgte Frida links am Haus vorbei auf die Terrasse, die ganz anders aussah als früher.

Focko hatte Holzbohlen verlegt und dazupassendes Mobiliar gebaut, wie Frida stolz erzählte.

Erna und Wilfried nahmen nebeneinander auf der Bank Platz, wobei ihr Mann unruhig hin und her rutschte und sich merklich unwohl fühlte.

Erna griff beruhigend nach seiner verschwitzten Hand.

Sie wusste, dass ihr Mann Frida gegenüber ein schlechtes Gewissen hatte.

»Focko ist noch mit dem Kutter draußen«, sagte Frida und schenkte allen Kaffee ein. »Möchtet ihr Apfelkuchen?«

Sie schaute zu Sanne. »Du suchst Meike, stimmt's?«

Sanne nickte und kaute auf den Nägeln.

»Sie kommt gleich. Aber sie musste dringend auf dem Nachbarhof helfen. Die alte Dame ist krank und hat nur noch uns. Meike wollte sich beeilen und ist sicher sofort da.«

»Ist es Tant Meta?«

Frida nickte.

Sanne sprang auf. »Ich weiß, wo sie wohnt, und husche mal schnell rüber.«

Erna lächelte. »Mach das. Bis später.«

Wilfried trank den Kaffee und aß auch ein Stück vom Apfelkuchen, erhob sich dann aber ebenfalls. »Ich bin der Ansicht, dass es besser ist, euch beide allein zu lassen. Ihr habt so viel zu besprechen, da störe ich nur.«

Erst wollte Erna ihm widersprechen, aber dann gab sie ihm recht. Sie und Frida mussten jetzt allein sein.

Wilfried stand auf, blieb aber vor Frida stehen und gab ihr die Hand. »Es tut mir leid, wie alles gelaufen ist.«

Frida erhob sich und nahm ihn in den Arm. »Ich bin glücklich mit Focko. Lass uns das schlechte Gewissen begraben. Das Leben hat uns am Ende doch noch die richtigen Karten in die Hand gegeben.«

»Danke«, sagte Wilfried. Er wandte sich an Erna. »Ich bin in zwei Stunden zurück.«

Erna schaute Frida an. »Dann können wir ja loslegen.«

»Aber nicht hier«, beschied ihre Freundin. »Wir gehen ans Wasser. Mit dem Blick über den Jadebusen wird vieles leichter sein.«

Sie räumten gemeinsam den Tisch ab, und wie früher arbeiteten sie Hand in Hand. Es war selbstverständlich, dass Erna mit abwusch und die Milch in den Kühlschrank stellte. Es war selbstverständlich, dass sie dabei kaum miteinander sprachen, weil sie sich auch ohne große Worte verstanden.

Als alles aufgeräumt war, schrieben sie ihren Töchtern eine Nachricht, überquerten den Weg und erklommen die Deichkrone. Vor ihnen lag der Jadebusen. Es war Hochwasser, und die kleinen Wellen glitzerten im Sonnenschein.

»Schön ist es hier«, sagte Erna. »Du glaubst gar nicht, wie oft ich in Bremen an diese Stille und Weite denke.«

»Ich kann es mir vorstellen«, sagte Frida. »Weil ich nirgendwo anders leben möchte.«

Sie spazierten Richtung Eckwarderhörne.

»Es ist fast wie damals, als ich zum ersten Mal aus Varel zu dir hergekommen bin und ihr noch bei diesem Bauern in dem schrecklichen Zimmer gehaust habt«, erinnerte Erna.

»Ja, damals durfte ich dann bei dir in der Vareler Villa baden. Das war ein Traum.« Über Fridas Gesicht glitt ein

Lächeln. »Es ist so lange her. Und so viel ist geschehen. Aber nun habe ich das Erbe meiner Eltern übernommen, und ich bin glücklich.«

Die Schafe blökten auf den Deichen, über ihnen rüttelte ein Falke.

»Ja, wer hätte das damals alles gedacht?«, sinnierte Erna. »Wie oft sind wir falsch abgebogen.«

»Das ist wohl das Leben. Keiner macht stets alles richtig, und kleine Fehlentscheidungen können so große Auswirkungen haben«, antwortete Frida. »Aber je älter wir werden, desto reflektierter kann alles betrachtet werden.«

Erna griff nach Fridas Hand und drückte sie. Ihr Band war dabei, sich wieder zu verknoten, und damit löste sich in Ernas Herz eine große Bürde.

»Komm, setzen wir uns«, schlug Frida vor. »Im Strandbad ist später zu viel los.«

Sie hockten sich ins Gras und schauten über die weitläufige Meeresbucht.

»Kommt doch zurück«, schlug Frida vor. »Ihr fehlt.«

Erna sah ihre Freundin ungläubig an. »Wir sollen wieder zurückkommen?«

Frida nickte. »Ja. Ich bin endlich mit Focko zusammen und muss kein schlechtes Gewissen mehr haben. Ich bin froh, dass du mit Wilfried glücklich bist – und auch, dass ihr Nachwuchs bekommt. Dass Meike Sanne schmerzlich vermisst, muss ich ja nicht extra erwähnen.«

Erna wiegte den Kopf. »Wilfried ist mit seiner Stelle in Bremen tatsächlich nicht glücklich. Er ist jetzt bestimmt zurück zu seiner alten Arbeitsstelle gefahren, weil er die Kollegen vermisst. Ich habe zufällig gesehen, wie er gestern eine Stellenanzeige aus der alten Klinik studiert hat. Sie suchen einen neuen Chefarzt. Aber er würde es nie ohne mein Einverständnis machen.«

»Und du?«, fragte Frida. »Bist du in Bremen glücklich?«

»Bedingt. Ich vermisse nicht nur das hier, sondern auch meine Mutter und Herold.«

»Dein Kind soll also lieber nicht in der Stadt aufwachsen?«

»Nein.« Erna legte ihren Kopf auf Fridas Schulter. »Ich bin eigentlich gegangen, um unsere Freundschaft nicht zu gefährden. Genützt hat es nichts. Ehrlich gesagt, hasse ich die Stadt.«

Frida grinste. »Alles andere hätte mich auch gewundert. Ja, wir haben Stettin geliebt, aber am Ende haben wir in Eckwardersiel doch das größte Glück gefunden.«

»So ist es«, seufzte Erna.

»Ich wäre gern Patentante«, fuhr Frida fort. »Wir haben genug Jahre vergeudet, meinst du nicht?«

Erna gab Frida einen Kuss auf die Wange. »Das haben wir. Aber damit ist jetzt Schluss. Ich bin so glücklich, dass du das sagst. Ich glaube, Wilfried tanzt auf Wolke sieben, wenn ich ihm offenbare, dass er zurück in seine alte Klinik darf.«

Sie standen gemeinsam auf und sogen die warme Nordseeluft tief ein.

»Verzeihen ist Freiheit«, sagte Frida.

Und damit war alles gesagt.

Nachwort

Mit diesem Band müssen wir uns von Frida und Erna verabschieden – ich tue es mit einem lachenden und einem weinenden Auge, da mir die beiden sehr ans Herz gewachsen sind.

Ich danke allen Leserinnen und Lesern für die Treue und dass Sie mir bis hierhin gefolgt sind!

Für die Saga *Das Haus am Deich* bin ich von der Familiengeschichte meines Mannes inspiriert worden.

Schon bei der Recherche sind mir so manches Mal die Tränen gekommen, und ich bin froh, in einer anderen Zeit leben zu dürfen.

Es hat dennoch viel Spaß gemacht, in der Geschichte unseres Landes zu wühlen, Dinge nachzuerleben, die die Generation unserer Eltern und Großeltern geprägt haben.

Und so lasse ich Frida und Erna jetzt schweren Herzens gehen. Das nächste Projekt wartet darauf, geschrieben zu werden.

Herzlich
Ihre Regine Kölpin

Ich danke

Meiner Agentin Anna Mechler für ihren unermüdlichen Einsatz und ihr immer offenes Ohr.

Julia Stolz und Dr. Andrea Müller für die Begeisterung an diesem Projekt.

Dem ganzen Team von Piper für die wunderbare Unterstützung.

Christine Neumann für das wunderbare Lektorat.

Hinrich Janßen für die plattdeutsche Unterstützung.

Meinem Kollegen Manfred Schmidt für das Bereitstellen von Bildmaterial für den Trailer.

Meinem Schwiegervater Eckhard Kölpin und Vera Pilkahn, dass sie mich an ihrer Geschichte haben teilnehmen lassen und mich so grandios bei dieser Saga mit ihren authentischen Schilderungen unterstützt haben.

Meinen Eltern dafür, dass auch sie immer an mich glauben.

Unserer Tochter Inga für die wunderbare PR-Unterstützung.

Unseren anderen Kindern und Enkeln – weil es euch gibt und ihr mir viel Glück und Kraft schenkt.

Und wie immer gilt mein größter Dank meinem lieben Mann Frank. Er ist einfach immer da, und ich liebe es, wenn er mich musikalisch auf der Bühne begleitet.

Literaturverzeichnis

Bielefeld Henning: *Alfred Kloda alarmiert alle am Telefon*. In: NWZ-online – Sturmflut. 28.01.2012.

Bultmann Rolf: *Zwei Schaufeln für zehn Männer.* In: NWZ-online – Sturmflut. 16.02.2012.

Chronik der Mauer: *Mauerbau 13.8.1961.* https://www.chronik-der-mauer.de/.

Die Sturmflutkatastrophe im Februar 1962. Verlag A. Pockwitz 1963.

Freemann Bernhard: *Zwischen Deich und Meer.* Wremer Heimatkreis – Museum für Wattenfischerei.

Galileo Special History: *Die 50er Jahre.* bpa media gmbh.

Galileo Special History: *Die 60er Jahre*. bpa media gmbh.

Glückselig Detlef: *So wurde Anton Hullmann zum »Retter der Wesermarsch«.* In: NWZ.de Plus, Küstenschutz in der Nachkriegszeit. 31.01.2020.

Hütt Hans: *Die 60er – Ein Jahrzehnt in Wörtern.* Dudenverlag 2018.

Oldenburgischer Deichverband: *Deichbau und Küstenschutz in der Wesermarsch.* Chronik.

Seelheim Rolf. *Die Jahrhundertflut im Oldenburger Land.* Dokumentation. Nordwestzeitung, Frühjahr 2012.

Senatskanzlei der Stadt Berlin: *Der Bau der Berliner Mauer.*

Stadt Nordenham: *Nordenham gestern und heute. 100 Jahre Stadtgeschichte.* Müller-Ditzen Druckerei 2008.

Stürtzt Erwin: *Die Sturmflut 1962. Heimatbund der Männer vom Morgenstern.* Nordwestdeutscher Verlag Ditzen & Co 1963.

Wikipedia: *Tiergarten Aladin & Camera.* Website: http://filmtheater.square7.de/wiki/index.php?title=Tiergarten_Aladin_%26_Camera_%28Kino_f%C3%BCr_Jedermann%29G

Wisser Horst: *Stadtleben in den 50er und 60er Jahren.* Wartberg Verlag 2010.